ILS DE JACQUES

AÎTRES DU ROMAN POPULAIRE
ARTHÈME FAYARD ET Cie
ÉDITEURS
18-20, Rue du Saint-Gothard, PARIS

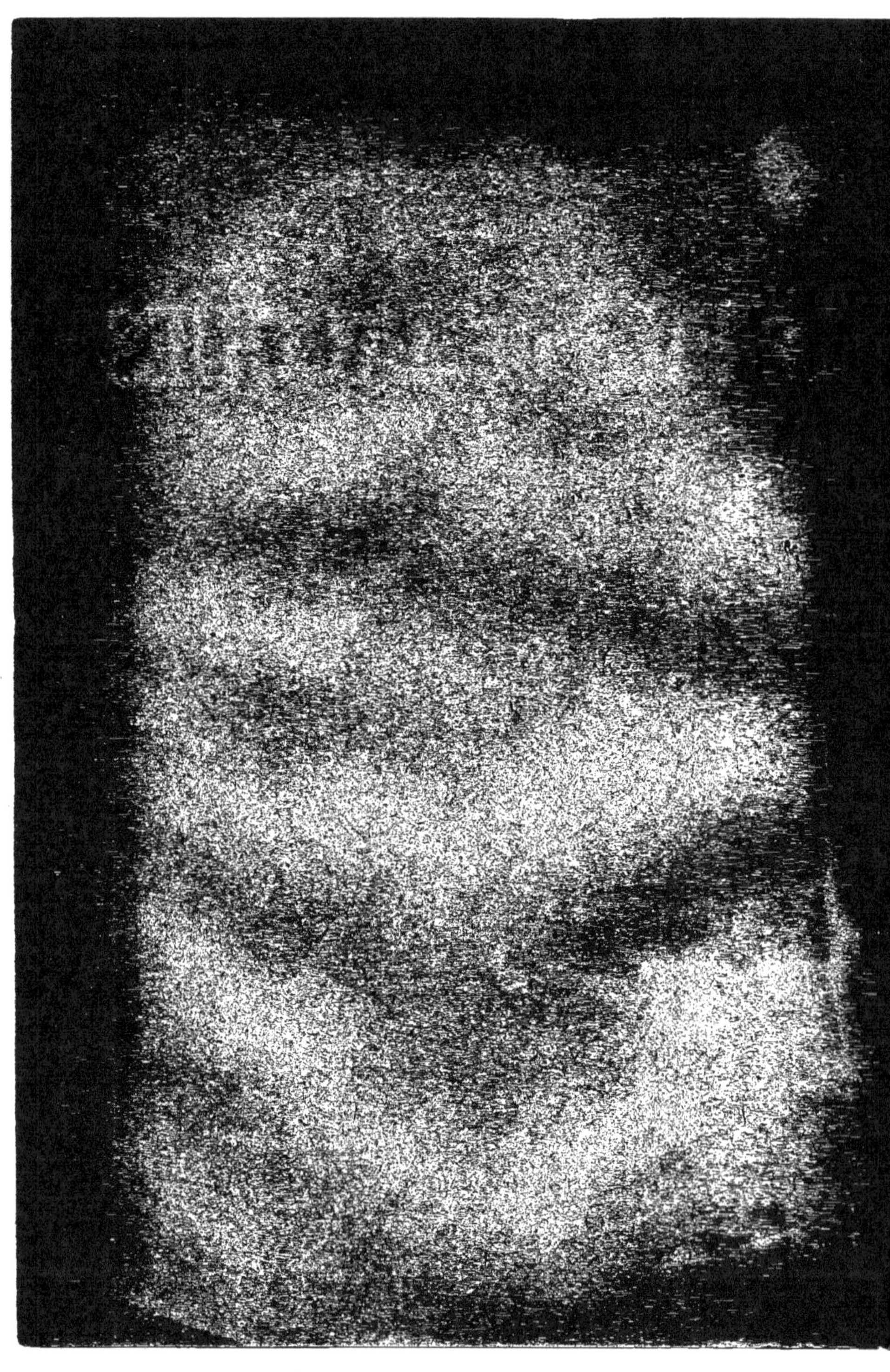

RENÉ DE PONT-JEST

LE FILS DE JACQUES

LES MAITRES DU ROMAN POPULAIRE

ARTHÈME FAYARD et Cie
Editeurs
18-20, Rue du Saint-Gothard, PARIS

Le 1er Avril paraîtra :

LA DAME AUX VIOLETTES

par

Michel MORPHY

Le roman complet : 30 centimes

Volumes déjà parus :

GRINGALETTE

par

Jules MARY

Le roman complet, prix exceptionnel : 15 cent.

L'ENFANT D'UNE VIERGE

par

Pierre SALES

Le roman complet : 30 centimes

LE FILS DE JACQUES

PREMIÈRE PARTIE

Berthe Benoist

I

Quelques mois à peine après avoir perdu son mari, Mme Rose Lombard recueillit chez elle sa nièce Berthe Benoist, que la mort de sa mère venait de rendre orpheline, à moins de huit ans.

M. Lombard, ancien employé des postes à Reims, n'avait cependant laissé à sa femme que l'une de ces pensions misérables, qui permettent tout juste aux veuves de certains fonctionnaires obscurs de ne pas tomber à la charge de l'Assistance publique ; mais celle dont il s'agit ici possédait, indépendamment de la petite maison qu'elle habitait, une modeste fortune personnelle, quinze cents francs de rente à peu près ; et comme c'était une excellente créature et qu'elle n'avait pas d'enfants, elle fut heureuse de se consacrer tout entière à sa fille adoptive.

Berthe resta d'abord deux ans près de sa tante, suivant tout simplement l'école des Sœurs, puis elle entra dans un bon pensionnat de second ordre, d'où elle devait sortir à dix-huit ans, suffisamment instruite et pourvue de son diplôme d'institutrice.

La jeunesse de la jolie orpheline avait été douce, sans secousse, absolument heureuse. Ses relations s'étaient bornées à des camaraderies de classe ; elle n'avait jamais eu d'autres compagnons de jeux que des enfants de petits bourgeois, comme elle, et, d'imagination calme, de tempérament sain, de caractère facile. Elle était arrivée à l'âge où la femme s'éveille en la jeune fille sans que son cœur se fût ouvert à l'une de ces affections qui troublent et font rêver les plus pures.

La nièce de Mme Lombard n'avait guère subi qu'une sorte de penchant moins banal, plus vif que les autres : c'était pour un beau et bon garçon, de cinq à six années plus âgé qu'elle, qui, dès son enfance, l'avait prise en véritable adoration et gâtée comme un frère aîné gâterait une jeune sœur bien-aimée. Ce préféré, Jacques Daru, était le fils unique de l'un des chefs de cave de MM. Barrett, riches négociants en vins de Champagne, chez qui il était employé lui-même.

Presque tous les soirs, sa journée terminée, Jacques venait chez la tante Lombard, pour retrouver sa petite amie, lui apportant une fleur, un ruban, un rien, que, dans les débuts de cette fraternité naïve, il lui donna avec de gros baisers sur les deux joues, mais que, plus tard, il ne lui offrit qu'en rougissant, en effleurant son front de ses lèvres, en hésitant à la tutoyer, tandis que Berthe, dans son ignorante chasteté, se moquait de sa timidité et lui disait toujours *tu*, en éclatant de rire.

Le dimanche, les deux familles s'en allaient aux environs, à la campagne, bonnêtement, hygiéniquement, en braves gens qui ont droit au repos après toute une longue semaine de travail, et ces dimanches-là, Jacques était complètement heureux.

Cela dura ainsi jusqu'au jour où Morin, ayant atteint ses vingt et un ans, tira au sort, devint soldat et reçut sa feuille de route pour rejoindre son régiment, en garnison dans le Midi.

Ce jour-là, pour la première fois depuis la mort de sa mère, Berthe pleura à chaudes larmes. Ce fut elle-même qui embrassa son compagnon d'enfance, spontanément, à pleines lèvres, quand, tout pâle, il vint lui faire ses adieux ; et il lui sembla, dans un serrement de cœur, lorsqu'elle le vit s'éloigner en courbant la tête, à pas lents, qu'elle perdait l'ami le plus sincère, le plus dévoué qu'elle aurait jamais.

Mme Lombard fut un peu effrayée de cette douleur si profonde. Sachant sa nièce douce et bonne, elle trouvait tout naturel qu'elle partageât la peine que faisait à chacun le départ de Jacques. Néanmoins, n'était-elle pas trop affectée de cette séparation ? Bien qu'elle n'eût que quinze ans, n'aimait-elle pas plus et autrement qu'on ne l'avait cru jusque-là celui qui s'en allait pour si longtemps ?

La brave veuve le craignait, mais elle fut bientôt rassurée, lorsque peu à peu, assez rapidement même, elle vit la jeune fille revenir à son calme habituel et reprendre assidûment ses études, ne parlant de l'exilé, affectueusement, mais sans grande émotion, que quand l'occasion s'en présentait.

Le chagrin de Berthe n'avait été qu'une sorte de choc nerveux, l'expression spontanée des regrets de la fillette d'être privée du camarade toujours si attentif à lui plaire, de l'esclave soumis à ses moindres caprices et qu'elle ne pourrait remplacer. Pas autre chose ! En elle, c'était encore l'enfant et non déjà la femme qui avait pleuré. Le cœur, dans l'acception passionnelle du mot, était resté à peu près étranger à l'événement.

Il en était tout autrement de Jacques. Certes, son affection était demeurée chaste et les baisers naïfs de sa gentille amie n'avaient éveillé en lui nuls blâmables désirs ; mais, quoi qu'il en fût, il ne s'était pas dissimulé qu'il aimait d'amour, et c'est avec un véritable désespoir qu'il était parti.

Il s'était éloigné sans être armé contre l'absence et si, d'abord de Nîmes, puis, à partir de 1840, de l'Algérie, où son régiment était allé prendre part à la campagne du général Bugeaud contre Abd-el-Kader, il écrivit régulièrement, ne manquant jamais, dans les premiers temps, de dire mille choses aimables, presque tendres, pour celle qui l'oubliait de plus en plus et qu'il s'efforçait peut-être lui-même d'oublier, bientôt ses lettres devinrent moins intimes, moins fréquentes, et on ne connut plus de Morin que les faits de sa carrière militaire.

Il était un soldat modèle. Cité plusieurs fois à l'ordre de son régiment, il était devenu rapidement sous-officier ; au siège de Mascara, où il avait sauvé la vie à son colonel, le comte de Laurentz, il avait été fait sergent-major, sur la demande de son chef, devenu son ami ; et en 1844, à Isly, il avait été proposé pour la croix.

Pendant ce temps-là, Berthe, son éducation terminée, s'initiait, dans la maison même où elle avait été élevée, à cette profession d'institutrice, qui est trop souvent l'une des plus pénibles que puisse embrasser une jeune fille, surtout lorsqu'elle est jolie, honnête et qu'elle a le juste sentiment de sa valeur ainsi que le respect de sa dignité.

Six ou sept mois à peine après sa sortie de pension, elle entra chez une riche Américaine, Mme Simpson, qui avait accompagné à Reims son mari, intéressé dans l'une des grandes manufactures de tissus de la ville.

Mme Simpson avait vu Berthe en visitant des fillettes dans l'établissement où elle faisait une sorte de stage ; sa beauté et sa distinction l'avaient frappée ; elle avait pris sur elle des renseignements qui avaient été parfaits en tous points, et comme elle projetait depuis longtemps de donner une institutrice française à sa fille Mary, enfant de huit à dix ans, elle avait proposé à Mlle Benoist de la suivre à Paris.

Mme Lombard hésita bien un peu à laisser partir sa nièce, mais celle-ci fit ressortir si éloquemment les avantages qu'il y avait pour son avenir à accepter la situation inespérée qui lui était offerte ; elle promit si tendrement à sa mère adoptive de ne jamais l'oublier, de lui écrire régulièrement, de faire aussi souvent que possible le voyage de Paris à Reims, que l'excellente femme se résigna à cette séparation.

On était au milieu de 1842, et au moment même où Berthe quittait sa vieille parente, Jacques Morin terminait sa quatrième année de service.

Depuis bien des mois déjà, il ne donnait plus de ses nouvelles que sommairement, ne parlant que fort peu de sa petite camarade d'enfance ; mais à la lettre par laquelle son père lui annonçait le départ de Mlle Benoist, il répondit plus longuement que d'habitude, et il fut évident pour tout le monde, si discrètement qu'il s'exprimât à ce sujet, qu'il aimait toujours celle qu'il n'espérait plus revoir jamais.

Quant à Berthe, elle tint scrupuleusement, pendant près d'une année, la promesse qu'elle avait faite à sa tante de la renseigner sur ses faits et gestes, et sa correspondance continua d'être affectueuse ; puis, elle aussi, comme Jacques, cessa bientôt d'écrire régulièrement et de donner des détails sur ses occupations.

Elle disait seulement que la famille Simpson continuait à être parfaite pour elle, que sa jeune élève Mary était aussi bonne que jolie, et qu'elle était complètement heureuse, ne regrettant rien de Reims que sa seconde mère, à qui elle avait laissé la meilleure partie d'elle-même. Enfin, un jour, par un mot assez bref, elle pria Mme Lombard de lui adresser désormais ses lettres poste restante, parce que Mme Simpson, dont le mari était retourné en Amérique, allait voyager beaucoup et qu'elle l'accompagnerait.

La bonne veuve ne vit là rien que de tout naturel et se conforma à l'avis de sa nièce. Lorsqu'elle était trop longtemps sans recevoir un seul mot, elle se consolait un peu en relisant les vieilles lettres de celle qui restait, pour son cœur maternel, une fille bien aimée.

Deux années s'écoulèrent ainsi, pendant lesquelles Mlle Benoist, dans tout l'éclat de sa beauté, vint trois fois à Reims, mais pour y séjourner à chaque visite vingt-quatre heures à peine. Elle affirmait qu'une plus longue absence de chez Mme Simpson lui serait préjudiciable ; et la tante Ro... commençait à se faire à cette séparation coupée de si brèves entrevues, quand, un matin, alors que, machinalement, elle guettait le facteur, elle poussa un cri de surprise et de joie.

Elle reconnaissait de l'autre côté de la rue, venant rapidement, Jacques Morin, dont le retour ne lui avait pas même été annoncé.

— Toi ! lui dit-elle, lorsque, d'un bond, il l'eut rejointe ; toi !

A travers la fenêtre, elle lui avait pris la tête pour l'embrasser sur les deux joues.

Puis, ne se trompant pas au regard que Jacques, après avoir répondu affectueusement à son étreinte, plongeait dans l'intérieur de la chambre, elle ajouta avec un sourire :

— Allons, viens, nous causerons d'elle !

Jacques était en uniforme de sergent-major et sa tenue, sa tournure, son attitude disaient le soldat soigneux, hors ligne qu'il avait toujours été. S'il avait poursuivi sa carrière, il serait devenu officier, cela était certain. Ainsi que nous l'avons dit, il avait été proposé pour la croix ; mais tout de même pendant qu'il se battait bravement, le rappelait au pays : son vieux père, sa famille, ses amis, l'amour du clocher, ce naïf amour du clocher qu'on tourne en ridicule, mais qui n'en est pas moins profond, et aussi peut-être l'espoir inconscient, indéfini, de revoir celle qu'il avait tout à fait oubliée se jurait-il à lui-même, et dont, au contraire, il se souvenait toujours.

C'est pour toutes ces raisons que, ses sept années de service révolues, il n'avait plus songé qu'à rentrer au bercail.

Si bronzé que l'eussent fait le soleil et les campagnes d'Afrique, il était à peine changé. Il était resté le superbe garçon d'avant son départ pour l'armée, le beau Jacques, comme l'appelaient ses amis, avec sa physionomie intelligente, ses yeux doux et francs, sa moustache blonde, ses cheveux bien plantés et drus, une sorte d'élégance native et son cœur d'enfant honnête, enthousiaste, dévoué.

En le retrouvant ainsi tout entier, Mme Lombard l'admirait, ne sachant trop comment rompre le silence, se rappelant combien il avait été bon pour sa nièce, et regrettant que celle-ci ne fût plus là pour applaudir, elle aussi, à l'heureux retour de son ami d'enfance.

Ce fut Morin qui prit la parole le premier, pour lui demander doucement, comme s'il devinait ce qui se passait dans son esprit :

— Pourquoi ne me parlez-vous pas de Mlle Berthe ? — Il n'osait dire Berthe tout court. — Vous pensez bien que si je ne l'ai pas oubliée, je n'ai conservé du moins aucune illusion sur les sentiments qu'elle pouvait avoir pour moi. J'avais peut-être rêvé mieux que d'être son ami, mais puisque je me suis trompé, je le suis toujours, cet ami-là, et quoi qu'elle fasse, quoi qu'elle soit devenue, quoi qu'il puisse lui arriver jamais, je le resterai toute ma vie. Cela m'est bien permis, n'est-ce pas ? Elle-même ne me le défendrait pas !

— Ah ! tu es un brave cœur ! fit la veuve, en tendant au sous-officier ses deux mains que faisait trembler l'émotion ; oui, un brave cœur ! Eh ! que veux-tu ? Berthe qui est une fille savante, c'est ma faute, n'a pas eu le courage de rester tranquillement ici. On te l'a écrit : il y a deux ans elle est partie pour Paris avec une Américaine, Mme Simpson ; elle fait l'éducation de sa fille. J'ai souvent de ses nouvelles, moins régulièrement [illegible] elle voyage beaucoup, [illegible] un peu élevé et, de [illegible] en ce moment, elle est en Italie.

— Elle est venue souvent depuis son départ ?

— Je crois bien, cinq ou six fois !

La pauvre femme mentait effrontément, pour excuser celle que Jacques pourrait accuser d'indifférence ou tout au moins d'oubli, s'il apprenait qu'elle n'avait fait que de courtes apparitions à Reims.

— Et elle est toujours jolie ? hasarda héroïquement Morin.

Mme Lombard n'eut pas un seul instant l'idée d'un second mensonge.

— Plus que jamais ! s'écria-t-elle, avec un enthousiasme cruel. Oh ! ce n'est plus la gentille fillette que tu as connue, c'est une ravissante jeune femme. Je n'en ai pas vu de plus belle. Et une grande dame ! On dirait une duchesse ! Et bonne, douce, modeste comme jadis ! Ah ! par exemple, je lui crois un grain d'ambition, et il se pourrait qu'elle suivît un jour Mme Simpson en Amérique, à moins qu'elle ne trouve à Paris, ce que j'espère bien, une position analogue à celle qu'elle a aujourd'hui. Et toi, maintenant que te voilà libéré, que vas-tu faire ? Ton père est fier de toi, et il a raison, car il paraît que tu t'es conduit comme un brave, que tes chefs t'adoraient et que si tu avais voulu rester là-bas, tu serais devenu officier.

Jacques, qui avait successivement pâli et rougi aux paroles de son interlocutrice, secoua la tête, vivement pour en chasser les tristes pensées qui s'y accumulaient, et répondit avec calme :

— Oui, peut-être ; cependant j'ai préféré revoir Reims. Quant à ce que je vais faire, c'est bien simple : le père demandera pour moi un emploi à MM. Barrett, chez qui il est toujours chef de cave ; il est convaincu que ses patrons ne me le refuseront pas, et je reprendrai mon existence d'autrefois, sauf... Mais vous me permettrez, n'est-ce pas ? de venir vous voir, de bavarder un peu ensemble ?

— Certes ! et tu seras toujours le bienvenu. Nous te chercherons une jolie petite femme. Ça ne sera pas difficile à caser un beau et honnête garçon tel que toi, et tu seras heureux autant que tu mérites de l'être.

— Oh ! une femme ! une femme ! Je n'y songe pas, je n'y songerai pas de longtemps.

Ses regards parcouraient la pièce, fouillaient la maison par les portes ouvertes, comme pour y chercher quelqu'un sans qui nul bonheur ne lui serait jamais possible.

Mme Lombard devina sans doute les pensées de Jacques, car au moment où il se levait pour se retirer, elle lui dit :

— Je ne vais pas manquer d'écrire à Berthe que tu es de retour ; je suis bien sûre que cela lui fera grand plaisir.

— Je l'espère ! Néanmoins n'allez pas lui dire que je l'aime toujours ; d'abord ce n'est pas vrai, et elle n'oserait peut-être plus venir à Reims !

— Ah ! ce n'est pas bien d'avoir de pareilles idées ! Berthe était encore une gamine quand vous vous êtes séparés ; elle ne comprenait de toi que cette amitié dont tu l'entourais. Qui sait ce qui se serait passé si tu étais resté ici, continuant à la voir tous les jours ? Mais tu es parti ! Tu l'as peut-être parfois oubliée là-bas, toi aussi, pendant qu'elle, en devenant jeune fille, perdait forcément, peu à peu, le souvenir des sentiments naïfs, tendres et calmes, qui sont le lot heureux de l'enfance. Je suis bien certaine, moi, qu'elle apprendra au contraire, avec joie, ton retour à Reims, que ce ne sera qu'une raison de plus pour qu'elle vienne me voir, et que c'est en te tendant les deux mains qu'elle fêtera votre première rencontre ! Et maintenant, embrasse-moi. Oh ! je sais bien que c'est moins agréable, et devient un peu plus [illegible]

— Vous avez raison, répondit Morin tout honteux et en l'embrassant avec tendresse. Il vous faut me pardonner, c'était la première fois que je vous revoyais, que je rentrais dans cette maison depuis sept ans, et... je ne recommencerai plus !

— Allons c'est dit, et, tu sais, ici, comme jadis c'est chez toi !

Jacques remercia d'un signe de tête, serra une dernière fois les mains de Mme Lombard et sortit, pendant qu'elle murmurait, accoudée de nouveau à sa fenêtre, le suivant des yeux :

— Pauvre garçon ! c'est qu'il l'aime toujours ! Pouvait-on s'imaginer ça, après sept ans ? Berthe elle-même n'y croirait pas. Eh ! peut-être serait-elle plus heureuse avec lui qu'elle ne le sera jamais. Cependant elle est bien belle ! Pourquoi ne trouverait-elle pas un mari dans le grand monde où elle vit ? Ça arrive ces choses-là ! Enfin, chacun a sa destinée ! Mais c'est égal, Jacques a un bon cœur, sans compter qu'il est vraiment superbe, ce qui ne gâte rien !

Trois ou quatre jours après sa rentrée à Reims, Morin vint informer la tante Rose que MM. Barrett lui avaient donné chez eux un emploi supérieur à celui qu'il y occupait avant son départ pour l'armée, puis il prit l'habitude de venir passer quelques instants auprès d'elle une ou deux fois par semaine, le soir, sa journée finie. Toutefois ils parlaient rarement de Berthe qui, après avoir répondu qu'elle était heureuse que son compagnon de jeunesse fût revenu bien portant et eût trouvé une situation lucrative, car elle lui souhaitait tout le bonheur possible, avait tout à coup espacé sa correspondance plus qu'elle ne l'avait encore fait jusqu'à cette époque.

Bientôt Mme Lombard ne sut plus de sa nièce que ses longs voyages avec Mme Simpson et sa fille, et alors, par une sorte d'accord tacite, comme s'ils redoutaient de se communiquer leurs craintes et leurs regrets réciproques, elle et Jacques ne prononçaient plus que de loin en loin le nom de Mlle Benoist.

Les choses se poursuivaient ainsi depuis trois ans ; Morin avait succédé à son père comme chef de cave dans la maison Barrett, ce qui était une excellente position, le faisant, lui garçon et sans charges de famille, presque riche ; et s'il était resté le même pour Mme Lombard, c'est-à-dire une sorte de fils respectueux et prévenant, il semblait du moins avoir retrouvé sa gaieté d'autrefois et ne plus se souvenir de Berthe que comme d'une amie d'enfance, une petite sœur un peu moqueuse, un peu tyrannique, qu'il avait beaucoup aimée, beaucoup gâtée, mais qu'il reverrait sans que son cœur en fût en rien troublé.

Les choses, disons-nous, se passaient ainsi depuis trois ans, lorsque la veuve de l'employé des postes tomba gravement malade.

Affectueusement soignée par Jacques et par la jeune servante qu'elle avait dû prendre pour remplacer la femme de journée dont elle s'était contentée jusqu'alors, en bourgeoise active et économe, elle hésita pendant une quinzaine à informer Berthe de son état, mais un jour, sa situation ne s'améliorant que bien lentement, elle se rappela que ses lettres mettaient parfois beaucoup de temps avant d'arriver à leur destinataire, elle lui écrivit à Paris, bureau restant, ainsi que d'habitude.

Cela fait, elle attendait patiemment, ne comptant pas sur une prompte réponse, car il se pouvait que sa nièce fût à l'étranger, lorsqu'un matin, quarante-huit heures à peine après le départ de sa lettre, elle vit entrer Berthe qui, s'élançant vers elle, la prit dans ses bras, en lui disant avec tendresse :

— Ma bonne tante Rose, comme tu as bien fait

me m'appeler ! Tu es souffrante ? Oh ! je vais te soigner, moi ! Et tu guériras bien vite, je te le jure.

L'excellente femme, profondément émue, ne pouvait que répéter, en pressant les mains de la jeune fille et en la dévorant du regard :

— Toi ! mon enfant, toi ! chère petite ! Que c'est bien d'être venue comme cela, tout de suite ! Que tu es belle ! Voilà plus de trois ans que je ne t'ai vue ! Tiens ! je vais déjà mieux ! Mon Dieu, que tu es belle !

Et les yeux fixés sur Berthe, elle eut une sorte de frisson, en pensant au danger que sa beauté allait peut-être faire courir à Jacques.

Mlle Benoist était, en effet, remarquablement jolie, avec sa luxuriante chevelure dorée, aux nattes épaisses et lourdes, ses yeux de myosotis légèrement estompés, son nez droit aux ailes roses et mobiles, sa bouche correcte, un peu sévère, mais aux lèvres sensuelles et aux dents de perle, avec son corsage aux contours harmonieux et riches tout à la fois, avec ses pieds et ses mains d'enfant.

Chastement vêtue d'une robe de cachemire noir qui moulait sa taille et qu'ornaient seulement un petit col et des manchettes d'un blanc de neige, tout en elle était charme et séduction.

Un peu gênée de l'examen dont elle était l'objet, elle se hâta de rappeler Mme Lombard à la réalité.

— Eh ! suis-je donc si belle que ça, bonne tante ? lui dit-elle en souriant. Je crois que tu me vois avec un peu trop d'indulgence ! Enfin, n'importe ! Ce qui est plus vrai encore que ma beauté, c'est mon affection pour toi ! Croyais-tu donc que je t'avais oubliée, que je t'aimais moins parce que, depuis quelque temps, je t'ai moins écrit ? Ce serait bien mal cela ! Je rentrais à Paris, au moment même où ta lettre y arrivait, mais si elle était venue me rejoindre à l'étranger, où que ce fût, car j'ai donné l'ordre à la poste de faire suivre ma correspondance, je n'aurais pris que le temps de monter en voiture et je serais accourue.

— Chère enfant ! Chère enfant !

C'est tout ce que pouvait dire la malade, en même temps heureuse et surprise de ces démonstrations affectueuses de celle qui, jamais, n'avait été aussi expansive. Au contraire, jeune fille, Berthe s'était toujours montrée un peu froide, quoique douce et bonne, ainsi que nous l'avons dépeinte.

Que s'était-il donc passé dans son esprit ? A quelles causes était dû ce changement visible ? Avait-elle déjà subi quelques-unes de ces épreuves, de ces déceptions qui, jusqu'au jour où, trop multipliées, elles dessèchent le cœur, commencent d'abord par l'ouvrir aux plus tendres sentiments ?

C'est peut-être là ce qu'un physionomiste habile aurait pu lire sur les traits charmants de Mlle Benoist, bien qu'ils parussent n'exprimer que le bonheur sans mélange qu'elle éprouvait à se retrouver auprès de sa seconde mère.

Mme Lombard n'en demandait pas davantage, et lorsqu'elle eut un peu repris possession d'elle-même, elle raconta comment et depuis quand elle était tombée malade. Il s'agissait d'une sorte d'anémie, causée en partie par l'âge, mais déjà elle se sentait moins faible, et la joie de revoir sa chère fille adoptive l'aiderait à se remettre rapidement. Du reste, elle n'avait pas été seule un instant ; on l'avait bien soignée, quelqu'un dont Berthe ne pouvait avoir perdu tout à fait le souvenir.

— Qui ça ? fit la jeune fille.

— Mais Jacques, ce bon Jacques ?

— Ah ! oui, c'est vrai, il est rentré à Reims il y a déjà longtemps. Je ne suis pas du tout étonnée des soins qu'il t'a donnés. Cela prouve qu'il est resté le brave garçon d'autrefois.

Mlle Benoist parlait d'une voix absolument calme, sans l'ombre d'émotion, avec un sourire bienveillant sur les lèvres. Cependant, au nom de son compagnon d'enfance, elle avait légèrement tressailli et une sorte de nuage de mélancolie s'était répandu sur son visage, mais pour se dissiper rapidement.

— Alors tu ne seras pas contrariée de le revoir, de le rencontrer ici ?

— Oh ! comment peux-tu le supposer ? Bien au contraire, j'en serai enchantée ! D'abord, est-ce que je n'ai pas à le remercier ? Cependant à partir d'aujourd'hui, c'est moi qui le remplace. Je ne te quitterai pas avant que tu sois tout à fait rétablie.

— Et Mme Simpson ? Et sa fille ?

— Mme Simpson sait que je suis près de toi parce que tu es malade, et je suis libre jusqu'à ton retour à la santé. Quant à miss Mary, c'est maintenant une grande et belle personne qui n'a plus guère besoin de moi. Elle va déjà dans le monde où je ne l'accompagne pas toujours. Du moins je ne l'accompagne que lorsque cela m'est agréable. Elle m'aime beaucoup et trouve bien tout ce que je fais. De plus sa mère est trop fière de la montrer, et elle a raison, pour ne pas aimer à sortir un peu seule avec elle. Je m'installe donc ici pour tout le temps qui sera nécessaire. J'ai toujours ma chambre là-haut, n'est-ce pas ?

— Ah ! oui, ma chérie, et qui t'attend depuis six ans ; seulement tu vas trouver cette petite chambre là bien modeste.

— Pourquoi ?

— Chez Mme Simpson, tu dois être logée comme une reine !

— Oh ! comme une reine ! En tout cas, seulement à Paris, car dans les hôtels, puisque nous voyageons constamment, selon la mode américaine, nous sommes quelquefois assez mal campées.

— En effet, ça doit vous arriver ! Du reste, tu peux faire arranger ta chambre à ta guise, ou même t'installer au rez-de-chaussée, si cela te convient. Tu y serais mieux. J'ai quelques économies, et ce que je possède, tu le sais bien, est à toi !...

— Bonne tante ! Sois donc tranquille, je ne suis pas aussi difficile que tu le crois. D'abord, je suis venue pour m'occuper de toi, de toi seule.

Et Berthe se pencha pour embrasser encore une fois l'excellente femme, qui lui dit tout à coup, en la repoussant doucement, après avoir répondu à ses baisers par un sourire :

— Tiens ! je suis sûre que voici Jacques. On vient de sonner et c'est son heure ! Va-t-il être surpris !

Mlle Benoist se redressa, mais elle avait eu à peine le temps de se retourner que déjà Morin, qui avait ouvert la porte de la pièce après avoir frappé, était en face d'elle.

Tout d'abord, en apercevant une personne jeune, jolie, élégante, là où il ne s'attendait à ne trouver que sa vieille amie, le brave et timide garçon fit un pas en arrière, en bégayant un mot d'excuse, mais en reconnaissant celle qui s'était avancée un peu, en pleine lumière, il pâlit et s'écria :

— Berthe !... Oh ! pardon, mademoiselle Berthe !

Il se passa alors, en moins de cinq secondes, un fait étrange.

La jeune fille qui, sans doute instinctivement, avait repris sa physionomie habituelle, froide, un peu sévère même, examina d'un coup d'œil rapide le nouvel arrivant, devint soudain souriante, comme si cet examen l'avait satisfaite en tous points, et, aussitôt, lui tendant les deux mains, elle dit de sa voix chaude et tendre :

— Pourquoi mademoiselle Berthe, Jacques ? Est-ce que je vous appelle monsieur, moi !

L'ancien sous-officier hésita un peu, croyant peut-être qu'il rêvait et moins maître de lui que sa jolie compagne d'autrefois, puis, se remettant enfin, il pressa doucement ses petites mains dans les siennes et répondit simplement :

— Ah ! c'est que moi, Berthe, Berthe, puisque

vous me le permettez encore, c'est que moi je ne suis qu'un ouvrier, tandis que vous...

— Moi, je suis la nièce de celle que vous avez soignée et que vous aimez ainsi que le ferait un fils. Voulez-vous que nous redevenions les bons amis de jadis ?

— Si je le veux !

— Eh bien ! embrassez-moi !

Cette fois Jacques ne se fit pas répéter l'invitation, mais si son élan à approcher ses lèvres du visage de Mlle Benoist fut spontané, celle-ci ne sentit sur ses joues qu'un baiser presque respectueux, timide, tremblant, comme si celui qui le donnait eût été pris tout à coup de peur et de vertige.

Morin, en effet, dont le sang lui affluait au cœur, semblait se soutenir à peine. La jeune femme s'en aperçut et alors, gaiement :

— Voyons, voyons, grand enfant, voilà maintenant que je vais avoir deux personnes à soigner !

Et le prenant par la main, elle l'entraîna jusqu'au lit de Mme Lombard qui, n'ayant rien perdu de cette petite scène, était ravie que tout se passât aussi bien.

Chaque soir, Morin venait chez Mme Lombard et, pour la distraire, Mlle Benoist et lui faisaient assaut d'histoires intéressantes, la jeune fille en racontant ses voyages en Europe avec Mme Simpson, et l'ex-sergent major des épisodes de ses campagnes en Afrique, mais avec une modestie outrée, sans dire un mot de la part vaillante qu'il avait prise à telles ou telles affaires, restant toujours, sous ses vêtements civils, le soldat modèle, discipliné, respectueux de la hiérarchie qu'il avait toujours été.

Cependant ni Berthe, ni Jacques n'évoquaient jamais leurs souvenirs de jeunesse, et lorsque la tante Rose, moins prudente, remontait aussi haut vers le passé, sa nièce et Morin replaçaient bien vite la conversation sur un autre terrain.

Ah ! par exemple, quand Berthe, qui avait beaucoup d'esprit et une érudition solide, prenait la parole, son ami la dévorait des yeux, restait suspendu à ses lèvres et tout en lui trahissait l'admiration, si bien qu'il s'efforçait même, en mauvais comédien qui exagère les effets et dépasse le but, de n'être qu'un auditeur simplement attentif, parce que le récit l'amusait.

Si la tante, tout oreille et un peu naïve, n'y voyait rien, Mlle Benoist, elle, ne s'y trompait pas.

D'ailleurs, elle ne semblait pas prendre moins de plaisir à écouter Jacques ; elle l'invitait même à retracer sa vie de soldat, ses courses émouvantes en Kabylie, ses sensations loin de leur ville natale. On eût dit qu'elle voulait étudier son cœur, son esprit, son courage.

Enfin chaque jour, lorsque l'heure de laisser reposer la malade avait sonné, la jeune femme accompagnait Morin jusqu'à la porte de la rue, parfois après une courte station dans la pièce du rez-de-chaussée, pour terminer une conversation commencée au premier étage, et ils se séparaient en échangeant une bonne et cordiale poignée de main.

Or, un jour qu'une semaine tout entière s'était déjà écoulée depuis l'arrivée de la nièce de Mme Lombard, et qu'ils venaient de quitter celle-ci dont l'état de santé s'améliorait sensiblement, Mlle Benoist, ainsi que de coutume, descendit avec Jacques, mais au moment où il allait franchir le seuil de la salle à manger, elle le retint pas le bras et lui demanda, d'une voix tendre, les yeux dans les yeux :

— M'aimez-vous toujours ?

Stupéfait, notre modeste héros, pensa qu'il avait mal entendu ou du moins qu'il se méprenait sur le sens de ces paroles, et il répondait en balbutiant :

— Si je vous aime, si je vous aime !...

— Mais d'amour, reprit-elle passionnément, d'amour, comme il y a dix ans, avant de partir, comme là-bas au désert, quand vous m'accusiez de vous avoir oublié !

Morin tremblait, ses yeux se mouillaient de larmes, il n'osait croire à ces mots charmants qui l'enivraient ; et de peur de chasser son rêve par le seul bruit de sa voix, il murmurait tout bas, bien bas, comme s'il ne se parlait qu'à lui-même :

— Si je l'aime ! Si je l'aime !

— Eh bien ! si tu m'aimes...

Et, se laissant tomber dans les bras de Jacques, Berthe lui offrit ses lèvres entr'ouvertes, qui répétaient :

— Moi aussi, je t'aime !...

Le lendemain de cet abandon de tout son être, Mlle Benoist jetait elle-même à la poste les lignes suivantes :

« Vous savez déjà, mon cher comte, par la lettre
« que je vous ai envoyée aussitôt mon arrivée à
« Reims, que j'ai fait un bon voyage et qu'il était
« urgent que je vinsse voir ma bonne tante Lom-
« bard.

« Aujourd'hui elle est déjà un peu mieux, mais
« je tiens à vous remercier encore de la liberté
« que vous m'avez accordée de consacrer à soi-
« gner mon unique parente le temps que doit durer
« votre absence de Paris.

« J'espère cependant que cette absence ne se pro-
« longera pas au delà d'un mois, et que bientôt nous
« serons de nouveau l'un près de l'autre.

« En attendant, ne manquez pas de me donner
« exactement des nouvelles de votre chère santé, ici
« à Reims, et croyez toujours à la tendresse et au
« dévouement de celle que vous aime de tout son
« cœur. »

Ce pli était adressé à M. le comte Robert de Laurentz, à Vienne (Autriche).

Jacques eût été bien surpris de lire, sur l'enveloppe d'une lettre écrite par Mlle Benoist, le nom de l'ancien colonel du régiment dans lequel il avait servi en Afrique.

II

Il est aisé de comprendre de quels jours d'ivresse était formée l'existence de Jacques, depuis le soir où Berthe s'était si spontanément donnée à lui. Il était heureux, d'un bonheur qu'il n'avait même jamais rêvé, dont il demeurait étonné ; il possédait ce bonheur jaloux que l'homme vraiment épris dissimule et cache comme un avare le fait de son trésor, de peur que la moindre parcelle ne lui en soit ravie.

Avant cette heure fortunée, où vraiment il avait commencé à vivre, Morin ne refusait certes pas une pièce de monnaie à un pauvre ; maintenant, il cherchait les mendiants du regard pour courir leur faire aumône, et il ajoutait à cette aumône quelque bonne parole qui semblait dire : Moi aussi j'ai souffert, mais je sais qu'il ne faut pas désespérer !

Ah ! c'est que rien n'ouvre aussi largement le cœur aux élans généreux que l'amour auquel répond un autre amour.

Nous parlons bien entendu, de l'amour dans la noble acception du mot, et non de la passion qui, elle, au contraire, comme toutes les jouissances purement matérielles, ne crée que des indifférents pour les souffrances des autres. L'égoïste désire : il n'aime pas ; il ne connaît que les satisfactions de prendre et non les ineffables joies de donner ; privilège exclusif de tous les sentiments élevés, qui se fortifient par le bonheur qu'ils procurent plus encore que par celui qu'ils reçoivent.

L'amour vrai reste toujours débiteur, il n'est jamais créancier !

Jacques ne se disait pas toutes ces choses, mais

[illegible] éprouvait d'instinct, sans les analyser, et c'est incessamment qu'il se demandait comment il pourrait prouver à Berthe, à chaque instant davantage, sa reconnaissance et sa tendresse.

Cet azur dans lequel vivait l'amant de Mlle Benoist était néanmoins traversé, çà et là, à intervalles irréguliers, par de légers nuages, qui naissaient naturellement du cours que prenaient ses pensées, lorsqu'il cherchait à s'expliquer pourquoi cette femme si belle, si désirable, s'était ainsi jetée dans ses bras, après être restée si longtemps peu soucieuse de tout ce qui l'intéressait. Son silence de dix années le lui avait assez cruellement prouvé.

Si notre héros avait été un fat, seulement « le beau Jacques », comme on le nommait toujours, il n'eût pas cherché d'autre cause à l'abandon de Berthe que l'effet produit sur elle par ses avantages physiques ; mais l'ex-sous-officier était un modeste, et, de plus, il avait de la nièce de Mme Lombard une opinion qui ne lui permettait pas de supposer qu'il ne dût sa possession qu'à un entraînement brutal des sens.

Alors, elle l'aimait ?

Mais pourquoi cet amour s'était-il manifesté aussi brusquement, par un de ces élans que répriment les femmes les moins chastes ? Pourquoi s'était-elle offerte, au lieu de se laisser prendre ?

Avait-elle eu, depuis peu, quelque déception douloureuse ? Était-elle arrivée à Reims le cœur meurtri ? Et alors, en se retrempant dans le milieu calme où s'était passée sa jeunesse, n'avait-elle pas tout oublié, pour reprendre, là où elle l'avait laissée, sa vie d'autrefois, avec les affections dont le souvenir latent était resté en elle, et qu'elle avait retrouvées aussi vivaces, aussi sincères qu'avant son départ pour Paris ?

Oui, c'est ce phénomène psychologique qu'elle avait dû subir ! Désillusionnée, renonçant à ce monde brillant où, peut-être, elle avait rêvé de prendre vraiment place, elle était simplement revenue de dix années en arrière, et c'est la femme qui avait payé la dette de tendresse de la petite amie si gâtée de jadis.

Et Jacques convaincu en son âme loyale qu'il ne pouvait en être autrement, que Mlle Benoist était bien à lui entièrement et pour toujours, Jacques ne songeait plus qu'à s'acquitter envers elle, en lui offrant de devenir sa femme.

N'avait-il pas déjà une excellent situation ? Il était jeune, estimé de tout le monde, particulièrement de ses patrons, MM. Barrett. Sa position chez eux ne pourrait que s'améliorer. Il gagnait déjà plus de quatre mille francs par an et il était fils unique, c'est-à-dire l'héritier d'une petite fortune honnêtement acquise, qu'il comptait bien attendre longtemps, il est vrai, mais qui, enfin, lui reviendrait un jour.

C'était surtout lorsque le soir, chez lui, il attendait l'adorée, que Jacques se laissait aller à ses rêves d'avenir, et alors il s'ingéniait à rendre digne d'elle sa demeure de célibataire.

Depuis quelques années déjà, bien qu'il n'eût pas besoin d'une grande liberté, car c'était un garçon sage, ne sacrifiant, quoiqu'il ne fût pas l'ennemi du plaisir, qu'avec modération aux droits de la jeunesse, Morin habitait seul, dans une rue assez déserte, une petite maison à un unique étage, suivie d'un jardin bien entretenu et avec une porte de sortie sur le boulevard extérieur.

Au rez-de-chaussée de cette maison, une grande pièce, dont il faisait sa salle à manger, son salon, ou plutôt son cabinet de travail, car il aimait la lecture et il y consacrait ses soirées, au lieu d'accompagner ses amis au café et dans les bals publics.

Les murs de cette pièce étaient ornés de souvenirs d'Afrique, des armes arabes, des burnous, des étoffes, des peaux de fauves, et une grande carte de l'Algérie, sur laquelle il s'était amusé à [illegible] avait suivies pendant ses campagnes [illegible] grande Kabylie.

Sur les rayons d'une bibliothèque, des volumes d'un assez bon choix, des récits de voyages, [illegible] romans modernes, ceux qu'Alexandre Dumas avait déjà écrits à cette époque : *La Dame de Monsoreau*, *Les Trois Mousquetaires*, *Monte-Cristo*, ses [illegible] leurs ouvrages, et tout Paul de Kock, ce qui [illegible] hissait le tempérament simple, gai, honnête, sans prétentions, bien français du jeune ouvrier.

En haut, la chambre à coucher et un cabinet de toilette, simplement mais convenablement installés ; des meubles en noyer verni, des rideaux [illegible] cretonne à grands ramages, et, suspendus à la muraille, des dessins et des aquarelles rappelant encore l'Afrique, ainsi que, sur la cheminée, [illegible] buste du duc d'Orléans, sous les ordres de [illegible] Morin avait combattu à Médéah.

Néanmoins — nous revenons au lendemain de l'aveu de Mlle Benoist — Jacques redoutait l'impression que sa demeure modeste produirait sur cette élégante jeune femme, si accoutumée au luxe depuis tant d'années. Tout cela ne lui semblerait-il pas bien mesquin, un peu ridicule ? Cependant [illegible] avait mis des fleurs partout, et la petite maison, pour recevoir celle qu'il aimait, avait pris un air de fête !

Mais ce n'était point là l'inquiétude principale de ce brave cœur. Une autre, plus poignante, le torturait.

En se séparant de Berthe, il avait bien échangé avec elle, en même temps qu'un dernier baiser, un doux : « A demain », et ce lendemain, lorsqu'il l'avait revue devant Mme Lombard, il avait lu dans ses yeux qu'elle ne regrettait rien. De plus, quand il lui avait demandé de venir chez lui, elle s'était empressée de le lui promettre et même, pendant la journée, elle avait pris soin de passer sur le boulevard extérieur, devant la porte du jardin de son ami, afin de la reconnaître aisément une fois la nuit tombée. Car c'était le soir, après s'être assurée que sa tante reposait, qu'elle devait s'échapper. Eh bien ! malgré toutes ces choses, qui auraient dû le rassurer complètement, Jacques tremblait à la pensée de ce second tête-à-tête, auquel il aspirait de toute son âme.

Ce n'est pas toujours, en effet, le premier abandon d'une femme qui prouve son amour, pas plus que ce n'est le premier enlacement de deux êtres qui démontre et scelle leur tendresse. La femme peut subir un entraînement, un vertige. Parfois, prise à son propre piège, elle n'ose pas se défendre ; elle succombe par faiblesse et même par orgueil, pour ne pas reculer devant un danger qu'elle a volontairement affronté, et, cette chute consommée, aussitôt elle se repent et se reprend ; ou bien elle ne se donne plus qu'avec des hésitations, qu'après des luttes contre elle-même qui conduisent à une prompte rupture, suivie d'amers regrets.

L'homme, lui, trop souvent la première fois, ne satisfait qu'un appétit brutal, auquel le cœur même reste étranger, sauf lorsque passionné, mais plus délicat, plus prévoyant, il accomplit, moins qu'un acte de plaisir, une sorte de prise de possession, qui le rend maître pour d'heureux lendemains de l'être aimé, s'il retrouve le lendemain le même être aimant que la veille.

Jacques, bien certainement ne raisonnait pas ainsi ; c'était tout simplement par modestie, en raison de son admiration pour Berthe et dans sa surprise non calmée encore de sa bonne fortune inespérée, qu'il craignait un peu l'entrée de Mlle Benoist chez lui. Mais quand, alors qu'à l'heure convenue entre eux, il la guettait depuis longtemps déjà par l'entre-bâillement de la porte de son jardin, il la vit arriver d'un pas léger, le rejoindre d'un bond, lui prendre les deux mains et se laisser conduire, le visage souriant, dans l'intérieur de la

...qui, aussitôt rassuré sur un premier ..., elle était vraiment à lui, elle l'aimait !

Et toutes ses autres préoccupations disparurent aussi vite, car la jeune femme, après un échange de baisers, lui dit, en examinant tout autour d'elle avec un coquet mouvement de tête :

— C'est charmant ici !... Allons, Jacques, fais-moi les honneurs de chez toi... de chez nous.

Et, suspendue gracieusement au bras de son amant, elle voulut tout voir de près dans la pièce où ils se trouvaient : les armes, les cartes, les livres, les moindres objets, se faisant tout expliquer, comme pour fournir à son cicerone l'occasion de prouver son intelligence et son savoir.

Ils firent ensuite le tour du petit jardin, amoureusement enlacés, parlant tout bas, bien qu'il ne fût pas plus possible de les entendre que de les voir, car les ténèbres étaient profondes et les murs hauts. Enfin ils montèrent au premier étage où, après avoir parcouru d'un regard rapide la chambre à coucher qu'une lampe à abat-jour rose éclairait discrètement et que des brassées de fleurs parfumaient, Mlle Benoist laissa tomber sa tête sur l'épaule de son hôte, en répétant à demi voix :

— Oui, oui, tout est charmant ici, et je suis heureuse d'être venue !

— Berthe, ma Berthe adorée !

Il n'en pouvait dire davantage, en pressant la jeune fille sur son cœur. Bien certain maintenant d'être aimé, il était fou de joie !

A partir de ce soir-là, la nièce de Mme Lombard se rendit tous les jours, régulièrement, chez Morin. La bonne tante, naturellement, ne se doutait de rien. D'abord, elle avait une confiance aveugle en sa fille adoptive ; de plus, la timidité bien connue de Jacques l'eût rassurée, si elle avait eu la moindre inquiétude. Enfin, dans son ignorance en semblable matière et dans son orgueil maternel, la distance sociale existant entre les deux jeunes gens lui semblait si grande que tout rapprochement intime lui aurait paru impossible si, par hasard, ses soupçons s'étaient éveillés.

Et comme, ainsi qu'agissent tous les amants jaloux de leur bonheur, Berthe et son ami étaient, devant l'excellente vieille, plus réservés qu'ils ne l'auraient été s'ils n'avaient eu rien à cacher, Mme Lombard se laissa prendre à ce piège naïf. Elle trouvait même qu'ils étaient un peu froids l'un pour l'autre et les plaisantait à ce sujet.

Quant aux sorties de Mlle Benoist, elles s'expliquaient d'elles-mêmes, le plus simplement du monde. Elle avait retrouvé à Reims des amies d'enfance, et allait passer quelques instants le soir avec elles, lorsqu'elle avait souhaité bonne nuit à la malade et s'était assurée qu'elle ne manquait de rien. Du reste, elle n'oubliait jamais, en rentrant, d'écouter à la porte de la chambre de sa tante, afin de lui offrir ses soins, s'ils lui étaient nécessaires.

Cependant, tout heureux qu'il fût et même parce qu'il était complètement heureux, Jacques songeait de plus en plus à proposer à sa maîtresse de devenir sa femme. Seulement, il ne savait trop comment s'y prendre. Après avoir tant obtenu d'elle, il hésitait un peu à solliciter davantage. Il craignait de l'effrayer par la perspective d'un lien indissoluble ; il se demandait si elle ne croirait pas qu'il avait peur qu'elle ne le quittât, et si elle ne prendrait pas sa proposition de mariage comme un manque de confiance en elle.

D'un autre côté, ne pas aller au-devant de ce qui était peut-être son désir, qu'elle n'osait exprimer, ne serait-ce pas agir tout à la fois en amant peu soigneux de conserver à jamais son bien, et en malhonnête homme disposé à ne pas acquitter sa dette ?

L'attitude de Berthe n'était pas de nature à l'arracher à ses hésitations : elle restait toujours douce, aimante, passionnée même, paraissant ne se souvenir de rien du passé et ne rêver rien de l'avenir, pour n'être que tout entière au présent.

Si Morin avait pu s'introduire, sans être vu, dans la chambre que Mlle Benoist occupait chez sa mère adoptive et la surprendre seule, soit le matin, soit même le soir, alors qu'elle venait à peine de le quitter, il eût été plus embarrassé encore, car il l'eût trouvée parfois étrangement songeuse.

Que se passait-il en ces moments-là dans son esprit ? Nul n'aurait pu l'expliquer, mais il s'y livrait bien certainement une lutte pénible entre des pensées diverses, principalement lorsqu'elle avait pris connaissance de l'une des lettres qui lui arrivaient d'Autriche presque tous les matins.

Et cet état inattendu, tout nouveau que la jeune femme dissimulait soigneusement, ne s'était pas manifesté en elle au lendemain de sa faute. Ce lendemain-là, au contraire, et les jours suivants, elle avait gardé sur son charmant visage, même alors que personne ne pouvait plus y lire, une auréole de bonheur, une expression de quiétude, une sorte de sourire d'orgueil satisfait. C'était seulement une grande semaine plus tard que tout cela avait changé.

Le remords, si tant est que l'on puisse appeler d'un aussi vilain mot le regret possible d'un doux crime volontairement commis, avec récidive, n'était donc pour rien dans ses préoccupations, et elles n'étaient pas motivées non plus par l'amoindrissement de son amour pour Jacques, puisqu'elle ne cessait de le lui prouver, avec une tendresse qui paraissait toujours grandir.

Cependant la nièce de Mme Lombard devenait nerveuse, impressionnable, sombre. Souvent, les yeux à demi fermés, comme pour être plus complètement seule avec ses pensées, comme pour s'interroger sans que rien du monde extérieur la troublât, elle restait absorbée pendant de longs instants ; puis, tout à coup, elle reprenait possession d'elle-même, semblait s'être arrêtée à une résolution irrévocable et, se redressant avec fierté, de toute sa taille élégante et riche, elle murmurait, avec un sourire en même temps amer et affectueux :

— Cher ami de ma jeunesse, c'est que vraiment je l'aime !

Et elle courait chez Jacques qui, un soir, n'y tenant plus — il ne la voyait, lui, que toujours heureuse — la prit sur ses genoux et lui dit, avec un inexprimable accent d'amour :

— Berthe, veux-tu devenir ma femme ?

La probabilité et l'imminence même de cette proposition s'étaient sans doute présentées depuis plusieurs jours déjà à l'esprit de Mlle Benoist, car, si brusquement qu'elle lui eût été faite, elle n'en parut pas du tout surprise, mais dit aussitôt, en passant ses bras au cou de son amant :

— Ta femme, ami, ta femme ! Ah ! je ne demande pas mieux ! Je ne sais pas d'être meilleur ni plus digne que toi d'être aimé. Néanmoins, nous ne pouvons pas nous marier ainsi, comme cela, sans prévenir personne. S'aimer, ça ne regarde que soi ; s'épouser, c'est différent, ça regarde aussi les autres ! Ah ! certes, je serais fière de porter ton nom, mais il y a ton père, ta famille, ma bonne tante Rose. Nous dépendons un peu de ces braves gens auxquels nous devons ce que nous sommes. Il faudrait les amener doucement à notre projet, le leur faire accepter d'avance, que l'idée vînt d'eux, en quelque sorte.

— Oui, c'est vrai, tu as raison !

— De plus, il y a Mme Simpson, que je ne dois pas quitter avant de m'être assurée qu'elle peut me remplacer auprès de sa fille Mary, qui a pour moi l'affection d'une jeune sœur. Si je m'en séparais trop vite, ce serait de ma part un acte d'ingratitude, car elles ont toujours été parfaites pour moi. Je t'aime, voilà ce dont tu ne peux douter, et je suis heureuse de t'appartenir par le fait seul

[illegible] elle [illegible]
[illegible] dès demain, sur
[illegible]. Quel droit ai-je de vous demander un
[illegible] ? N'est-ce pas assez du chagrin que
[illegible] sans que je vienne encore vous fatiguer
[illegible] questions stupides ? Alors elle est allée re-
[illegible] Simpson ? Elle ne partira pas loin de
[illegible] l'Italie ; nous avons donc le temps de lui
[illegible] ce soir même nos lettres lui
[illegible] encore à Paris. Où demeure-t-elle ?
[illegible] Depuis déjà quatre ou cinq
[illegible] toujours en route et je lui dois poste
[illegible] ses instructions pour que son
[illegible] trouve.
— [illegible] Simpson, vous connaissez son
[illegible]
[illegible] habitait jadis 190, avenue des Champs-
[illegible] elle a quitté son appartement lors-
[illegible] mise à voyager avec sa fille et Berthe.
[illegible] cette époque-là, elle n'a plus vécu qu'à
[illegible] paraît-il que ce sont des mœurs améri-
[illegible]
[illegible] bien extraordinaire ! Ainsi il n'y a pas
[illegible] lui envoyer un mot ?
[illegible] nous écrira certainement demain, et nous
[illegible] de vous lui répondre.
[illegible] Morin marchait, tout en parlant, par
[illegible]. Il avait perdu et ne pouvait pas
[illegible] inquiets parcouraient l'appartement,
[illegible] retrouver des traces de la disparue,
[illegible] espérait qu'elle allait rentrer. Et cela
[illegible] que, tout à coup, il
[illegible] approcha de Mme Lombard, pour lui deman-
[illegible], un sourire de doute et un accent de
[illegible]
[illegible] que, vraiment, elle est partie ? Est-ce
[illegible] pas une épreuve qu'elle me fait subir,
[illegible] avec vous ?
[illegible] épreuve ! Dans quel but ? Voyons, Jac-
[illegible] s'est-il donc passé entre Berthe et toi ?
[illegible] fait quelque promesse ? A-t-elle pris quel-
[illegible] engagement ?
[illegible] physionomie de l'honnête femme exprimait
[illegible] surprise que de crainte.
— [illegible], chère Mme Lombard, oh ! non, ré-
[illegible] vite le brave garçon, en faisant héroï-
[illegible] appel à tout son courage ; il n'y a rien de
[illegible] entre nous ! Quels engagements aurai-
[illegible] Mlle Berthe ? D'abord, je n'aurais pas
[illegible] quoi que ce soit. Je crois que je ne
[illegible] resté cinq minutes seul avec elle, de-
[illegible] son départ si subit m'a
[illegible] perdre la tête, voilà tout ! Maintenant
[illegible] je vous demande encore une fois
[illegible] Assurément, elle vous écrira demain, et
[illegible] demain je viendrai vous demander de ses
[illegible]. Vous me le permettez ? Vous ne m'en
[illegible] pas ? Alors, laissez-moi vous embrasser !
[illegible] lèvres [illegible] par un rictus doulou-
[illegible] baiser [illegible] sur le front de la bonne
[illegible] qui, un peu rassurée, le laissa faire avec un
[illegible] maternel ; puis il s'élança jusqu'à la porte
[illegible] après avoir répété fiévreusement :
— [illegible] demain, n'est-ce pas ? A après-de-
[illegible]
[illegible] pauvre enfant ! se dit aussitôt Mme Lombard,
[illegible] que je n'y vois pas clair ! Il est amoureux
[illegible] de Berthe ; et il n'a pas même osé le lui
[illegible] Pauvres malheureux ! Espérons qu'il gué-
[illegible] pour la première fois. Mais quelle idée de
[illegible] brusquement ! Elle aurait dû nous pré-
[illegible] deux ou trois jours d'avance ; nous aurions eu
[illegible] peine. Ah ! cette Mme Simpson, elle pou-
[illegible] voyager toute seule avec sa fille et me
[illegible] quelques semaines encore.
[illegible] ce temps-là, Morin s'en allait en titu-
[illegible] l'ombre des rues, ne parvenant pas à

[illegible]
[illegible]
fait [illegible] plein de sanglots, [illegible]
murant :
— Pourquoi, pourquoi ?
Il s'arrêtait quelques secondes, s'interrogeait, faisant son examen de conscience ; ensuite il reprenait sa marche automatique, en se dirigeant in-
tuitivement du côté de chez lui. Tout à coup,
alors qu'il avait déjà fait la moitié du chemin, il
jeta une sorte de cri de joie et se dit :
— Imbécile que je suis ! Elle est tout simplement
là-bas, à m'attendre ! Elle a fait semblant de partir aujourd'hui, afin d'être libre de rester plus longtemps avec moi, une dernière fois, si réellement elle
doit retourner à Paris. Elle a la clef du jardin ;
elle n'avait besoin de personne pour entrer ! Comment n'ai-je pas deviné cela tout de suite ! [illegible]
Et il se mit à courir si rapidement que, cinq minutes plus tard, il franchissait le seuil de sa maison
et pénétrait dans la pièce du rez-de-chaussée [illegible]
appelant :
— Berthe ! Berthe !
Mais comme les ténèbres qui l'enveloppaient,
personne ne lui répondit. Il s'élança au premier
étage, pour n'y trouver, hélas ! que la même obscurité et le même silence. Alors, après s'être pro-
curé de la lumière, après avoir cherché partout
inutilement, sans [illegible] la bien-aimée, [illegible]
trace de son passage, une lettre, un signe d'adieu,
il se laissa tomber sur son lit, fou de douleur, désespéré, le visage inondé de larmes, et gémissant :
— Mon Dieu ! que vais-je devenir ?

III

Pendant la première semaine qui suivit la disparition de Mlle Benoist, Morin donna les plus vives
inquiétudes à sa famille et à ses amis, car le
secret de ses amours avait été si bien gardé que
personne ne soupçonnait les causes réelles des
changements subits qui s'étaient faits en lui. Parfois il était taciturne, hypocondriaque ; par d'autres moments, au contraire, comme pour mieux dissimuler son chagrin, il se montrait nerveux,
exalté. Craignant qu'il ne tombât dangereusement
malade, son père le pria un jour de voir un médecin ; mais Jacques lui répondit avec un éclat de
rire forcé :
— Un docteur ! Pourquoi ? Je t'assure que je me
porte à merveille. Qu'est-ce que tu veux que j'aie ?
Tu ne me supposes pas amoureux, je pense ? Enfin
ça passera. Tout passe !
Et le pauvre délaissé allait, venait, courait de
[illegible] où il avait été si heureux à la maison de Mme
Lombard, comme s'il espérait toujours y retrouver
la fugitive. On eût dit que, par instants, il doutait
encore de son éloignement, ou comptait sur son
prompt retour, qu'il s'attendait à la voir reparaî-
tre tout à coup, pour lui sauter dans les bras et
s'excuser de son absence.
Lorsqu'il était dans ces dispositions d'esprit, il
arrivait en courant chez la tante Rose, entr'ouvrait
doucement sa porte et demandait d'une voix cares-
sante : « Elle est revenue, n'est-ce pas ? »
Et quand la brave veuve, n'osant même prononcer une parole, lui répondait : non, d'un mouvement
de tête et d'un regard attristé, il prenait place
près d'elle sur une chaise, pour rester là, [illegible]
immobile, pendant plusieurs minutes.
En informant sa vieille parente de son arrivée à
Paris et, en même temps, de son départ pour l'Italie, Berthe l'avait bien chargée de la rappeler au
souvenir de tout le monde, mais, dans cette lettre,

rien de particulier pour Jacques, qui, lui personnellement, n'avait pas reçu un seul mot. Mme Lombard elle-même en était surprise et affectée.

Malgré sa conviction — nulle autre pensée ne lui était permise — que Morin n'avait été pour sa nièce, pendant son dernier séjour à Reims, que le simple camarade d'autrefois, elle ne trouvait pas moins blessant son silence complet à son égard.

Dès qu'elle ne l'avait pas fait aussitôt sa rentrée à Paris et avant de se mettre en voyage pour l'étranger, il n'y fallait plus compter. L'amant abandonné le comprenait et sa peine devenait chaque jour plus profonde, car chaque jour il sondait impitoyablement sa blessure. Il semblait vouloir à plaisir la raviver et l'entretenir plus cuisante pour rendre sa guérison plus impossible.

Durant les heures qu'il passait courageusement au travail, dans le but de rassurer ses amis, Jacques ne trahissait pas trop ses souffrances. Mais, pour demeurer secrètes, les tortures du malheureux n'étaient pas moins grandes, bien au contraire ! De plus, elles affectaient une forme complexe qui ne lui laissait pas une heure de calme, car elles étaient un concert de toutes les douleurs qui se succédaient en lui : douleurs de l'âme, du cœur, de l'imagination et de la chair.

Lorsque Mme Lombard lui avait appris le départ de Berthe, le premier cri de Morin avait été surtout un cri de stupeur, et tout d'abord il ne s'était pas rendu compte de l'immensité de son infortune. Il n'en avait ressenti que le choc inattendu, brutal, immérité, semblable en cela à tout être humain soudainement blessé, qui exhale sa plainte sans connaître encore la gravité de son état. Mais quand, revenu de sa surprise, il s'était mis en face de cette trahison, il avait été forcément entraîné, n'en trouvant pas l'explication, à une espèce d'autopsie de ses souffrances, ce qui l'avait conduit à l'analyse de tous les vides que la fuite de la bien-aimée avait creusés dans la vie.

Ses premiers regrets s'étaient concentrés exclusivement sur la petite compagne de jadis, revenue à lui pour l'autoriser tout à coup à l'aimer plus qu'il n'avait jamais osé l'espérer, puis se donnant, pour lui permettre de rêver une existence toute de bonheur. En quoi avait-il donc démérité ? Mlle Benoist, si savante, si distinguée, l'avait-elle trouvé trop au-dessous d'elle en intelligence et en instruction ? Ne s'était-elle pas effrayée à la pensée de devenir la femme d'un simple ouvrier ; et, n'osant refuser l'offre de son nom, n'avait-elle pas été poussée à se sauver pour éviter toute explication pénible ?

Cependant il n'avait fait que son devoir, non pas d'amant, mais d'honnête homme, en lui proposant de l'épouser. C'était à elle bien plus qu'à lui-même qu'il avait songé, et son souci s'était encore étendu au delà. N'était-il pas possible que ses relations avec Berthe ne fussent pas restées stériles ? Ne portait-elle pas dans son sein un gage de sa tendresse ? S'il en était ainsi, que deviendrait ce petit être né de lui et dont il ne serait pas légalement le père ?

Comment, si l'absente mettait au monde un fils, il ne le verrait jamais !

Non, cela n'arriverait pas ; elle ne lui volerait pas aussi cruellement son bien ! De plus, elle ne jouerait pas ainsi son honneur, que lui seul pouvait lui rendre ! Oui, oui, si sa maternité devenait certaine, ce qu'il demandait à Dieu, l'adorée reviendrait !

Et cette pensée le faisait sourire par avance à la mère, à laquelle il pardonnait, et à l'enfant, pour qui son cœur renfermait déjà des trésors d'amour.

Si la douleur de Jacques s'était exclusivement renfermée dans ces limites, d'où toute espérance n'était pas bannie, peut-être se serait-il résigné peu à peu à l'abandon de Berthe, sans cesser toutefois de l'aimer. Qui sait même s'il n'aurait pas fini par croire qu'il avait seulement rêvé le bonheur promptement ravi ?

Malheureusement il n'en était pas ainsi : tout son être gardait mémoire de l'infidèle, et quand son âme se calmait, c'était à sa chair de se rappeler de souffrir. Alors ce n'était plus seulement l'amie, celle dont il aurait voulu faire sa compagne légitime et respectée qu'il regrettait, c'était la maîtresse dont les baisers lui avaient ouvert un paradis de délices, c'était la femme dont les enlacements lui avaient révélé d'inconnus plaisirs des sens.

Et cette femme, il en évoquait avidement les doux aveux de tendresse, les élans passionnés, les serments d'amour. Sur cette couche où elle lui avait dit : je t'aime, et où il lui avait répondu : je t'adore, il voulait retrouver l'empreinte de son beau corps et les effluves grisants de ses ardeurs. Il s'y roulait solitaire, les lèvres suppliantes, en l'appelant, non plus avec des larmes, mais avec des cris de désir et parfois même avec des malédictions.

C'est qu'il se souvenait tout à coup, dans ces moments où *l'autre* seul existe, de certaines choses qui ne lui avaient pas échappé, au cours de sa liaison avec Mlle Benoist. Alors il en avait été plus charmé encore que surpris ; maintenant, ces choses éveillaient ses soupçons : la finesse de son linge, le parfum subtil dont elle était imprégnée, la lascivété de ses abandons, l'élégance de ses toilettes intimes. La première fois qu'elle s'était donnée à lui, il se le rappelait, mais seulement depuis qu'elle n'était plus là, elle portait un corset de satin garni de dentelles qu'il ne lui avait plus revu. Les jours suivants, c'est plus modeste, plus bourgeoise dans sa mise qu'il l'avait retrouvée.

Pourquoi ces changements ? Pourquoi ces élégances dépouillées comme des hontes ? Où et dans quel milieu s'y était-elle accoutumée ? Qu'était-elle devenue pendant ces huit années passées loin de sa famille ? L'avait-elle trompé, — ou plutôt, parce qu'elle ne lui avait rien avoué ni rien promis, s'était-il trompé à son égard ? N'était-ce donc pas la chaste et si franche amie de sa jeunesse qui était revenue à Reims ? Etait-ce donc une fille ?

S'il en était ainsi, il la voulait de nouveau. C'était son droit, puisqu'elle avait été à d'autres avant d'être à lui, et qu'elle l'avait quitté pour retourner sans doute à d'anciennes amours. Et il la désirait, en l'outrageant !

Car les sens ne regrettent pas avec délicatesse et respect, ainsi que le fait le cœur. Le cœur ne se rappelle que les qualités de l'être disparu, comme pour en rendre inaltérable la mémoire et lui conserver toujours la place qu'il lui a donnée ; il n'a pas la jalousie brutale qui détruit l'idéal. Tandis que les sens, en matérialisant les regrets, livrent à une sorte de prostitution l'infidèle ou l'absent.

Or, comme c'étaient ces formes multiples qu'affectait le désespoir de Jacques, il était impossible qu'il guérit complètement. Il le comprenait si bien lui-même qu'un jour, alors que cinq mois déjà s'étaient écoulés depuis le départ de Berthe et que celle-ci n'avait écrit que quelques lignes insignifiantes à Mme Lombard, il résolut de chercher un terme à ses souffrances dans le suicide.

Ce parti pris, il retrouva le calme, mit ordre à ses affaires et rassura tout à fait ses amis par la nouvelle expression de sa physionomie, redevenue presque souriante. Il était arrivé ainsi à la veille d'exécuter son projet, quand un soir, en famille, on lut dans un journal l'histoire d'un jeune homme qui s'était empoisonné pour échapper à un chagrin d'amour ; et comme les femmes plaignaient, admiraient même le héros de cette dramatique aventure, le vieux Morin s'écria :

— Eh bien ! pour moi, c'est un imbécile doublé d'un lâche ! Se tuer pour un motif semblable quand on a sa mère, quand on a une existence tout entière devant soi, quand on peut être utile à son pays !

— Un lâche ? fit Jacques, avec un douloureux tressaillement.

— Oui, ou un imbécile ! répéta le brave homme qui, lui aussi, avait été soldat. Qu'un vieillard abandonné de tous aille au-devant d'une fin prochaine quand les forces lui manquent pour lutter ; qu'un isolé succombe au désespoir, qu'un fou se tue, c'est triste, fort triste ! Qu'un coupable se châtie soi-même pour échapper à la honte, c'est bien ! Mais celui qui a des devoirs à remplir et dont le sang peut rejaillir sur les siens, n'a pas le droit de se donner la mort. C'est une sorte de désertion devant l'ennemi ! Ah ! dame ! je ne suis pas un savant, moi, mais c'est là ma façon de voir les choses !

— Tu as raison, père ; oui, tu as raison !

Jacques avait prononcé ces mots d'une voix ferme en serrant vigoureusement la main de celui qui, sans le vouloir, venait de lui donner une si rude leçon ; et dès qu'il fut rentré chez lui, il écrivit d'un seul trait la lettre suivante.

« Mon colonel,

« J'ai l'honneur de vous demander l'autorisation de rentrer dans votre régiment, que j'ai quitté en 1845, après y avoir accompli mes sept années de service.

« J'étais sergent-major, et les notes que j'ai laissées au 20ᵉ de ligne me font espérer que vous pourrez m'accorder la faveur que je sollicite.

« En attendant l'honneur de votre réponse, daignez agréer, mon colonel, les respects de votre très humble et très obéissant serviteur.

« Jacques MORIN. »

Ignorant le nom de l'officier qui commandait son ancien régiment, autrefois sous les ordres du comte de Laurenie, le désespéré adressait tout simplement cette requête au colonel du 20ᵉ d'infanterie, Algérie. Il se réservait, pour le cas où ce régiment serait revenu en France, de demander la protection de ses anciens chefs pour être envoyé dans un bataillon de chasseurs à pied ou de zouaves, son but n'étant pas de vivre en garnison, mais d'aller là où l'on se battait, afin de mourir en soldat.

Cette lettre prête, Jacques fut pris d'un scrupule au moment de la jeter à la poste. Avait-il le droit, lui, fils respectueux et soumis, de prendre une semblable résolution sans en informer son père ? Un seul instant de réflexion lui fit comprendre qu'il devait au contraire le prévenir, au risque d'avoir à lutter contre ses observations, ses prières et même d'encourir de sa part un blâme sévère. Alors il se rendit chez M. Morin et, lui présentant sa requête tout ouverte :

— Tiens, lis cela, père, lui dit-il ; tu vas en éprouver du chagrin, mais c'est toi qui m'as, hier soir, dicté ma conduite.

Le vieil ouvrier, sans trahir autant d'émotion que l'amant de Berthe le craignait, parcourut rapidement ces lignes si menaçantes pour son amour paternel, et cela fait, un peu pâle, il les rendit à son fils, en lui disant avec un calme qui allait bientôt faire place à l'indignation :

— Je m'attendais à quelque chose de semblable ! Tu penses bien que depuis quatre mois je te surveille. Je suis allé souvent chez Mme Lombard pour causer avec elle de sa nièce et de toi. J'ignore dans quelle mesure Mlle Benoist t'a donné le droit de la regretter au point de sacrifier pour elle ton bonheur et le mien. Oh ! je ne te demande pas ton secret ! La pauvre tante Rose n'en sait pas davantage. D'accord avec moi, elle a écrit plusieurs fois à sa nièce pour lui faire part de ta peine, et jamais Mlle Berthe ne lui a répondu à ce sujet ; jamais même elle n'a tracé ton nom dans une de ses lettres, si rares et si brèves, à sa seconde mère. Dernièrement, elle lui a annoncé qu'elle irait bientôt avec Mme Simpson en Amérique, où elle espère trouver une situation brillante. Ou tu t'es trompé, mon bon Jacques, et Mlle Benoist n'est qu'une coquette qui s'est moquée de toi ; ou bien il s'est passé entre vous des choses que tu ne diras à personne, parce que tu es un honnête homme, et elle n'est qu'une misérable !

— Mon père !

— Oui, une misérable, que je maudis et que Dieu punira ! Je n'avais qu'un enfant, ma joie, mon orgueil, et elle est venue me le voler ! Ce n'est qu'une fille, une fille !

Le vieillard, à bout de courage, voilait son visage de ses mains et pleurait.

Jacques, qui avait pensé que son père montrerait encore plus d'irritation que de douleur, était atterré. Il s'était armé contre ses reproches et non contre ses larmes. De plus, il ne le supposait pas aussi complètement instruit de l'état de son esprit ; il ignorait ses visites à Mme Lombard, et sa sortie outrageante contre Berthe lui causait autant de stupeur que de peine et d'humiliation. Aussi ne savait-il par quelles paroles tenter de le calmer, puisqu'il n'avait, lui, aussi bien aux lèvres que dans son cœur, que des excuses et des pardons pour la disparue !

Ils étaient là tous deux, muets, entièrement à leur désespoir, l'un plein de mépris pour celle qu'il accusait, l'autre ne songeant au contraire qu'à la défendre.

Ce fut le père Morin qui, après avoir séché rudement ses yeux du revers de sa main, rompit le premier le silence, pour s'écrier :

— Ainsi tu ne peux pas l'oublier, cette demoiselle Benoist ? Tu ne peux pas la remplacer par une autre ? Elle t'a donc ensorcelé ? Il ne manque cependant pas de belles filles qui ne demanderaient pas mieux que de se donner à toi, le beau Jacques, comme on t'appelle ! Tu n'aurais qu'à choisir ! Tu étais trop sage ! La sagesse, pas trop n'en faut à ton âge ! Ça fait qu'on tombe amoureux d'une vaniteuse qui se moque de vous ! Mais ces créatures-là — oh ! moi, je n'en sais rien pour mon propre compte, je n'ai jamais aimé que ta brave mère — ces créatures-là, j'ai idée que ça fait rarement de bonnes épouses. C'est peut-être heureux que Mlle Berthe ait refusé de devenir ta femme. Il est probable qu'elle ne t'aurait pas été plus fidèle après qu'avant !

— Mais, père, tu te trompes, interrompit vivement Jacques, tu te trompes ! Mlle Benoist n'a jamais été rien pour moi ; elle ne m'avait rien promis. Elle était libre de partir. Ce n'est pas sa faute si je l'aime comme un fou ! Elle ne m'y avait pas encouragé. C'est une honnête jeune fille ! C'est moi seul qu'il faut accuser, mais pas elle, pas elle, je t'en prie !

Et ce fut au tour de l'héroïque infortuné à éclater en sanglots.

— Alors, mon garçon, reprit aussitôt Louis Morin, en saisissant les mains de son fils entre les siennes, oh ! alors, c'est autre chose ! Je te crois et je te demande pardon ! C'est fini, je ne te parlerai plus de Mlle Benoist ; mais, toi aussi, tu me feras bien un sacrifice, à moi ton vieux père que ton départ laisserait seul, tout seul ?

— Oui, oui, répéta l'inconsolable d'un mouvement de tête.

— Eh bien ! je te demande de rester encore quelques mois à Reims. Tiens ! attends seulement qu'une année se soit écoulée depuis le départ de Mlle Berthe et après tu t'engageras, si c'est toujours ton idée. Je ne chercherai plus à te retenir ; je ne te ferai pas un seul reproche. Eh ! qui sait si, pendant ce temps-là, tu ne te résigneras pas un peu... si même elle ne reviendra pas ? Les femmes, tu sais, elles accourent parfois au moment où on compte le moins sur elles !

Pour le conserver quelque temps encore l'excel-

brave homme était aussi lâche que son fils. Comme celui-ci, lorsqu'il défendait sa maîtresse, le père Morin mentait en feignant de croire possible le retour de celle qu'il savait bien partie pour toujours.

Jacques ne s'y trompait pas. Néanmoins, après avoir réfléchi quelques minutes, il répondit avec un triste sourire :

— Soit, père, soit ! Je resterai ici le temps que tu viens de fixer toi-même. Pas avant sept mois, nous ne reparlerons de mon projet.

Pendant que le vieil ouvrier l'embrassait en le remerciant, l'amant abandonné songeait que dans sept mois il n'aurait pas plus oublié Berthe qu'il ne l'avait fait jusque-là, mais que rien n'enchaînerait alors sa liberté.

Quoi qu'il en fût, le jeune chef de cave de MM. Barret se remit assidûment le lendemain à ses fonctions, et il reprit si complètement possession de lui-même, que ceux qui l'avaient supposé atteint de quelque maladie grave purent le croire tout à fait rétabli. Il était revenu à ses habitudes des années précédentes et ne fuyait pas trop ses camarades, sans les accompagner toutefois dans les lieux de plaisir ; il passait souvent la soirée en famille et rendait de temps en temps visite à Mme Lombard, dont la santé ne laissait plus rien à désirer.

Seulement, c'est à peine si, dans leurs entretiens, la tante Rose et son jeune ami prononçaient le nom de celle qui n'était plus là.

De loin en loin, machinalement, ou plutôt par un élan spontané qu'il ne pouvait pas toujours réprimer, Morin demandait bien ce qu'elle devenait et la bonne veuve répondait brièvement, puis ils choisissaient bine vite un sujet de conversation moins pénible.

C'est ainsi que Jacques apprit un jour que Berthe avait annoncé son départ puor l'Amérique, mais Mme Lombard ne savait pas plus son domicile là-bas qu'elle ne l'avait jamais connu en Europe, et pour se conformer aux instructions de sa nièce, elle avait dû lui écrire Post Office, à New-York.

C'était toujours, de la part de Mlle Benoist, le même système d'adresse poste restante, sans doute dans le but de dissimuler le lieu exact de sa résidence.

Néanmoins, à cette nouvelle, Morin n'avait pas sourcillé. Peu lui importait l'espace qui le séparait de celle qu'il ne devait plus revoir !

Quant au père Louis, il prenait probablement les choses avec moins de résignation et voulait se distraire un peu, car un soir que son fils était venu partager son dîner, il lui dit :

— Tu vas être joliment surpris. Je vais à Paris.

— A Paris ! fit Jacques, réellement stupéfait, toi ! Pourquoi faire ?

— Eh ! dame ! tout simplement pour me promener. J'ai travaillé assez longtemps sans prendre aucun plaisir. Je suis vieux mais solide au poste ; je veux en profiter. Il y a déjà des années que cette idée-là me trotte par la tête. Pense donc : il y a trente-deux ans que je n'ai vu la capitale ! J'y suis resté trois jours en revenant de Normandie, où la Restauration m'avait envoyé en garnison. C'était en 1816. Paris doit être rudement changé ! Je me fais une fête de le revoir sous la République. C'est peut-être moins triste que jadis ! De plus, j'ai honte, moi qui ai tant aimé l'Empereur, de n'avoir pas encore vu son tombeau. Rien que pour ça, j'irais à Paris !

Le digne homme avait récité tout cela comme une leçon soigneusement apprise. Son fils n'en revenait pas. Son père, si sage, si rangé, si économe ; son père s'en aller à Paris dans le seul but de se distraire ! Car s'il avait servi dans les armées du premier Empire, on ne l'avait jamais entendu parler de Napoléon Ier avce un si grand enthousiasme, et bien certainement il n'aurait jamais songé à se mettre en route dans le seul but de faire un pèlerinage aux Invalides. Donc, en réalité, [illegible] sait pour lui que d'un voyage d'agrément.

Après tout, pourquoi pas ! La perspective de [illegible] départ pouvait l'avoir attristé à ce point qu'il [illegible] lait peut-être tenter d'oublier un peu ce ma[illegible] prochain. Alors il lui répondit :

— Eh bien ! oui, je te comprends, va passer [illegible] ques jours à Paris ; mais s'il t'arrivait la moin[illegible] des choses, vite un mot et j'accourrai.

— Sois tranquille, il ne m'arrivera rien et, [illegible] une semaine au plus, je serai de retour.

Ce que le vieillard ne disait pas, c'est que, [illegible] peu, il avait eu de longs entretiens avec [illegible] Lombard, qu'il avait demandé au commiss[illegible] central à Reims, M. Renoir, qui l'estimait beau[illegible] une lettre de recommandation pour un de ses [illegible] de Paris, fonctionnaire à la Préfecture de po[illegible] et qu'il avait emprunté à sa petite fortune qu[illegible] billets de mille francs pour parer aux frais de [illegible] mystérieuse excursion.

Jacques ignorait tout cela ; aussi fut-ce sans l'[illegible] bre de préoccupation que, vingt-quatre heures [illegible] tard, après le dîner, il installa lui-même son [illegible] dans cette même diligence que Berthe avait [illegible] pour fuir, cinq mois auparavant.

Le lendemain matin, le voyageur mettait pied à terre dans la cour des Messageries de la [illegible] Bouloi, aussi frais et dispos que s'il eût passé [illegible] nuit dans son lit.

IV

Avant de quitter Reims, le père Morin s'était [illegible] seigné sur un hôtel. On lui avait indiqué l'Hôtel [illegible] Nord, à côté des Messageries, dans la même [illegible] Il y fit porter sa valise et, moins d'une demi-[illegible] après, rasé de frais, fort convenablement [illegible] bourgeois aisé qu'il était et sans que rien [illegible] tournure trahît trop le provincial, il se fais[illegible] duire rue de Jérusalem, où se trouvaient à [illegible] bureaux de la Préfecture de police, dans les [illegible] bâtiments dont se composait jadis l'hôtel des [illegible] miers présidents du parlement de Paris et qu[illegible] Commune a incendiés le 24 mai 1871.

Là, il expliqua à un garde qu'il avait à remettre [illegible] M. Mercier, chef de division, un pli important [illegible] commissaire central de Reims, d'où il venait [illegible] lui indiqua le cabinet de ce fonctionnaire, qu[illegible] reçut le plus gracieusement du monde et lui [illegible] après avoir lu la lettre d'introduction de M. Re[illegible]

— Mon ami vous recommande très chaudement [illegible] moi, sans m'expliquer comment je puis vous [illegible] utile ; il se contente de m'écrire qu'il vous porte [illegible] plus vif intérêt et que je puis avoir pleine confiance en vous. J'y suis tout disposé. De quoi s'a[illegible]

— Mon Dieu ! monsieur, répondit le père de Jac[illegible] ques, que cet accueil mettait tout à fait à l'aise, M. Renoir ne vous en écrit pas plus, c'est [illegible] n'en sait guère davantage. Lorsque, décidé à [illegible] à Paris, j'ai demandé une lettre à M. le commissaire central, j'allais tout lui expliquer, mais il m'a ar[illegible] rêté pour me dire : « Mon brave Morin, je n'ai pas besoin de connaître vos affaires ; je ne sais qu'une chose, c'est qu'on peut vous recommander sans crainte et je le fais avec le plus grand plaisir. Vous raconterez votre cas à M. Mercier. »

— Eh bien ! racontez-le moi.

Avec son expérience à lire sur les visages, le chef de division avait immédiatement jugé qu'il était en face d'un honnête homme, et c'est avec une bien[illegible] veillance visible qu'il l'écoutait.

Louis Morin reprit aussitôt :

— Voici, monsieur, le service que vous pourri[illegible] me rendre. J'ai un grand fils de trente ans, qu[illegible] un des plus beaux et des plus braves garçons qu[illegible] y ait au monde. Après être resté sept ans en [illegible] que, il est sorti du service comme sergent-major [illegible] prouvé que c'est un bon sujet, et il aurait certainement été fait officier s'il l'avait voulu ; mais il a préféré rentrer au pays, à Reims. Ce fut un malheur, puisque, chez nous, il a retrouvé une amie d'enfance, Mlle Berthe Benoist, qui était venue passer quelque temps auprès de sa tante, Mme Lombard, et il en est tombé ou plutôt retombé si amoureux, car il l'avait toujours aimée, que cette jeune fille ayant disparu tout à coup, mon bon Jacques a voulu se tuer. Il n'a renoncé à cet horrible projet, cette lâcheté, comme je lui ai dit, que pour s'engager. Tout ce que j'ai pu obtenir de lui, c'est de rester encore quelques mois chez nous. Il s'imagine que je lui ai demandé ce sacrifice dans l'espoir qu'il se consolera et ne partira pas. Il se trompe ! Je le connais bien, et je sais qu'il partira comme il l'a juré, s'il ne revoit pas celle dont il voulait faire sa femme. Or, nous ignorons tous où demeure Mlle Benoist. Il y a déjà plusieurs années que sa tante ne lui écrit plus que poste restante, et depuis qu'elle a quitté Reims, il y a cinq mois à peu près, Mme Lombard a eu beau lui parler dans ses lettres de celui qu'elle a ensorcelé, elle n'a jamais répondu une seule fois à ce sujet, mais elle a informé un jour sa parente qu'elle s'embarquait pour l'Amérique avec une Mme Simpson, de qui elle élève la fillette. Moi, je ne crois pas à ce voyage-là et je me suis mis dans la tête de la retrouver, pour lui dire dans quel désespoir son départ a plongé mon cher Jacques. Il ne veut rien avouer de ce qui s'est passé entre Mlle Berthe et lui, parce que c'est un cœur généreux ; mais j'ai idée qu'ils ont échangé quelques promesses, si ce n'est pas davantage encore, grâce auxquelles mon fils est fou tout à fait. Après l'avoir empêché de se donner la mort sous mes yeux, je voudrais qu'il n'allât pas la chercher en Afrique, car il n'a pas d'autre but, le malheureux ! Et c'est mon enfant unique, monsieur ! Tout le monde l'estime. S'il meurt, voyez-vous, moi aussi je mourrai ! Eh bien ! cette Mlle Benoist, que j'ai connue toute petite, je veux la voir, lui parler. Si c'est une honnête fille, elle me comprendra, m'expliquera sa conduite, cèdera à mes prières et reviendra avec moi au pays pour épouser Jacques, qui gagne très honorablement sa vie et à qui je donnerai tout ce que j'ai, tout ! Si, au contraire, elle est indigne de mon fils, oh ! je lui dirai nettement, sans rien lui cacher et alors il guérira, je l'espère. Vous qui savez tout ce qui se passe à Paris et pouvez tout, faites-moi retrouver Mlle Berthe Benoist. Voilà, monsieur, ce qu'un pauvre vieux père est venu vous demander. Excusez-le !

— Vous n'avez pas à vous excuser, répondit avec bonté M. Mercier, que ce triste récit, fait simplement avait beaucoup ému, si accoutumé qu'il fût, en raison même de ses fonctions, au spectacle des misères humaines, et je vais vous aider de tout mon pouvoir à découvrir celle que vous voulez voir ; mais je crains bien que votre démarche ne soit inutile puisque cette personne n'ignore pas l'effet que sa disparition a produit sur votre fils et qu'elle n'a pas donné signe de vie. Cependant, peut-être, en effet, cèdera-t-elle à vos prières ou vous donnera-t-elle de sa conduite une explication de nature à faire revenir M. Jacques sur sa fatale détermination. A moins que l'honnête femme qu'il aimait à Reims ne soit tout à fait autre chose à Paris. Seulement, pour me lancer à la recherche de mademoiselle...

— Mlle Berthe Benoist.

— Mlle Benoist... il faudrait que j'eusse quelques renseignements sur elle.

— Je l'avais bien prévu et voici une note que j'ai écrite à son sujet.

Et il remit au chef de division une feuille de papier sur laquelle étaient tracées ces lignes :

« Mlle Berthe Benoist, orpheline, recueillie par sa « tante, Mme Lombard, veuve d'un employé des « postes de Reims, est une jeune femme de vingt-« six à vingt-sept ans, blonde, élancée, avec de « grands yeux bleus, très belle, fort instruite. Elle « est partie de Reims en 1842, avec une riche Amé-« ricaine, Mme Simpson, pour faire l'éducation de « sa fille Mary. Mme Simpson demeurait alors 120, « avenue des Champs-Elysées, mais elle a aban-« donné son appartement deux ans plus tard à peu « près, et s'est mise à voyager avec sa fille et son « institutrice.

« C'est pour cela que Mlle Benoist a prié sa tante « de lui écrire poste restante à Paris. Depuis cette « époque, Mme Lombard a reçu de sa nièce beau-« coup de lettres datées du Midi ou de l'étranger. »

« Quand Mlle Benoist venait à Reims, ce qu'elle « a fait cinq ou six fois en sept ans, elle n'a ja-« mais donné d'adresse fixe, parce qu'elle ne vi-« vait auprès de Mme Simpson et de sa jeune « élève que dans des hôtels, tantôt l'un, tantôt « l'autre, selon la mode américaine, affirmait-elle.

« Le dernier voyage de Mlle Benoist dans sa « ville natale a eu lieu en novembre 1848 ; elle est « restée vingt-quatre jours chez sa tante, qui était « très malade, puis, un matin, alors que Mme « Lombard allait beaucoup mieux, elle l'a préve-« nue tout à coup qu'elle était rappelée à Paris « par Mme Simpson, et le même jour, elle est par-« tie, sans même dire adieu à personne. Ensuite « elle a écrit quatre ou cinq fois à sa vieille parente « mais des lettres de quelques lignes, mises à la « poste dans le sud de la France ou en Italie et « qui ne répondaient à aucune des questions rela-« tives au chagrin que sa disparition subite avait « fait à son ami Jacques, un brave et beau garçon « qui l'aimait, qu'elle voyait à Reims presque tous « les jours et à qui elle avait témoigné une verita-« ble affection. »

— C'est étrange, en effet, dit M. Mercier, après avoir lu attentivement cette note. Il est certain qu'il y a là-dessous quelque mystère ou quelque honte. Enfin nous allons nous mettre à la recherche de Mlle Benoist ; je donnerai des instructions au quatrième bureau, qui est spécialement chargé des appartements meublés et des hôtels. On retrouvera sans peine les traces du passage de Mme Simpson et de sa suite dans ceux de ces établissements où cette dame est descendue. Ce sera là une première piste, qui nous permettra facilement de savoir, soit où elle demeure aujourd'hui, soit dans quel pays elle voyage, car il est hors de doute que cette étrangère, qui n'a pas les mêmes raisons de se cacher que Mlle Benoist, donne toujours son itinéraire, afin qu'on puisse faire suivre sa correspondance. Si elle est partie pour l'Amérique avec l'institutrice de sa fille, nous pourrons aisément en avoir la certitude, pourvu toutefois qu'elles se soient embarquées dans un port français, où les noms des passagers sont toujours exactement enregistrés dans les agences maritimes, à moins qu'il ne s'agisse de criminels dissimulant avec soin leur identité, ce qui n'est pas le cas de ces dames, surtout celui de Mme Simpson.

— Combien je vous remercie, monsieur, de la peine que vous voulez bien prendre ! dit Louis Morin, avec une inexprimable expression de gratitude.

— Vous me remercierez plus tard, si nous trouvons et si cela vous sert à consoler un peu votre fils. Où habitez-vous ?

— Hôtel du Nord, rue du Bouloi.

— Attendez-y de mes nouvelles. J'espère que je pourrai vous en envoyer dans deux ou trois jours. Allons, bon courage, promenez-vous un peu et tâchez de vous distraire !

En disant ces mots, l'aimable fonctionnaire avait tendu ses deux mains à son visiteur, qui les lui serra avec respect et se retira moins désespéré.

Le père Morin croyait qu'il lui suffirait de parler à Berthe pour tout arranger, et maintenant qu'il était certain de la voir, car il ne doutait pas du résultat des démarches qui allaient être faites, il considérait déjà son fils comme sauvé.

Il passa donc presque gaiement toute sa journée à parcourir Paris ; le lendemain, il alla visiter le tombeau de l'Empereur aux Invalides et quand, le jour suivant, un sergent de ville lui apporta un mot du chef de division l'invitant à venir le trouver sans retard, il ne fit qu'un bond de la rue du Bouloi à la Préfecture de police, où il fut immédiatement introduit auprès de M. Mercier.

Celui-ci, malgré tout ce qu'il avait tenté, ne lui réservait pas de bonnes nouvelles.

— Cher monsieur, lui dit-il, je n'ai pas eu grand mal à retrouver Mlle Berthe Benoist, au moment de son arrivée à Paris, car, à cette époque, elle habitait réellement chez Mme Simpson, au 120 de l'avenue des Champs-Elysées. Les concierges de la maison, qui sont toujours les mêmes, se rappellent parfaitement l'institutrice de miss Mary ; seulement ils affirment que cette personne, Mlle Benoist, c'est bien la vôtre, avait quitté Mme Simpson longtemps avant que cette dame partît en voyage avec sa fille et sa nouvelle gouvernante. Si leurs souvenirs sont fidèles, c'est en 1845 que leur locataire s'est embarquée pour New-York. Par conséquent, Mlle Benoist ne serait pas restée plus de deux ans chez cette Américaine.

— Je m'en doutais un peu, fit le père de Jacques, en hochant la tête. Où la chercher ?

— C'est plus difficile. Mon agent, qui est fort adroit, a interrogé inutilement les concierges du 120 et quelques marchands du quartier. Pensez qu'il y a cinq ans de cela ! Aucun de ces gens-là n'a jamais revu ni Mme Simpson ni Mlle Benoist. Ce dont nous pouvons êtres certains, c'est que Mlle Benoist n'est pas plus partie pour les Etats-Unis avec Mme Simpson il y a cinq ans qu'il y a quinze jours, et que tout ce qu'elle écrivait à Reims n'avait pour but que de faire croire qu'elle était toujours avec sa jeune élève et de cacher son adresse. Pourquoi ? C'est ce qu'il est trop facile de deviner.

— Oui, je vous comprends. Et si j'écrivais, moi, à Mme Simpson ?

— Il faudrait d'abord connaître sa résidence.

— Son mari avait de gros intérêts dans l'une des manufactures importantes de Reims ; on me dira dans cette maison où il habite.

— C'est probable, mais que pourra vous apprendre Mme Simpson ? Elle se bornera à vous dire en quelle année et pourquoi Mlle Benoist l'a quittée, si même elle vous dit cela. Quant à savoir ce qu'elle fait et où elle est en ce moment, comment voulez-vous que, de retour en Amérique depuis cinq ans, cette dame soit mieux renseignée que vous à cet égard ? Il est peu probable qu'elle ait conservé des relations avec son ancienne institutrice.

— C'est vrai. Alors, plus rien à faire, plus d'espoir de la retrouver !

Le pauvre provincial était atterré. Lui qui comptait tant sur son voyage à Paris et sur la toute-puissance de la police !

M. Mercier réfléchissait, ayant réellement à cœur d'être utile à ce père infortuné. Malheureusement le moment était peu propice aux recherches dont il s'agissait. La préfecture avait à sa tête un officier supérieur que la politique absorbait, car les républicains s'agitaient, fort inquiets de la marche en avant du bonapartisme, depuis que le prince Louis était président de la République, et la Constituante allait faire place à une assemblée législative. Il était bien difficile de mettre en campagne, dans un intérêt privé, des agents peu faits d'ailleurs à ce genre d'enquête et qui ne pouvaient être distraits aisément de leur service public.

Il était donc fort embarrassé ; enfin, ses traits se détendirent et il répondit à son solliciteur :

— Non, tout espoir n'est pas perdu ; je crois au contraire que vous parviendrez à découvrir Mlle Benoist, seulement cela vous coûtera peut-être un peu cher.

— Oh ! n'importe, fit l'excellent père, reprenant courage ; j'ai apporté avec moi ce qu'il faut.

— Alors, vous allez vous rendre rue Montmartre, 142, chez M. Roulans, qui dirige une agence de renseignements à laquelle j'ai moi-même eu recours plusieurs fois. Ces gens-là ont des moyens d'investigation que nous ne pouvons pas employer, car ils les font payer, ce qui est fort naturel, puisqu'ils déboursent eux-mêmes de l'argent pour atteindre leur but, tandis que nos services à nous doivent être et sont toujours gratuits. Voici la note que vous m'avez remise sur Mlle Benoist, afin de vous éviter la peine d'en faire une seconde ; voici, de plus, ma carte. Elle vous suffira auprès de M. Roulans comme mot de passe et d'introduction. C'est relativement un honnête homme. Néanmoins, défendez ferme votre portefeuille ; ne trahissez pas trop votre impatience, ni l'intérêt personnel que vous avez à découvrir Mlle Benoist. Recommandez-vous très franchement de moi et revenez me voir, pour me tenir au courant des choses.

M. Morin prit la note et la carte que M. Mercier lui tendait, le remercia avec effusion et le quitta bien vite, pour courir rue Montmartre.

Adolphe Roulans, à qui le fonctionnaire de la préfecture de police adressait le père de Jacques, était un ancien avoué de province que des maladresses successives dans ses opérations avaient chassé d'abord de son étude, ensuite de la ville où il exerçait ; et il s'était réfugié à Paris où, comme la plupart des officiers ministériels déclassés, il avait cherché à employer, pour vivre de son mieux, les connaissances spéciales qu'il devait à sa profession. C'est ainsi qu'il avait été conduit à créer une agence de renseignements, en s'associant l'ex-clerc d'un notaire de Paris, qui connaissait bien le terrain et devait être un auxiliaire de premier ordre, grâce aux affaires auxquelles il avait donné ses soins chez son patron, grâce surtout aux notes et documents dont il s'était muni, avec prévoyance, avant de le quitter.

Ceci dit assez à quel genre d'industrie on se livrait au 142 de la rue Montmartre, dans le cabinet décent, presque austère, où notre bon Rémois fut tout de suite introduit, lorsqu'il eut fait passer à M. le directeur la carte de M. Mercier.

Ce directeur, Adolphe Roulans, était un personnage d'une quarantaine d'années, maigre, blême, grave, tiré à quatre épingles, ayant conservé de son ancien métier cette sorte de raideur que certaines gens prennent volontiers pour de la distinction, et à laquelle il devait d'être pris, lui, tout à fait au sérieux par les clients qui faisaient appel à ses lumières.

Ses lèvres pincées esquissèrent toutefois un sourire, pendant qu'il désignait un siège à son visiteur ; puis, de ce ton mystérieux de confesseur avec lequel interrogent ceux qui sont accoutumés à recevoir les secrets des autres, il lui demanda ce qui l'amenait, en affirmant qu'il était toujours heureux d'être utile et agréable aux amis de M. le chef de division.

La vérité, c'est qu'ayant besoin, en certaines occasions délicates, de la protection de la police, notre individu était en réalité et par force tout à ses ordres.

Un peu ému d'abord de cet accueil cérémonieux et de l'aspect de ce cabinet, qui ressemblait fort à celui d'un juge d'instruction, M. Morin se remit cependant assez vite et, tendant à Adolphe Roulans sa note sur Berthe Benoist, il lui dit :

— Soyez assez aimable, monsieur, pour parcourir ceci, et vous saurez pourquoi je m'adresse à vous.

L'ancien avoué prit le document, le lut, le relut

Mercier, cela fait, il demanda au protégé de Mercier :

— Vous désirez sans doute que je vous fasse retrouver cette demoiselle Benoist, sur qui les agents de la préfecture n'ont pas réussi à mettre la main ?

— Oui, monsieur, c'est là le but de mon voyage à Paris. M. Mercier m'a seulement appris que Mlle Benoist n'était plus chez Mme Simpson lorsque celle-ci a quitté son appartement des Champs-Elysées, mais il n'a pu avoir aucun renseignement sur elle à partir de cette époque, c'est-à-dire depuis 1844. On a tout à fait perdu ses traces, et comme Mme Simpson est retournée en 1845 aux Etats-Unis, d'où elle n'est plus revenue, on s'adresserait inutilement à elle pour savoir où se trouve en ce moment Mlle Benoist, car — c'est l'avis de M. Mercier — cette dame américaine n'a dû conserver aucune relation avec celle qui s'est séparée aussi brusquement de la jeune fille dont elle faisait l'éducation.

— M. le chef de division est dans le vrai ; c'est d'un autre côté qu'il faut chercher, que je chercherai... et trouverai, je l'espère. Mais ces recherches, vous le comprenez, sont fort délicates, très difficiles ; elles exigent du tact, du temps, un agent spécial, habile, des déboursés fréquents et, par conséquent, elles coûtent quelque argent.

— Je le comprends, monsieur, et bien que je ne m'occupe de cette affaire que pour être utile à un ami, je suis prêt à payer ce qui sera nécessaire, pourvu que ça ne dépasse pas mes moyens.

Se souvenant de la recommandation de M. Mercier, le père Louis défendait sa bourse contre Adolphe Roulans, qui l'aurait, il est vrai, vidée sans vergogne ; car il était homme à arracher l'âme à son père, le mot âme pris ici dans l'acception que lui donnait le bon chanoine Pedro Garcias.

— Oh ! il ne faut pas vous effrayer outre mesure, reprit vivement l'ex-avoué, rappelé à la modération par la crainte de laisser échapper une affaire. Il peut arriver que nous réussissions rapidement et dans ce cas, mes frais seront moins élevés. Je me contenterai de cinq cents francs à titre de provision ; nous réglerons plus tard.

Sans se le faire répéter, M. Morin tira de son portefeuille un billet de banque de la somme demandée et le remit à M. Roulans, qui lui en donna un reçu détaché d'un livre à souche.

M. le directeur prit ensuite l'adresse de son client, en promettant de nouveau de ne rien négliger pour le satisfaire et de le tenir au courant de ses démarches.

Cependant le vieillard n'en reprit pas moins fort soucieux le chemin de son hôtel. En se rappelant ce que M. Mercier avait dit du départ de Mlle Benoist de chez Mme Simpson, à une époque où sa tante la croyait toujours l'institutrice de la jeune Américaine, il avait déjà une preuve de la duplicité de celle qu'aimait son fils ; et il se demandait si ce premier mensonge, si le soin de la nièce de Mme Lombard à toujours dissimuler son adresse et à faire croire qu'elle était loin de Paris, tandis que, vraisemblablement, elle y avait constamment résidé, si tout cela enfin ne cachait pas quelque situation inavouable, qui la séparait de Jacques à jamais et la rendait même indigne de lui inspirer le moindre regret.

La question envisagée de la sorte, il eut un moment l'idée de revenir sur ses pas pour prier M. Adolphe Roulans de ne pas se mettre en campagne ; mais il pensa que son fils douterait peut-être encore, qu'il était nécessaire, pour le guérir, de lui montrer dans tout son abaissement celle qu'il espérait toujours revoir, c'était à craindre, et alors il se résigna à attendre les résultats des recherches de l'agence de renseignements, d'autant plus qu'il pourrait se faire, — ainsi que Jacques, il hésitait, lui aussi, à croire au mal, — que Mlle Benoist expliquât sa conduite de façon à reconquérir l'estime de tous.

L'ex-chef de cave de la maison Barrell se mit donc à aller et venir à travers Paris, sans curiosité, tout simplement afin d'abréger les jours, après avoir toutefois écrit à Reims pour y rassurer sur son sort.

Pendant ce temps, désireux de gagner consciencieusement, d'abord les cinq cents francs qu'il avait reçus à titre de provision, puis encore cinq cents autres francs et plus, M. Roulans excitait le zèle de celui de ses agents auquel il avait confié l'affaire Berthe Benoist.

Cet agent, Edouard Maret, qui avait été secrétaire d'un commissaire de police à Paris — il savait bien choisir ses auxiliaires — était jeune, patient, fin limier et ne manquait pas d'esprit. Son patron avait tout espoir qu'il atteindrait son but, bien que son dossier ne se composât que de la note rédigée par M. Morin et des renseignements recueillis par M. Mercier, renseignements qui s'arrêtaient, on s'en souvient, à l'époque où Mlle Benoist avait quitté Mme Simpson, en 1844.

Cependant une semaine entière s'écoula sans que Maret parût avoir rien trouvé d'intéressant. Il venait au rapport tous les soirs, rue Montmartre, mais pour dire qu'il n'avait encore que des conjectures. Il se croyait sur une bonne piste ; il avait la conviction qu'il réussirait ; seulement il fallait lui donner du temps.

Ces assurances de son collaborateur autorisèrent aussitôt M. Roulans à demander cinq cents autres francs au père de Jacques, sous le prétexte qu'il était nécessaire de délier la langue de quelques concierges et fournisseurs du quartier où on avait la certitude que demeurait la nièce de Mme Lombard. Le bonhomme paya sans se faire prier, reprit un peu de courage... il en était là, douze jours après son arrivée à Paris, lorsqu'un matin, un mot de M. le directeur l'appela en toute hâte à son cabinet.

Un quart d'heure plus tard, il se faisait annoncer à Adolphe Roulans, qui lui dit, après un gracieux salut de la main et en se renversant sur son fauteuil, avec la physionomie d'un personnage complètement satisfait de soi-même :

— Eh bien ! cher monsieur, je pourrais m'écrier comme Archimède : Eurêka ! Oh ! pardon ! en d'autres termes, j'ai trouvé !

— Vous avez trouvé Mlle Benoist ? fit avec surprise le vieil ouvrier qui, depuis quelques jours, désespérait de nouveau.

— Mon Dieu ! oui ; Mlle Benoist en personne, Mlle Berthe Benoist. J'ai même sur elle des détails tout à fait intimes, fort intéressants. Ah ! ça n'a pas été sans peine ! Si je n'avais pas stimulé mon employé ; si je n'avais pas mis personnellement la main à l'œuvre, nous aurions peut-être échoué ! Enfin, nous avons réussi. C'est un beau succès, car vous savez mieux que personne combien nos renseignements étaient incomplets et sommaires.

— C'est vrai et je me demande comment vous avez pu arriver à...

— En usant de notre adresse et en ne ménageant pas non plus le nerf de la guerre.

— Vous dois-je quelque chose ? demanda bien vite sa victime, en faisant le mouvement de porter la main à sa poche ;

— Oui, mais une somme insignifiante ; nous réglerons tout à l'heure. Ce qu'il y a de plus pressant, c'est de vous donner des nouvelles de Mlle Benoist. Notre campagne à sa recherche a été piquante ; je veux que vous entendiez le récit de celui-là même qui l'a très habilement exécutée.

Il avait appuyé sur un timbre. Un jeune homme entra aussitôt : c'était Edouard Maret, que nous avons présenté plus haut à nos lecteurs.

— Prenez une chaise, mon ami, lui dit son patron avec bienveillance, et racontez à monsieur comment nous sommes parvenus à découvrir la personne qu'il désirait retrouver.

Marcel Sauli, s'assit, et, du ton d'un homme accoutumé à ces sortes de narrations, il commença en ces termes :

« Je dus tout d'abord m'assurer de l'exactitude des renseignements de la préfecture de police, relativement au domicile et à la situation de Mlle Benoist, à son arrivée à Paris en 1852. Ils étaient exacts, et cette première démarche me permit de les compléter, grâce à un cocher nommé Poncel, qui a son écurie dans une des cours du 120 des Champs-Élysées et a été au service de Mme Simpson. Poncel a parfaitement connu Mlle Benoist. Il se souvient qu'on en faisait le plus grand cas chez la riche Américaine ; il l'a souvent conduite avec sa petite élève, miss Mary, et lorsque la jeune institutrice a quitté brusquement Mme Simpson, il s'est occupé, ainsi que tous les gens de la maison, de ce départ si subit, qui donnait lieu à toutes sortes de racontars. On parlait d'un mariage rompu à la suite de calomnies dont Mlle Benoist avait été victime, puis d'un duel, d'un scandale. Malheureusement Poncel ne se rappelle tout cela que sommairement, d'autant plus que les intéressés ont fait le silence autour de l'aventure en question, et que Mme Simpson est partie peu de temps après pour New-York. Quant à lui, il n'a jamais eu qu'à se louer de Mlle Benoist, qui était gracieuse, douce, généreuse. Très rarement elle sortait seule, et ce n'était jamais que pour se rendre chez des modistes ou des couturières, et quelquefois aussi pour passer au bureau de la grande poste, où elle ne faisait qu'entrer et sortir, après avoir affranchi ses lettres. Au Bois de Boulogne, où on allait beaucoup à cette époque, elle ne s'écartait pas de la petite Mary, même lorsqu'elle était abordée par des amis de Mme Simpson, parmi lesquels se trouvait, — le cocher a particulièrement conservé mémoire de celui-là, à cause de sa physionomie martiale et de son grand air, — un officier français encore jeune, dont il a oublié le nom, si tant est qu'il ait été prononcé devant lui. Depuis cette époque déjà lointaine, Poncel a cependant rencontré plusieurs fois Mlle Benoist, ou plutôt il l'a aperçue, discrètement blottie au fond d'un coupé vert sombre, dont il ne connaissait ni le cocher ni l'attelage, à l'opposé de ce qui arrive le plus souvent, car les chevaux de maîtres passent à peu près tous par les marchands avec lesquels il a des relations presque quotidiennes. Il sait toujours ce que deviennent les bêtes de quelque valeur. C'est là ce que j'ai pu en tirer, et c'est évidemment tout ce qu'il sait, car je n'ai rien négligé pour devenir son ami et le faire parler. Nous aurons peut-être encore besoin de lui plus tard.

« Tout cela, il est vrai, si intéressant que ce fût, ne me mettait pas sur la trace de Mlle Benoist ; mais j'en pouvais tirer la conclusion qu'elle n'avait pas quitté Paris ; c'était un point important. Aussi ne perdis-je pas espoir, et me souvenant de ce renseignement que m'avait confirmé Poncel, à savoir que l'ancienne institutrice de miss Mary se faisait envoyer ses lettres au bureau de la poste restante, j'eus d'abord l'idée de lui écrire à la même adresse, pour lui demander, sous un prétexte à trouver, de me donner un rendez-vous. Mais je réfléchis que si Mlle Benoist cachait soigneusement son domicile à sa famille, c'est qu'elle avait d'excellentes raisons pour le faire, et qu'elle était trop intelligente pour se laisser prendre au piège un peu naïf que je voulais lui tendre. Je passai alors à un autre projet. J'établis mon quartier général chez un marchand de vins, rue Jean-Jacques Rousseau, en face de la poste.

« J'arrivais là à l'heure où les femmes élégantes sortent de chez elles, vers trois heures, et pendant huit jours ma surveillance fut inutile, c'est-à-dire que je ne vis passer dans la rue aucune personne qui ressemblât au portrait flatteur qui m'avait été fait de Mlle Benoist ; mais le neuvième jour, un dimanche, vers quatre heures, [illegible] quitter ma faction, un peu découragé, un [illegible] vert sombre, fort bien attelé, s'arrêta devant la grande porte. Je ne fis qu'un bond jusqu'à la [illegible]ture ; une dame élégante en descendit, aussi [illegible]lement, ainsi que l'eût fait une femme [illegible] et je la suivis dans le bureau, afin de la voir de [illegible], car elle était enveloppée dans un large [illegible] et portait une voilette assez épaisse. Je [illegible] plus, qu'en demandant sa correspondance, elle [illegible]rait son nom à l'employé, et pour que ma [illegible] ne lui parût pas suspecte, j'avais tiré de [illegible] une vieille enveloppe ; ce qui me donnait [illegible] homme venant, lui aussi, réclamer quelque [illegible] et armé d'un document de nature à prouver [illegible] identité.

« Malheureusement mes espérances furent en [illegible]tie déçues ; l'inconnue était, il est vrai, jolie, blonde, comme je m'imaginais Mlle Benoist, et [illegible] coupé était bien de la couleur qu'avait signalée [illegible]cel, mais au moment où elle se présentait au [illegible]lage de la poste restante, et où, moi, je [illegible] attentivement l'oreille pour l'entendre se nommer, l'employé, lui, sans attendre qu'elle prononçât [illegible] seul mot, lui tendit une lettre, en la saluant [illegible]cieusement. Pour lui, c'était évidemment une [illegible]te habituelle, et cliente sachant probablement [illegible] généreuse à l'occasion. Je n'avais rien à tenter. À la première question indiscrète, on m'eût honteusement baissé le guichet au nez.

« Je ne perdis donc pas une seconde ; je gagnai rapidement la porte, pour voir remonter en voiture celle qui m'échappait et saisir au vol l'adresse qu'elle donnait à son cocher. C'était celle d'un marchand de comestibles, rue Richelieu. J'ai de bonnes jambes, j'y arrivai en même temps que le coupé, et pendant que sa propriétaire mettait pied à terre pour entrer dans le magasin, je [illegible] chez un libraire, qui précisément [illegible] en face, d'où je sortis, deux minutes après, avec un volume de Dumas, soigneusement empaqueté et ficelé. La jeune femme était en grande conversation avec le chef de la maison et lui faisait sans doute une commande importante, car la caissière écrivait sous sa dictée. J'attendis patiemment, en ayant l'air de dévorer des yeux les pâtés et les fruits de l'étalage, et la jolie dame sortit enfin pour remonter dans sa voiture, de ce pas un peu lourd que j'avais déjà remarqué. Puis le cocher, sans attendre un ordre, rendit la main à son cheval et prit la direction des boulevards. Je ne m'en inquiétai pas, mon plan était arrêté. En effet, j'entrai aussitôt moi-même dans le magasin de comestibles. « Vivement, » je dis au patron, en lui montrant le paquet que je tenais à la main :

« — Vous connaissez la personne qui vient de partir dans son coupé ! Voici ce qu'elle a laissé tomber.

« — Oui, répondit le marchand, cette personne est Mme Benoist, une de mes bonnes clientes. Elle ne tardera pas à s'apercevoir de la perte qu'elle a faite et reviendra sans doute ici. Voulez-vous laisser cela ? On le lui remettra.

« Cette proposition ne pouvait me convenir. « Non, » si repris-je de l'air d'un homme qui veut tout au moins avoir le plaisir de rendre l'objet trouvé.

« — Je préférerais restituer moi-même ce paquet à cette dame. C'est peut-être un objet de valeur, et...

« — Et il y a une forte récompense honnête au bout, fit avec un sourire le boutiquier. Vous avez raison, mon ami ! Eh bien ! Mme Benoist demeure 32, rue Blanche. Si elle repasse par ici avant de retourner chez elle, on la rassurera sur le sort de ce qu'elle a perdu, en l'informant que vous êtes allé le lui reporter. Ou plutôt, non, ne remontez pas rue Blanche, car Mme Benoist est déjà à la campagne, à sa villa du Parc des Princes, n° [illegible], avenue des Princes, à Auteuil. C'est là que je [illegible]

[illegible] sa commande. Ah ! diable ! c'est plus loin que la rue Blanche ?

— Oh ! pas pour moi, répondis-je ; j'habite justement au fond de Passy.

— Alors, bonne promenade !

Sur ce mot d'adieu du fournisseur de celle que je cherchais et que j'avais enfin découverte, je pris congé de lui, mieux renseigné que je n'avais pu l'espérer. Dix minutes plus tard, j'étais 32, rue [illegible], où je m'assurai que Mlle Benoist habitait réellement, et, cette certitude acquise, je pris gaiement le chemin d'Auteuil. J'y arrivai, après avoir traversé le bois de Boulogne, vers cinq heures du soir. Le temps était superbe. Ce ne fut donc plus pour moi, jusqu'au Parc des Princes, qu'une charmante promenade, et je trouvai facilement la villa qui m'intéressait. C'est une belle construction [illegible] italien, au milieu d'un joli petit parc, que l'on peut aisément parcourir du regard, à travers les interstices des plantes grimpantes dont est garnie la grille qui clôt la propriété du côté de l'avenue.

Un livre à la main, mais dépouillé de son enveloppe et ouvert, en homme qui se repose intelligemment d'une longue course, je m'assis sur un banc, d'où je pouvais tout surveiller à mon aise. Mlle Benoist venait de rentrer ; dans la cour des communs, son coupé était dételé, et bientôt je l'aperçus elle-même qui sortait de la maison, sans doute pour attendre, au grand air et au milieu des fleurs, l'heure de se mettre à table. Précisément, elle se dirigea vers la grille, et comme elle avait quitté le grand vêtement qu'elle portait à Paris, je pus m'expliquer la lenteur de sa démarche, en remarquant qu'elle était enceinte. Mais elle n'en est pas moins admirablement jolie ; et loin de trahir aucune inquiétude ni aucune souffrance, sa physionomie, au contraire, n'exprime que le calme, le bonheur et la santé. Ma campagne était terminée ; je revins à Paris pour en rendre compte à mon directeur, et vous en savez maintenant autant que moi, monsieur, sur Mlle ou Mme Berthe Benoist. »

Édouard Marel avait prononcé cette dernière phrase avec le ton et le sourire d'un saltimbanque qui congédie ses spectateurs en leur disant : Si vous êtes contents, faites en part à vos amis et connaissances ; mais M. Morin n'en était que plus émerveillé encore de tout ce qu'il venait d'entendre. Aussi, bien vite tira-t-il de son portefeuille un billet de cent francs, qu'il offrit au jeune homme, mais que celui-ci ne prit qu'après ces mots de son patron.

— Acceptez, mon ami, acceptez ; vous avez bien gagné cette petite gratification. Vous pouvez vous retirer.

Marel remercia, salua et sortit.

— Eh bien ! monsieur, qu'en dites-vous ? demanda aussitôt Adolphe Roulans à son client.

— Je trouve votre employé extraordinaire, répondit simplement le brave provincial, et je vous suis bien reconnaissant, si douloureux que soit pour mon ami ce que vous avez découvert. Quel va être son désespoir, lorsque je lui apprendrai que celle dont il voulait faire sa femme est tombée si bas ! Il ne voudra jamais me croire et, s'il me croit, Dieu sait à quelles extrémités, à quelles violences pourra le pousser sa colère ! Car j'ai tout lieu de penser que Mlle Benoist lui avait donné des droits sur elle. Alors, pourquoi l'abandonner, le trahir si lâchement ?

— Eh ! qui sait ? peut-être n'était-elle pas maîtresse d'elle-même ! Les femmes sont souvent moins coupables que les faits ne le font supposer. Si vous alliez la voir, lui parler, l'interroger ?

— J'y avais bien songé, mais maintenant, après ce que je sais, à quoi cela me servirait-il ? D'ailleurs, me recevrait-elle ? Ne me ferait-elle pas chasser comme un mendiant qui vient demander l'aumône du bonheur de son enfant ? C'est de mon fils qu'il s'agit, de mon malheureux fils ! Vous l'aviez bien deviné ?

Adolphe Roulans fit oui d'un mouvement de tête et d'un regard de sympathie, et le vieillard continua :

— De plus, est-ce que le mystère dont elle s'entoure et le luxe de son existence ne m'en disent pas assez ? Ou c'est un mari qui lui donne ce luxe-là, ou c'est un amant. Aussi bien dans un cas que dans l'autre, elle est perdue pour Jacques. Quant au nom de l'homme, mari ou amant, il ne faut pas que mon fils le sache ; il le tuerait ! Quant à ce que je lui dirai, je n'en sais rien encore. Mon amour paternel m'inspirera. Je ne songe plus en ce moment qu'à rentrer à Reims, pour ne pas rester loin de mon cher enfant un seul des jours qu'il m'a promis de vivre encore près de moi. Soyez assez bon, je vous prie, pour me dire combien je vous dois. Je me mettrai en route certainement aujourd'hui.

— Votre peine me cause une telle émotion, monsieur, et je la partage à ce point que j'ai vraiment un peu honte de vous faire débourser la plus petite somme ; malheureusement les démarches de mon agent ont été fort coûteuses. Tenez ! finissons-en par un chiffre rond. Versez-moi seulement cinq cents francs, je vous tiendrai tout à fait quitte envers moi. Vous êtes un de ces clients dont on ne se sépare pas avec indifférence.

L'excellent homme n'hésita pas une seconde, paya, reçut quittance et se sépara de l'honorable Adolphe Roulans, en le remerciant de tout cœur de ses gracieux procédés. Il avait dépensé cinq cents francs, il est vrai, mais peut-être sauverait-il son fils par la violence même de la douleur qu'il lui causerait, puisque, s'il supportait cette crise, il en sortirait sinon guéri du moins soulagé.

En quittant la caverne de la rue Montmartre, Louis Morin se dirigea d'abord vers son hôtel, décidé qu'il était à partir le soir même ; puis il pensa que Jacques n'y ajouterait peut-être pas complètement foi, s'il lui communiquait, comme reçus par une agence, les renseignements que l'on venait de lui donner, et il se décida alors, quelque répugnance qu'il éprouvât à le faire, à voir les choses par lui-même, autant que possible. Il fallait qu'il pût dire à son fils : j'ai vu et tu ne peux douter de moi !

Cette résolution prise, il se fit conduire au Parc des Princes, mit pied à terre à l'angle de l'avenue des Princes et de la route de Sèvres et se dirigea lentement, sans projet bien arrêté, vers la villa de Mlle Benoist.

Parvenu devant la grille du n° 6, il étouffa un cri d'indignation. Il était arrivé juste à temps pour reconnaître à travers le feuillage, au bras d'un homme élégant, mais déjà d'un certain âge et qui guidait tendrement sa promenade dans le jardin, celle pour qui son fils voulait mourir.

C'était bien Berthe, avec ses grands yeux bleus, sa luxuriante chevelure blonde, sa beauté un peu sévère. Le vieillard ne pouvait s'y tromper. Nonchalamment appuyée sur son cavalier, fière de sa grossesse, qu'elle ne songeait pas à dissimuler là, loin des curieux, la nièce de Mme Lombard souriait, était heureuse, pendant que Jacques, lui, pleurait.

— Ah ! la misérable ! murmura le pauvre père en étendant sa main tremblante de colère vers l'infidèle. Tu m'as volé mon fils ; sois maudite ! Que Dieu te punisse jusque dans l'enfant que tu portes en tes entrailles !

Et, chancelant, il rejoignit sa voiture, où il s'affaissa, désespéré.

Le soir même il quitta Paris, après avoir écrit à M. Mercier pour s'excuser de ne pas être allé lui faire ses adieux.

V

C'est plus triste encore qu'il ne l'était quinze jours auparavant que M. Morin avait repris le chemin de Reims.

Conduit à Paris par l'idée fixe d'en ramener Berthe, ou tout au moins d'obtenir d'elle des explications de nature à calmer la douleur de son fils, le père de Jacques n'en revenait qu'avec la preuve de l'inconduite de Mlle Benoist, et il se demandait si le remède n'allait pas être, pour l'abandonné, pire encore que le mal.

En amour, en effet, à l'opposé de ce que l'on se plaît à répéter, l'incertitude n'est pas le plus grand des maux, puisqu'elle autorise l'espoir, ce refuge des cœurs généreux et tendres, qui ne se ferment jamais au pardon.

Or, ce que le vieillard avait à apprendre à son fils, ce serait peut-être pour lui le salut, s'il ne succombait pas sous le choc du coup mortel que la connaissance de la vérité allait porter à sa dernière illusion, mais peut-être aussi ces affreuses révélations ne feraient-elles qu'aggraver ses souffrances, puisque, aux regrets de la perte de l'adorée, se joindraient la honte d'avoir aimé, d'aimer encore une femme indigne, la colère d'avoir été son jouet et, ce qui était possible, terrible à penser : le désir de la vengeance.

Le brave Louis ne savait à quel parti s'arrêter. Aussi passa-t-il toute la nuit que dura la route à s'interroger sur ce qu'il devait taire ou raconter, et le lendemain, quand, averti de son retour, Jacques accourut pour l'embrasser et le questionner sur son excursion, il le trouva si visiblement embarrassé que, assez inquiet, il lui demanda, en s'efforçant de dissimuler son inquiétude sous un sourire :

— Eh ! mon Dieu, père, as-tu donc fait là-bas de telles folies que tu n'oses m'en parler ? Je serai indulgent, va !

Si navrante que fût pour lui cette plaisanterie filiale, le bonhomme fit appel à tout son courage pour répondre aussitôt :

— Comment peux-tu supposer que je viens de passer quinze jours loin de toi à me distraire ? N'as-tu pas compris que je n'étais allé à Paris que pour tâcher de savoir ce qu'est devenue Mlle Benoist. Je voulais la retrouver, la forcer à m'avouer les causes réelles de son départ et de son silence.

— Cher père ! Pourquoi ce voyage inutile ? Mlle Berthe est en Amérique. Sa tante nous l'a dit.

— Mlle Benoist était encore à Paris il y a huit jours. La nouvelle de son embarquement avec Mme Simpson n'était pas plus vraie qu'une foule d'autres choses qu'elle vous a fait croire, à Mme Lombard et à toi.

— Tu l'as donc vue ?

— Oui, mais je ne lui ai pas adressé la parole.

— Tu n'as pas osé ?

— D'abord, elle n'était pas seule ; de plus, ce que je savais déjà de sa situation me commandait de l'éviter, afin de ne pas être tenté de lui dire ce que je pensais d'elle.

— Ce que tu pensais d'elle ?

— Oui, ce que je pense d'elle ! Tiens, j'aime mieux ne te rien cacher ; seulement, tu me promets d'être calme, de ne pas t'emporter, de m'écouter jusqu'au bout ? Tu agiras ensuite à ta guise.

— Je te le promets. N'espérant plus, que puis-je craindre d'entendre ?

— Eh bien ! voici ce qu'est devenue Mlle Benoist depuis qu'elle a quitté Mme Simpson, c'est-à-dire depuis 1844, époque à laquelle cette dame est retournée dans son pays ; elle est devenue une femme élégante, riche, avec chevaux et voiture.

— Ce n'est pas possible !

— Les gens qui m'ont donné ces détails n'ont aucun intérêt à mentir. Ils ont connu Mlle Benoist chez Mme Simpson et ne parlent d'elle que dans les meilleurs termes. Du reste, j'ai jugé par moi-même.

— Comment cela ?

— Je suis parvenu à découvrir où avait habité la nièce de Mme Lombard, et chez les concierges des divers appartements qu'elle a occupés, on m'a dit tout ce que je désirais savoir ; ce qui m'a permis de la trouver, il y a huit jours, à l'hôtel où elle s'était installée avant de quitter Paris.

— Ah ! tu vois, elle est partie !

— Oui, il y a cinq jours ! Je l'ai suivie au Havre, où, devant moi, elle s'est embarquée pour le Brésil. Et elle n'était pas seule !

— Ah ! Avec qui donc est-elle partie ?

— Avec celui qui est son... ami depuis plusieurs années. Tu supposes bien que je ne me suis pas inquiété de son nom ni de sa position sociale. C'est un homme jeune, distingué, voilà tout ce que j'ai remarqué.

— Ils sont peut-être mariés ?

— Partout où elle a habité à Paris, on ne la connaissait que sous le nom de Mlle Benoist.

— La malheureuse !

— Elle ne m'a pas semblé beaucoup à plaindre ; elle était fort gaie, et je t'assure que si tu l'avais vue, tu te déciderais à l'oublier, comme elle t'a oublié !

— Si je le pouvais !

— Enfin il faut bien aussi que je t'apprenne cela, quoique, au fond, après ce que tu sais déjà, ça ne peut que t'être assez indifférent : enfin Mlle Benoist est restée si peu sage que bientôt elle sera mère.

— Que dis-tu là ? Elle est enceinte ?

— Ce n'est pas difficile à voir, d'autant plus qu'elle ne cherche pas à le cacher. D'ailleurs, les personnes qui m'ont renseigné m'avaient prévenu. Je parierais qu'elle n'en a pas pour quatre mois ! Pauvre Mme Lombard, si elle savait ça ! Voilà, mon bon Jacques, la créature pour laquelle tu veux redevenir soldat.

Tout fier de s'être aussi habilement tiré d'affaire en mêlant le faux et le vrai, le vieux Morin ne s'était pas aperçu qu'aux dernières phrases de son récit, son fils était devenu d'une horrible pâleur.

En voulant terminer par un coup de maître, il en avait trop dit. En parlant de l'état de santé de Mlle Benoist, il avait dépassé le but. Si l'amant trahi avait accepté avec un calme relatif les preuves de l'infidélité de celle qu'il ne cessait pas d'aimer, le père s'était brusquement réveillé en lui à la révélation de cette grossesse qu'il avait désirée, espérée, on s'en souvient, et dont il avait le droit de se croire l'auteur. Cela était donc pour lui une nouvelle douleur, plus poignante peut-être encore que toutes les autres.

Aussi gardait-il le silence, ce que le bon Louis, tout stupéfait, ne pouvait s'expliquer, quand enfin, relevant la tête, Jacques lui dit d'une voix sourde :

— Oui, il vaut mieux que je sache tout ! Ah ! je pensais bien qu'elle avait quelque motif... honteux pour se cacher, ainsi qu'elle le fait. Seulement, je n'aurais jamais supposé... Enceinte ! Ah ! la misérable !

— Dame ! mon garçon, lorsqu'une femme a des...

— Tu ne comprends donc pas que cet enfant qu'elle porte dans son sein est peut-être le mien ?

— Par exemple ! Tu m'avais dit...

— Je t'ai menti ! Mlle Benoist était ma maîtresse. Elle s'est donnée à moi spontanément, avant même que j'aie osé lui parler de mon amour. Elle ne sortait de chez sa tante, chaque soir, que pour venir me retrouver. Je voulais faire d'elle ma femme, la compagne adorée de ma vie, lui rendre l'honneur qu'elle m'avait sacrifié, je le croyais comme un sot ! Et elle est partie ! Et si c'était pour se faire payer cette maternité par un autre ? Si elle nous trompait tous deux, cet autre et moi ; moi, en me volant cet enfant ; l'autre, en lui attribuant, dans quelque but criminel sans doute, une paternité à laquelle il est étranger ? Tiens ! vois-tu, si j'étais certain de cela, je courrais après elle, fût-ce jusqu'au bout du monde, pour la démasquer et la tuer après !

— Mon fils !

— Oui, je la tuerais !

Et l'infortuné, à bout de forces, se jeta dans les bras de son père, en pleurant.

Louis Morin ne savait plus que faire. Cette crise qu'il avait provoquée était encore plus violente qu'il ne l'avait prévu. Comment allait-elle se terminer ? Par la guérison ou par l'augmentation du mal ? Rempli d'épouvante, il ne pouvait que presser Jacques sur sa poitrine, en lui disant :

— Je t'en prie, du courage ! Un soldat comme toi, te laisser abattre ainsi ! Une femme de perdue, dix de retrouvées ! Ça arrive à tout le monde, ce qui t'arrive ! Maintenant que tu sais à quoi t'en tenir, j'espère que tu vas prendre ton parti et que tu resteras près de moi, sans plus songer à retourner en Afrique. Si c'est toi qui es le père de l'enfant, ma foi ! tant pis pour l'autre ! Sans compter que tu n'y es peut-être pour rien ! Est-ce qu'on est jamais sûr de ces choses-là ? Allons, mon fils, mon cher fils, allons, un peu d'énergie !

— Tu as raison, c'est honteux ! fit enfin le jeune homme en se dégageant de l'étreinte paternelle. Là ! me voilà remis ! C'est égal, le coup a été rude !

— Alors tu ne partiras pas ?

— Ah ! ne me demande pas encore cela, comme ça, tout de suite ; nous verrons !

— Oui, oui, prends ton temps, réfléchis. Viens ici tous les jours et ne retourne pas trop chez Mme Lombard.

— Tu ne lui diras rien, au moins ?

— Je te le jure !

— C'est que j'ai eu tort. Je n'aurais pas dû t'avouer mes relations avec Mlle Benoîst. Ce n'est pas d'un honnête homme ce que j'ai fait là !

— Ce n'est pas d'un honnête homme ? Tu es fou ! Est-ce que tu ne peux pas tout me dire, à moi ! Mais c'est entendu, pas un mot à notre vieille amie ! Elle sait que je suis allé à Paris et dans quel but, eh bien ! je lui raconterai que je n'ai pu retrouver sa nièce, qu'elle est en effet partie pour l'Amérique, que je n'ai rien appris à son sujet, absolument rien.

Le pauvre père n'en était plus à son premier mensonge et, pour faire plaisir à son fils, il était prêt à en commettre tant d'autres !

— Merci ! Alors, à ce soir ou à demain !

— Oui, viens me voir souvent, ne t'enferme pas comme un sauvage. Amuse-toi un peu. As-tu de l'argent ? En veux-tu ? Tout ce que j'ai est à toi, tu le sais !

— Cher et bon père !

Et après l'avoir embrassé une dernière fois, Jacques sortit en murmurant :

— Enceinte ! La malheureuse ! Je l'aurais tant aimé, lui !

Cependant, le lendemain, il ne restait sur les traits de l'ancien amant de Berthe aucune trace des émotions douloureuses par lesquelles il avait passé la veille, et quand, pour tenir la promesse qu'il lui avait faite, il vint, avant de se rendre à son travail, voir Louis Morin, celui-ci put supposer qu'il était en voie de guérison, tant il lui sembla calme et se montra affectueux.

A partir de ce moment-là, Jacques, en effet, reprit sa vie ordinaire, fréquentant de nouveau ses amis et paraissant désirer seulement qu'on ne lui parlât plus du passé. Il allait de temps en temps voir Mme Lombard, mais elle ne prononçait pas même le nom de sa nièce, ou, quand cela arrivait par hasard, elle semblait croire que Berthe ne reviendrait pas de longtemps d'Amérique.

Plusieurs mois s'étant écoulés de la sorte, le vieil ouvrier devait croire que son fils avait renoncé à toute idée de départ, lorsqu'un matin, à sa douloureuse stupeur, l'inconsolé lui dit d'une voix ferme qui trahissait l'irrévocabilité de sa résolution :

— Le terme que tu as fixé toi-même à mon séjour ici est expiré. J'ai écrit au colonel de mon ancien régiment : voici sa réponse.

Il tendait à son père une lettre où se trouvaient, en haut, à gauche, ces mots imprimés : « 20e régiment de ligne : le colonel » et qui était ainsi conçue :

« Le nommé Paul-Jacques Morin, de Reims (Marne), est autorisé à reprendre du service au 20e de ligne, qu'il a quitté, en 1845, comme sergent-major.

« Pour le colonel : le capitaine trésorier, Delonge. »

Cette lettre était datée de Lyon.

Après avoir lu ces lignes si terribles pour son amour paternel, Louis dit à son enfant, d'une voix étranglée :

— Ainsi, tu n'as attendu sept mois que pour mettre plus froidement encore ton projet à exécution. Tout ce temps que tu as passé près de moi, au milieu de ta famille et de tes amis, ne t'a apporté aucune consolation. Tu vas me quitter sans t'inquiéter de ce que je deviendrai. C'est bien mal ce que tu fais là ! L'affection que je t'ai toujours témoignée méritait mieux ! Je bénis le Ciel que ta pauvre mère ne soit plus, elle souffrirait trop ! Cette fille, tu l'aimes donc toujours malgré son oubli, son inconduite, son ingratitude envers tous ? Ah ! que Dieu la maudisse !

— Tu m'avais promis, observa Jacques avec tristesse, de ne me faire aucun reproche, lorsque l'heure serait venue. Moi, j'ai tenu ma parole.

— C'est vrai, tu as raison ! Ainsi tout est fini ; tu as signé ?

— Je suis allé ce matin à la mairie avec mon acte de libération et les autres pièces nécessaires. Je recevrai demain ma feuille de route.

— Tout est fini ! Il part !

Morin s'était affaissé sur un siège, les yeux pleins de larmes.

— Écoute, reprit son fils, en s'agenouillant devant lui. Il est préférable que je m'éloigne ; une existence nouvelle me vaudra mieux. Je ne serai plus, en quelque sorte, forcé de me souvenir à chaque instant. Trop de choses, ici, chez moi, partout, me la rappellent ! Qui sait si, dans un autre milieu, je n'oublierai pas, moi aussi ? Pourquoi donc désespérer ? Je te reviendrai peut-être un jour officier et, de nouveau, nous serons heureux. Je t'en prie, ne me rends pas notre séparation plus pénible encore !

Il avait embrassé son père et s'était relevé.

— Soit ! fit alors le malheureux, soit ! Pars, et que ta sainte mère prie pour toi là-haut, afin que tu rentres ici le plus tôt possible, tout à fait guéri ! Là, c'est fini, je ne dirai plus un mot !

Le lendemain, en effet, lorsque son fils monta en voiture, le vieillard se contenta, en le serrant tendrement sur sa poitrine, de lui souhaiter un bon voyage ; mais quand, de retour dans sa maison, il se vit seul, tout son courage disparut, pour le mettre aux prises avec le plus navrant des désespoirs. Il était convaincu qu'il ne reverrait jamais son unique enfant !

Pendant ce temps-là, Jacques faisait route vers Paris, car il avait demandé un sursis de huit jours pour rejoindre son corps, afin d'avoir le temps de solliciter la protection de son ancien chef, le comte de Laurentz. En apprenant, par la réponse même du colonel du 20e de ligne, que ce régiment était à Lyon, il avait résolu de tout faire pour être envoyé en Afrique, aux zouaves ou aux chasseurs à pied. Or c'était seulement à Paris qu'il pouvait se rensei-

[illegible] pour sa [illegible] égaré ou pour-[illegible].

La nuit était tombée et comme c'était l'heure à laquelle il dînait d'ordinaire, il entra dans le premier restaurant venu, accepta ce qu'on lui servit et mangea du bout des dents, jusqu'à ce que, grisé par l'atmosphère viciée du lieu, étourdi par le brouhaha des conversations, aveuglé par l'éclat des lumières, il sortit pour remonter, de sa même allure agitée, dans la direction de la Madeleine.

Arrivé à la rue Richelieu, il la suivit dans toute sa longueur pour retrouver la rue Saint-Nicaise, et quand enfin il fut dans sa petite chambre, à l'hôtel d'Alger, il se jeta sur son lit, brisé de fatigue, espérant bien que le sommeil allait compléter l'œuvre de calme qu'avait commencée son interminable promenade à travers Paris.

C'était encore là une illusion de sa part. Il eut beau clore ses paupières, diriger son esprit, qui ne voulait pas s'endormir, vers des choses étrangères à sa situation, c'était toujours l'image de Berthe qui se présentait à lui.

Jacques passa donc une nuit terrible, si terrible que le lendemain il n'eut qu'une seule pensée : s'assurer par lui-même que son ancien colonel était toujours absent de Paris et, dans le cas où il serait de retour, ne pas attendre sa réponse pour se présenter chez lui. Il voulait en finir à tout prix avec cette obsession qui le torturait.

Dans ce but, vers deux heures de l'après-midi, il gagna la rue Saint-Georges et il allait arriver au numéro 27 lorsque, précisément, la porte de la maison s'ouvrit à deux battants, pour livrer passage à une voiture que son attelage impatient fit tourner vivement sur la chaussée pour remonter la rue.

Mais cette voiture dont, quelques secondes plus tôt, il aurait eu à se garer, sur le seuil même qu'elle venait de franchir, Morin l'avait bien reconnue. C'était le landau qu'il avait suivi la veille, avec ses deux grands chevaux bai-clair et sa livrée grise. Il ne pouvait s'y tromper. Il emportait, comme le jour précédent, cette femme élégante dans laquelle il avait retrouvé Berthe, qui était bien elle, il en était certain, et que cette fois il n'avait pu qu'apercevoir, et aussi l'enfant que sa nourrice tenait sur ses genoux, non plus endormi, mais les yeux ouverts et sa petite bouche avide, souriante.

Croyant qu'il était de nouveau le jouet d'une hallucination, Jacques demeura quelques instants immobile, puis revenant bientôt à lui, il se dirigea d'un pas rapide vers la porte de l'hôtel et il sonna.

On lui ouvrit, il entra et, s'adressant au concierge qui se tenait devant sa loge :

— C'est ici que demeure M. le colonel de Laurentz ? demanda-t-il.

— Oui, répondit cet homme, qui n'était pas celui auquel il avait parlé l'avant-veille, lorsqu'il était venu pour la première fois rue Saint-Georges, seulement M. le comte ne sera à Paris que demain ou après, et Mme la comtesse vient de sortir en voiture avec son fils.

— Ah ! le colonel est marié ?

Mais comme cette sorte d'interrogation, en trahissant presque de la crainte, semblait causer une certaine surprise à son interlocuteur, il reprit bien vite en s'efforçant de sourire :

— Oh ! pardon ! c'est que je suis un ancien sous-officier d'Afrique ; j'ai servi longtemps sous les ordres du colonel, et...

— Eh ! il n'y a aucune indiscrétion, répondit le portier, frappé de la physionomie franche et loyale du jeune homme. Oui, M. le comte est marié. Dame ! il n'y a pas bien longtemps, trois ou quatre mois à peine. Si vous désirez lui parler, revenez demain ou après, entre onze heures et midi. Voulez-vous que je lui annonce votre visite ?

— Non, je vous remercie, je lui écrirai !

Et le malheureux se hâta de gagner la porte, car il avait sur les lèvres mille questions dangereuses et se sentait devenir fou ; puis il partit en courant, comme s'il se défiait de lui-même, comme s'il craignait de céder à la tentation de rentrer dans cette maison où, en quelques secondes, il venait de tout apprendre.

— Oh ! non, non, répétait-il en s'éloignant ; non, je ne veux pas en savoir davantage ! J'aime mieux avoir le droit de douter encore ! Elle, comtesse de Laurentz ! Elle, sa femme ! Sa femme à lui que j'ai arraché à la mort et qui m'a sauvé la vie ! Je ne le verrai pas, je ne dois pas le voir ; je partirai demain ! Et ce nouveau-né ? Ah ! mon père m'avait dit vrai ; mais pourquoi, sur tout le reste, m'a-t-il menti ? Non, non, cela n'est pas possible, je rêve ou je perds la raison !

Jacques ne s'était pas trompé ; Mme de Laurentz était bien Berthe Benoist, de qui l'ex-colonel du 2[illegible] de ligne avait reconnu l'enfant en l'épousant ; mais avant de rejoindre le fils du vieux Morin à l'hôtel d'Alger, où il s'était réfugié pour réfléchir à la résolution qu'il devait prendre, il nous faut dire par quel enchaînement en quelque sorte fatal des faits la jolie institutrice de miss Mary Simpson était devenue comtesse.

VI

A l'époque où se passaient les événements que nous racontons ici, la colonie américaine n'occupait pas encore, dans la société parisienne, la place importante qu'elle s'y est faite depuis un quart de siècle par son luxe, la gracieuseté de ses réceptions et ses qualités morales incontestables ; néanmoins la grande industrie et la haute finance des États-Unis étaient déjà représentées chez nous par quelques familles dont les chefs avaient en France des intérêts considérables.

C'était le cas de M. Charles Simpson, ce qui explique comment sa femme habitait Paris et pourquoi, Canadienne d'origine normande et catholique, elle avait désiré avoir auprès de sa fille une institutrice française. Nous avons vu dans quelles conditions, au cours d'un voyage à Reims avec son mari, son choix s'était arrêté sur la nièce de Mme Lombard.

Cependant, si Berthe Benoist n'avait pas hésité à accepter les propositions de la riche étrangère et même, pour vaincre la résistance inquiète de sa tante, elle lui avait fait entrevoir combien son avenir resterait borné en province, tandis qu'elle pourrait se faire à Paris une position indépendante, elle n'en avait pas moins éprouvé un chagrin profond à quitter sa vieille parente, et ses premiers jours chez les Simpson avaient été presque pénibles.

Mais cet état de choses s'était rapidement modifié. Bientôt rassurée dans son orgueil inné, dans son esprit un peu ombrageux, par les attentions délicates de la mère de sa jeune élève, l'orpheline s'était montrée ce qu'elle était vraiment : douce, spirituelle, charmante, bien que médiocrement expansive, et elle avait, en peu de temps, séduit tout le monde autour d'elle, maîtres et gens. Quelques semaines plus tard à peine, la gentille Mary adorait sa grande sœur Berthe, Mme Simpson était son amie et le millionnaire, excellent homme, la traitait en enfant de la maison. Bref, la jolie provinciale avait absolument retrouvé, loin de sa tante Rose, une seconde famille.

Il est vrai que Mlle Benoist se rendait digne de toutes ces affections, en se vouant entièrement à l'éducation de la fillette qui lui était confiée.

Mme Simpson rendait du reste la vie fort agréable à ceux qui l'entouraient. D'humeur facile, intelligente, généreuse, libre de dépenser à son gré et de mener son existence comme bon lui semblait, par un mari tout aux affaires et fréquemment absent, elle passait une partie de ses étés au bord de la mer, n'importe où, adoptant telle ou telle station selon la mode ou sa fantaisie, et l'hiver, elle faisait un séjour de deux mois dans le Midi de la France ou en Italie. A Paris, quand elle était chez elle, dans son luxueux appartement du 120 de l'avenue des Champs-Elysées, sa porte était ouverte non seulement à ses compatriotes de passage, mais aussi aux nombreux amis que son mari et elle s'étaient faits dans le monde élégant et artistique de la grande ville.

De cette hospitalité un peu large, il résultait bien parfois que les réunions de Mme Simpson avaient une physionomie légèrement cosmopolite, mais néanmoins on ne s'y trouvait jamais qu'en excellente compagnie.

Les salons de l'Américaine étaient donc fort bien cotés. La beauté, l'entrain, ainsi que les dots des gracieuses misses de son pays y attiraient en foule les hommes les mieux nés. Parmi ceux-là, trois qui nous intéressent y étaient particulièrement bien reçus : le comte de Laurentz, qui avait été présenté à la maîtresse de la maison par son neveu, le baron de Trémont, sportsman enragé, que le grand industriel étranger aimait beaucoup, et enfin, le comte Giacomo Ferralli, attaché à l'ambassade des Deux-Siciles, viveur infatigable, joueur incorrigible et l'un des plus jolis garçons qu'il fût possible de rencontrer.

Quant au comte Robert de Laurentz, malgré les fièvres intermittentes qui l'avaient forcé de prendre sa retraite comme colonel et le faisaient, par accès, beaucoup souffrir, c'était encore, à cinquante ans, un beau cavalier, plein de distinction et possédant, de plus, cette jeunesse de cœur, cette fraîcheur de sentiments que l'on rencontre souvent chez les hommes dont la vie s'est passée sous les drapeaux, loin de la famille et de la patrie.

Il avait une grande fortune, qu'il dépensait largement, surtout en chevaux, dont il était fort amateur. Son hôtel de la rue Saint-Georges était celui d'un artiste grand seigneur, et il ne lui restait, de proche parent, que le baron Raoul de Trémont, fils d'une sœur unique, morte depuis déjà longtemps.

Inutile d'ajouter que pour Raoul, qui menait rondement l'héritage de son père, M. de Laurentz était indulgent et généreux ; et le jeune baron, qui espérait bien que le compte ne se marierait jamais, le traitait intelligemment en oncle à héritage, pour qui un neveu prévoyant ne saurait avoir assez d'égards.

Il n'y avait donc entre eux que les rapports les plus affectueux, bien que le colonel reprochât parfois à M. de Trémont ses dépenses folles, son amour du jeu, des relations un peu interlopes, telles que sa liaison avec le comte Ferralli, qu'il estimait médiocrement d'instinct, son existence inoccupée ou du moins inutile, et surtout son scepticisme à l'égard des femmes que lui, le vieux soldat, entourait d'hommages et qu'il était toujours prêt à défendre. Aussi l'adorait-on chez Mme Simpson, où il était des plus assidus.

Ce milieu dépeint, il est facile de se rendre compte de la gêne que Berthe y éprouva tout d'abord et de son hésitation à se rendre aux désirs de l'Américaine, la première fois qu'elle lui avait dit, un matin : « Vous n'êtes pas ici seulement la savante institutrice de Mary, vous êtes ma demoiselle de compagnie, mon amie, ma fille aînée ; par conséquent ce soir comme tous les soirs, quand vous aurez terminé avec la fillette, vous êtes des nôtres. Je tiens trop à me faire honneur d'une aussi belle personne que vous pour ne pas vous montrer. »

A une insistance si flatteuse, la nièce de Mme Lombard avait dû céder. Néanmoins durant les premiers mois, elle s'effaça si soigneusement qu'elle passa presque inaperçue, jusqu'au moment où sa beauté, toujours rehaussée par une toilette modeste mais d'un goût exquis, frappa tous les regards et lui attira de nombreux admirateurs, non sans éveiller forcément quelques sourdes jalousies parmi les groupes féminins du salon de Mme Simpson.

Cependant Mlle Benoist, qui comprenait la délicatesse de sa situation, s'efforçait d'occuper le moins de place possible, de se faire toute petite. Si elle ne repoussait pas les hommages dont elle était l'objet, elle dissimulait de son mieux combien son orgueil en était flatté, et elle n'y répondait que de façon à ne pouvoir être accusée par personne de légèreté, ni de coquetterie.

D'ailleurs, parmi ceux des intimes de Mme Simpson qui saisissaient toutes les occasions de lui adresser des compliments, Berthe n'en avait remarqué particulièrement aucun, sauf peut-être le comte de Laurentz, qui, par sa distinction, son caractère chevaleresque, sa bienveillance pour tous, lui semblait le type absolu du gentilhomme français.

Elle ne se disait certes pas qu'elle pourrait aimer un homme de cet âge, pas plus qu'elle ne supposait pouvoir en être aimée, mais précisément sans doute en raison de cette absence réciproque de péril, elle était heureuse de causer avec lui. Il en était résulté entre Mlle Benoist et M. de Laurentz une communauté tacite de sentiments, paternels chez l'un, respectueux chez l'autre, qui devaient tôt ou tard se manifester ouvertement.

Tout naturellement, après l'ancien colonel, c'était son neveu Raoul de Trémont, puis l'ami de celui-ci, le comte Ferralli, que la belle institutrice de miss Mary connaissait le mieux de tous les habitués de la maison, mais si elle riait volontiers avec le baron, dont la gaieté était communicative, elle était plus réservée avec le bel Italien. On eût dit qu'elle le craignait un peu, qu'elle redoutait en quelque sorte qu'il ne lui fît la cour. Elle le trouvait trop beau, trop séduisant. Toutefois c'était là, de la part de la jeune fille, une sorte de défense préventive, sans cause réelle, car si Ferralli était fort galant à son endroit quand il venait à la maison ou lorsqu'il la rencontrait dehors, il disparaissait parfois des semaines entières.

Le cœur et l'imagination de Mlle Benoist restaient donc absolument calmes, et cela durait depuis près de deux ans, après deux saisons passées à Dieppe et trois mois à Florence avec Mme Simpson et sa fille, et notre belle provinciale était en même temps heureuse et fière de la situation que lui faisaient les amitiés qu'elle avait si complètement conquises, lorsque la famille rentra à Paris, à la fin de l'automne. Les fidèles reprirent bien vite le chemin des Champs-Elysées. Le comte de Laurentz fut des premiers ; il ne dissimula rien du plaisir qu'il avait à retrouver Berthe après plusieurs mois d'absence, et les réceptions ainsi que les promenades au Bois recommencèrent.

Seulement ce n'était plus en voiture que Mlle Benoist et sa jeune élève sortaient, mais à cheval, prudemment accompagnées par deux piqueurs, et elles étaient presque toujours rejointes par le colonel, cavalier de premier ordre. Sa présence rassurait tout à fait l'Américaine, qui, souvent, escortait sa fille en landau.

Lorsqu'il en était ainsi, parfois la petite Mary, fatiguée, venait se reposer un peu auprès de sa mère ; alors M. de Laurentz provoquait Berthe à une course au galop, qui les entraînait rapidement loin de tous les regards, et il arriva bientôt ce qui était fatal, dans cette solitude à deux, sous ces grands arbres du Bois : le comte devint plus expansif, plus tendre, puis un jour, il exprima à Mlle Benoist, mieux qu'il n'avait jamais osé le faire, tout l'intérêt qu'il lui portait, le regret qu'il éprouvait de ne plus être assez jeune pour se permettre de l'aimer ou du moins de le lui dire, tous les vœux qu'il faisait pour son bonheur, et enfin son ardent désir qu'elle le considérât toujours comme le plus dévoué, le plus sincère de ses amis.

A partir de ce jour-là, en effet, le gentilhomme et

[illegible] bourgeoise devinrent de si bons amis que tout le monde s'en aperçut, sans songer un instant à en médire. Mme Simpson, seule, se permettait parfois de plaisanter un peu Berthe sur son vieil amoureux, en l'appelant avec un sourire : Madame la comtesse, et les choses en étaient là, lorsqu'un matin le baron de Trémont sonna à la porte du coquet entresol que son ami Ferralli occupait rue des Écuries-d'Artois.

L'attaché d'ambassade dormait encore, ce qui ne surprit pas Raoul, car il l'avait quitté la veille au soir au milieu d'une partie de lansquenet qui marchait fort mal pour lui. Il le fit réveiller et quand il lui parut en état de l'entendre, il lui demanda :

— Comment ça s'est-il terminé, cette nuit ?

— Atrocement, répondit l'Italien d'une voix sombre ; non seulement j'ai perdu tout ce que j'avais sur moi, tout ce que j'ai pu emprunter et tout ce que j'ai ici, mais je dois encore cinq cents louis, et que le diable m'emporte si je sais où les chercher ! C'est le cas de le dire : plus le sou et plus de crédit ! Ce qu'il y a de pire, c'est qu'en rentrant ce matin, j'ai trouvé un gracieux petit mot de Paquita, qui, bien qu'écrit dans son français de danseuse espagnole, ne me rappelle pas moins fort clairement une note de couturière qu'elle a daigné confier à mes bons soins. Or ce sont là choses avec lesquelles la douce señora ne plaisante pas. Pour elle, c'est sacré, comme Notre-Dame del Pilar !

Paquita Sanchez était une des étoiles du corps de ballet de l'Opéra et la maîtresse, aussi coûteuse que jalouse, de Ferralli.

— Te voilà dans une jolie position ! exclama le baron avec une moue significative : cinq cents louis à payer, la note de Paquita à régler et plus rien dans ta caisse ! Heureusement que je suis là !

— Tu dis ? fit le comte, en se redressant brusquement du divan sur lequel il s'était étendu après avoir quitté son lit.

— Je dis que j'arrive fort à propos.

— Je ne comprends pas !

— Tu connais Mlle Benoist ?

— Parbleu ! La jolie institutrice de la petite Simpson ; je ne vois guère...

— Tu vas voir ! Elle te plaît ?

— Je n'en sais rien ; je ne me suis jamais fait cette question là.

— Enfin elle ne te déplaît pas ?

— Certes non ! Est-ce que tu voudrais que j'allasse lui demander les mille louis dont j'ai besoin ?

— Pas précisément, mais elle peut te rapporter bien davantage.

— Elle, me rapporter de l'argent ! Si c'est pour te moquer de moi que tu m'as réveillé, je retourne bien vite me coucher.

— Engage-toi à faire la cour à Mlle Benoist, à la jolie Mlle Benoist, et je te donne immédiatement vingt mille francs. Si tu parviens à la séduire, je mettrai le double de cette somme à ta disposition.

— Quelle étrange affaire me proposes-tu là ! Quel intérêt as-tu donc à faire sombrer la vertu de cette jeune fille ?

— Un intérêt énorme !

— Alors pourquoi ne te charges-tu pas de cette campagne, dont le dénouement victorieux n'aurait rien que d'agréable ?

— Pour une foule de raisons.

— Entre autres ?

— D'abord je pourrais échouer, tandis que toi...

— Très flatté !

— Eh oui ! tu es fort beau garçon, très habile auprès des femmes, grand séducteur. J'ai surpris parfois l'impression que tu fais sur Mlle Berthe. Je ne dis pas que tu n'auras qu'à vouloir, mais je ne doute pas qu'en t'y prenant bien, tu ne réussisses rapidement... et complètement.

— Soit ! Et les autres motifs qui te font préférer ma modeste personne à la tienne ?

— Je n'en ai qu'un : c'est que si tu es repoussé avec perte, cette défaite ne te coûtera rien qu'un petit accroc à ton amour-propre, tandis que, pour moi, la victoire même serait une catastrophe.

— Je ne comprends plus du tout !

— Eh bien ! mon cher, voici la situation et l'explication. Mon oncle bien-aimé, le comte de Laurentz, est amoureux de Mlle Benoist, de la belle Mlle Benoist, qui me paraît une personne plus fine et plus ambitieuse qu'on ne le pense. Je les observe tous les deux depuis plusieurs semaines, et je commence à avoir fort peur, non pas de voir l'institutrice de miss Mary devenir la maîtresse du colonel, bien que cela ne serait pas sans quelque danger pour mes revenus, car le comte est le plus généreux des parents, mais je crains qu'elle ne résiste et que, comme il n'a rien d'un Antony, sauf le caractère romanesque, mon cher oncle ne l'épouse !

— Ah diable ! En effet, ce serait désastreux !

— C'est pour éviter ce désastre, non pas imminent, mais possible, que...

— Oh ! maintenant, je saisis ! Il est certain que tu ne peux te faire, toi, le rival de M. de Laurentz. Il ne te pardonnerait pas !

— Or il a plus de deux cent mille livres de rente et je suis son unique neveu ; tandis que toi...

— Tandis que moi, j'ai besoin de mille louis !

— Que voici !

Le baron avait pris dans sa poche une liasse de billets de banque et les plaçait sur la cheminée.

Tout en caressant du regard les précieux chiffons, Ferralli n'avait pu s'empêcher de rougir un peu, mais son hésitation, si tant est même qu'il en eût éprouvé la moindre, ne dura qu'une seconde, et il reprit en riant :

— Tu sais que c'est assez canaille ce que nous projetons là !

— Dame ! mon cher, je me défends, riposta M. de Trémont avec cynisme, et comme je ne me trouve pas assez fort, j'appelle un ami à mon aide, voilà tout ! De plus, je ne veux pas de mésalliance dans ma famille ; c'est mon droit et mon devoir de tout faire pour que le nom des Laurentz, le nom de ma mère...

Il fut interrompu par un immense éclat de rire du comte, qui, littéralement, se roulait sur son divan, en répétant :

— Superbe, baron, superbe ! Ah ! vrai ! la mésalliance, c'est une trouvaille ! Farceur ! Disons donc simplement que pour cinq ou six millions tout s'explique, s'excuse et s'exécute. Prépare tes quarante mille francs : dans un mois je serai l'amant de Mlle Benoist !

— A la bonne heure !

— En attendant je vais régler les cinq cents louis de ma culotte de cette nuit et la couturière de Paquita. Eh ! sacrebleu ! je l'avais oublié la douce Paquita ! Je veux bien courir la chance de recevoir un coup d'épée du comte de Laurentz, mais ma jalouse amie, c'est peut-être par un coup de couteau qu'elle me paiera la conquête ou la simple tentative de conquête de Mlle Berthe.

— Bah ! tu lui diras tout, à Paquita !

— Et tu crois qu'elle acceptera la combinaison jusqu'au bout ?

— Que tu es bête ! Tu lui feras croire... ou plutôt c'est moi qui me charge de la calmer, en lui offrant certain peigne d'écaille garni de diamants, qu'elle admirait l'autre jour d'un œil d'envie chez Muller, au Palais-Royal.

— Elle est bien capable d'accepter le peigne et de se fâcher tout de même ! Enfin, qui ne risque rien n'a rien ! Dès ce soir, je commencerai le siège de Mlle Benoist, de l'adorable Mlle Benoist, que j'adore ! Tu vois que je suis déjà tout à mon rôle — je répète !

C'est sur cette ignoble plaisanterie, accentuée par une poignée de main, que les deux complices se séparèrent, sans songer un seul instant à ce que leur conduite avait de lâche et d'odieux.

Le soir même, en effet, le comte Ferralli vint chez Mme Simpson, où il était moins assidu depuis plusieurs mois, mais il n'adressa que quelques paroles à Mlle Benoist, et cela d'un ton si nouveau, avec une physionomie si visiblement soucieuse, que la nièce de Mme Lombard ne put s'empêcher de dire à M. de Trémont, lorsque son ami fut retiré :

— Qu'a donc M. Ferralli ? Il semble tout triste, tout préoccupé.

— Je l'ai remarqué également, répondit le baron, mais je ne sais que penser. Le comte est le plus discret et le plus mystérieux des hommes. Nous avons déjeuné ensemble ce matin et je l'ai vainement interrogé. C'est grâce à moi que vous l'avez vu aujourd'hui. Il ne sort presque plus, et quand je lui ai demandé pourquoi il ne venait pas chercher ici les distractions dont il me paraît avoir grand besoin, il n'a pas même trouvé une bonne raison à me donner. Il a peut-être pour des beaux yeux de quelqu'une des *misses* que l'on rencontre dans cette maison !

— Oh ! je le croyais beaucoup moins timide !

Et ces mots dits avec un sourire de doute, Berthe se sépara de son interlocuteur, pour rejoindre Mme Simpson. Elle laissait le baron convaincu qu'il venait de travailler si habilement pour Ferralli que celui-ci n'aurait plus qu'à vouloir.

C'était certainement aller trop vite en besogne ; cependant, huit jours plus tard, Mlle Benoist n'écoutait pas sans plaisir le bel Italien, et, ce qu'il y avait de plus grave, elle ne le craignait plus.

En diplomate habile, l'attaché d'ambassade ne s'était pas avancé sans avoir étudié le terrain glissant sur lequel il s'aventurait. Il savait la jeune institutrice honnête dans l'acception complète du mot ; mais comme il avait deviné, ainsi que le baron de Trémont, sa susceptibilité, son orgueil à ne pas s'imposer à qui que ce fût, le soin qu'elle apportait à ne se livrer que peu à peu aux amitiés qui lui étaient offertes, et sa joie, qu'elle ne pouvait toujours dissimuler, lorsque des personnes d'un certain rang se montraient empressées auprès d'elle, il l'attaqua au défaut de la cuirasse, d'abord en ne lui adressant que de discrets hommages, ensuite en évitant de la compromettre par de trops longs entretiens, et enfin, en plaidant avec éloquence, en toute occasion et avec des regards charmés à son adresse, l'égalité des conditions sociales entre gens dont les sentiments sont également élevés.

Ce fut seulement après avoir gagné ainsi la confiance de Berthe qu'il lui fit comprendre le penchant irrésistible qui l'attirait vers elle, en lui affirmant que s'il s'était abstenu pendant plusieurs mois de venir moins fréquemment chez Mme Simpson, c'était précisément parce qu'il redoutait de se laisser entraîner un jour à des aveux dont il n'était plus le maître.

Comme elle, il était sans famille, sans père, ni mère. Malheureusement il dépendait d'un oncle, vieillard entiché de sa noblesse séculaire, sans quoi il n'hésiterait pas à mettre à ses pieds son cœur, sa fortune et son nom. Mais cet oncle était fort âgé ; il la suppliait d'attendre, de ne pas le désespérer par un refus, de croire à la sincérité et à l'éternité de son amour.

Le comte Ferralli disait tout cela à la pauvre enfant à demi voix, par phrases entrecoupées, au hasard des quelques secondes d'isolement dans lequel il pouvait la surprendre au milieu même du salon de l'Américaine ; ou, lorsque, l'ayant guettée à l'heure de sa promenade au Bois avec la petite Mary et après s'être assuré que le comte de Laurentz ne les accompagnait pas, il la rejoignait et trouvait alors de plus complètes occasions de lui redire de douces choses, qu'elle écoutait, les regards noyés dans un rêve, le cœur battant à se rompre.

Car elle n'avait jamais entendu de semblables paroles, et malgré les efforts qu'elle [illegible] fois, dans une éclaircie de raison, pour résister, [illegible] retournait rapidement à l'ivresse d'être aimée [illegible] s'emparait d'elle, quand le maître séducteur [illegible] parlait ainsi de sa voix harmonieuse, persuasive, avec les éclairs de ses beaux yeux noirs, le sourire de ses lèvres sensuelles, l'enthousiasme peint sur tout son visage. Alors il en advint bientôt qu'un après-midi, dans le mystère d'une allée touffue du Bois, elle répondit au misérable qui la pressait [illegible] son cœur :

— Oui, moi aussi je vous aime !

Et à partir de cette heure maudite, il s'établit entre eux une correspondance toute de promesses et de projets d'avenir.

De là à la chute de l'inexpérimentée, qui n'obéissait qu'aux inspirations de sa vingtième année, [illegible] dis que la fatalité la mettait aux prises avec la rouerie et le mensonge, il n'y avait qu'un pas et nulle barrière, puisque, par un sentiment tout à la fois de pudeur et d'affection, elle se gardait bien de parler au comte de Laurentz de l'amour de Ferralli.

Peut-être craignait-elle que son vieil ami ne tentât de l'arracher à cette passion, ou même qu'il n'en fût jaloux, lui dont la tendresse, elle s'en rendait mieux compte maintenant qu'elle aimait elle-même, lui paraissait de plus en plus grande.

Quant à Mme Simpson, elle ne se doutait de rien, tant sa confiance en Mlle Benoist était absolue, et le jour où, après s'être laissé entraîner chez l'Italien, la nièce de Mme Lombard rentra déshonorée, personne n'aurait osé la souiller du moindre soupçon.

Il avait été convenu entre les amants qu'ils se verraient vers les neuf ou dix heures, certains soirs que Ferralli indiquerait lui-même [illegible] dans l'après-midi, chez l'Américaine, par un [illegible] ou un mot, et deux semaines s'écoulèrent ainsi, pendant lesquelles Berthe, profondément [illegible] put s'échapper avec d'autant plus de facilité qu'elle n'était pas surveillée et d'ailleurs sous des prétextes fort plausibles : une amie malade, une lettre qu'elle voulait mettre à la poste elle-même, pour prendre un peu l'air, après avoir assisté au coucher de la petite Mary, une course à faire dans le quartier.

Or nous savons que l'ami du baron de Trémont demeurait à quelques minutes du 120 de l'avenue des Champs-Élysées.

Mlle Benoist, toute à son amour, n'était troublée que par un seul remords : celui du chagrin que prouverait le comte de Laurentz lorsqu'il apprendrait, non pas ses relations avec Ferralli, — [illegible] ne supposait pas qu'elles seraient jamais connues de qui que ce fût — mais son mariage, car l'infortunée ne doutait pas de la sincérité ni de l'honneur de celui qu'elle aimait. Aussi évitait-elle un peu son vieil ami, de peur de se trahir. Dans son [illegible] filial, affectueux, profond, elle n'osait tout lui avouer, pour ne rien perdre de son estime et du bienveillant intérêt qu'il ne cessait de lui témoigner.

Les choses auraient donc pu durer longtemps ainsi, mais malheureusement pour la combinaison infâme de Raoul de Trémont et de son indigne complice, qui, pris un peu à son propre piège, était devenu réellement amoureux de sa victime, tout le monde ne restait pas aussi complètement aveugle que M. de Laurentz et Mme Simpson.

Il y avait auprès de Ferralli une maîtresse jalouse et défiante : Paquita Sanchez. Giacomo n'ayant presque jamais manqué d'assister au ballet les soirs où elle dansait, elle fut surprise et froissée lorsqu'elle s'aperçut qu'il ne faisait plus, ces soirs-là, que de courtes apparitions, ou même ne venait pas du tout au théâtre.

Questionné par la soupçonneuse ballerine, Ferralli répondit qu'il était retenu à son cercle et chez ses amis, où on jouait gros jeu ; mais comme la jeune femme, fort au courant des mœurs parisiennes

voueras que tu es un heureux coquin ! Je suis l'instrument de ton bonheur, puisque c'est moi qui t'ai signalé le morceau de roi que tu viens de croquer... et je paie !

« Il est vrai que tu me délivres des craintes d'héritier que les allures amoureuses de mon cher oncle faisaient croître de jour en jour. Maintenant, s'il arrivait que la jolie institutrice de la petite Simpson voulût à son tour te tromper en faveur du colonel, comme toi, tu trompes cette bonne Paquita, qui n'est pas forte, entre nous, et qu'à sa place je lâcherais tout à fait, je serais armé de façon à enlever pour jamais au comte de Laurentz l'envie de me donner, comme tante, ton adorable et adorée Berthe Benoist. Donc, merci, cher, et bien à toi. »

« Raoul de Trémont. »

« *P.-S.* — Ne pas oublier que si Paquita se fâche trop, je suis toujours disposé, pour la consoler, à lui offrir le peigne d'écaille dont elle a si grand envie. »

— Ah ! les gredins, les monstres ! s'était écriée la danseuse, après avoir lu ces ignobles lignes. Ah ! c'est pour sauver son héritage que cette canaille de baron a jeté cette demoiselle Benoist dans les bras de Ferralli ! Ah ! je ne suis pas forte ! Ah ! il conseille à son ami de me lâcher ! Eh bien ! mon petit Trémont, je me moque de votre peigne de diamants, mais vous, vous ne vous moquerez plus de moi dans vingt-quatre heures, j'en ai l'idée !

Et l'odieuse lettre précieusement glissée dans son corsage, elle referma tant bien que mal le meuble où elle l'avait prise, s'enveloppa dans sa pelisse, descendit par l'escalier de service et courut rejoindre sa voiture qui l'attendait à quelques pas de là. Dix minutes plus tard, elle sonnait chez le comte de Laurentz, rue Saint-Georges.

Un peu souffrant, le colonel avait dîné chez lui et n'était pas ressorti. On lui annonça la jeune femme, et tout stupéfait qu'il fût de la visite, à pareille heure, de Paquita Sanchez, qu'il connaissait peu, bien que son neveu la lui eût présentée au foyer de la danse, il ne songea pas à lui fermer sa porte ; mais, on le comprend, sa surprise fut complète, lorsqu'il vit que, sous son grand vêtement, elle était en costume de ballet.

Il ne lui offrit pas moins galamment un fauteuil, et comme sa physionomie exprimait tout son étonnement, l'Espagnole lui dit aussitôt, sans attendre qu'il l'interrogeât :

— Vous vous demandez, monsieur le comte, et je le conçois joliment, pourquoi je viens chez vous aussi tard et dans cette toilette ? Je vais vous renseigner en deux mots. Je suis sûre que vous m'excuserez.

— Vous êtes excusée d'avance, ma belle enfant, fit M. de Laurentz avec un sourire de vieux Parisien bienveillant, près de qui les jolies personnes sont rarement indiscrètes.

Encouragée par cette riposte gracieuse, Paquita poursuivit bien vite :

— Vous connaissez ma liaison avec le comte Ferralli, l'intime de votre neveu Raoul. Il y a trois ans que j'adore ou plutôt que j'adorais ce chenapan de Giacomo ; cependant, depuis quelque temps, je n'avais plus confiance en lui, je le surveillais ; et, c'est ainsi que j'appris, il y a une dizaine de jours, qu'il amenait une femme chez lui, pendant que j'étais à mon poste à l'Opéra. Je me promis de le surprendre. Or, ce soir, au moment où j'allais entrer en scène, on vint m'avertir que Ferralli avait tout disposé dans son appartement pour recevoir ma rivale. Je ne fis ni une ni deux, je laissai le ballet en plan, en disant à mon habilleuse de raconter que je m'étais blessée au pied — on ne le croira pas et le père Pillet va me flanquer une amende de mille francs, mais ça m'est égal — et je filai sur la rue des Écuries-d'Artois, où, grâce à une seconde clef que je m'étais procurée, j'entrai chez mon bandit fort à propos, juste à l'heure ! Il entourait de ses bras, le coquin ! une créature charmante. Vous voyez d'ici ce qui s'est passé ! Je leur fis l'effet, à tous les deux, de la statue du Commandeur. Stupeur, désespoir, épouvante de la belle ; colère de Giacomo, qui, croyant me jouer un mauvais tour et me garder prisonnière, partit avec la dame en question, en fermant sa porte à double tour ! Que vouliez-vous que je fisse, une fois seule ? M'en aller comme ça, toute honteuse de mon abandon ? Que non pas ! Les filles de mon pays ne prennent pas aussi tranquillement les choses. Alors ma foi ! je me mis à chercher, à fureter, pour en savoir plus encore sur les aventures galantes de mon infidèle, et je furetai si bien que je trouvai cette lettre. Elle m'a renseignée exactement et va vous édifier, vous, monsieur le comte, sur votre cher neveu.

Elle avait tiré de son corsage de satin le billet du baron à son ami Ferralli, et le tendait à M. de Laurentz, qui parut hésiter un instant à le prendre.

On eût dit que la réunion du nom du bel attaché d'ambassade à celui de Raoul en cette aventure, assez ordinaire cependant, éveillant tout à coup en son esprit quelque triste pressentiment.

Néanmoins il se mit à lire la lettre fatale, mais à peine eut-il pris connaissance de ses dernières lignes que, devenant fort pâle, il froissa le papier dans ses mains, en murmurant :

— Oh ! les misérables ! les misérables ! La malheureuse ! Elle ! Elle !

Puis, par un effort surhumain, reprenant un peu d'empire sur lui-même, malgré la honte et la douleur qui l'oppressaient, il ajouta, en s'adressant à sa visiteuse :

— M. Raoul de Trémont et son ami ont commis là une des actions les plus infâmes dont deux hommes de leur monde puissent se rendre coupables. Je vous remercie de m'avoir apporté cette lettre.

— J'ai tout simplement voulu me venger ! fit Paquita, que l'émotion du colonel inquiétait.

— Et vous ne serez pas seule vengée, je vous le jure !

— Quant à cette femme, je ne la connais pas, elle ne me connaît pas non plus, bien certainement, et je ne lui veux aucun mal. Est-ce que vous savez qui c'est ? Que je suis bête ! Oui, vous le savez, puisque... Ah ! j'aurais dû réfléchir, me contenter de tout vous raconter et ne pas vous donner ce billet, ne pas vous faire connaître son nom ! Je ne vaux pas mieux que Trémont et Ferralli. Après tout, je n'ai rien vu, moi ! Ce sont deux fats ; ils mentent peut-être autant l'un que l'autre pour perdre cette personne. Monsieur le comte, je vous demande pardon !

— Vous êtes une brave fille et je ne l'oublierai pas.

En disant ces mots, il avait sonné et lorsque son valet de chambre vint à son appel, il donna l'ordre de faire atteler. Ensuite, il reprit :

— Voulez-vous, mademoiselle, me rendre un grand service ?

— Oh ! tout ce que vous voudrez !

— Eh bien ! voici ce que vous ferez demain matin, aussitôt levée. Vous prierez messieurs de Trémont et Ferralli, par un mot que vous leur ferez porter, de venir vous voir ensemble à deux heures de l'après-midi. En raison même de ce qui s'est passé ce soir, ils seront exacts. Moi, j'arriverai dix minutes plus tard ; vous aurez recommandé à votre femme de chambre de m'introduire dans la pièce où vous serez avec ces messieurs.

— Que voulez-vous faire ?

— Leur dire devant vous, qui avez été témoin

… cette triste scène, ce que je pense de leur conduite, voilà tout !

— Vous me faites peur !

— Ne craignez rien, ni pour vous, ni pour ces messieurs, ni pour moi, ni pour personne. Les choses n'iront pas fort loin. Il faut éviter le bruit surtout pour la pauvre femme qu'ils ont perdue.

M. de Laurentz avait prononcé ces dernières paroles avec des sanglots dans la voix.

— Vous ne m'en voulez pas, au moins ? demanda la maîtresse de Giacomo, profondément émue.

— Pas du tout, au contraire, je vous en donne ma parole. Alors, c'est bien convenu ; à demain, deux heures ?

— Je rentre chez moi où j'écrirai tout de suite à ces messieurs un mot que mon cocher leur portera demain, dans la matinée !

— Merci !

Paquita avait quitté son fauteuil et le comte voulut la reconduire jusqu'à la porte du rez-de-chaussée où il ne se sépara d'elle qu'après lui avoir serré amicalement la main.

Puis, pendant que la Sanchez retournait chez elle, rue Labruyère, M. de Laurentz, sans se laisser abattre par la douleur, écrivit rapidement ces lignes :

« J'apprends à l'instant, ma chère demoiselle, l'odieux guet-apens dont vous venez d'être victime. Sachez d'abord que rien ne peut amoindrir ni mon estime, ni l'affection que je vous ai vouée. C'est moi qui suis, indirectement, cause du piège dans lequel vous êtes tombée ; c'est donc à moi de réparer le mal par tous les moyens en mon pouvoir. Ce que je vous écris là n'est peut-être pas suffisamment clair ; c'est pour cela qu'il faut que je vous voie sans retard, demain, d'aussi bonne heure que possible.

« Je vous en conjure, au nom de cette affection filiale que vous m'avez souvent témoignée, ayez confiance en moi ; ne faites rien, par une démarche, ne dites rien, pas un mot à personne, avant de m'avoir vu. Je vous attendrai demain jusqu'à midi, chez moi, 27, rue Saint-Georges. Vous y serez reçue en enfant chérie, excusée, plainte du fond du cœur, et vous comprendrez comment, en revendiquant le droit de vous défendre, je ne remplis qu'un devoir d'honnête homme.

« Votre ami, plus dévoué, plus sincère que jamais.

« ROBERT DE LAURENTZ. »

Cette lettre mise sous enveloppe, le colonel descendit pour se jeter dans son coupé, en donnant à son cocher l'adresse de Mme Simpson.

Lorsque la voiture s'arrêta devant le 120 de l'avenue des Champs-Elysées, il était à peine dix heures et demie. Il n'était donc pas trop tard pour se présenter chez l'Américaine, ses réceptions se prolongeant toujours au delà de minuit. En montant l'escalier, M. de Laurentz n'avait qu'une préoccupation : allait-il rencontrer Mlle Benoist, ou, s'il ne la voyait pas, comment pourrait-il lui faire parvenir son billet sans la compromettre ?

Son incertitude fut bientôt dissipée, car après avoir salué Mme Simpson, il n'eût besoin que de jeter un coup d'œil autour de lui pour apercevoir celle qu'il cherchait. Un peu pâle et les yeux battus, comme une personne qui a pleuré ou est souffrante, Berthe causait avec des amies.

Le comte s'approcha d'elle, lui tendit la main, qu'elle s'empressa de prendre, pour la serrer dans une étreinte plus vive encore que l'ordinaire, et il parvint, quelques minutes plus tard, à se trouver presque seul avec elle dans un petit salon, où, après lui avoir dit tout bas qu'il allait lui remettre un billet auquel il désirait qu'elle répondît immédiatement, il ajouta à haute voix :

— Voici, mademoiselle, les renseignements que vous avez demandés sur les livres illustrés que l'on peut donner aux fillettes ; je les ai puisés à bonne source.

Ostensiblement, il lui présentait sa lettre. L'institutrice la reçut toute tremblante et avec un frisson que personne ne remarqua, heureusement.

Cela fait, M. de Laurentz retourna dans le grand salon pour y entamer avec M. Simpson, qui était par hasard à Paris, un entretien fort intéressant sur les races chevalines de l'Amérique. Tout en écoutant le grand industriel, il s'était assuré que Mlle Benoist avait disparu.

En effet, fort intriguée du ton de son vieil ami, car elle ne pouvait supposer qu'il sût quoi que ce fût de ce qui venait d'arriver chez Ferralli, et fort pressée de connaître ce que contenait le pli qu'il lui avait remis d'une si étrange façon, Berthe s'était hâtée de passer dans sa chambre, où moins d'une heure auparavant elle était venue cacher sa honte.

Au sortir de l'horrible scène de la rue des Ecuries-d'Artois, la nièce de Mme Lombard n'avait ressenti d'abord, de ce choc douloureux, qu'une profonde blessure à son orgueil, et elle en avait moins voulu à son séducteur d'être poursuivi jusque dans son domicile par son ancienne maîtresse que de n'avoir pas su prévenir une semblable rencontre. Ensuite, lorsque, rentrée chez Mme Simpson et seule, elle avait réfléchi à ce qui s'était passé, elle avait éprouvé quelque humiliation à succéder à une danseuse, et son amour s'était affaibli au parallèle des vulgaires amours précédentes de Ferralli.

Néanmoins, après avoir beaucoup pleuré, et un peu de calme s'étant fait dans son esprit, elle avait pensé que Giacomo n'était pas moins malheureux qu'elle-même de l'aventure ; elle s'était rappelé ses excuses, ses supplications, ses serments nouveaux, et son cœur s'était rouvert au pardon. Alors, logiquement, elle n'avait plus songé qu'à faire face au danger, en ne provoquant pas les soupçons de Mme Simpson, ce soir-là surtout, par une absence trop prolongée.

D'une façon inconsciente, peut-être voulait-elle aussi se réserver un alibi. C'est pourquoi M. de Laurentz l'avait trouvée au milieu des habitués de la maison, aidant, comme de coutume, la mère de la petite Mary à faire les honneurs de chez elle.

Mais la visite du colonel avait brusquement fait cesser la tranquillité relative de Berthe, et c'est avec une curiosité anxieuse qu'elle ouvrit sa lettre dont la lecture lui causa une profonde stupeur.

Elle avait été victime d'un guet-apens ! Dans quel but ? Ce ne pouvait être uniquement dans celui de la déshonorer, elle qui ne portait ombrage à personne, elle le croyait du moins. Quel rôle avait donc joué en réalité Ferralli dans cette triste affaire ? Comment, par qui M. de Laurentz avait-il été renseigné si vite ? Que voulait-il dire en se déclarant responsable en partie de ce qui était arrivé ? Que devait-il penser d'elle, bien qu'il l'assurât de nouveau de son estime et de son affection ? Certes elle irait le voir ! Il lui fallait la clef de cette horrible énigme, à quelque malheur qu'elle dût encore s'attendre.

Et s'armant aussitôt d'un calme héroïque, elle rentra dans les salons pour faire signe au comte qu'elle acceptait son rendez-vous.

Quelques instants après, M. de Laurentz prit congé de Mme Simpson, et une heure plus tard, pendant que Mlle Benoist, retirée chez elle, se demandait avec angoisse quel allait être son sort à la suite du scandale que tout lui faisait redouter, il remettait à son valet de chambre, avec ordre de le faire porter le lendemain, à la première heure, un mot pour le marquis d'Arlès. C'était un de ses vieux amis. Il le priait de venir, toute chose cessante, déjeuner avec lui.

Ensuite il gagna son lit, mais pour n'y pouvoir trouver le sommeil.

La chute si complètement inattendue de celle qu'il

... de la Sanchez. Ils avaient déjeuné fort... convaincus que l'histoire allait se terminer par un raccommodement scellé du fameux peigne garni de diamants, et c'est d'un avec l'air confus d'un amant pris en faute, mais plein de repentir, l'autre avec le sourire d'un ambassadeur sur les lèvres, qu'ils étaient entrés dans le boudoir où Paquita les attendait, si grave, si calme, qu'ils en perdirent tous deux quelque chose de leur aplomb.

— Oh ! oh ! lui demanda cependant Raoul en s'approchant d'elle pour lui baiser la main, nous sommes vraiment fâchés ?

— Nous verrons cela tout à l'heure, répondit la jeune femme en l'arrêtant du geste. C'est à Giacomo de s'expliquer d'abord.

— Et à te demander pardon, ma chérie, fit vivement le comte, en essayant à son tour, mais vainement, de prendre la main de sa maîtresse, quoique tu exagères certainement mes torts.

— Ah bah ! vraiment ! interrompit-elle, avec un éclat de rire ironique ; ah bah ! je m'exagère les torts. Je suis arrivée trop tôt, sans doute, pour en avoir une preuve plus complète ! Eh bien ! ce que j'ai vu me suffit. Pour moi, la trahison commence au commencement. D'ailleurs j'ai en ma possession certaine lettre qui ne me laisserait aucun doute, si j'étais assez bête pour en avoir encore le moindre.

— C'est très mal ce que tu as fait là ! Forcer un meuble, fouiller dans mes tiroirs ! Tu vas me la rendre cette lettre, ma petite Paquita.

— Te la rendre !!

— Ou nous la vendre, dit d'un ton plaisant M. de Trémont. Qu'en feriez-vous ?

— Dame ! je pourrais toujours l'envoyer à M. le comte de Laurentz... votre oncle.

— Ah ! diable ! pas de bêtise ! À quoi cela vous servirait-il ?

— À me venger de votre bonne opinion sur moi, qui ne suis pas forte, et de votre gracieux conseil à Giacomo de me planter là.

Plus effrayé encore qu'il ne voulait le paraître, le baron s'élança vers la jeune femme et, se mettant à genoux devant elle :

— Eh bien ! oui, j'ai eu tort, ma belle enfant, dit-il, et comme ce brave Ferralli, qui est désolé, je vous demande pardon. Vous savez, quand on a une idée fixe en tête, on écrit un tas de choses qu'on ne pense pas. Je voyais Giacomo si peu disposé à jouer la comédie en question, car il ne s'agissait que d'une comédie, et il interprétait si mal son rôle, précisément parce qu'il n'aime que vous, que je cherchais à le monter un peu ! Voyons, comment voulez-vous que je vous aie jamais prise pour une sotte, vous la plus spirituelle des pensionnaires de l'Opéra ? Allons, Ferralli, toi aussi, à genoux ! Tu étais si désespéré tout à l'heure !

Mais l'attaché d'ambassade n'eut pas le temps d'obéir à l'hypocrite invitation de son ami, car au même moment on sonna, et presque aussitôt la porte du salon s'ouvrit devant les deux visiteurs que la femme de chambre annonçait : M. le marquis d'Arlès, M. le comte de Laurentz.

Raoul de Trémont étouffa un juron de colère, en jetant un regard haineux à la Sanchez. Il comprenait qu'elle l'avait attiré dans un piège.

L'Italien, lui, pour qui le colonel était tout simplement un rival, et encore, il ne savait trop dans quelle mesure, avait repris son calme hautain de don Juan toujours prêt à accepter la responsabilité de ses aventures galantes.

Après avoir salué Paquita, M. de Laurentz dit aux deux jeunes gens, avec la fermeté d'un soldat et la dignité d'un grand seigneur :

— Si j'ai voulu vous rencontrer ici, messieurs, c'est que je n'aurais pu vous trouver ensemble que dans quelque endroit public où notre très bref entretien aurait eu des témoins et des auditeurs. Or, vous jugerez, ainsi que moi, je l'espère, que le silence est indispensable, dans l'intérêt de tout le monde, autour de l'action honteuse dont vous vous êtes rendus coupables envers une femme et envers moi. Vous, M. le baron de Trémont, vous avez écrit à M. Ferralli une lettre que je ne veux pas qualifier par respect pour la mémoire de votre mère, ma sœur, mais cette lettre rompt tout lien entre nous. Ce n'est pas parce que vous avez voulu sauvegarder votre position d'héritier que je vous chasse de mon cœur ; vous n'auriez commis là qu'un acte d'ingratitude et prouvé votre peu de confiance en moi, c'est parce que vous vous êtes déshonoré par une infamie !

— Monsieur le comte, mon oncle ! bégaya Raoul.

— Nous ne nous reverrons plus ! Quant à vous, monsieur Ferralli, vous vous êtes attaqué à une jeune fille que tout le monde respectait ; vous l'avez séduite sans amour, n'ayant en vue que la réussite d'une combinaison inavouable. Je me fais le défenseur de cette jeune fille, outragée, perdue à cause de moi. M. le marquis d'Arlès attendra vos témoins chez lui, aujourd'hui, de cinq à sept heures, à moins que vous ne soyez prêt à réparer vos torts en épousant Mlle Berthe Benoist, à qui je donnerai 500.000 francs de dot.

M. de Trémont tourna ses regards suppliants vers Giacomo. C'était là, selon lui, une solution fort acceptable ; mais le diplomate affecta de ne rien voir et demanda sèchement à M. d'Arlès :

— Votre adresse, je vous prie, monsieur le marquis ?

Cette adresse prise, après avoir salué à peine, il sortit la tête haute, suivi par le baron atterré.

Quelques instants après, MM. d'Arlès et de Laurentz prirent congé de Paquita, qui leur avait promis, — ils savaient qu'ils pouvaient compter sur sa parole — de ne rien dire de la scène qui venait de se passer chez elle ; puis le colonel déposa son ami au Jockey-Club, à l'angle du boulevard et de la rue de Grammont, — et il se fit ensuite conduire au bois, quand il se fut assuré, aux Champs-Élysées, que l'institutrice était sortie avec Mme Simpson et sa fille.

Bientôt, en effet, il rejoignait l'Américaine dans l'avenue de Madrid, où il parvint à dire à Berthe, sans que personne autre qu'elle l'entendit :

— Soyez tout à fait tranquille, vous ne rencontrerez plus ceux qui vous ont fait tant de mal ; mais il est toujours convenu, n'est-ce pas ? que, quoi qu'il arrive, vous ne ferez rien sans m'avertir.

— Je vous le jure ! monsieur le comte, répondit la jeune fille, avec un accent inexprimable de reconnaissance. Merci, encore merci de tout cœur !

Et, rejoignant la voiture de Mme Simpson, dont ils s'étaient éloignés de quelques pas, la victime de Ferralli et M. de Laurentz n'échangèrent plus que des paroles banales, jusqu'à leur rentrée dans Paris.

Si le colonel avait rassuré Mlle Benoist, à propos des deux complices, c'est qu'il était décidé, s'il ne tuait pas Ferralli, à demander son changement à l'ambassadeur des Deux-Siciles, qu'il connaissait beaucoup ; changement qui s'imposerait naturellement si, lui, M. de Laurentz, était blessé, même légèrement, dans cette rencontre, et qu'il avait l'intention d'offrir à son neveu une sorte de pardon, s'il quittait la France pour un long voyage, aux frais duquel il était prêt à pourvoir largement.

Ces préoccupations ne lui faisaient pas oublier ce qu'il devait à Paquita Sanchez ; aussi, après s'être séparé de Mme Simpson devant sa porte, descendit-il jusqu'au Palais-Royal pour y acheter, chez Muller, ce fameux peigne garni de diamants que l'ancienne maîtresse de Ferralli désirait tant, et il lui envoya enveloppé, dans son écrin, de dix billets de mille francs et avec ces lignes :

« Chère madame,

« Comme il est probable que M. de Trémont ne

songe plus à vous offrir le bijou dans lequel il avait mis tout son espoir pour calmer votre juste ressentiment, je vous prie de l'accepter de moi, ainsi que les chiffons qui l'entourent.

« Ils vous permettront de faire face, sans bourse délier, à l'amende que l'administration de l'Opéra vous a infligée, assez justement, nous pouvons bien l'avouer entre nous.

« A ce faible témoignage de ma reconnaissance, je joins, chère madame, mes hommages les plus sincères et vous prie de croire à mon entier dévouement.

« Robert de Laurentz. »

Inutile de dire que la danseuse fut ravie du double cadeau et de la forme de son envoi, qu'elle remercia chaleureusement l'oncle de Raoul par une lettre charmante, malgré sa rédaction fantaisiste, et que, dignement, sans attendre la retenue sur ses appointements que M. Pillet avait ordonnée, elle se présenta à la caisse de la rue Le Peletier, pour y verser les mille francs que lui coûtait sa disparition de l'avant-veille, au moment même d'entrer en scène.

Le comte venait de recevoir la lettre de Paquita et il ne pouvait s'empêcher de sourire de son style, aussi peu correct que son langage; le marquis d'Arlès vint le mettre au courant du résultat de son entrevue avec les témoins de M. Ferralli, deux de ses collègues de l'ambassade. Le duel aurait lieu à l'épée le lendemain, à neuf heures du matin, près de la mare d'Auteuil. M. d'Arlès avait prié le duc de Fresnes, un ami commun à lui et au colonel, de l'assister. Ils viendraient le chercher vers huit heures.

M. de Laurentz approuva toutes ces dispositions et dîna de fort bon appétit. Dans la soirée, il alla passer quelques instants chez Mme Simpson, où il se montra gai comme de coutume, et serra affectueusement la main de Berthe qui parut un peu calmée ; et lorsque, rentré rue Saint-Georges, il eut écrit plusieurs lettres, qu'il mit sous la même enveloppe à l'adresse du marquis d'Arlès, il gagna son lit pour s'y endormir comme un honnête homme en paix avec sa conscience.

Le lendemain matin, quand ses témoins vinrent le chercher, il était déjà debout, [illegible] et dispos, ainsi qu'à vingt ans.

Quarante minutes plus tard, il se mettait en face de Ferralli, à qui, malgré son jeu italien, tout de bonds et de surprises, il envoyait au premier engagement un vigoureux coup d'épée à travers le bras droit ; et après un salut échangé avec les témoins de son adversaire, dont la blessure était d'une certaine gravité, il rentrait à Paris, aussi tranquillement que s'il venait de faire au Bois sa promenade quotidienne accoutumée.

Le colonel espérait que les choses en resteraient là et ne seraient pas ébruitées, que M. Ferralli, à sa demande, serait déplacé, et que son neveu, ravi d'en être quitte à si bon compte, partirait au plus tôt, sans rien dire.

Malheureusement pour Mlle Benoist, il ne devait pas en être ainsi.

Les journaux boulevardiers, ceux qui renseignent aujourd'hui si vite et si bien le public sur les petits faits mondains, n'existaient pas encore. Du moins, ils étaient peu nombreux. Le *Figaro* de Nestor Roqueplan disparaissait à chaque instant sous le coup des amendes, et le *Charivari* n'avait qu'un public spécial.

La presse parisienne se composait surtout de feuilles sérieuses : le *Droit*, le *Siècle*, le *Constitutionnel*, les *Débats*, qui étaient tout aux graves questions du jour, sauf leur *rez*-de-chaussée, déjà livré aux romanciers et aux critiques dramatiques ; mais cependant les aventures galantes et les duels ne passaient pas toujours inaperçus, grâce à l'indiscrétion, souvent intéressée, des acteurs mêmes de ces drames intimes, et aux racontars des gens de maison, qui se connaissaient presque tous. Si bien que le soir même de la rencontre de MM. Laurentz et Ferralli, la nouvelle en était arrivée avec des détails tellement précis chez Mme Simpson, qu'elle avait aussitôt deviné les motifs de la querelle.

Tout naturellement alors, elle en parla à Mlle Benoist, qui lui répondit, au premier mot, avec sa franchise ordinaire :

— J'ignorais, madame, que ce duel dût avoir lieu, car je m'y serais opposée de tout mon pouvoir, bien que M. Ferralli m'ait cruellement outragée. M. le comte de Laurentz l'a su par une autre personne que moi, je vous le jure ! il a pris ma défense, pensant que la bienveillance qu'il m'a toujours témoignée ici, ouvertement, lui en donnait le droit. Je ne saurais lui en vouloir, mais comme vous ne pouvez garder auprès de votre fillette une femme compromise, ainsi que je le suis par ce scandale, qui sera bientôt connu de tout le monde, je vous prie de me rendre ma liberté.

— Votre liberté ! Vous n'y pensez pas, mon enfant ! protesta l'Américaine, en saisissant les deux mains de Berthe. Ce Ferralli est un drôle que je regrette d'avoir reçu chez moi. M. de Laurentz lui a donné une verte leçon, j'en suis ravie ! C'est un galant homme que je n'estime que plus encore ! Mais vous, nous quitter, vous séparer de Mary qui vous adore !

— Et que j'aime autant que j'aimerais ma propre fille! Cette séparation me sera plus douloureuse qu'à vous même. Néanmoins ma résolution est irrévocable. Je ne veux pas que qui que ce soit puisse sourire en me voyant auprès de votre chère petite.

— Je suis sûre que vous allez faire autant de chagrin au comte de Laurentz qu'à nous-mêmes. Ce n'était pas la peine alors qu'il vous défendît ! Voyons, ne suis-je pas votre amie ?

— Je vous en conjure, madame, n'insistez pas ! Adieu et merci ! Vous avez été bonne pour moi, je ne l'oublierai jamais. Adieu, adieu !

La nièce de Mme Lombard s'était levée brusquement pour se diriger vers la porte ; la mère de Mary courut à elle et la saisissant affectueusement par la taille, elle la supplia de nouveau de ne pas s'en aller, mais, en se dégageant de cette étreinte, Berthe gémit dans un sanglot :

— Oh ! je vous en prie, ne me retenez pas, ne me contraignez pas à vous en dire davantage !

Et elle s'enfuit, laissant Mme Simpson autant stupéfaite que désespérée.

Vers dix heures, quand Robert de Laurentz, qui tenait plus que jamais à se faire voir chez la riche étrangère, arriva chez elle, le concierge l'arrêta au passage pour lui remettre une enveloppe à son adresse, sous laquelle il trouva ces lignes

« Monsieur le comte,

« Je ne pouvais rester un jour de plus chez Mme Simpson, où l'on connaît déjà votre duel avec M. Ferralli et ses causes. Je sors donc de cette maison où j'ai été si heureuse pendant deux ans ; mais, pour tenir la promesse que je vous ai faite, je ne prendrai aucune autre résolution sans vous avoir demandé conseil.

« Comme il ne serait pas convenable, après ce qui vient de se passer, que j'allasse une seconde fois chez vous, j'aurai l'honneur de vous attendre demain dans l'après-midi, à l'hôtel du Roule, faubourg Saint-Honoré, où je me suis réfugiée.

« Votre très humble servante, toute dévouée.

« Berthe Benoist. »

Après avoir lu ce triste billet, le colonel jugea qu'il ne devait pas se présenter chez Mme Simpson et retourna chez lui, fort soucieux, profondément affecté. En voulant sauver cette malheureuse jeune fille, il avait complété sa perte. N'avait-il pas eu tort d'agir sans son assentiment ? N'était-il pas un peu responsable de cette existence brisée ?

C'est incessamment poursuivi, absorbé par ces pensées, que M. de Laurentz attendit jusqu'au lendemain l'heure de se rendre à l'hôtel du Roule, et lorsqu'il entra dans la petite chambre que l'institutrice y occupait, il éprouva une si douloureuse émotion de la voir dans ce logis modeste, presque misérable, et il la trouva à ce point changée, après une interminable nuit de larmes, qu'il demeura un instant immobile sur le seuil de la porte.

Berthe vint au-devant de lui, si chancelante qu'il dut en quelque sorte la porter jusqu'au siège qu'elle avait quitté pour le recevoir.

Il s'assit auprès d'elle, prit ses deux mains glacées entre les siennes et, pendant quelques instants, ils gardèrent le silence.

Ce fut l'oncle de M. de Trémont qui le rompit le premier, pour dire à la jeune femme :

— J'espérais que rien ne s'ébruiterait et que vous pourriez rester chez Mme Simpson, mais puisqu'il en a été autrement, il ne faut pas vous laisser abattre et me causer des remords, à moi sans qui les choses n'auraient été connues de personne.

— Des remords, à vous, monsieur le comte ! s'écria l'infortunée ; des remords quand vous n'avez eu d'autre objectif que celui de me venger ! Ah ! je vous assure au contraire que ma reconnaissance sera éternelle, de même que je me souviendrai sans cesse de l'insistance trop flatteuse de Mme Simpson pour me retenir.

— Ce que je désire surtout, ce que je veux, c'est que vous me jugiez toujours digne d'être votre ami.

Berthe ne répondit qu'en serrant fiévreusement la main de son défenseur, qui reprit bien vite :

— Maintenant, qu'allez-vous faire ? Vous n'avez pas l'intention de vous cloîtrer ici ; vous tomberiez malade, accoutumée comme vous l'êtes à l'exercice et au grand air. Il faut sortir tous les jours. Voulez-vous que je vous envoie une voiture ou un de mes chevaux de selle ? Oh ! vous iriez au Bois toute seule, sans moi, là où vous ne rencontreriez aucune connaissance.

— Non, je vous remercie ! Il est nécessaire, il est plus digne que je ne me montre pas pendant quelque temps. Quant à ce que je deviendrai, je n'en sais rien encore ! J'ai fait chez Mme Simpson quelques économies qui me permettront d'attendre jusqu'à ce que j'aie pris une décision. Ou je chercherai une position d'institutrice à l'étranger, ou je me retirerai auprès de ma tante, à Reims. Ma vieille parente a de petites rentes, bien suffisantes pour nous deux. Elle ne voulait pas que je vinsse à Paris. Comme elle avait lu dans l'avenir ! J'ai toujours ma place dans sa maison. Dieu me fera peut-être oublier là-bas, en province, dans le milieu modeste que je n'aurais jamais dû quitter, le rêve ambitieux, les fautes qui m'ont perdue ! De tout ce passé, qui bientôt, je l'espère, me semblera n'avoir été qu'un horrible rêve, il n'y a que vous dont je me souviendrai. Ah ! cela ! toute ma vie !

De grosses larmes s'échappaient des yeux de la pauvre enfant, et M. de Laurentz, non moins ému qu'elle-même, ne savait comment s'y prendre pour lui rendre un peu de courage. Il finit cependant par trouver de si douces paroles qu'elle se remit peu à peu et que, lorsqu'il la quitta, elle répondit à sa dernière prière ;

— Eh bien ! oui, monsieur le comte, à demain, et encore merci !

Quelques instants après ce fut au tour de Mme Simpson de surprendre Mlle Benoist.

— Puisque vous ne voulez pas rentrer à la maison, lui dit l'excellente femme, en l'embrassant avec tendresse, c'est moi qui viens vous voir. J'aurais amené Mary, si je n'avais pas besoin d'être un instant seule avec vous. Ce n'est, pour la chère petite, que partie remise, car elle ne cesse de vous demander. En attendant, écoutez-moi bien et ne prenez pas vos grands airs de duchesse pour refuser ce que je viens vous offrir, car je croirais que vous ne nous avez jamais aimées, ni la fillette, ni moi. Vous êtes restée deux ans avec nous ; il vous plaît de nous quitter, pour des motifs que je ne trouve pas sérieux, mais c'est la chose dont, seule, vous êtes juge. Mais comme je n'ai pas songé, depuis que vous vous êtes dévouée à Mary, à améliorer votre situation, tout simplement parce que je me réservais, pour le jour où nous nous séparerions, de vous remercier d'une façon convenable, digne de notre affection réciproque, je vous prie d'accepter ceci et de me promettre de ne jamais hésiter à vous adresser à moi, de venir nous voir. J'y tiens d'autant plus que, probablement, nous ne tarderons pas à retourner à New-York, où mon mari a des intérêts considérables à surveiller.

Elle tendait à Berthe une large enveloppe et celle-ci refusant de la prendre, elle ajouta avec un véritable accent maternel :

— Je vous en conjure, ne me faites pas cette peine ! Pour moi, c'est bien peu de chose cela ; pour vous, c'est la liberté pendant quelques mois, jusqu'à ce que vous ayez trouvé la situation que vous méritez, situation que je vous découvrirai bien vite, si vous voulez nous suivre en Amérique, et, cependant ne pas rester auprès de Mary.

— Que vous êtes bonne, madame ! fit alors la nièce de Mme Lombard, en ne résistant pas plus longtemps. Soit ! j'accepte avec reconnaissance, et peut-être vous demanderai-je en effet de partir avec vous. Là-bas, bien loin, qui sait si je n'oublierai pas tout à fait.

— Ma chère Berthe, ma chère fille !

L'Américaine l'avait reprise entre ses bras, la pressait sur son cœur, séchait ses larmes avec des baisers et lui rendait, par ces témoignages d'estime et d'affection, un peu d'énergie et d'espoir.

Le lendemain, le comte revint, puis les jours suivants, respectueux, paternel, timide dans ses protestations de tendresse, jusqu'à ce qu'une après-midi, il décida Mlle Benoist à sortir de temps en temps avec lui.

Ils allèrent dans les endroits les moins fréquentés du Bois ou dans les environs de Paris, et peu à peu, ils en arrivèrent à une intimité d'autant plus grande que Mme Simpson avait dû quitter Paris, et que, cédant aux sollicitations de son ami, Berthe avait abandonné l'hôtel du Roule, pour s'installer dans un petit appartement fort convenable, rue Basse-du-Rempart.

C'est à partir de cette époque que Mme Lombard fut priée par sa nièce de lui écrire poste restante, parce qu'elle allait voyager constamment avec la mère de son élève.

Les choses duraient ainsi depuis quatre mois et, grâce aux dix mille francs que la mère de Mary l'avait si maternellement forcée d'accepter, Mlle Benoist se suffisait grandement à elle-même, tout en cherchant à se caser dans quelque famille étrangère de passage à Paris, et sans que rien se fût modifié dans ses relations, cependant quotidiennes, avec M. de Laurentz, lorsque celui-ci lui dit un jour, en arrivant chez elle :

— J'ai, mon enfant, une nouvelle grave à vous apprendre, vous en éprouverez certainement quelque émotion, mais je vous prie de la recevoir avec calme. Il s'agit d'un homme de qui vous avez eu à vous plaindre et que Dieu a puni.

— M. Ferralli ? balbutia Berthe avec un frisson d'horreur.

— Lui-même ! Rappelé par son gouvernement et envoyé à Lisbonne, il a été surpris un soir dans cette ville par un mari jaloux, qui l'a tué. Il y a de cela quinze jours déjà.

— Que Dieu lui pardonne mieux que moi, je ne pourrai jamais pardonner, même à sa mémoire !

La jeune fille avait prononcé ces mots simplement, sans emphase, mais avec fermeté ; et quand le comte l'eut laissée seule, car ce jour-là, elle ne voulut pas sortir, son esprit fut tout à la fois à cet événement dramatique, qui la délivrait de la crainte de revoir son lâche séducteur, et à la physionomie que prenaient ses relations avec M. de Laurentz, dont l'affection se transformait visiblement en un sentiment plus tendre. Il l'aimait avec passion, elle n'en pouvait plus douter.

Que lui répondrait-elle, lorsqu'il lui avouerait son amour ? Fermerait-elle sa porte à ce fidèle ? Paierait-elle son dévouement par de l'indifférence ou tout au moins par un refus sans espoir de retour ? Devait-elle aller au-devant de la lutte que tout lui faisait prévoir ? Était-elle bien certaine de toujours résister ? Ne serait-il pas plus prudent de fuir ?

Puis, comme la malheureuse n'avait pour elle-même aucune indulgence, se considérant à jamais souillée par sa première faute, si cruellement expiée cependant, elle se demandait encore :

— Ai-je donc le droit de me coter si cher ? Après m'être donnée à un misérable, l'honneur me commande-t-il, à moi, qui n'ai plus d'honneur, de me refuser pour payer une dette de reconnaissance à l'ami le plus sincère que femme puisse avoir ? Ne serait-ce pas agir avec une odieuse ingratitude que de me sauver, que de laisser seul celui qui m'a défendue, protégée et ne vit que pour moi ? D'ailleurs, qui sait si je n'aimerai pas un jour M. de Laurentz ! Peut-être. Attendons !

C'est dans cet état d'esprit et l'âme troublée que vivait Mlle Benoist, faisant ainsi, après chaque visite du comte, l'autopsie de son cœur, la balance de ses obligations et de ses droits, si bien que peu à peu, son isolement aidant, l'accoutumance s'en mêlant, elle devint plus confiante, moins rebelle à ses tendres prévenances, et qu'un soir qu'il était resté plus longtemps que d'ordinaire auprès d'elle, Robert de Laurentz, tout tremblant, se hasarda à lui dire :

— Alors, Berthe, vous ne m'aimerez jamais, vous me trouvez trop vieux ? Moi, cependant, je vous aime bien de toute mon âme, que votre jeunesse a rajeunie !

— Vous vous trompez, mon ami, répondit sans hésiter l'abandonnée avec un doux accent d'affection, vous vous trompez : j'ai pour vous autant de tendresse que de gratitude, et c'est beaucoup de tendresse, cela ! Mais, voyons ! soyons francs et sincères tous les deux ; regardons les choses telles qu'elles sont. Je ne puis être votre femme...

— Pourquoi non ? interrompit-il vivement. Qui sait ce que nous réserve l'avenir ? Je suis sans famille, à peu près comme vous ; le seul proche parent envers qui j'eusse quelques devoirs à remplir s'est rendu, lui, indigne de moi. Ne croyez-vous pas en mon honneur, en ma loyauté ?

— J'ai en vous, au contraire, une confiance absolue ; mais quoi qu'il arrive, quelque amour que vous ayez, que vous aurez jamais pour moi, ce que vous savez ne me condamne-t-il pas à n'être toujours, pour qui voudrait m'élever jusqu'à lui, qu'une fille déshonorée ?

— Vous êtes une veuve, ma bien-aimée ! C'est là, pour moi, votre véritable situation sociale ; c'est là le seul nom que vous donne mon cœur !

Il s'était agenouillé devant elle et couvrait ses mains de baisers.

Alors Berthe pâlit et murmura :

— Que vous êtes généreux et bon !

Elle avait incliné sa tête sur l'épaule de son ami ; ses lèvres ne repoussaient plus ses lèvres, et bientôt elle ne se donna point, mais se laissa prendre, sans lutte, sans répugnance, sans remords, et même avec une sorte de joie à se sacrifier pour payer sa dette, pour ne plus rien devoir, sans acquérir toutefois des droits à l'ingratitude, et en se répétant, comme pour aller au-devant des reproches possibles de sa conscience :

— Oui, il m'aime tant que, peut-être, je l'aimerai moi-même un jour !

VIII

Entre gens de bonne éducation, de savoir-vivre, de sentiments élevés et soucieux des convenances sociales, comme l'étaient M. de Laurentz et Mlle Benoist, une liaison irrégulière telle que la leur devait être conduite de façon à éviter le scandale, sans y apporter cependant cette hypocrisie ridicule qui ne trompe personne, mais semble, en réalité, un blâme que l'on s'inflige à soi-même ; et ils n'avaient pas eu besoin de s'entendre pour qu'il en fût ainsi.

On ne les rencontrait ensemble qu'assez rarement ; ils sortaient à cheval de très bonne heure, évitant les allées fréquentées du Bois, courant plus volontiers les environs de Paris. Ils ne se réunissaient au théâtre, à l'Opéra et à la Comédie-Française, par exemple, où le comte était abonné et se trouvait dans son milieu, qu'à la sortie du spectacle. Berthe était toujours vêtue sévèrement, afin de ne pas trop fixer les regards, qu'attirait déjà suffisamment l'éclat de sa beauté. Ils ne dînaient presque jamais au restaurant dans la salle commune, là où il y avait trop de monde. C'était seulement en voyage qu'ils avaient une existence plus intime, par cela même que, logiquement, pour ne pas donner prise à la malignité, ils voyageaient sous un unique et même nom.

M. de Laurentz, dont la tendresse ne cessait de grandir, provoquait, on le comprend, ces absences de Paris, car alors celle qu'il aimait était plus complètement à lui. C'est ainsi qu'il l'emmena successivement en Angleterre, en Hollande, en Espagne, s'efforçant de lui faire oublier ses épreuves, n'aspirant qu'au jour où elle aurait un enfant, afin qu'elle fût encore plus près de lui par la maternité, qui lui imposerait le devoir, auquel il serait si heureux de se soumettre : l'épouser.

La seule chose que le colonel obtint difficilement de la jeune femme, ce fut de lui faire accepter le luxe dont il désirait l'entourer. Pour la décider à prendre possession du riche appartement qu'il lui avait fait meubler, rue Blanche, avec un goût exquis, il dut employer une véritable diplomatie. Il ne voulait pas qu'elle vécût seule, sans voir personne. Quelques-uns de ses intimes, comme le marquis d'Arlès, qui l'avait en grande affection, ne pouvaient lui rendre visite dans un logis trop modeste, indigne d'elle et de lui.

Pour convaincre Berthe, Robert de Laurentz appela à son aide, non seulement ses meilleurs amis, mais aussi ses amies ; la femme de son médecin, une excellente personne ; l'une des plus honnêtes comédiennes du Théâtre-Français ; une cantatrice célèbre, épouse irréprochable et mère de famille. Il lui fit observer que, pour ceux qui les connaissaient bien tous deux, elle était une future comtesse de Laurentz. Alors elle céda, s'installa rue Blanche et eut bientôt, grâce à son tact naturel, à sa grâce à recevoir, un salon des mieux cotés, qui, cela est certain, ne pouvait être classé dans le vrai monde, mais il n'appartenait pas non plus à celui que Dumas fils devait baptiser et mettre à la scène quelques années plus tard : le *Demi-Monde*. Il représentait fidèlement un troisième monde moins connu que les deux autres, parce qu'il n'a pas encore eu son peintre ni son psychologue, et qui existe cependant depuis longtemps.

Quand le comte et son amie avaient disparu pendant deux mois d'hiver et trois mois d'été, ils retrouvaient toujours, en rentrant à Paris, leurs fidèles des saisons précédentes.

Trois années s'étaient ainsi écoulées ; M. de Laurentz, à la prière même de celle qui avait été sa victime, avait à peu près pardonné à son neveu, pourvu qu'il continuât à vivre à l'étranger, ce que M. de Trémont, entré dans les consulats, faisait aux frais de son oncle ; Berthe paraissait ne plus se souvenir du passé et le faux ménage, par conséquent, semblait jouir d'un bonheur complet. Il n'en était rien.

L'union entre Robert et Berthe restait ce qu'elle avait été dès le premier jour, tendre chez le comte, affectueuse de la part de la jeune femme, entièrement dévouée des deux côtés, mais elle s'estompait d'heures de tristesse, de regrets et de déception, que chacun dissimulait de son mieux, et pendant lesquelles, s'adressant tacitement de mutuels reproches, parce qu'ils ne savaient au réalité qui était le coupable, ils s'en voulaient un peu l'un à l'autre de l'irréalisation de leur rêve de paternité.

Devenir mère, ce devait être pour Mlle Benoist le pardon de sa propre conscience, la réhabilitation, une grande situation sociale, la vengeance, le droit de relever la tête devant tous, surtout devant le baron de Trémont, le jour où il se trouverait en face d'elle. De plus, bien qu'elle ne se l'avouât pas à elle-même, la maternité serait le couronnement de son ambition inconsciente, la satisfaction de cet orgueil qui dominait toujours en elle.

Pour le comte, avoir un fils, ce serait l'excuse et la fin d'une existence peu régulière, dont il avait le sentiment, si heureux que cette existence le rendît. Être père, ce serait lui donner le droit, lui imposer le devoir d'être époux, de vivre ostensiblement avec celle qui lui consacrait sa jeunesse, sa beauté, sa réputation, celle qu'il adorait et dont il avait le noble désir de ne plus être le débiteur.

Mais les docteurs spécialistes les plus célèbres avaient été vainement consultés ; M. de Laurentz avait inutilement conduit son amie aux eaux les plus recommandées pour le cas particulier qui l'intéressait. Rien n'y faisait ; Berthe demeurait stérile. Et alors Robert, qui se voyait vieillir et dont la santé était souvent chancelante, s'affectait vivement, malgré l'espérance que l'on s'efforçait de lui donner en disant que si la science était impuissante à lui venir en aide, la nature, cette grande mystérieuse, lui serait secourable au moment même où il désespérerait le plus.

La nièce de Mme Lombard, elle, avait moins de confiance en l'avenir, et parfois, lorsqu'elle était seule et songeait à l'effondrement de ses ambitions, il lui venait d'horribles pensées, qu'elle repoussait aussitôt avec dégoût.

Non, jamais elle ne tromperait M. de Laurentz, même pour voler son nom, même pour le rendre heureux ! Elle était enchaînée par la reconnaissance, le respect et l'affection à cet honnête homme, déjà presque vieillard ; elle lui resterait fidèle, malgré les aiguillons passionnés qui, souvent, perçaient sa chair ardente et saine.

Et cependant, ne pas être mère, ne pas être épouse ! Continuer à devoir son bien être, son luxe à celui qui n'était pas son mari, à celui dont les enlacements la trouvaient moins soumise, plus indifférente encore qu'autrefois, à celui qui pouvait disparaître, par la mort ou de sa propre volonté, en la laissant seule, sans un enfant, sans réhabilitation possible, en la condamnant à poursuivre la même existence et sans honneur !

Trois années nouvelles s'étaient passées ainsi, quand le comte, dont les aïeux maternels étaient Autrichiens, fut appelé à Vienne pour le règlement d'une vieille affaire de succession et que, précisément, Mlle Benoist reçut la lettre dans laquelle Mme Lombard l'informait du mauvais état de sa santé.

Or M. de Laurentz ne s'était jamais opposé à ce que la jeune femme témoignât à sa mère adoptive la reconnaissance qu'elle lui devait. Bien au contraire, il l'avait engagée plusieurs fois à aller la voir.

N'ayant jamais interrogé Berthe, plein de confiance en elle, il ne connaissait de son passé que cette parenté et la jeunesse heureuse que la tante Rose, comme il disait lui-même avec bienveillance, avait faite à sa nièce. Il fut donc le premier à proposer à son amie de se rendre à Reims, pour y rester les deux ou trois semaines que durerait sa propre absence. Elle accepta et ils quittèrent Paris le même jour.

On sait qu'en arrivant chez Mme Lombard, Mlle Benoist y retrouva Jacques aussi bon, aussi amoureux, aussi dévoué que dix ans auparavant ; qu'au chevet de la malade, ils redevinrent tout de suite les camarades d'autrefois ; et nous avons dit comment la maîtresse de M. Laurentz s'était spontanément donnée à celui qui l'aimait depuis si longtemps.

Pleine de désespérance en l'avenir, revivant en quelque sorte, dans ce milieu de son enfance, une existence nouvelle, Berthe n'avait pas seulement obéi là à un besoin de son cœur vide ; elle avait également succombé au vertige ; elle avait subi un entraînement invincible des sens, bien explicable chez cette belle créature de vingt-cinq ans, qu'un homme du plus du double de son âge adorait sans doute, mais en n'étant pour elle que l'ami et non l'amant dont tout son être était avide.

On s'explique donc aisément que Mlle Benoist ait succombé, elle que ne défendait contre le mal aucun de ses nobles sentiments ; elle qui, au contraire, était arrivée à Reims le cœur vide, déçue dans toutes ses espérances de situation honorable, et n'ayant jamais connu de l'amour que ses douleurs et ses hontes. Mais, sortie de sa première ivresse, elle n'en avait pas moins compris son indignité, et cependant, par un de ces accommodements de conscience qui ne sont en réalité, pour ceux qui espèrent y puiser un peu de repos, qu'une aggravation de la faute, elle s'était hâtée d'écrire au comte pour l'assurer de son affection.

Ensuite, cela fait, elle se mit à aimer Jacques réellement, passionnément, sans vouloir s'interroger sur ce qu'il pourrait advenir de cette liaison, jusqu'au jour où, soudain, elle sentit qu'elle était enceinte. Or, précisément ce jour-là, dans une lettre des plus tendres de M. Laurentz qui lui annonçait son prochain retour à Paris, elle lut :

« Pourquoi, ma Berthe chérie, ne veux-tu pas me
« donner un enfant, un fils, qui serait intelligent
« et beau comme tu es intelligente et belle ? Tu
« deviendrais ma femme. Quelle belle comtesse tu
« ferais et quelle existence heureuse nous aurions
« l'un près de l'autre, sous le même toit, toujours !
« Comme nous serions vengés tous les deux ! »

Alors elle se réveilla et le réveil fut terrible, car forcée de regarder en face la situation que lui faisait sa chute, elle dut reconnaître que, quoi qu'elle fît, à quelque parti qu'elle s'arrêtât, elle serait également méprisable.

Si elle restait à Reims, si elle acceptait la proposition de Jacques de l'épouser, elle tromperait cet honnête homme, en lui laissant croire que, jusqu'à l'heure où elle avait été à lui, elle était restée une honnête femme, et il lui faudrait entasser mensonges sur mensonges, pour lui expliquer ce qu'elle avait fait à Paris depuis son départ de chez Mme Lombard. Car il ne manquerait certainement pas, un jour ou l'autre, de l'interroger à ce sujet. De plus, elle se rendrait coupable d'une odieuse ingratitude envers M. de Laurentz, à qui elle donnerait le droit de penser qu'il était tout simplement sa dupe une seconde fois, comme il l'avait été une première, lorsqu'il s'était déclaré son défenseur chez Mme Simpson.

Si, au contraire, elle retournait à Paris, c'est le comte qu'elle devrait tromper, cyniquement, comme une fille, par des démonstrations d'amour de nature à lui faire accepter comme sienne une paternité à laquelle il était étranger, et elle lui volerait son nom et son respect !

Elle deviendrait comtesse, il est vrai ; son enfant aurait une grande position sociale ; ainsi que le lui rappelait M. de Laurentz lui-même, elle se vengerait de ceux qui l'avaient humiliée. Mais quel serait le sort de Jacques pendant ce temps-là ? Accepterait-il son départ sans révolte ? Ne voudrait-il pas la suivre, la retrouver, la ramener à lui ? Indépendamment du mal qu'elle lui ferait en l'abandonnant, ce dont son cœur, à elle, souffrait par avance, sincèrement, profondément, car elle sentait bien qu'elle n'oublierait jamais le rôle qu'il avait joué dans sa vie, est-ce qu'il ne parviendrait pas à la rejoindre ?

Que se passerait-il, lorqu'il apprendrait ce qu'elle avait été et ce qu'elle était devenue ?

Aux prises avec ces difficultés insurmontables, et toutes ces conséquences fatales de sa conduite envisagées, Berthe comprenait que sa situation était une horrible impasse d'où elle ne pouvait sortir que par une mauvaise action, quelle qu'elle fût ; et cette terrible évidence la conduisit à la pensée qu'il ne lui restait qu'un moyen loyal d'en finir avec l'une de ses deux victimes tout au moins, c'était d'avouer à Jacques les liens qui l'attachaient au comte de Laurentz.

Cet aveu lui ferait d'abord renoncer à l'épouser, car elle lui laisserait ignorer, pour lui épargner le moindre remords, l'œuvre de maternité qui s'accomplissait en son sein, et il était si bon, si fier, si généreux, qu'il n'hésiterait pas à se sacrifier pour elle. Il la maudirait et la mépriserait, peut-être dans son premier moment de colère, puis, au nom de son amour, il lui pardonnerait.

Alors elle avait tenté d'écrire tout cela à celui qu'elle allait quitter, ne pouvant songer à le lui dire de vive voix, et, dès les premières pages de ce récit, nous l'avons vue passer un nuit de lutte et d'insomnie à commencer et à déchirer des lettres, jusqu'à l'heure où, véritablement affolée et n'ayant trouvé aucune phrase pour rendre nettement ses pensées, elle avait annoncé son départ à sa tante et s'était sauvée de Reims, en profitant de ce que Morin était absent pour toute la journée, et sans même lui laisser un mot d'adieu.

Nous avons dit quelle existence avait eue le malheureux après cet abandon.

Quant à Mlle Benoist, que sa situation condamnait logiquement à la dissimulation et à la ruse envers tout le monde, elle était rentrée chez elle, rue Blanche, pour y arrêter son plan de campagne, en vue des recherches dont elle pourrait être l'objet de la part de Jacques et des changements que sa grossesse allait apporter dans sa position sociale.

D'abord, pour parer au danger d'être poursuivie à Paris, bien que cela fût si peu probable, elle annonça à Mme Lombard, dès le lendemain de son arrivée, son départ pour l'Italie, en lui donnant son adresse poste restante, à Florence. Elle savait que rien n'était plus facile que de faire revenir ses lettres de l'étranger, puisqu'elle usait de ce moyen depuis six ans, afin de ne jamais être trop longtemps sans nouvelles de Reims, tout en laissant ignorer le lieu réel de sa résidence.

Cette précaution prise, Berthe ne voulut plus songer à Jacques, mais seulement à M. de Laurentz, et lorsque celui-ci, trois jours plus tard, descendit de sa chaise de poste dans la cour de son hôtel, il ne lut sur les traits souriants de sa maîtresse, qui déjà était à peu près chez elle rue Saint-Georges, que la joie causée par son retour. Aussi, comme il la croyait toujours à Reims, lui sut-il gré de la bonne surprise que lui causait sa présence, et le lendemain même, il lui proposa d'aller passer la fin de l'hiver à Naples.

Rien ne pouvait mieux convenir à Mlle Benoist. Ce serait vraiment d'Italie qu'elle écrirait à sa vieille parente ; elle ne mentirait qu'à propos de la compagnie dans laquelle se ferait cette excursion. C'était là bien peu de chose auprès de tous les mensonges auxquels sa situation la forçait. Elle accepta donc avec joie ce projet de voyage, et elle en termina si rapidement avec les couturières que, moins d'une semaine après, le comte et la comtesse de Laurentz partaient pour Marseille.

De là ils devaient se rendre à Nice, pour gagner Gênes par cette pittoresque route de la Corniche, que les touristes avides des panoramas féeriques prenaient pour aller en Italie. Puis de Gênes, après s'y être reposés quelques jours, ils étaient descendus vers Florence, n'avaient fait que traverser Rome, et étaient enfin arrivés à Naples, où le comte avait retenu, par lettre, un appartement à l'hôtel Vittoria, en face de la Villa-Réale, cette admirable promenade qui, seule, sépare de la mer les palais de la Chiaja.

Jamais l'ancien colonel ne s'était senti plus heureux. Depuis près de trois ans, il n'avait pas entendu parler de son neveu Raoul, ce qui lui permettait de penser que s'il ne se repentait pas de sa conduite odieuse de jadis, il avait du moins pris le parti d'en accepter philosophiquement les conséquences.

Il avait loué un yacht de cent tonneaux, fort élégamment aménagé, bon voilier, commandé par un marin habile, et il se passait peu de jours sans qu'ils partissent de la cale Sainte-Lucie, pour parcourir la baie.

Tantôt ils se dirigeaient vers Portici et poussaient jusqu'à Castellamare et Sorrente ; tantôt ils allaient tout droit à Capri, pour visiter les ruines du château de Tibère. Une autre fois, ils débarquaient à Baïa, d'où ils se rendaient à Pouzzoles, à la Solfatare et au lac de l'Averne. Souvent encore, abrités par la tente du léger cotre, que berçait mollement la houle, ils restaient au large des journées entières, tout au spectacle grandiose du Vésuve en éruption ou au panorama féerique des rives du golfe.

Quand ils n'étaient pas à bord, ils visitaient les églises et les musées, où le comte, qui avait toujours aimé les arts, était un cicerone fort intéressant pour Berthe. Elle complétait ainsi, dans des conditions charmantes, son érudition et l'ornement de son esprit.

Cela durait depuis près d'un mois, lorsqu'un soir, en rentrant à l'hôtel assez tard, après une longue flânerie au bras de son amant, dans la rue de Tolède, Mlle Benoist s'étendit sur une chaise, en disant :

— Je suis toute lasse aujourd'hui. Je ne sais ce que j'ai, ou plutôt si, je crois le savoir, mais je n'ose encore vous en faire part.

— Quoi donc ? demanda tendrement M. de Laurentz, prenant place auprès d'elle.

— Ah ! c'est que si je me trompais !

— Si tu te trompais !

Elle inclina coquettement sa tête sur son épaule pour lui murmurer quelques mots à l'oreille.

Il ne la laissa pas achever.

— Enceinte ! répéta-t-il avec une inexprimable explosion d'amour et de reconnaissance, en la prenant entre ses bras. Tu vas être mère ! Oh ! non, tu ne te trompes pas ! Dieu soit loué ! je pourrai donc enfin avoir non seulement le droit, mais aussi le devoir de te donner mon nom, ma Berthe chérie !

— Prends garde, ami ! Si c'était une erreur, une fausse joie !

— Non, non, tu ne me l'aurais pas donnée !

Il baisait ses mains, agenouillé devant elle comme devant une madone.

Robert de Laurentz avait raison, il ne croyait pas surtout dire aussi vrai : Mlle Benoist ne lui annonçait sa grossesse que parce qu'elle en était physiologiquement assurée, et son front ne rougit pas, sa voix ne trembla pas pour répondre quand, au cours de cette soirée qui lui apportait, à elle, la réalisation de son rêve, le colonel lui redit cent fois :

— Ma femme, madame la comtesse, la mère de mon fils ! Car c'est un fils que tu me donneras !

Et fou de joie et d'orgueil, il eut tout d'abord la pensée de l'épouser immédiatement ; puis il réfléchit qu'un mariage ainsi contracté à l'étranger, loin de Paris, ferait assez mauvais effet auprès de l'ambassadeur de France, qui ne pourrait l'ignorer ; qu'il aurait l'air, lui, le comte de Laurentz, de se cacher de sa famille, de ne pas avoir le courage de régulariser ouvertement une situation connue de tous ses amis.

Alors, après avoir consulté Berthe, qui fut entièrement de son avis, il renvoya leur union au lendemain de ses relevailles, ce retard ne devant pas d'ailleurs changer grand'chose, sauf dans la forme, à l'état civil de l'enfant à naître, puisque l'enfant légitimé par le mariage subséquent des père et mère jouit absolument des mêmes droits que s'il était légitime.

De plus, quelque diligence que l'on apporterait à faire parvenir de France à Mlle Benoist et à M. de Laurentz les papiers nécessaires, plus d'un grand mois s'écoulerait avant leur arrivée ; il faudrait le double de temps au moins pour remplir à Naples les formalités minutieuses exigées par le clergé, qui détenait toute l'autorité en semblable matière ; si bien que la jeune femme, enceinte de déjà deux mois, puisqu'elle faisait remonter sa grossesse à l'époque où le comte était parti pour Vienne, devrait se présenter à l'église dans un état difficile à dissimuler et un peu de nature à prêter au ridicule, à causer même un certain scandale, ce que Berthe et Robert redoutaient également l'un et l'autre.

Il était donc plus sage, en quelque sorte plus digne et plus décent d'attendre.

Mais une fois les choses arrêtées ainsi, on comprend de quels soins affectueux fut entourée la nièce de Mme Lombard, à quelles précautions elle dut se soumettre, de quelles prévenances incessantes elle devint l'objet. M. de Laurentz veillait sur elle avec une inquiétude d'amant et de père ; et lorsque, vers le milieu d'avril, il se décida à retourner en France, ce fut à petites journées seulement qu'il permit à la future comtesse de faire le voyage.

Il ne leur fallut pas moins de deux semaines entières pour l'accomplir, et Berthe, en arrivant à Paris, ne fit en quelque sorte que passer par son appartement de la rue Blanche.

Tout à la fois parce que le printemps était superbe, que l'air de la campagne devait lui faire le plus grand bien, et parce qu'elle désirait se montrer le moins possible dans l'état où elle était aux gens de sa maison et de son quartier, quoique sa liaison avec M. de Laurentz ne fût guère secrète, elle s'installa dès le premier jour de mai dans sa villa d'Auteuil. Ensuite, pour être tranquille du côté de Jacques, à qui elle ne pouvait toujours s'empêcher de songer sans crainte et même sans un douloureux remords, elle annonça à sa tante son prochain départ pour l'Amérique, avec Mme Simpson. De plus, dans cette lettre, pour répondre à la peinture que Mme Lombard lui avait faite, à plusieurs reprises, du chagrin de son jeune ami, elle n'oublia pas de lui dire :

« Je t'en prie, quand tu m'écris, ne me parle que « de toi seule et de ta chère santé. Ta correspon« dance peut s'égarer, tomber entre des mains « malveillantes ; les lignes les plus innocentes peu« vent être faussement interprétées et ma situation « en serait compromise. »

Cette recommandation avait rendu la brave veuve tout à fait muette à propos de sa nièce, de qui elle s'était même gardée de prononcer le nom dans ses entretiens avec Jacques ; mais elle était arrivée trop tard pour qu'elle se tût aussi complètement avec le père Morin, quand, inquiet de l'état d'esprit de son fils et voulant tout essayer pour le guérir, il était venu lui demander ce qu'elle savait de Berthe.

Il est vrai que l'excellente femme n'avait pu commettre de grosses indiscrétions, puisqu'elle n'avait raconté que ce qu'elle tenait de sa fille adoptive elle-même, qu'elle croyait toujours chez l'Américaine.

C'est à peu près à ce moment de la rentrée du comte de Laurentz à Paris, avec celle qui allait devenir sa femme, que l'inconsolable amant trahi abandonnait, grâce à la rude leçon de son vieux père au désespoir, ses idées de suicide, mais pour s'arrêter au parti de reprendre du service à l'expiration du délai d'un an après la disparition de de celle qu'il aimait ; et c'est quinze jours plus tard que Louis Morin, si exactement renseigné par l'agence Roulans, s'assurait, de ses propres yeux, à travers la grille de la villa du Parc des Princes, que Mlle Benoist n'était pas plus partie pour New-York que restée demoiselle, et combien elle était peu digne des regrets de son malheureux fils.

Quant à l'ex-colonel du 20e de ligne, ne se doutant guère de ces drames intimes qui se jouaient autour de lui et déjà tout entier à l'enfant qu'il attendait, il ne songeait qu'à l'avenir, devenait jeune et se montrait plus épris que jamais.

Berthe passa donc un été charmant, avec une grossesse sans souffrances, sans la moindre altération de sa beauté, et lorsqu'au milieu de septembre, le docteur qui venait la voir tous les jours lui annonça que l'heure de sa délivrance approchait, il la trouva pleine de quiétude et prête à l'épreuve.

Le lendemain, quand elle fut prise des premières douleurs, M. de Laurentz, seul, lui, l'ancien soldat, eut peur, et jusqu'au moment où, sans avoir même jeté un cri, la jeune mère eut mis au monde un fils, il trembla. Mais au premier vagissement du nouveau-né, il reprit courage et se penchant sur l'accouchée, dont les lèvres pâlies souriaient, il l'embrassa longuement sur le front en lui répétant :

— Un fils ! Ah ! merci ! Un fils ! Merci, ma femme adorée !

Avoir un fils, un héritier de sa fortune et de son nom, c'était le rêve du comte ; il ne pouvait donc hésiter à prouver sa reconnaissance à celle qui le réalisait enfin. Aussi laissa-t-il à peine à Berthe le temps de se remettre. Moins d'un mois plus tard, elle était comtesse de Laurentz et donnait congé de son appartement de la rue Blanche, pour entrer en souveraine dans l'hôtel de la rue Saint-Georges.

L'union civile qui légitimait l'enfant, Pierre-Henri de Laurentz, avait eu lieu de bonne heure, à la mairie du quartier, devant quelques amis, et la cérémonie religieuse avait été célébrée aussitôt après, dans l'une des chapelles latérales de Notre-Dame de Lorette.

Mlle Benoist n'existait plus, mais, seule à Reims, Mme Lombard le savait, car bien qu'elle n'eût pas besoin de son consentement, sa nièce, pour répondre au désir même de son mari, l'avait informée du changement qui allait se produire dans sa situation, tout en ne manquant pas de lui recommander, dans ces termes, la discrétion la plus absolue :

« Ma chère tante,

« Après avoir quitté, à New-York, Mme Simp« son et sa fille, je rentre à Paris pour épouser un galant homme qui m'a donné depuis plusieurs « années mille preuves de tendresse et d'estime, « et dont la position de fortune assure mon avenir. « Tu pourras bientôt m'écrire chez moi, Mme de « Laurentz, 27, rue Saint-Georges. Toutefois cette « adresse est rigoureusement pour toi seule. Pour « tout le monde je suis toujours à l'étranger. Je « n'ai pas besoin de te dire combien, plus que ja- « mais, tu ne dois me parler dans tes lettres que « de ce qui peut être lu par celui dont je vais porter « le nom. »

Mlle Benoist évitait soigneusement, on le voit, d'informer sa tante qu'elle allait être comtesse et de lui faire connaître la grande situation de son mari, d'abord dans la crainte que la brave provinciale, par trop éblouie, ne se laissât entraîner un jour, dans un accès de vanité bourgeoise, à quelque confidence de nature à éveiller la curiosité des envieux ; et aussi, de plus, parce que, lorsqu'elle était seule avec son enfant, elle se surprenait avec angoisse cherchant sur ses traits à peine formés quelque ressemblance avec celui qu'elle avait si cruellement délaissé, et son cœur alors se serrait douloureusement, tout à la fois dans un sentiment de pitié et dans un frisson de terreur.

Mais quand sa vieille parente lui eut répondu pour la féliciter de son bonheur, en ajoutant qu'il ne se passait rien de nouveau à Reims, et qu'elle serait d'ailleurs bien en peine de lui parler de qui que ce fût qui l'intéressât, car on se souvenait bien peu d'elle, Mme de Laurentz put croire que tout le monde, Jacques lui-même, l'avait réellement oubliée.

A partir de ce moment, calme, rassurée, elle fut tout entière à son fils, qui venait à merveille, et à son mari pour qui elle sentait grandir son affection et sa reconnaissance, et elle vivait ainsi d'une existence honorable, tranquille, pleine de sourires, lorsque, trois mois après son mariage, M. de Laurentz l'informa qu'il était obligé de se rendre auprès d'un ancien frère d'armes, très malade, qui le demandait.

Mais il ne s'agissait là que d'une absence de trois à quatre jours ; l'ami en question habitait Rouen. La jeune mère se résigna à cette courte séparation ; le comte partit, et c'est le lendemain même que l'ex-sergent du 20e de ligne vint demander, rue Saint-Georges, si son ancien colonel y habitait encore.

Il aurait pu se faire ce jour-là que Berthe et Jacques se trouvassent face à face, et il est aisé de se rendre compte de l'éclat qu'aurait occasionné cette rencontre, où ni l'un ni l'autre n'auraient songé à garder le calme nécessaire pour éviter le scandale. Rien de semblable, heureusement pour l'honneur de M. de Laurentz, ne s'était produit, et nous savons que Morin, désireux de ne pas être indiscret, avait demandé par écrit une audience à celui dont il voulait solliciter la protection.

Or, le jour suivant, le valet de chambre du comte plaça ainsi qu'il en avait l'habitude, le courrier du matin sur le bureau du cabinet de travail de son maître, et il venait de se retirer, lorsque Mme de Laurentz arriva à son tour, pour s'assurer, en épouse attentive aussi bien qu'en maîtresse de maison soucieuse de la bonne tenue de son domaine, que tout était en ordre dans cette pièce que son mari affectionnait particulièrement.

Tout naturellement, elle examina la correspondance pour voir s'il ne s'y trouvait rien qui lui fût personnellement adressé, et elle allait terminer cette petite inspection, lorsque la suscription de l'une des lettres la frappa. Il lui semblait qu'elle avait déjà vu cette écriture-là, et elle se sentit toute inquiète en l'étudiant de plus près et attentivement.

Si cette lettre avait été timbrée de Reims, elle l'eût aussitôt attribuée à Jacques ; mais elle venait de Paris ; son enveloppe était d'un papier commun, ainsi qu'on en fournit aux voyageurs dans les hôtels de second ordre, et Morin ne pouvait être à Paris. Que viendrait-il y faire ? De plus, pourquoi écrirait-il à M. de Laurentz ? Il ne le connaissait pas. Allons ! elle était folle ; il n'y avait là qu'une ressemblance fortuite.

Et elle remit la lettre sur le bureau, mais pour la reprendre presque tout de suite, dans un frisson nouveau, comme si quelque souvenir était venu soudain traverser son esprit. Et sans hésiter, brusquement, cédant sans doute à une irrésistible obsession, elle l'ouvrit, courut à la signature, étouffa un cri d'effroi et, les yeux hagards, lut les lignes, menaçantes sans qu'il s'en doutât en les traçant, que Jacques avait écrites à son ancien chef.

Cette lecture terminée, puis relue une seconde fois, la malheureuse s'affaissa lourdement sur un siège, ses regards épouvantés fixés sur cette page fatale qui lui annonçait l'effondrement de son échafaudage d'orgueil, de trahison et de mensonges, et prise de vertige, comme celui qui voit s'ouvrir tout à coup sous ses pieds un abîme insondable, elle laissa tomber sa tête entre ses mains en gémissant :

— Perdue ! Perdue ! Ah ! mon Dieu ! mon enfant et moi qu'allons-nous devenir ?

C'est cette même exclamation de désespoir que Jacques avait jetée, juste une année auparavant, lorsqu'il avait été certain de la disparition de celle qui l'abandonnait si cruellement.

VIII

Cependant, rentré à l'hôtel d'Alger et seul avec ses pensées, Jacques s'était mis courageusement en face de la situation terrible que lui faisaient les événements.

Que Berthe se fût embarquée pour l'Amérique à l'époque où son père, probablement dans l'espoir que la nouvelle de ce voyage le détacherait tout à fait d'elle, lui avait dit l'avoir suivie au Havre, ou qu'elle fût rentrée en France après son voyage, cela importait peu. Ce qui était certain, car il ne conservait plus à ce sujet le moindre doute, c'est que celle qu'il avait peut-être rendue mère était la femme d'un autre, et qu'à cet autre, trahi comme lui, Jacques, avait été trahi, il devait le respect et la reconnaissance.

Car il se souvenait, comme si cela datait de la veille, des circonstances dans lesquelles il avait contracté cette dette.

C'était en Algérie, neuf années auparavant, en 1841. Bugeaud nommé gouverneur général, avait décidé d'enlever à Abd-el-Kader ses derniers postes dans l'Ouest, et après avoir détruit Tagdempt, Boghar, Thaza, Saïda, nos troupes étaient arrivées à Mascara, d'où l'Émir avait été chassé une première fois, en 1835, par le duc d'Orléans, mais où il s'était de nouveau fortifié en 1838.

Le régiment de Morin faisait partie de l'expédition, et le lendemain de son arrivée sous les murs de la ville, le colonel de Laurentz fut chargé d'une reconnaissance sur les bords de l'oued Toudman, qui traverse Mascara. Il venait d'atteindre un bois épais de chênes-lièges, sans rencontrer ni apercevoir d'adversaires, lorsque soudain un feu terrible s'ouvrit sur la colonne, une balle frappa mortellement la monture de son chef et une nuée de cavaliers arabes, s'élançant de la forêt, portèrent un instant le désordre dans les rangs français.

Renversé sous son cheval, ne pouvant se servir de ses armes, presque isolé par le fait du mouvement involontaire de retraite de ses soldats surpris par l'inattendu et l'impétuosité de l'attaque, le colonel était une proie facile pour ceux qui

bondi jusqu'à lui, quand Jacques, à la vue du danger qu'il courait, se jeta au-devant des assaillants et leur tint si bravement tête pendant quelques minutes, que le comte eut le temps de se dégager, mais pour courir lui-même au secours de son défenseur, qu'un Arabe venait d'abattre d'un coup de feu et allait achever d'un coup de sabre.

Quelques instants après, nos vaillants fantassins, ralliés, avaient repris l'offensive et dispersé l'ennemi. M. de Laurentz, en retournant au camp, veillait lui-même à ce que Morin, grièvement blessé, fût transporté avec tous les ménagements possibles.

Le soir même, sous la tente de l'ambulance, le gentilhomme disait à son sauveur, en lui annonçant qu'il était nommé sergent : « Mon garçon, ce qui s'est passé aujourd'hui entre nous ne s'oublie jamais. A l'occasion, rappelez-vous mon nom ; moi, je me souviendrai toujours du vôtre. »

Quelques jours plus tard, Mascara était de nouveau en notre pouvoir, mais, un an après, le colonel du 20e de ligne, pour raisons de santé, avait dû rentrer en France. Il n'était parti qu'en recommandant chaudement à son successeur le sergent Morin, qui, nous l'avons dit, devint sergent-major à Isly et fut proposé pour la croix. Mais l'amour du foyer et aussi, nous le savons, un autre amour, l'avaient ramené à Reims, pour briser sa vie plus cruellement encore que n'aurait pu le faire une balle sur le champ de bataille.

C'étaient toutes ces choses qui revenaient fidèlement à la mémoire de Jacques, pour lui dicter la conduite qu'il avait à tenir envers Berthe et M. de Laurentz.

Était-il possible que lui, le soldat modèle, respectueux de la hiérarchie et du drapeau, il déshonorât ou tout au moins rendît ridicule un de ses anciens chefs, un officier français, auquel l'attachaient si étroitement les liens sacrés du dévouement réciproque et du devoir accompli en commun ?

Parce qu'il avait été trompé, lui, l'amant, est-ce qu'il avait le droit, sous le prétexte de se venger de l'infidèle, d'arracher à ce mari confiant et heureux ses illusions d'époux et de père ?

Cette femme était une misérable, elle avait volé le nom d'un honnête homme et, à lui, elle avait volé son enfant ; mais en la démasquant, il n'atteindrait pas qu'elle seule, il frapperait du même coup deux innocents : le comte de Laurentz et celui que le comte croyait son fils.

Qu'en résulterait-il ? L'époux indigné chasserait la mère et l'enfant. Quel serait leur sort à tous deux ? Berthe, bien certainement, ne reviendrait pas à lui ; elle ne lui pardonnerait jamais de lui avoir fait perdre sa situation si honteusement et si habilement conquise ; elle lui refuserait son fils que nulle loi ne pourrait lui ravir, et dans le cœur de celle qui conservait peut-être pour lui quelques sentiments de pitié, quelques remords de l'avoir fait souffrir, quelque mémoire des tendresses échangées, il n'y aurait plus que de la haine.

La dénoncer ne serait donc qu'une source de honte et de malheur pour tous !

Mais, de plus, est-ce qu'il était digne de lui de frapper une femme, quelle qu'elle fût. Et celle qu'il voulait punir, il l'avait tant aimée ! Est-ce que c'était son rôle à lui, de renverser l'idole qu'il avait adorée ? Est-ce qu'abaisser l'être que, dans son âme et son amour, on a élevé, n'est pas s'abaisser soi-même ? Est-ce qu'il ne reste pas toujours aux mains un peu de la boue que l'on jette à celui dont on a partagé la vie ? Est-ce que la solidarité du passé disparaît jamais entièrement ? Est-ce que, sous le poids pesant de la trahison de l'ami, ne sommeille pas toujours dans le cœur un espoir de retour, un désir de pardon ? Est-ce que la trace des baisers s'efface, même sous des flots de larmes ?

Les larmes ne sont souvent, au contraire, que la rosée bienfaisante qui ravive le souvenir des baisers, ainsi que la rosée du matin rend aux fleurs une nouvelle fraîcheur et de nouveaux parfums !

Jacques, dans sa générosité, en arrivait ainsi à plaider en lui-même la cause de Berthe.

D'ailleurs, est-ce qu'en se donnant, Mlle Benoist lui avait promis quoi que ce fût ! Est-ce qu'elle s'était engagée à devenir sa femme ? Il se souvenait parfaitement qu'elle ne lui avait pas répondu sur un ton bien affirmatif lorsqu'il le lui avait proposé. Elle lui avait dit : « Attendons, ne brusquons rien ; contentons-nous du bonheur présent sans songer déjà à l'avenir. » Elle avait donc le droit de se reprendre. Il devait s'estimer trop heureux qu'elle eût bien voulu de lui. Et ce don d'elle-même si spontané, si désintéressé, il le lui ferait payer par le déshonneur ? Ah ! non, non, ce serait une infamie et une lâcheté !

Son fils ? Eh bien ! pourquoi voulait-il donc en être le père ? Et M. de Laurentz, de qui Berthe était la maîtresse depuis six ans, avant de devenir sa femme ? Allons, allons ! assez de lutte entre son orgueil blessé, ses tortures d'amant abandonné, ses rêves d'avenir envolés et l'inconscient amour paternel éveillé en son âme assoiffée de tendresse et de dévouement ! Assez de lutte entre toutes ces choses et le devoir ! Il ne souillerait ni l'ancien compagnon d'armes ni la fugitive ; il souffrirait seul, tout seul, jusqu'à ce que la mort lui apporte la délivrance !

Et redevenu maître de lui, fort de nouveau, comme est celui que l'honneur seul dirige, Morin résolut qu'après s'être excusé par un mot au comte de Laurentz de ne pas avoir attendu sa réponse, il quitterait immédiatement Paris.

Cette décision prise, il sortit pour aller retenir sa place rue Notre-Dame-des-Victoires, aux Messageries Nationales, qui faisaient alors, par diligences, le service de Paris à Lyon ; mais il n'y avait plus rien de libre pour le départ du soir ; on ne put l'inscrire que pour le lendemain.

Bien qu'il eût préféré de beaucoup ne pas rester un jour de plus aussi près de Berthe, il se résigna à ce retard involontaire ; seulement, il se garda d'aller du côté des boulevards et dans les Champs-Elysées. Après avoir dîné au Palais-Royal, il en parcourut les galeries jusqu'à l'heure de la fermeture des grilles, puis il revint à son hôtel, où il trouva une nuit plus calme que celles qu'il avait eues depuis longtemps.

Çà et là, des souvenirs troublèrent bien encore un peu son sommeil, mais il sut les chasser, contraindre son esprit à ne plus voir du passé que ce qui lui permettait d'être fier de lui-même ; et le lendemain matin, son départ devant avoir lieu à deux heures et le courrier ne lui ayant rien apporté de M. de Laurentz, il lui écrivit :

« Mon colonel,

« J'ai eu l'honneur de vous demander quelques « moments d'audience, mais ma lettre, sans doute, ne vous a pas trouvé à Paris, puisque vous « ne m'avez pas répondu, et ma feuille de route « ne me laisse plus que juste le temps de rejoindre « mon régiment.

« Je viens donc m'excuser, par avance, de ne « pas me rendre chez vous, dans le cas où ces lignes se croiseraient avec celles que vous auriez « bien voulu m'adresser pour m'autoriser à me présenter à votre hôtel.

« Les motifs qui m'ont poussé à m'engager et à « solliciter votre protection ont d'ailleurs disparu « en partie ; leur récit n'aurait donc aucun intérêt « pour vous, et il ne me reste, mon colonel, qu'à « vous remercier de l'accueil bienveillant que vous « auriez daigné me faire, j'en suis certain, et à

« vous renouveler l'assurance des sentiments res-« pectueux de votre très humble et tout dévoué ser-« viteur.

« JACQUES MORIN. »

Cette lettre mise sous enveloppe, Jacques en traça la suscription avec fermeté, sauf en écrivant le nom de la rue et le numéro de la maison qu'habitait celle qui était devenue comtesse de Laurentz, après avoir été Berthe Benoist. Ces quelques mots firent un peu trembler sa main, mais ce fut là son dernier acte de faiblesse, comme le dernier tressaillement de celui qui meurt, car lorsqu'il eut terminé et se releva, son visage n'exprimait que la satisfaction du suprême devoir accompli.

Il ne lui restait plus qu'à quitter cet hôtel modeste où il venait de passer trois jours si pénibles, et il allait sonner pour demander sa note, car il comptait attendre l'heure du départ dans quelque restaurant du voisinage de la cour des Messageries, quand on frappa à sa porte, mais un coup timide, hésitant, si faible qu'il pensa avoir mal entendu.

— Entrez, fit-il néanmoins, à tout hasard, machinalement.

Il ne s'était pas trompé, la porte s'ouvrit aussitôt pour livrer passage à une femme dont la vue lui arracha un cri de stupéfaction. Cette femme, qui avait eu soin de relever sa voilette pour être immédiatement reconnue, était la comtesse de Laurentz.

— Vous, madame, vous ! balbutia le malheureux en cherchant un appui contre la muraille, car il se sentait défaillir. Que venez-vous faire ici ?... Qui vous a dit !... Est-ce bien vous ?...

Il ne pouvait s'expliquer cette apparition.

Comment Berthe savait-elle qu'il était à Paris ? Son mari lui avait-il montré la lettre et l'avait-il questionnée ? Qu'avait-elle répondu ? S'était-elle trahie ou avait-elle menti assez habilement pour détourner les soupçons, s'il en était né quelques-uns dans l'esprit du comte ? Celui-ci ne l'avait-il pas chassée !

Et dans la noblesse de son âme, dans la générosité de son pardon, dans l'étendue sans bornes de son sacrifice, il plaignait déjà celle qui l'avait si impitoyablement délaissé.

Cependant, après avoir fermé la porte derrière elle, la comtesse avait gagné d'un pas chancelant un siège sur lequel elle s'était affaissée, en balbutiant :

— Oui ! c'est moi, Jacques ! C'est moi qui vient implorer votre pitié !

Elle était d'une pâleur livide, sa voix tremblait et ses mains se joignaient, suppliantes.

— Jacques, elle m'appelle Jacques, comme autrefois ! fit Morin avec un accent de méprisante ironie.

Prononcé dans les circonstances actuelles par celle qui le lui avait murmuré jadis, les lèvres près des lèvres, dans une étreinte d'amour, ce nom réveillait en lui tout le passé et toutes les colères.

Mais cette explosion de haine ne dura que quelques secondes. Se rappelant bientôt ce qu'il s'était juré, il reprit, par un effort surhumain, possession de sa volonté et, d'un ton presque calme, il dit à Mme de Laurentz :

— Pardonnez-moi mon premier mouvement de surprise et les paroles qui en ont été la conséquence. Vous comprenez que je ne vous attendais pas et que je ne puis m'expliquer votre visite ! Comment avez-vous appris ma présence à Paris ? Que voulez-vous ? Ma pitié ? Vous n'en avez que faire ! Tranquillisez-vous, j'ai depuis longtemps abandonné l'idée de me venger ! Je vous ai tout à fait oubliée ! Maintenant, je vous écoute, et je vous croirai, même si vous mentez, même si vous m'affirmez que vous n'êtes pas comtesse de Laurentz.

— Je ne suis pas venue ici pour mentir, répondit Berthe avec un grand accent de franchise ; c'est au contraire pour dire toute la vérité. Oui, je m'appelle Mme de Laurentz, et c'est parce qu'il en est ainsi qu'hier soir, en rangeant, sur le bureau de mon mari absent, le courrier qui était arrivé pour lui dans la journée, j'ai cru reconnaître votre écriture sur l'enveloppe d'une lettre. J'ai ouvert cette lettre, et vous pensez quelle terreur m'a saisie, en lisant que vous vouliez expliquer à M. de Laurentz pourquoi vous avez repris du service.

— Au moment où j'ai écrit cette lettre, j'ignorais encore que M. de Laurentz vous avait donné son nom.

— Vous ne le saviez pas ?

— Je vous le jure et, moi, je n'ai jamais menti ! Je connaissais par à peu près ce que vous étiez devenue depuis l'époque où vous avez quitté Mme Simpson, c'est-à-dire depuis six ans. Il y a huit mois, alors que je vous pleurais toujours, autant qu'au lendemain de votre disparition, et que, comme un sot, je ne voulais pas encore désespérer de votre retour — ainsi que Mme Lombard, je vous croyais en Amérique — j'ai appris par quelqu'un que je n'ai pas à vous nommer quelle était votre existence. J'ai compris alors, seulement alors, que vous étiez bien perdue pour moi, et je n'ai plus attendu que le moment de mettre à exécution le projet arrêté dans mon esprit : redevenir soldat pour vivre ou mourir, loin de la maison où j'avais rêvé d'être heureux ! Ce moment venu, je me suis engagé et j'ai voulu passer par Paris, afin d'y solliciter, pour être envoyé en Afrique, la protection du colonel, à qui, jadis, là-bas, j'ai sauvé la vie et qui lui-même m'a arraché à la mort sur le champ de bataille. Au ministère de la guerre, j'ai trouvé sans peine l'adresse de cet ancien chef et je lui ai envoyé la lettre que vous avez lue.

— Ce colonel, celui qui a été le vôtre, c'est...

— M. le comte de Laurentz. Il était votre amant depuis longtemps déjà lorsque vous êtes venue à Reims, il y a un an, et vous êtes aujourd'hui sa femme légitime.

Berthe se voila le visage de ses deux mains, en étouffant un gémissement de honte. Elle n'avait pas supposé un instant que Jacques pût être aussi exactement renseigné ; elle s'était dit seulement qu'il serait, et cela avec justice, impitoyable pour elle.

Morin reprit, sans paraître même s'apercevoir de l'émotion de celle qui l'écoutait, épouvantée :

— J'avais donc écrit à M. le comte de Laurentz, que je savais absent pour quarante-huit heures, et j'attendais sa réponse, quand avant-hier, aux Champs-Elysées, je crus vous reconnaître dans une voiture, avec une nourrice et un enfant. Je tentai de vous rejoindre, pour m'assurer que je ne m'étais pas trompé, mais vos chevaux allaient vite et vous eûtes bientôt disparu. Alors, effrayé de vous revoir toujours ainsi, partout, je voulus savoir si M. de Laurentz était de retour, afin de ne pas remettre d'une heure pour lui présenter ma requête, et je me dirigeai vers la rue Saint-Georges ; mais au moment où j'allais atteindre votre porte, elle s'ouvrit, pour donner passage à cette même voiture dans laquelle je vous avais vu la veille. La même nourrice et le même enfant étaient avec vous. J'attendis que vous fussiez loin et, résolument décidé à savoir si je ne venais pas d'être, comme le jour précédent, la victime d'une hallucination, je franchis le seuil de votre hôtel, où votre concierge me dit, pour répondre à la question que je lui avais adressée : « M. le comte ne rentrera que demain et Mme la comtesse vient de sortir avec son fils. » Il me fut aisé de savoir qu'il y a quatre mois à peine que M. de Laurentz vous a épousée et a reconnu votre enfant. Je n'avais plus rien à apprendre ; je rentrai ici pour m'y enfermer avec mes souvenirs. Ah ! la lutte fut terrible et longue en mon esprit. Néanmoins j'en sortis victorieux, pour

… honneur et pour votre repos. Voici ce que j'écrivais à votre mari, ce qu'il aurait reçu ce soir :

Après avoir enlevé de son enveloppe sa nouvelle lettre à M. de Laurentz, il la tendit à Berthe, et celle-ci hésitant à la prendre, il lui dit :

— Vous avez décacheté celle qui ne vous était pas adressée ; vous pouvez bien lire celle que je vous offre ouverte. Oh ! soyez sans crainte, elle n'est pas menaçante pour vous !

La comtesse prit la lettre, mais comme l'endroit de la pièce où elle se trouvait était un peu obscur et que, de plus, ses yeux étaient à demi voilés par les larmes, elle se leva pour se diriger vers la fenêtre, afin d'y mieux voir.

Jacques s'effaça pour la laisser passer, et ne la quitta plus des yeux.

Malgré l'expression d'inquiétude et de douleur répandue sur ses traits, jamais la nièce de Mme Lombard n'avait été plus jolie ; la maternité avait provoqué l'épanouissement de sa beauté. Avec ce don d'assimilation qu'elle possédait plus que nulle femme au monde, la petite institutrice était devenue une vraie grande dame par le ton, l'allure, la distinction et l'élégance.

Morin en fut un instant ébloui, mais cet éblouissement ne fut qu'un éclair dans les ténèbres de son âme, et il avait déjà repris tout son calme, lorsque Berthe lui dit, avec une expression de reconnaissance infinie, en remettant la lettre sur la table où il l'avait prise :

— Ainsi M. de Laurentz ne saura rien ?

— Rien, puisqu'il ne recevra pas plus ces lignes qu'il n'a reçu les autres !

Et après avoir déchiré la lettre, il en jeta les débris dans le foyer ; puis il continua :

— Vous voyez que vous auriez pu vous dispenser de venir. Cela eût mieux valu, beaucoup mieux !

— Pour vous peut-être, à qui ma présence fait horreur, mais non pour moi qui suis coupable envers vous, oh ! moins que vous ne le pensez, et qui ne veux sortir d'ici qu'avec votre pardon.

— Mon pardon !

— Oui, votre pardon ! Je vous en conjure, écoutez-moi à votre tour, comme je vous ai écouté moi-même. Si vous saviez !... Il faut cependant que vous sachiez ! Je ne veux plus être maudite ! Au nom de l'amour que vous avez eu pour moi !.. Ah !... je ne mentirai pas ; je vous dirai mes hontes aussi franchement que mes souffrances !

Elle s'était de nouveau laissée tomber sur un siège et pleurait !

— Soit ! fit Jacques, après un moment d'hésitation, et comme s'il venait soudain de s'arrêter à une résolution nouvelle, soit ! parlez, je ne vous interromprai pas !

Et il s'assit en face d'elle, le bras appuyé sur le dossier de sa chaise et le front dans sa main droite.

Berthe, alors, rapidement, simplement, raconta pourquoi elle avait quitté Reims, séduite par la proposition de Mme Simpson, et quelle vie calme, heureuse, honnête, elle avait eue chez la mère de miss Mary jusqu'à ce jour fatal où, victime de son inexpérience, elle était devenue l'héroïne du drame de famille et du scandale qui l'avaient jetée dans les bras de M. de Laurentz.

Elle passa ensuite avec une égale franchise au récit de l'existence que lui avait faite le comte, à l'aveu de ses sentiments de reconnaissance et d'affection pour lui, à son rêve ambitieux, bien légitime, lorsqu'elle avait eu la conviction que si elle le rendait père, il l'épouserait, tout à la fois par tendresse, par devoir et pour déshériter légalement celui dont il avait à se plaindre. Enfin elle peignit avec amertume la déception douloureuse qui peu à peu s'était emparée d'elle, quand, six années de relations avec M. de Laurentz s'étant écoulées, elle n'avait plus espéré cette maternité qui devait être en même temps sa réhabilitation, son excuse et sa vengeance.

— C'est à cette époque, poursuivit-elle, que ma tante, fort souffrante, m'écrivit qu'elle désirait me voir. Je pus me rendre sans retard à son appel, car, obligé de quitter lui-même Paris pendant plusieurs semaines, M. de Laurentz m'avait autorisée avec bonté à passer auprès de Mme Lombard tout le temps que durerait son absence. Je ne perdis pas un instant, mais j'arrivai à Reims inquiète de la santé de ma seconde mère et dans la disposition d'esprit où me plongeait depuis de longs mois la crainte, de plus en plus motivée, de ne jamais voir cesser l'irrégularité de ma position sociale. M. de Laurentz ne se détachait pas de moi, j'étais certaine que si quelque événement que ce fût nous séparait, il assurerait mon existence ; mais je comprenais, à la tristesse profonde qu'il ne pouvait toujours dissimuler, que, lui aussi, il désespérait d'avoir le droit de me donner un jour son nom.

C'est alors que je vous retrouvai, vous que je n'avais pas oublié, vous dont l'amitié fraternelle m'avait fait de si douces années d'enfant. Dans ce milieu qui me rappelait ma jeunesse, ma gaieté, mon bonheur sans mélange, mon insouciance de toutes choses, vous apparûtes comme une évocation d'autrefois, et à mon cœur demeuré sans amour, vous parlâtes si éloquemment par votre timidité, par votre silence même, par tout ce que je devinais en vous de tendre, de bon, de généreux que, ne me souvenant plus que j'appartenais à un autre, à un autre que je n'aimais pas, mais à qui je devais me garder honnêtement, à un autre que je n'avais jamais trompé, je me suis donnée à vous par un bond de dix années en arrière, par le seul besoin d'aimer et d'être aimée ! Et je vous le jure, Jacques, je vous ai sincèrement, passionnément aimé !

Jusque-là Morin avait écouté Berthe sans faire un mouvement, sans que sa physionomie exprimât rien du trouble cruel que lui causait son récit, mais à ces derniers mots il quitta son siège en s'écriant :

— Vous m'aimiez, dites-vous, et sachant ce que j'allais souffrir, puisque vous me compreniez si bien, vous m'avez abandonné cependant sans un mot d'adieu, sans une ligne d'explication et de regret ! Pourquoi ?

— Parce que M. de Laurentz rentrait à Paris et que je devais m'y trouver pour le recevoir, fit la comtesse d'une voix hésitante et en baissant les yeux.

— Et peut-être aussi parce que vous portiez dans votre sein le gage de mon amour, l'enfant qui allait vous donner nom, titre et fortune ! Osez donc m'affirmer que je me trompe ?

D'un geste plein de noblesse, Jacques adjurait la jeune femme de dire la vérité.

— Eh bien ! non, répondit aussitôt Mme de Laurentz, en relevant la tête et avec un accent déchirant de loyauté et de douleur ; non, je ne mentirai pas, dussiez-vous me briser et me perdre ! Oui, tout me permettait de croire que j'étais enceinte, lorsque je me suis enfuie comme une misérable créature. Oh ! non sans pleurer sur vous, sans comprendre la mauvaise action, le crime que me faisait commettre, en réveillant dans mon cœur l'ambition et le désir de vengeance endormis, cette maternité dont j'avais abandonné l'espoir et qui était possible, dont j'allais bientôt avoir l'assurance ! Vous le voyez, je ne vous cache rien ! Je pourrais me défendre en invoquant une incertitude, la possibilité qu'il en ait été autrement, mais non, non, je n'ajouterai pas cette lâcheté à ma première faute !

— Alors votre fils... le fils de M. de Laurentz ?

— Cet enfant est le vôtre, Jacques !... Pitié pour lui, pitié pour moi !

Elle était tombée à genoux et sanglotait.

Morin s'élança vers elle, la releva et, prenant ses deux mains entre les siennes :

— Le colonel de Laurentz, lui dit-il, m'a sauvé la

vie ; vous, Berthe, vous m'avez aimé. C'en est assez pour me faciliter ma tâche ! Que Dieu garde à votre mari son bonheur et son repos ; qu'il vous pardonne le mal que vous m'avez fait, comme je vous pardonne moi-même, et qu'il bénisse votre enfant ! Si je meurs là-bas, où je vais pour oublier, son nom sera le dernier mot que je prononcerai ; si je vis, au contraire, le secret qui est à nous seuls demeurera inviolable et sacré au fond de mon cœur. Adieu !

— Ah ! merci, Jacques, merci ! s'écria la comtesse, en jetant ses bras au cou du noble et généreux martyr. Oh ! je prierai tant, nous prierons tant pour vous, mon enfant, votre enfant et moi, que le ciel épargnera vos jours et vous donnera le bonheur dont nul n'est aussi digne que vous ! Adieu ! Adieu !!

Et après avoir bu de ses lèvres reconnaissantes les larmes qui sillonnaient les joues de l'infortuné, elle s'enfuit !

Le lendemain, au moment où Morin endossait de nouveau la capote de soldat, le mari de Berthe Benoist, rentré à Paris, couvrait de baisers le fils de Jacques, en répétant avec orgueil :

— Mon fils ! M. le vicomte Henri de Laurentz, mon fils !

DEUXIÈME PARTIE

La comtesse de Laurentz

I

Bien que le comte de Laurentz fût allié à plusieurs familles du faubourg Saint-Germain et qu'il fit partie de deux des cercles les mieux cotés de Paris, son mariage n'avait causé ni vive ni longue émotion parmi ses pairs. Sa liaison avec Mlle Benoist était connue depuis longtemps, et elle avait toujours affecté une forme si décente, si régulière dans son irrégularité même, que ce dénouement matrimonial était un peu prévu. On l'accepta d'autant mieux, lorsqu'on sut qu'il était né de cette liaison un fils que le comte avait reconnu en épousant la mère.

Un mois après cette mésalliance, comme disaient cependant quelques-uns, il n'en était plus question, sauf chez certaines douairières ayant à caser nièces ou filles, pour qui elles avaient rêvé le titre et la fortune du colonel en retraite.

A l'époque, datant déjà de plusieurs années, où la nièce de Mme Lombard était devenue la maîtresse du comte de Laurentz, on s'était fort peu inquiété de son origine, la beauté tenant complètement lieu d'état civil dans certaines situations sociales ; mais le jour où elle était entrée, par la petite porte, il est vrai, mais enfin entrée néanmoins dans le grand monde, on avait voulu connaître quelque chose de son passé, et quand on s'était rappelé qu'elle avait été au service d'une Américaine, Mme Simpson, retournée depuis lors à New-York, on s'était empressé d'écrire à cette dame, qui avait répondu tout simplement :

« Il est exact que j'ai eu chez moi en qualité d'ins-
« titutrice, de dame de compagnie et surtout d'a-
« mie, Mlle Benoist.
« C'était une charmante et honnête jeune fille ;
« nous avons donc été ravis, mon mari et moi, d'ap-
« prendre son mariage avec M. le comte de Lau-
« rentz, qui déjà, lorsqu'elle était au milieu de
« nous, lui témoignait le plus affectueux intérêt.
« Elle est digne à tous égards de la haute position
« où elle est parvenue. »

Et bien vite, après avoir adressé cette lettre à son correspondant de Paris, l'excellente femme en avait envoyé la copie à Berthe, en y ajoutant ces lignes :

« Voilà, chère comtesse, ma réponse aux indis-
« crets, et vous savez que c'est bien l'expression de
« mes sentiments.
« Si je vous fais part de cette petite enquête, c'est
« pour vous mettre en garde contre les sots et les
« malveillants, si, par hasard, il s'en glissait quel-
« ques-uns autour de vous. Mais pourquoi cela ar-
« rivera-t-il ? Vous n'avez rien de semblable à
« craindre. Jouissez donc en paix du bonheur que
« le ciel vous devait, et ne cessez jamais de croire
« à ma sincère affection. »

Tout à fait rassurée, Mme de Laurentz n'en avait pas moins organisé sa vie avec prudence, en limitant ses relations aux intimes de jadis. Ce n'était que pour se rendre aux désirs de son mari qu'elle étendait un peu le cercle de ses connaissances.

Les vraies grandes dames qui connaissaient la naissance bourgeoise de Mme de Laurentz lui savaient un gré infini de sa discrétion, de sa déférence sans humilité, de la simplicité luxueuse de sa mise, de son tact parfait ; en sorte que les jaloux durent se taire, et que la petite provinciale prit rapidement ses lettres de naturalisation dans les milieux les plus recherchés.

Toutefois, rien ne plaisait tant à Berthe que la saison d'été, car elle la passait en grande partie avec son mari et son fils dans quelque station balnéaire ou dans sa villa d'Auteuil, si pleine de souvenirs pour elle, puisque c'était là qu'en devenant mère, elle avait conquis sa réhabilitation et mis entre son passé et le présent une infranchissable barrière ; elle l'espérait du moins.

Cependant, malgré tous ses efforts pour les chasser de sa mémoire, elle revenait parfois vers ces deux épisodes coupables et douloureux de sa jeunesse, dont elle ne pouvait également s'absoudre, en raison même de la droiture de son jugement.

Quand elle pensait à sa première faute, à ce Ferralli qui l'avait si lâchement trompée, dans l'espoir de conserver un héritage à son ami, elle n'éprouvait que du dégoût et d'immenses regrets, car c'était là un fait que M. de Laurentz connaissait ; c'était en quelque sorte de cette chute même qu'était née sa situation présente ; et comme elle savait l'élévation d'âme du comte, elle n'avait pas à rougir devant lui. N'avait-il pas tout rejeté dans l'oubli par son mot charmant : « Vous êtes veuve », lorsqu'il lui avait demandé de l'aimer un peu ?

Cette souillure, son mariage l'avait complètement effacée, et s'il en restait un témoin, le baron de Trémont, le complice odieux de Ferralli, elle ne supposait pas qu'elle eût rien à craindre de lui. Il avait tout intérêt à se taire : intérêt d'honneur, puisqu'il avait été l'instigateur d'une action infâme ; intérêt d'argent, puisqu'il pouvait espérer que M. de Laurentz, qui lui faisait déjà une pension généreuse pour qu'il restât à l'étranger, ne l'oublierait pas dans son testament, en récompense de sa soumission à ses ordres.

De ce côté, Berthe était donc tranquille, et n'ayant rien à dissimuler sous son toit, dans sa vie quotidienne, qui n'appartenait qu'à ses devoirs d'épouse et de mère, elle ne songeait même pas que M. de Trémont pourrait rentrer un jour à Paris et qu'elle se trouverait peut-être tout à coup en face de lui, dans le monde, au théâtre ou au Bois.

Il en eût été tout autrement si la comtesse avait

... sentiments que le baron avait réellement ... et pour son fils.

... ruiné par des prodigalités qu'excusait un peu sa qualité d'unique héritier d'un parent affectueux, millionnaire et garçon, Raoul de Trémont, après sa honteuse aventure avec Ferralli, s'était résigné à l'exil, n'ayant plus d'autres espérances de fortune que celles que lui permettrait le pardon complet de M. de Laurentz. Il était même entré dans les consulats, sans doute dans le but de prouver qu'il renonçait à Paris, pour longtemps au moins, et il prit assez volontiers son mal en patience pendant quelques années.

Jugeant des autres par lui-même, il avait la conviction qu'un jour le comte se séparerait de sa maîtresse, en lui assurant simplement une situation financière honorable, et il attendait avec philosophie cette heure psychologique, en écrivant deux ou trois fois l'an au colonel, dans des termes discrets, respectueux, de nature enfin à reconquérir peu à peu son affection. Mais quand M. de Laurentz l'informa lui-même de son mariage, comme pour lui faire bien comprendre que, loin de s'en cacher, il agissait ouvertement, dans la plénitude de ses droits, le baron ressentit une telle colère de cette victoire si complète de celle qu'il avait voulu perdre, qu'il jura de se venger tôt ou tard ; et lorsqu'il sut que son oncle avait un héritier direct dans ce fils légitimé par son union avec Mlle Benoist, sa haine s'étendit à ce nouveau venu, qui le ruinait complètement.

Toutefois, cette première émotion passée, M. de Trémont réfléchit, et pour ne pas jeter le manche après la cognée, pour ne pas rompre irrémédiablement avec un parent de qui le séparait seulement cet enfant, qui pouvait ne pas vivre et ne point avoir de successeur, puisque ce n'était qu'au bout de six ans que Mlle Benoist était devenue enceinte, ce qui l'autorisait à supposer un peu que M. Laurentz n'y était pour rien, mystère qu'il se réservait d'étudier et d'approfondir ; M. de Trémont, disons-nous, résolut de dissimuler, et il répondit hypocritement au colonel qu'il ne pouvait que s'incliner devant la détermination que lui avaient dictée ses sentiments, et que s'il lui était permis d'espérer pour eux un bon accueil, il joindrait à sa lettre ses hommages à Mme la comtesse de Laurentz.

En ce qui concernait son neveu, Berthe pouvait donc croire qu'elle n'avait rien à en redouter, mais son calme n'était plus le même quand c'était vers Jacques que se dirigeait sa pensée. De lui, moins que de personne, elle n'avait d'indiscrétion à craindre, elle en était certaine ; il mourrait à la peine plutôt que de la trahir, elle le savait bien. Or, c'était précisément parce qu'elle le jugeait ainsi que, se révoltant parfois contre son propre bonheur, elle en éprouvait de véritables remords.

Et ce souvenir, elle ne pouvait, l'eût-elle voulu, l'éloigner, le chasser à son gré. Son fils était là qui le ravivait à chaque instant. Dans les traits de son visage, il lui semblait trouver des ressemblances avec le disparu. Dans ses sourires, elle lisait en quelque sorte les tortures de celui qu'elle avait sacrifié à son ambition, à sa reconnaissance envers M. de Laurentz, à son désir de réhabilitation, à sa volonté de se venger, au vertige du gouffre ouvert sous ses pas, à la fatalité enfin !

Lorsque le comte prenait avec tendresse dans ses bras cet enfant qui n'était pas le sien ; quand il disait à Berthe son rêve de faire d'Henri un homme digne de ses aïeux ; lorsqu'il la remerciait de lui avoir donné cet héritier, son orgueil, qui, déjà beau comme sa mère, porterait fièrement le nom des Laurentz, la malheureuse femme souffrait toutes ces douleurs et toutes ces tortures, qui sont peut-être le plus horrible des châtiments de l'adultère, pour celle dont la faute est ignorée de son juge et qui s'est réfugiée dans le respect du foyer ainsi que dans l'amour maternel.

Qu'était-il devenu ce généreux ? Mme de Laurentz l'ignorait, car la tante Rose étant morte tout à coup, pendant qu'elle voyageait à l'étranger avec son mari, elle n'avait même pu se rendre à Reims pour ses obsèques, et, depuis cette époque, elle était sans nouvelles de sa ville natale.

Bien que le comte l'eût engagée à y aller quand ils étaient rentrés à Paris, après le décès de Mme Lombard, Berthe avait répondu que ce voyage n'était pas utile.

En réalité, par une inconsciente terreur, comme si elle craignait d'y rencontrer quelque ombre accusatrice ; comme pour éviter que le rouge de la honte ne lui montât au visage, en se retrouvant sur le théâtre de ses amours coupables, Reims l'épouvantait. Seul, le notaire chargé de régler la succession de sa vieille parente aurait pu la renseigner sur le fils de Louis Morin, et elle avait eu souvent la pensée de lui écrire, mais la peur de se compromettre l'avait arrêtée.

En effet, quelles raisons aurait-elle données pour expliquer l'intérêt qu'elle portait à Jacques, de qui, pour tout le monde, elle devait ignorer le départ, ou du moins de qui le sort devait lui être indifférent ? Car bien peu de personnes à Reims savaient même qu'elle l'eût connu, et elle ne se doutait pas plus des confidences que le pauvre garçon avait faites à son père, dans l'explosion de son chagrin, que du serment qu'il avait ensuite exigé du vieillard, de ne jamais adresser un seul reproche, de ne jamais nuire à celle qu'il ne pouvait cesser d'aimer, malgré sa trahison. Il lui était donc également impossible d'interroger Louis Morin. Par la force même des choses, elle était condamnée au silence et aux angoisses.

Pendant ce temps-là, son fils, le fils de Jacques, grandissait, devenait un enfant superbe, bien campé, solide, avec les beaux yeux un peu rêveurs de son père et les traits fins et distingués de sa mère. De plus il était doux, affectueux, sensible aux reproches, facile à diriger, si facile même qu'il était à craindre qu'il ne manquât plus tard de la fermeté de caractère sans laquelle un homme n'arrive jamais à rien.

Désirant que l'héritier de son nom embrassât un jour la carrière militaire, le comte lui avait donné un précepteur chargé de l'initier aux mathématiques ; mais en attendant le moment fatal où elle serait forcée de se séparer un peu plus encore de son fils pour le laisser suivre les cours de quelque lycée, Berthe s'était chargée des autres branches de son éducation.

— Permettez-moi de redevenir institutrice pour Henri, avait-elle demandé simplement un jour à son mari.

Et M. de Laurentz, charmé de cette forme spéciale de dévouement maternel, s'en était rapporté complètement à sa femme, pour qui sa tendresse semblait grandir au fur et à mesure que la vieillesse se faisait plus lourde pour lui.

Car, en ces dix années de bonheur sans nuage, le colonel s'était sensiblement affaissé, bien qu'il n'eût que soixante-sept ans ; mais sa santé laissait beaucoup à désirer, s'il était souvent retenu chez lui par la souffrance, son esprit et son cœur étaient les mêmes qu'autrefois. Il restait toujours, comme lorsqu'il commandait le 20e de ligne, l'officier attentif à ce qui intéressait la gloire de la France, il se tenait au courant de toutes les questions, de tous les faits militaires. Jusqu'en 1854, il avait suivi ses anciens compagnons d'armes dans leurs étapes victorieuses sur cette terre d'Afrique, où il s'était si vaillamment conduit lui-même. La guerre de Crimée venue, il avait en quelque sorte pris part à cette lutte de l'héroïsme contre l'héroïsme ; et trois ans plus tard, quand la guerre d'Italie éclata, il se mit à dévorer, avec la fièvre d'un soldat condamné à l'inaction, les récits de cette campagne désintéressée dont nous ne devions récolter plus tard que de l'ingratitude.

C'est ainsi qu'un soir, après le dîner, pendant que Berthe jouait avec son fils, Robert de Laurentz lisait les journaux remplis de détails sur la bataille de Magenta, lorsque, tout ému, il s'écria, avec autant de douleur que d'enthousiasme :

— Quelle superbe victoire ! Quelle lutte de géants ! Comme Mac-Mahon a bien mérité de la patrie ! Quelle audace ! Mais aussi que de victimes de part et d'autre ! Mes pauvres zouaves, que j'ai si souvent vus au feu là-bas, décimés ! Plus de deux cents enlevés dans un seul combat ! Et mon vieil ami le général Espinasse, tué, ainsi que son officier d'ordonnance et le sergent Morin, un zouave, un intrépide, qui était venu sans doute lui transmettre des ordres et n'a pas voulu abandonner le corps de son chef ! Comme on a le droit d'être fier d'avoir appartenu à une armée telle que la nôtre ! N'est-ce pas, Berthe ?

La comtesse de Laurentz avait abandonné à Henri l'album qu'elle feuilletait avec lui et, relevant la tête vers son mari, elle allait lui répondre, quand devenu rêveur et semblant interroger ses souvenirs, il poursuivit :

— Morin ? Le sergent Morin ? Ce nom me rejette à plus de quinze années en arrière ! Au siège de Mascara, un sous-officier qui s'appelait ainsi m'a sauvé la vie. Un brave également, celui-là ! Oh ! ce n'est pas le même ! S'il était encore au service, mon Morin, à moi, serait capitaine aujourd'hui, car c'était un garçon intelligent et suffisamment instruit. D'ailleurs, je le saurais, il m'aurait écrit. Et rester là, cloué dans un fauteuil, impotent ! Ne pas être des leurs, même de leurs morts !

— Robert, calmez-vous, je vous en conjure, dit d'une voix étranglée Berthe, qui, toute pâle et paraissant se soutenir à peine, s'était levée. Vous vous faites mal et vous épouvantez Henri !

— Ah ! oui, c'est vrai ! je vous demande pardon ; mais c'est que ce nom m'a rendu soudain mon ardeur militaire d'autrefois. Suis-je assez ridicule !

Et comme en même temps qu'il avait pris son fils sur ses genoux, il s'était emparé de la main de sa femme et qu'il la sentait trembler dans la sienne, il ajouta bien vite, en la lui pressant avec tendresse :

— Encore une fois, pardon ! Et à toi aussi, mon chéri, puisque je t'ai tant effrayé !

— Mais non, pas du tout, pas du tout, répondit l'enfant, avec un orgueil naïf. Pourquoi aurais-je peur, puisque je serai un jour colonel comme toi ? Un colonel, ça n'a pas peur !

Il s'était jeté au cou de son père et l'embrassait, pendant que sa mère détournait la tête pour que M. de Laurentz ne pût lire sur ses traits bouleversés l'horrible émotion qui la torturait.

Heureusement que le comte mit fin lui-même à cette scène pénible en donnant une dernière caresse à son fils et en lui disant :

— C'est très bien d'être déjà si brave, mais en attendant que tu sois colonel, il faut aller te coucher, afin de pouvoir bien travailler demain. Bonsoir ! Vous, mon amie, ne m'en veuillez plus et à tout à l'heure !

Henri prit la main de sa mère qui l'entraîna bien vite. Les forces commençaient à lui manquer. Elle craignait de se trahir, car ce Morin tué à Magenta, ce zouave dans lequel son mari ne pouvait reconnaître le sous-officier qui lui avait sauvé la vie en Afrique, ce héros parmi tant d'autres, c'était Jacques, elle n'en doutait pas ! Le fidèle avait tenu son serment. Il était mort, mort en lui pardonnant, cela était certain, peut-être même en l'aimant toujours !

C'est pleine de ces pensées, qui réveillaient tous ses remords en la rejetant aussi brusquement dans le passé, qu'elle gagna la chambre coquette où couchait son fils, tout près de son appartement, et là, quand il fut déshabillé et qu'ayant fait sa prière du soir, il allait se relever, elle l'arrêta pour lui demander d'une voix presque suppliante :

— Veux-tu prier aussi pour les soldats tombés sur le champ de bataille en défendant leur drapeau ?

— Oh ! oui, petite mère ! répondit Henri avec l'enthousiasme que les enfants apportent souvent aux manifestations religieuses.

— Alors, répète avec moi.

Et s'agenouillant près de lui, elle prononça lentement ces mots :

« Mon Dieu, recevez avec miséricorde ceux que « la mort a frappés dans l'accomplissement de leur « devoirs de soldats, sans qu'ils aient eu le temps « de vous implorer. Pardonnez-leur comme ils ont « pardonné à ceux qui les avaient offensés et priez « pour eux, en leur demandant pardon. »

Sans lever les yeux sur sa mère, dont les joues étaient inondées de larmes, le fils de Jacques avait redit ces paroles avec ferveur, comme si quelque chose de son âme comprenait à qui elles s'adressaient.

Quelques minutes plus tard, le vicomte de Laurentz dormait et Berthe redescendait auprès de son mari, mais pour remonter bientôt chez elle, en disant qu'elle était un peu fatiguée. En réalité, elle voulait être seule, pour ne plus avoir besoin de dissimuler sous des sourires tout ce qu'elle souffrait.

Car, par un phénomène rationnel, la mort de Jacques modifiait dans un sens spécial les sentiments complexes que Berthe n'avait jamais cessé d'avoir pour lui.

Tout en reconnaissant la noblesse de la conduite de celui qui tenait son honneur entre ses mains, toute assurée qu'elle fût de sa discrétion, il n'en était pas moins le témoin ou, mieux, le complice de sa faute : il n'était pas impossible qu'un jour quelque circonstance indépendante de sa volonté le rapprochât de M. de Laurentz, — le fait avait déjà failli se produire, — et cette crainte, si chimérique qu'elle fût, qui s'alliait de plus au respect qu'elle avait pour son mari, ne laissait aucune place en son cœur aux tendres souvenirs ; tandis que cette fin héroïque de l'amant d'autrefois la ramenait forcément aux causes de son exil et aux jours heureux qu'il avait payés si cher.

Il en résultait que, tout en pleurant l'ami qui s'était sacrifié, elle pleurait peut-être aussi le seul homme qu'elle eût passionnément aimé.

Cette pensée, qui, selon son jugement, serait une sorte d'infidélité envers le comte, dans le cas où Jacques vivrait toujours, finit par la troubler à ce point qu'obsédée par l'incertitude, elle écrivit à son notaire de Reims, sous prétexte de lui réclamer une pièce relative à la succession de sa tante, et qu'elle lui demanda si un sergent Morin, que les journaux disaient avoir été tué à Magenta, n'était pas le fils d'un certain Morin qui avait été, il lui semblait bien, un vieil ami de Mme Lombard.

Peu de jours après, le notaire lui répondit que le sous-officier en question était en effet le fils de Louis Morin, ainsi qu'il l'avait entendu dire chez ses anciens patrons, MM. Barrett, car le père Morin, lui, était mort depuis longtemps. Berthe jugea alors que, sans manquer à ses devoirs d'épouse, elle avait droit à la douleur de l'amante.

Mais cette douleur, comme tous les sentiments humains que la lutte n'entretient ni n'excite, se calma assez rapidement. Elle prit bientôt la forme vague d'un souvenir tout à la fois de pitié, de douceur et de reconnaissance pour celui qui n'était plus ; et ce souvenir s'absorba peu à peu si complètement dans son amour maternel, que la mort du père finit en quelque sorte par légitimer le fils dans sa conscience.

Et logiquement, à partir de cette époque, l'existence fut pour elle plus tranquille, plus assurée, jusqu'au jour où Henri atteignit sa dix-septième année et où, malgré sa tendresse aveugle, son caractère enthousiaste et ses aspirations prématurées commencèrent à la préoccuper un peu.

Elevé en héritier de grande maison par une mère qui se souvenait de l'éducation hygiénique dont elle avait eu de si bons exemples chez Mme Simpson, le vicomte de Laurentz avait été familiarisé de bonne heure avec la plupart des exercices du corps, si bien qu'à peine adolescent, il était déjà écuyer accompli et tireur de force respectable, aussi bien à l'épée qu'au pistolet. S'il avait étudié avec moins d'ardeur les lettres et l'algèbre au lycée Condorcet, dont il suivait les cours sous la surveillance d'un précepteur qui complétait son instruction à l'hôtel, il était à peu près certain néanmoins qu'il pourrait entrer à Saint-Cyr, comme le désirait vivement son père.

Malheureusement, si l'instruction du fils de Berthe était suffisante ; si, à peine dans sa dix-huitième année, il était non seulement fort beau garçon, mais encore élégant, distingué, robuste, paraissant deux ou trois ans de plus que son âge, grâce à sa taille élevée et à sa moustache naissante, il laissait peut-être à désirer au point de vue moral.

Orgueilleux de son nom, ardent au plaisir, assoiffé de liberté, prodigue par instinct et parce qu'il ignorait la valeur de l'argent qu'on lui donnait à pleines mains, il semblait impatient de faire partie de cette jeunesse bruyante qui, vers la fin du second Empire, se pressait de vivre, comme si elle pressentait que la cessation de la fête était proche.

Pour avoir un peu de cette liberté à laquelle il aspirait tant, Henri de Laurentz demanda d'abord à sa mère d'être délivré de son précepteur, qui le conduisait au lycée et venait l'y chercher.

La comtesse céda ; mais lorsque, peu de temps après, il lui exprima le désir d'aller au Bois, seul, sans être escorté de son maître d'équitation, ni même du piqueur Tony, un digne serviteur anglais qui était à son service particulier, elle ne voulut prendre aucune décision à ce sujet que d'accord avec son mari.

Mais, comme à l'amour maternel se joint toujours un peu de vanité, Berthe finit par comprendre qu'elle n'avait pas le droit de garder Henri pour soi seule, avec égoïsme, et elle se décida à présenter sa requête au colonel.

Seulement, elle avait trop attendu ; le jour où, résignée, elle entra un matin chez son mari pour lui soumettre le cas en question, elle y trouva le vicomte qui l'avait précédée, vint à sa rencontre, l'embrassa tendrement, sachant bien que c'était là pour lui le meilleur moyen de séduction et d'absolution, et il dit ensuite à son père, reprenant, bien évidemment, son petit discours interrompu :

— Oui, imagine-toi que mère n'ose pas me délivrer de la surveillance de Tony, lorsque je veux faire un temps de galop au bois. Mes amis se moquent de moi. On me prend pour un gamin qui a besoin d'être protégé. Je préfère rester à la maison ! Voyons, est-ce que j'ai l'air d'un enfant ?

M. de Laurentz ne put s'empêcher de sourire avec orgueil et répondit, après avoir galamment baisé la main de sa femme :

— Eh bien ! oui, ce grand garçon-là a raison ! Ne sera-t-il pas soldat dans quelques mois ! Tu n'iras pas border son lit à Saint-Cyr ? Mettons-lui la bride sur le cou ! Il est gaillard à se défendre. Il est excellent que, de bonne heure, l'homme ne compte que sur lui-même !

Et ce jour-là, vers cinq heures de l'après-midi, tout fier d'être libre et montant une ravissante jument bai-brun que son père lui avait donnée pour fêter ses dix-huit ans, le fils de Berthe Benoist, seul, sans l'escorte de Tony, rejoignait, dans l'avenue de l'Impératrice, ses amis, auxquels il fit part de son affranchissement et qui l'acclamèrent.

Si le groupe des camarades d'Henri n'avait été composé que de jeunes hommes de son âge et de sa situation sociale, aussi peu que lui au courant d'un certain monde parisien, c'eût été parfait. Malheureusement il n'en était pas ainsi.

Parmi ces cavaliers, quelques-uns avait atteint et même dépassé de beaucoup la trentaine : ils connaissaient les habitués du Bois, les chroniques scandaleuses, les femmes élégantes, tous les chignons d'or de l'époque, et comme ils se hâtaient toujours de répondre aux questions avides des plus ignorants, ceux-ci, glorieux de leur savoir, de leurs relations féminines ébauchées dans une rencontre quotidienne, firent à leur tour l'éducation du vicomte de Laurentz, de qui l'esprit s'ouvrait déjà à toutes les curiosités malsaines et les sens à tous les appétits.

Cependant, malgré ses promenades, le matin ou le soir, selon le temps et l'emploi de sa journée, il n'interrompait pas ses études ; il les poursuivait au contraire avec plus de zèle qu'il n'en avait jamais montré, car il tenait à être reçu à Saint-Cyr, tout à la fois pour répondre à l'ambition de son père et parce que, lorsqu'il aurait endossé l'uniforme de l'Ecole, il serait vraiment libre. Or, ce qu'il entrevoyait au Bois et au théâtre augmentait à chaque heure son désir d'être tout à fait son maître.

En attendant, il n'abusait pas trop de son émancipation et sa mère commençait à en prendre l'habitude, quand un jour, en compagnie de trois ou quatre amis, il entra en vrai sportsman à Madrid, faisant franchir à son cheval une barrière d'un mètre de hauteur, qu'on avait placée à l'intérieur de l'établissement, en face de la grande porte, pour séparer la cour du jardin, où l'on travaillait à renouveler les bosquets.

Les petites tables qui bordaient les deux côtés de cette cour étaient toutes occupées par des clients de la maison, hommes et femmes. Après être passé devant eux comme un éclair, Henri avait enlevé si lestement sa monture que des applaudissements unanimes avaient salué cette prouesse, et lorsque, revenant en arrière, il reparut, ce fut une nouvelle ovation, bien de nature à flatter sa jeune vanité.

Puis, ainsi que ses camarades, il mit pied à terre. Ce fut alors un échange de compliments, de poignées de main, de présentations, entre ces gens du même monde, qui se connaissaient tous peu ou prou, et le vicomte prit place avec ses amis à une table que l'on s'était empressé de disposer pour eux.

L'un des groupes qui avaient accueilli par des hourras la hardiesse du nouvel émancipé était composé de deux hommes ayant dépassé la quarantaine et d'une jeune femme blonde d'une beauté saisissante. Ses grands yeux verts, sa bouche fine, où semblait stéréotypé un léger rictus ironique, son teint pâle, toute sa physionomie enfin en faisait un être troublant.

C'était évidemment une étrangère, Suédoise ou Russe peut-être, car ce fut sans le moindre accent qu'elle demanda à l'un de ses deux cavaliers, dont elle n'avait pas remarqué la vive émotion, lorsqu'on avait nommé tout haut M. de Laurentz :

— Connaissez-vous, baron, ce jeune et joli garçon ?

— De nom seulement, ma chère Lise, fit l'interrogé avec un mauvais sourire.

— Vous ne pouvez pas me le présenter ?

— Vous le présenter, non, mais...

— Et vous ?

Elle s'adressait à son second compagnon, un certain Albert Beaurain, un de ces insignifiants, sans nom, sans esprit, sans grande fortune, que l'on rencontre et que l'on accepte dans tous les milieux,

Sans trop savoir pourquoi, tout simplement par habitude, parce qu'ils sont au courant des choses parisiennes et que, médiocres, ils ne portent ombrage à personne.

— Oh ! rien de plus facile, répondit aussitôt Beaurain. Je ne connais pas personnellement M. de Laurentz, qui ne vient au Bois que depuis quelques semaines ; je sais seulement qu'il est le fils du colonel de Laurentz, mais comme j'aperçois un de mes amis à sa table, je vais vous le faire amener ou vous l'amener moi-même.

— Vous êtes toujours aimable.

Et pendant que celui qu'elle avait appelé « baron » semblait plongé dans quelque pensée grave, car ses sourcils s'étaient froncés, l'étrangère suivait des yeux son ambassadeur. Elle le vit échanger force salutations avec le groupe dont faisait partie le jeune homme ; puis bientôt ce dernier se leva avec un empressement visible, pour accompagner Beaurain qui, revenu auprès de la belle Lise, lui dit, en s'adressant en même temps à son ami :

— M. le vicomte de Laurentz.

Henri s'inclina pendant que son parrain ajoutait :

— Mme Lise Nartheld ; M. le baron Raoul de Trémont.

Celui-ci ne put réprimer un mouvement de mauvaise humeur, qui semblait indiquer combien il regrettait cette présentation. Néanmoins, il répondit poliment au salut du vicomte, à qui Lise disait :

— Vous êtes un hardi cavalier, cher monsieur, et je désirais vous en faire tous mes compliments ; voilà pourquoi j'ai prié M. Beaurain de vous amener. Vous ne m'en voulez pas trop ?

— Oh ! madame, j'en suis au contraire bien heureux, fit Henri, en se penchant sur la petite main que Mme Nartheld lui offrait avec un gracieux sourire.

— Tous les jours, de cinq à sept heures, je viens au Bois, lorsqu'il fait beau. Quand vous le voudrez, nous ferons ensemble un temps de galop. Je suis assez bonne écuyère, moi aussi. A une de ces après-midi, n'est-ce pas ?

— Tout à vos ordres, madame.

Bien qu'il n'en fût pas à son premier entretien avec une femme, M. de Laurentz ne s'était jamais senti à ce point ému. Les grands yeux de son interlocutrice, le timbre de sa voix, son accueil si flatteur, tout cela le troublait ; et ce fut en balbutiant quelques mots de remerciements qu'il lui baisa une seconde fois la main avant de se retirer, non sans avoir salué M. de Trémont, qui paraissait assez gêné et dit aussitôt à Mme Nartheld :

— Vous voulez donc rendre fou ce grand garçon-là ?

— Quelle idée ! Je l'avais trouvé superbe quand il a passé devant nous comme une flèche, et je voulais le voir de plus près. Il n'y perd rien : il est fin, distingué, beau cavalier, et encore timide ; ce qui est rare, même à son âge, à notre époque.

— Il n'a pas vingt ans, dix-neuf à peine.

— Il paraît plus âgé ; mais pour ce que je veux faire de lui, que m'importe !

— Soit ! mais lui, il est facile de pressentir ce qu'il désirera bien vite faire de vous.

— Baste ! peut-être.

— De plus, il a, ou plutôt il aura, plus de trois ou quatre cent mille livres de rente !

— Aussi bien que son âge, cela ne m'intéresse que fort peu. Ma fantaisie avant toute chose ; vous ne l'ignorez pas !

— Pauvre vicomte !

— Eh ! comment êtes-vous donc aussi exactement renseigné sur M. de Laurentz, que vous me disiez tout à l'heure ne pas connaître ?

— C'est mon cousin !

— Ah bah ! Et vous ne l'aviez jamais vu, il ne vous avait jamais parlé ?

— Jamais ! Je ne suis rentré à Paris que depuis trois mois, vous le savez, et seulement pour vous. Or mon absence, qui datait de plusieurs années, a été interrompue, à de longs intervalles, que par de très courts séjours ici. Je ne connaissais pas même de vue M. Henri de Laurentz. Quant à lui, il ignorait mon existence, je le parierais !

— Vous êtes donc brouillé avec son père ?

— Je ne le vois plus depuis très longtemps.

— Et la comtesse ?

— La dernière fois que je l'ai aperçue, il y a une vingtaine d'années, c'était une des plus belles créatures qu'il fût possible d'imaginer. On dit qu'elle est encore fort bien.

— Parfaitement, je comprends !

— Vous vous trompez du tout au tout : Mme la comtesse de Laurentz m'a toujours eu en haine.

Il serait difficile de rendre l'intonation ironique avec laquelle M. de Trémont avait souligné ce mot « comtesse ».

— Un vrai drame de famille, alors ! reprit en riant Mme Nartheld. Vous me le raconterez. Il est probable que le fils ne sait rien des sentiments de sa mère pour vous, sur...

— Ce n'est pas probable, c'est bien certain !

— Tenez, le voilà qui part. Allons, un adieu aimable au petit cousin !

Ainsi que ses amis, Henri venait de remonter à cheval et, tout en faisant hardiment cabrer sa monture, il saluait Lise.

Celle-ci lui répondit gracieusement de la main et du sourire, pendant que M. de Trémont soulevait son chapeau, en se disant, les yeux fixés sur sa belle amie, qui suivait du regard les cavaliers à travers les arbres :

— Ah ! que ce gamin ne devienne pas mon rival, car ce serait peut-être là ma revanche, et le hasard aurait fait pour moi plus que je ne lui ai jamais demandé. La vengeance est un mets qui, froid, n'en est pas moins excellent ! Or, il se pourrait bien, mademoiselle Berthe Benoist, que je ne tardasse pas plus longtemps à me mettre à table, si, par malheur pour vous et pour lui, votre fils se plaçait sur mon chemin !

X

A peu près au moment où le vicomte de Laurentz, un peu plaisanté par ses amis, emportait au fond de son cœur, plus vivace encore qu'il ne le supposait lui-même, le souvenir de l'accueil et de la beauté de Lise Nartheld, un homme étranger au quartier, mais dont on aurait pu y remarquer les allées et venues les jours précédents, s'arrêtait pendant quelques minutes en face de l'immeuble qui formait alors l'angle des rues Saint-Georges et Saint-Lazare. Puis il en franchit le seuil, suivit la voûte pour gagner une grande cour, qu'un mur élevé séparait des propriétés voisines, et là, il se livra à une sorte d'étude topographique des localités.

Cet examen l'ayant, sans doute suffisamment satisfait, notre inconnu revint sur ses pas pour entrer chez le concierge de la maison, auquel il demanda quel logement il avait à louer.

— Un petit appartement au cinquième, répondit le portier : chambre à coucher, salle à manger pouvant servir de salon ou de cabinet de travail, et une cuisine. Huit cents francs.

— De quel côté donnent les fenêtres ?

— Sur les jardins des hôtels de la rue Saint-Georges. Ça n'est pas grand, mais la vue est superbe. Et un air !

— Je puis visiter ?

— Certainement, monsieur !

Le concierge, le père Dumont, avait prononcé ces paroles avec une déférence toute particulière. C'est qu'il avait reconnu, lui, vieux troupier, à la boutonnière du paletot de son interlocuteur, le [illegible] ruban de la médaille militaire et de la Légion d'honneur. Or, à cette époque, cet assemblage glorieux sur une même poitrine était fort rare. La guerre franco-allemande n'avait pas encore fourni à de jeunes héros les occasions de conquérir en quelques mois plusieurs grades et de gagner, au prix de leur sang, des distinctions nombreuses.

Convaincu d'avoir affaire à un officier, capitaine tout au moins, qui, retraité, venait vivre à Paris, Dumont s'excusa de passer le premier pour montrer le chemin, et ils commencèrent à gravir le large escalier qui desservait toute la maison.

Ses traits accentués, sa barbe grisonnante, qu'il portait courte, mais entière, les rides déjà profondes qui sillonnaient son front, son teint bronzé, toute sa physionomie enfin accusait non seulement de longues campagnes, mais aussi qu'il avait dépassé la cinquantaine quoiqu'il parût alerte et vigoureux comme à trente ans.

L'expression de son visage était en même temps douce et ferme ; ses yeux étaient un peu voilés, ainsi que le sont ceux des rêveurs et des résignés, et tout en lui inspirait la sympathie. Un physionomiste aurait dit en le voyant : Voilà certainement un honnête et excellent homme.

Arrivé au dernier étage, le concierge ouvrit une porte à gauche et, s'effaçant pour laisser passer celui qu'il avait précédé jusque-là, ils pénétrèrent dans le local à louer, qui occupait l'aile de l'immeuble en retour du côté opposé à la rue.

Aussitôt entré dans ce logement modeste, mais convenable et bien suffisant pour un célibataire, l'étranger se dirigea vers la pièce du fond et en ouvrit la fenêtre, d'où il parcourut du regard, avec une sorte de curiosité inquiète, le panorama qu'il avait devant lui.

De là où il était et par-dessus la cour d'une maison voisine, la vue s'étendait jusqu'aux vastes jardins de plusieurs hôtels, et pendant quelques minutes notre mystérieux personnage sembla chercher un point de repère, comme pour se rendre compte de la disposition des lieux, à travers l'épais feuillage des grands arbres, qui masquaient en partie les habitations ; puis tout à coup ses traits se détendirent, un sourire mélancolique [illegible] aux lèvres et, s'accoudant sur l'appui de la fenêtre, il murmura :

— Oui, ce doit être là-bas. D'ici je les... je l'apercevrai quelquefois peut-être !

Et il demeurait absorbé, si complètement immobile que le concierge, un peu stupéfait et après avoir patiemment attendu quelques instants, se décida à lui demander :

— N'est-ce pas ? monsieur, que la vue est superbe ? On se croirait en plein bois de Boulogne.

— C'est vrai, fit le visiteur, en se retournant. La vue est même si belle que je vous avais oublié. Excusez-moi. L'appartement me plaît et puisqu'il est libre, je le prends. Je viendrai m'installer demain. Voici mon denier à Dieu.

Il présentait à Dumont une pièce de vingt francs, que celui-ci s'empressa de faire disparaître dans son gousset, en disant :

— Merci, monsieur. Eh bien ! nous allons signer le petit engagement.

— Parfaitement, mais laissez-moi prendre quelques mesures, afin que je me rende compte des meubles que je dois envoyer. Toutefois si votre présence est nécessaire en bas, ne vous gênez pas ; je n'ai nul besoin de vous.

— Alors je descends, car il n'y a personne à la loge. Vous aurez seulement la bonté de fermer la porte et de me remettre la clef.

— Je n'y manquerai pas. Je n'en ai que pour cinq minutes ! Ah ! voici mon nom, pour que vous puissiez préparer l'acte en question.

Et tirant de sa poche une lettre, il en remit l'enveloppe au concierge, qui lut cette désignation :

Monsieur Paul, ancien adjudant sous-officier au 2e zouaves.

— Tiens ! seulement sous-officier ! fit le bonhomme en s'éloignant. Peste ! ça devait être un rude gaillard ! Il est vrai qu'aux zouaves ! En voilà des croix qui n'ont pas dû être volées !

Demeuré seul, le nouveau locataire du père Dumont s'accouda de nouveau à la fenêtre, pour être tout entier aux souvenirs qu'éveillait en lui la vue de l'hôtel de Laurentz, qu'il fouillait d'un regard avide. C'était là qu'habitait celle qui avait été Berthe Benoist, la seule femme qu'il eût aimée, et qu'avait grandi, sous un nom volé, celui dont il était le père.

L'ex-adjudant sous-officier aux zouaves était tout simplement Jacques Morin, que le lecteur a déjà reconnu.

Comment avait-il changé de prénom pour en adopter un autre qui, d'ailleurs, était également à lui, puisqu'il s'appelait Paul-Jacques, et comment n'était-il pas mort à Magenta, ainsi que tout avait autorisé la comtesse de Laurentz à le croire ?

Nous allons le dire rapidement, en remontant avec lui dans le passé, depuis ce jour où il s'était si héroïquement sacrifié, tout à la fois par tendresse pour un enfant qui ne pouvait plus être légalement le sien, par reconnaissance et respect pour un ancien chef, dont il ne voulait ni briser le cœur ni livrer le nom au ridicule, et aussi peut-être, sans qu'il se l'avouât à lui-même, par un reste d'amour autant que par pitié pour celle qu'il avait adorée et qui, mère, s'était humiliée devant lui.

Ce jour-là même, quelques heures après la visite, à l'hôtel d'Alger, de celle qui n'était plus pour lui que la comtesse de Laurentz, Jacques quittait Paris et, le surlendemain, il se présentait à la caserne où était logé, à Lyon, le 20e de ligne, son ancien régiment.

Il en était sorti sergent-major cinq années auparavant : il y rentrait simple soldat, à la stupéfaction du colonel, qui était toujours le même, le successeur de M. de Laurentz, et des officiers qui se rappelaient avoir entendu dire par ses camarades que le nouvel engagé avait dans son pays une situation honorable et que son père, dont il était l'unique héritier, possédait une certaine aisance.

On comprend donc avec quelle curiosité il fut accueilli et quelle indiscrète insistance on apporta à l'interroger sur les motifs qui l'avaient poussé à reprendre du service. Mais l'amant de Berthe Benoist demeura impénétrable et mit rapidement fin à cette sorte d'enquête, en répondant simplement que la vie bourgeoise lui était devenue si intolérable qu'il avait été pris de nostalgie pour l'état militaire et n'avait qu'un but : rattraper ses galons ; mieux encore, s'il pouvait y parvenir.

Et comme Morin était toujours le troupier modèle d'autrefois, un peu taciturne, mais doux, poli, obligeant, trois mois après son arrivée, il était fait caporal. Alors il sollicita de son colonel un moment d'audience, et cette faveur lui ayant été accordée, il lui dit :

— Mon colonel, je suis rentré au service dans l'espoir de me faire une carrière sous les drapeaux, mais c'est à peu près impossible en garnison et je sollicite toute votre protection pour être envoyé aux zouaves, en Afrique, là où l'on se bat et où je pourrai trouver l'occasion de me rendre digne de la bienveillance de mes chefs.

Jacques avait prononcé ces mots avec tant de modestie et de fermeté que l'officier supérieur en avait été frappé et qu'il lui répondit aussitôt, affectueusement, comme s'il comprenait que l'âme de ce beau garçon de trente ans n'était pas troublée que par l'ambition :

— Ce que vous désirez, mon ami, est un changement de corps et cela dépend du ministre de la guerre ; mais je vais faire le nécessaire, quelque regret que j'aurais à me séparer d'un sujet tel que vous. Je vous recommanderai au colonel du 2e zouaves, qui est un de mes amis. Je lui dirai ce que vous étiez il y a cinq ans et ce que vous êtes toujours aujourd'hui : un soldat discipliné, intelligent, digne de tout intérêt.

Morin remercia avec effusion, et le colonel du 20e de ligne lui tint si bien parole et hâta si rapidement les choses que, moins de six semaines plus tard, il s'embarquait à Toulon pour Alger.

Avant de quitter la France, il avait adressé cette lettre à Reims :

« Mon cher père,

« J'ai enfin obtenu d'être envoyé en Afrique. La « vie de garnison, par son oisiveté et sa monotonie, ne me permettait pas de lutter contre mes « souvenirs ; ils auraient fini par m'obséder au « point de me faire perdre toute mon énergie. « Bientôt il n'en sera plus de même. Le régiment « de zouaves que je vais rejoindre fait constamment campagne. L'activité, les devoirs, la « volonté de parvenir, tout cela chassera de mon « esprit les pensées douloureuses. De tous ceux « que j'ai laissés derrière moi, bientôt je ne me « rappellerai plus que toi, qui me pardonnes, « n'est-ce pas ? le chagrin que je t'ai causé.

« Qui sait si, plus vite que nous ne le pensons, « je n'oublierai pas tout pour ne plus songer qu'à « devenir un soldat dont tu auras le droit d'être « fier ? Me vois-tu arriver un jour à Reims avec « l'épaulette.

« Prends donc courage, mon bon père, sup« porte bravement mon absence. Ecris-moi sou« vent. Nous nous reverrons peut-être plus tôt « que nous ne l'espérons l'un et l'autre. En atten« dant, je t'embrasse avec toute la tendresse et « le respect que j'ai toujours eus, que j'aurai tou« jours pour toi.

« Jacques.

« *P.-S.* — Je te rappelle ta promesse : pas un « mot contre qui tu sais ! Quoi qu'il arrive, sou« viens-toi que je lui ai pardonné et que des hom« mes comme nous ne manquent jamais à leur « serment. »

Morin se faisait illusion ou, pieusement, il mentait à son père. Pendant les trois jours que dura la traversée, la nouveauté du spectacle le saisit et lorsqu'il mit le pied sur la terre d'Afrique, la soif de l'inconnu l'arracha bien un peu à ses souvenirs, mais ce n'allait pas être pour longtemps.

Commandés par le colonel Canrobert, les zouaves venaient de se couvrir d'une gloire nouvelle au siège de Zaatcha et ils étaient toujours dans le Zab-Daari, province de Constantine. C'est là que Jacques, armé et équipé à Alger, dut rejoindre son régiment, où il fut incorporé sous les noms de Paul Morin, grâce à l'insouciance du fourrier de sa compagnie, qui ne chercha pas à déchiffrer son second prénom, qu'une maladresse du scribe, qui avait rempli sa feuille de route, avait à demi couvert d'encre.

Qu'importait à l'exilé ? Loin de réclamer, il éprouva même une sorte de satisfaction à ne plus être Jacques, le beau Jacques, comme on avait toujours dit à Reims. Il lui sembla qu'il rompait plus complètement encore avec le passé !

Pendant les premiers jours, lorsque, dans le service, on appelait Paul Morin, il hésitait bien un peu à répondre, mais il s'y accoutuma rapidement, et trois mois plus tard ses amis n'auraient pu le reconnaître. On eût dit qu'il n'avait jamais servi que dans les zouaves, bien que les allures un peu débraillées et les coutumes de maraude de ses nouveaux compagnons eussent tout d'abord froissé ses sentiments de délicatesse.

Mais ces hommes étaient des intrépides, et s'il leur restait quelques traditions de leurs débuts, alors que l'Intendance les oubliait parfois dans les solitudes africaines, ils n'en étaient pas moins les premiers soldats du monde.

Jacques eut bientôt l'occasion de s'en convaincre en faisant la campagne de la petite Kabylie, en gagnant ses galons de sergent à l'assaut de Laghouat et en tombant frappé d'une balle en pleine poitrine à Ouargla, blessure qui le retint deux mois à l'hôpital, mais lui valut la médaille militaire, ce qu'il annonça bien vite à son père, en ajoutant :

« Tu vois que je ne t'ai pas trompé, que je te re« viendrai digne de toi. Chaque jour je m'applau« dis davantage d'avoir repris du service, car mes « souvenirs s'effacent ou du moins perdent de « leur amertume. Bientôt il n'y aura plus dans « mon cœur de place que pour toi. »

Cela était à peu près exact. Parfois, il est vrai, pendant les nuits étoilées, quand Morin veillait sur le seuil de sa tente ou que, de grand'garde, il était seul, loin des propos joyeux de ses frères d'armes et qu'il interrogeait les immenses solitudes et le silence du désert, que troublaient seulement les hurlements des fauves, parfois alors il revivait dans le passé, mais ce n'était pas pour se plaindre. Il ne s'en prenait plus à personne de son infortune. Bien au contraire, il pardonnait de nouveau, en se laissant tendrement envahir par cet étrange amour paternel qui, latent, existait en lui, pour ce petit être qu'il ne connaissait pas, pour cet enfant qu'il ne verrait jamais. Il le voulait si heureux qu'il ne pouvait souhaiter le moindre mal à sa mère.

Souvent, dans les mirages, le fantôme de Berthe lui apparaissait, non plus Berthe désespérée, suppliante, à ses genoux, mais souriante comme jadis, lorsqu'elle lui disait : Je t'aime ; et dans les découpures des nuées chassées par le siroco, il s'amusait à découvrir les silhouettes gigantesques des monuments gothiques de sa ville natale.

Cependant ces hallucinations ne troublaient pas douloureusement son esprit ; il s'y plaisait ; le réveil ne lui apportait aucune déception nouvelle, et sa vie s'écoulait ainsi partagée entre ses devoirs et les évocations des jours enivrants d'autrefois.

Telle était l'existence de Paul Morin que nous continuerons, nous, d'appeler Jacques, quand, en 1854, il partit avec son régiment pour la Crimée. Là, héros au milieu de tant d'autres héros, il devint sergent-major à la bataille d'Inkermann, mais quelques mois plus tard, étant tombé gravement malade à la suite des rudes excursions de francs-tireurs que faisaient les zouaves, il fut envoyé à l'hôpital de Constantinople ; puis, à la fin du siège, on l'expédia avec un convoi de blessés et de convalescents en Afrique, où de bien mauvaises nouvelles l'attendaient. Son père et Mme Lombard étaient morts tous deux.

Louis Morin avait été enlevé si rapidement qu'il n'avait pas même eu le temps d'adresser à son fils quelques lignes d'éternel adieu. Me Dameron, le notaire de Reims, qui lui donnait ces détails, ajoutait qu'en attendant ses instructions, il avait fait le nécessaire relativement à la succession du défunt, dont il avait trouvé les affaires en ordre parfait.

La mort de son père causa un véritable désespoir à Jacques. Il voulait croire que son absence avait hâté la fin du vieillard ; il ne pouvait se pardonner de l'avoir sacrifié à une infidèle, et ce remords filial eut pour conséquence de lui faire abandonner le projet qu'il avait eu un instant de quitter l'armée, comme c'était son droit, puisque la période de son engagement était expirée.

Mais en songeant qu'il n'avait plus rien à faire au pays natal, qu'il n'y retrouverait plus personne à aimer, personne à qui parler d'*elle*, il décida qu'il resterait soldat jusqu'au bout, jusqu'à ce qu'une balle ennemie le frappât, ou que, de force, on le renvoyât dans ses foyers, comme trop vieux, ou impropre au service. Alors il pria Mᵉ Dameron de prélever annuellement sur les revenus de son héritage la somme nécessaire à l'entretien de la petite maison où son père n'était plus. Il ne voulait pas la louer, mais que les choses y fussent pieusement conservées, sous la surveillance fréquente d'une personne que le notaire choisirait, dans l'état où Louis Morin les avait laissées. Il espérait, lui aussi, finir ses jours dans cette demeure paisible, où il ne lui avait pas été permis de recevoir le dernier soupir de celui qu'il se reprocherait toujours d'avoir quitté.

Ensuite, logiquement, cette situation d'isolé, de seul au monde, le fit retomber dans l'hypocondrie. Son cœur, n'ayant plus d'autre objectif possible, retourna tout entier à ceux dont l'honneur et la loi le séparaient ; et il poursuivit ainsi sa carrière militaire, modèle de discipline, de courage, de conduite, adoré de ses camarades et de ses soldats, ainsi que de ses chefs, qui ne comprenaient pas son manque d'ambition.

En effet, s'il l'eût voulu, Morin aurait pu se présenter depuis longtemps au concours pour passer officier, mais il n'y songeait pas, et lorsqu'on le questionnait à ce sujet, il refusait de répondre ou ne donnait que des explications inadmissibles.

La vérité, c'est qu'il pensait que quand il porterait l'épaulette, il serait moins libre de vivre selon ses goûts, moins avec soi-même. Il lui faudrait, surtout en raison de la petite fortune qu'il possédait, mener un certain train, fréquenter le monde, prendre sa part des plaisirs des autres officiers. Or, à tout, il préférait la solitude.

Pourquoi, pour qui serait-il ambitieux ? se disait-il. Son père n'était plus et, au nom même de la tranquillité de ceux dont il hésitait à prononcer le nom, il était préférable qu'il restât dans l'ombre.

De plus encore, quel mérite aurait-il à s'être sacrifié, s'il récoltait de ce sacrifice honneur et gloire ? Sergent-major, médaillé, aimé, estimé de tous, assez riche pour faire le bien autour de lui, *que pouvait-il* demander davantage puisqu'il lui était interdit, par sa conscience et son serment, de désirer même ceux que la fatalité séparait à jamais de lui ?

C'est dans cet état d'âme qu'était Jacques lorsque la guerre d'Italie éclata. Les zouaves quittèrent immédiatement l'Afrique pour faire partie du corps d'armée commandé par Mac-Mahon, et le 4 juin 1859, l'amant trahi de Berthe Benoist tomba si grièvement blessé à Magenta qu'il fut laissé pour mort sur le champ de bataille. On le mit officiellement au nombre des victimes de cette sanglante et glorieuse journée.

Nous avons dit que la comtesse de Laurentz, informée par son mari même de cet événement, avait, dans ce sergent-major, reconnu Morin, et que la triste nouvelle lui avait été confirmée par son notaire de Reims, pour qui le fils du vieux Morin s'appelait également Paul et Jacques, ce que Berthe avait toujours ignoré et ne devait apprendre que bien longtemps plus tard.

Pour elle, comme pour tout le monde, Jacques-Paul Morin n'avait jamais été que Jacques, le beau Jacques qu'elle avait aimé !

Pendant ce temps-là, reconnu comme donnant encore quelques signes d'existence, au moment où il allait disparaître dans la fosse commune, Morin, recueilli par de braves gens de Magenta, car il n'était pas transportable, luttait énergiquement contre la mort.

Plusieurs semaines se passèrent sans qu'on espérât le sauver, et lorsqu'il put enfin rejoindre son régiment, après un séjour de trois mois à l'hôpital de Milan, par conséquent sans avoir eu sa part de l'ovation dont l'armée victorieuse d'Italie avait été l'objet à Paris, pas plus qu'il ne s'y était rendu en revenant de Crimée, comme si les événements voulussent venir en aide au devoir qu'il s'était imposé de rester loin de Berthe et de son fils ; lorsqu'il put enfin rejoindre son régiment, disons-nous, il écrivit bien à son notaire, Mᵉ Dameron, pour lui annoncer qu'il vivait toujours, mais cet officier ministériel n'était pas celui qui avait affirmé à la comtesse de Laurentz la mort de Jacques, en sorte que celle qui avait été Berthe Benoist ne fut pas détrompée, personne ne pouvant supposer combien l'intéressait le sort de son obscur compatriote.

Et tandis que son ami d'enfance retournait en Afrique, sa nouvelle patrie, qu'il adorait parce qu'il y pouvait rêver doucement sans manquer à sa parole, Mme de Laurentz, après avoir prié pour lui bien des soirs, laissait son souvenir s'effacer peu à peu, se rappelant à peine les traits de celui dont elle était séparée depuis près de douze ans, tout entière à ses devoirs d'épouse et à son amour maternel.

Deux années s'écoulèrent ensuite sans que les zouaves eussent dans l'Algérie, de plus en plus pacifiée, de sérieuses affaires, et déjà ces hommes s'impatientaient de leur inaction, lorsqu'à la fin de 1861, la guerre du Mexique leur ouvrit un nouveau champ d'héroïsme.

Commandé par le colonel Gambier, le 2ᵉ zouaves partit des premiers et, dans le cours de cette terrible campagne, où nos soldats eurent à lutter contre un climat meurtrier, des embûches de bandits et le patriotisme mexicain, Morin ne cessa d'être aux postes les plus dangereux, avec un brave garçon, sergent-major comme lui, Pierre Tercier, pour qui il s'était pris, lui si réservé, d'une vive affection, que Tercier, d'ailleurs, partageait sincèrement.

Ils furent ensemble de ceux qui voulurent franchir à la nage la Jemmapa, dont la crue subite arrêtait la marche de la colonne Morand ; ils furent, le 6 mai 1862, de ceux qui s'élancèrent à l'assaut du fort Guadalupe, où le capitaine Gautrelet tenta d'atteindre les remparts en se faisant une échelle des épaules de ses hommes ; ils furent, à travers les Terres-Chaudes et tous les obstacles, de cette habile retraite des six mille, que le prince Georges Bibesco, un de ces six mille vaillants-là, a si éloquemment racontée ; ils furent enfin, l'année suivante, du second siège de Puebla, c'est-à-dire à la victoire après avoir été à l'insuccès ; et lorsqu'ils rentrèrent en Afrique en 1867, par suite du rapatriement de l'armée française, l'ancien amant de Mlle Benoist était chevalier de la Légion d'honneur et adjudant sous-officier.

Pendant ces cinq années d'exil et de combats, Jacques avait moins fréquemment pensé à ceux qui vivaient à Paris ; il lui avait même parfois semblé, lorsque son esprit revenait en arrière, qu'il était sous l'influence d'un rêve, que rien de semblable ne lui était arrivé, et il avait fini par se persuader qu'il était guéri radicalement, pour toujours. Si bien que quand, un matin, son colonel lui fit savoir que le moment était venu pour lui de songer à la retraite et de rentrer dans ses foyers, car il avait atteint ses vingt-cinq ans de service et la limite d'âge, cette nouvelle ne lui causa aucune impression pénible. Tout au contraire, il n'envisagea pas sans une certaine émotion souriante ce retour dans sa ville natale, ne regrettant qu'une seule chose, c'est que son père n'y fût plus pour le recevoir.

Morin fit donc presque gaiement ses préparatifs de départ, et lorsqu'il quitta le 2ᵉ zouaves, à la fin de 1868, il fut suivi des regrets de tous ceux dont il partageait la vie depuis si longtemps et pour qui, supérieurs, collègues et subalternes, il n'avait jamais cessé d'être un modèle de courage, de discipline et d'honneur.

Son cœur se serra bien un peu en s'éloignant de cette terre d'Afrique qui lui avait été hospitalière, où il avait tout à la fois souffert, maudit et aimé dans de douloureuses évocations, où il avait ensuite pardonné et reconquis le calme ; mais en vue des côtes de France, il ne regarda plus que devant lui et quand, soixante-douze heures après son débarquement à Marseille, il arriva à Reims, n'ayant fait que traverser Paris, de la gare de Lyon à celle de Strasbourg, il éprouva une émotion si violente, lui, le vieux soldat bronzé par toutes les luttes, qu'il sentit les larmes lui venir aux yeux.

Et il était là dans le hall, suivant avec curiosité les allées et venues des voyageurs, en attendant la distribution des bagages, lorsqu'une personne correctement vêtue de noir et cravatée de blanc, dont les traits lui rappelaient quelqu'un jadis entrevu, le rejoignit vivement et lui dit, la main tendue :

— Monsieur Jacques Morin ?

— Parfaitement, monsieur, fit-il en répondant à l'étreinte de son interlocuteur. Ah ! Monsieur Dameron ?

— Lui-même ! Je ne voulais pas qu'il n'y eût personne pour vous recevoir à votre retour ici. Vous ne m'auriez pas reconnu, tandis que moi !

— Eh ! je suis encore beaucoup plus changé que vous, monsieur.

— Peut-être oui, grâce aux campagnes et au soleil de la Kabylie, mais il y a ça qui ne m'a pas permis d'hésiter un instant.

Le notaire désignait avec admiration le double ruban que l'adjudant portait à la boutonnière, en poursuivant :

— Vous êtes pour Reims un enfant dont nous sommes fiers. La nouvelle de votre mort à Magenta m'avait profondément attristé. Heureusement qu'il n'en était rien, que vous voilà revenu !

L'excellent homme serrait de nouveau les mains de Jacques, qui souriait avec reconnaissance.

L'attention que M. Dameron avait eue de venir au-devant lui, ses paroles amicales et flatteuses, tout cela le touchait sincèrement. Il se sentait déjà moins isolé dans sa vieille cité où, sans doute, il n'allait retrouver aucun de ses amis d'autrefois. Quant à Mᵉ Dameron, il était déjà officier ministériel, il est vrai, à l'époque où il s'était engagé, mais il n'avait fait que de l'apercevoir, et certes, en effet, il ne l'aurait pas reconnu s'il ne l'y avait pas provoqué par sa démarche.

— De plus, cher monsieur Morin, reprit le notaire, je ne pouvais vous laisser descendre à l'hôtel, comme un étranger. J'avais à vous donner des nouvelles de votre maison. La femme sûre à qui, selon vos instructions, j'en ai confié la garde, la vieille mère Tourel, a été domestique chez un des meilleurs amis de feu votre père ; je savais que je pouvais compter sur elle : je l'ai fait prévenir de votre arrivée, elle vous attend chez vous. Ma voiture est là, voulez-vous que je vous mette à votre porte ? L'omnibus prendra vos bagages.

— Non, je vous remercie ; je me fais un véritable plaisir de m'en aller seul à travers les rues, de retrouver mon chemin. Si vous aviez beaucoup voyagé, vous excuseriez cette étrange fantaisie d'un exilé qui revient après une si longue absence.

— Je vous comprends tout à fait. Alors, je vous laisse, mais ne tardez pas trop à venir me voir. Je n'ai pas besoin de vous dire que ma maison vous est toujours ouverte. Du reste, nous avons des comptes à régler. Ce sera aussitôt que vous le désirez.

— Oh ! rien ne presse, mais à bientôt pour vous rendre la visite que vous avez eu la bonté de me faire ici, à mon arrivée.

Et se séparant sur ces mots, après une dernière poignée de main, du brave tabellion, Morin s'en fut dans la salle où la livraison des bagages était commencée.

Dix minutes plus tard, après avoir fait charger ses malles sur un omnibus et donné son adresse au cocher, il prenait à pied la direction de la rue Maquart, où se trouvait la maison dont il était devenu le propriétaire à la mort de son père.

Tout était en parfait état dans cette chère petite demeure où il allait vivre seul. Les vêtements et le linge du défunt avaient été envoyés à des parents peu fortunés, dans les Ardennes, mais les quelques livres que le vieillard aimait à parcourir étaient soigneusement rangés sur des rayons et, dans les tiroirs d'un antique secrétaire, Jacques trouva toutes les lettres qu'il lui avait écrites depuis son départ de Reims, ainsi que des papiers, des comptes, une foule de documents divers, qui témoignaient de l'ordre qu'avait toujours eu l'ancien chef de cave de la maison Barrett.

D'abord, le surlendemain de son arrivée, il s'en fut chez Mᵉ Dameron, qui le reçut affectueusement ainsi qu'à la gare, l'avant-veille, voulut le présenter à sa femme et à ses enfants, comme une des gloires de Reims et lui rendit ses comptes.

L'ex-adjudant sous-officier était beaucoup plus riche qu'il ne le supposait. L'héritage de son père s'était accru des revenus annuels qu'il n'avait jamais touchés qu'en très faible partie ; les 50.000 fr. laissés par Louis Morin s'étaient augmentés de plus de moitié, en sorte qu'avec sa pension et sa croix, Jacques avait près de 5.000 francs de rente, le double de ce qui était nécessaire à ses habitudes et à ses goûts modestes.

Ce point réglé et la mère Tourel, encore forte et vaillante, entrée tout à fait à son service, l'ancien soldat d'Afrique se mit en quête des gens qu'il avait connus jadis ; mais ses démarches n'eurent pas de résultat bien satisfaisant.

Les vieux amis de son père étaient morts pour la plupart : la maison Barrett avait des nouveaux chefs ; les employés et les ouvriers dont il se souvenait n'en faisaient plus partie.

Cette solitude, qui, d'ailleurs, pouvait n'être que momentanée, n'effraya pas trop Morin ; il s'y attendait un peu ; mais elle l'amena tout doucement à revenir de temps en temps vers le passé, si bien qu'un jour, après s'en être défendu pendant des semaines entières, il ne résista plus au désir d'aller se promener du côté de cette gentille maison qu'il avait si coquettement aménagée pour y recevoir Berthe Benoist. Hélas ! là encore, une déception nouvelle l'attendait ; il ne restait plus trace de cette habitation ni de celles qui l'avoisinaient vingt ans auparavant. D'immenses usines avaient tout remplacé.

— Eh bien ! tant mieux ! se dit alors Jacques, avec un de ces sourires ironiques qui semblent un reproche que l'on s'adresse à soi-même, j'aurais été assez faible peut-être pour revenir ici trop souvent !

Et il s'éloigna ; mais bientôt, sans s'être aperçu du chemin qu'il avait fait, automatiquement entraîné par une de ces attractions de l'âme dont nous ne nous rendons compte qu'après l'avoir subie, il se vit tout à coup, lui qui s'applaudissait de ce que le nid où il avait eu de si douces ivresses n'existait plus, devant l'ancienne maison de Mme Lombard.

Heureusement que l'immeuble, vendu après la mort de la brave tante, avait changé de destination. Ce n'était plus la demeure de quelque petit rentier ; c'était celle d'un marchand de vin, avec débit et boutique.

Alors, sans même regarder autour de lui, il retourna rue Maquart, où il arriva si vivement affecté de cette malencontreuse promenade qu'il lui fallut quelques jours à se remettre. Puis un matin, désœuvré, il eut la funeste idée de parcourir les papiers que renfermait le bureau de son père. Il voulait détruire les inutiles ; mais, en les examinant, il tomba sur une large enveloppe avec cette suscription : « Voyage à Paris. »

Ces quelques mots étaient bien faits pour réveiller tous ses souvenirs et piquer sa curiosité. Aussi

Sans hésiter une seconde, ouvrit-il l'enveloppe et en retira-t-il tout ce qu'elle renfermait. Il y avait là des comptes, des factures, des reçus, des notes manuscrites, de la grosse écriture de Louis Morin, une foule de documents enfin, qui permettaient de reconstituer heure par heure, en quelque sorte, son expédition à Paris à la poursuite de la nièce de Mme Lombard.

Jacques apprit ainsi comment l'agence Roulans, rue Montmartre, avait si exactement renseigné son père, quelle avait été l'existence de Berthe Benoist à Paris avant et après son voyage à Reims, et où elle avait mis au monde l'enfant qui était devenu le vicomte Henri de Laurentz.

L'examen et l'étude prolongée de tous ces papiers où il était facile de lire entre les lignes ce que le vieux Morin y dissimulait peu du reste, c'est-à-dire son mépris et sa haine pour celle qui lui avait enlevé son fils, rendirent à l'isolé toute son hypocondrie d'autrefois, et sans s'avouer que d'inconscients désirs le poussaient à des sentiments tout nouveaux pour lui, il se mit bientôt à prendre en telle aversion, en un si profond dégoût l'existence qu'il menait à Reims, où il n'avait pas d'amis, pas de parents, nulle relation qui lui convînt, que moins de six mois après son retour dans sa ville natale, il résolut d'en partir pour aller habiter Paris.

Là, au moins, il aurait des distractions ; peut-être même y accepterait-il quelque occupation qui lui laisserait moins de dangereux loisirs. En tout cas, il y retrouverait de vieux camarades, entre autres le sergent Tercier, son ancien frère d'armes au Mexique, qu'il savait prévôt à l'école de Saint-Cyr, et depuis leur séparation, ils s'étaient écrit fréquemment.

Cette décision arrêtée, Jacques l'exécuta avec la fermeté qu'il apportait en toute chose. Trois semaines plus tard, ses affaires réglées avec Me Daperon et sa maison confiée de nouveau à la mère Carel, il débarquait à la gare de Strasbourg et, après avoir appris du cocher, à qui il avait donné l'adresse de l'hôtel d'Alger, rue Saint-Nicaise, que cette rue avait disparu depuis longtemps, il descendit hôtel Valois, rue Richelieu, pour y attendre qu'il eût pris un parti relativement au quartier où il louerait un appartement.

Dès le lendemain de son arrivée à Paris, Morin était déjà tout autre. Il lui semblait que sa vie n'allait plus être inoccupée, oisive, inutile. D'abord il courut à Saint-Cyr, où Pierre Tercier était toujours. Il avait dix ans de moins que Jacques, mais c'était comme lui un excellent homme, un soldat hors ligne, et si son éducation était inférieure à celle de son ami, il avait le même sentiment que lui de l'honneur, de la discipline et du devoir.

Ces deux compagnons d'armes au Mexique éprouvèrent donc une joie égale à se revoir, et ce fut, dès la première minute de leur réunion, un retour au tutoiement amical d'autrefois et, de la part de Tercier, à l'emploi du prénom envers Morin, qu'il n'avait jamais appelé que Paul.

Ils passèrent ainsi deux heures à évoquer les souvenirs des campagnes où ils avaient si vaillamment gagné leurs décorations et leurs grades ; ensuite ils convinrent bien vite des jours où ils se retrouveraient à Saint-Cyr et à Paris, aussi souvent que le permettraient les fonctions que le sergent instructeur avait à l'École ; Jacques ne songea plus alors qu'à s'installer mieux qu'à l'hôtel et logiquement, le cœur moins assombri, il ne résista pas au désir inconscient qui lui avait réellement fait quitter Reims : il dirigea volontiers ses promenades du côté de la rue Saint-Georges.

D'abord, sans nulle difficulté, il apprit dans le quartier que l'hôtel de Laurentz était toujours habité par le comte, sa femme et son fils ; puis il sut que le colonel avait bien vieilli, qu'il sortait rarement, mais que la comtesse était restée fort belle et qu'on la citait comme le modèle des épouses et des mères.

Quant au vicomte Henri, il était gai, charmant, déjà très lancé et le plus beau garçon du monde.

Jacques eut bientôt l'occasion de s'en assurer par lui-même. Un matin qu'il passait devant l'hôtel, sans crainte d'être reconnu de personne, car vingt ans s'étaient écoulés depuis l'apparition qu'il avait faite dans cette rue et il portait toute sa barbe, la porte de la maison s'ouvrit pour livrer passage à un jeune et habile cavalier, dans lequel il n'eut pas de peine à deviner le fils de Berthe, c'est-à-dire le sien.

A partir de ce jour-là, et c'était vraiment fatal, notre ami revint souvent rue Saint-Georges ; elle était pour lui le tout chemin qui mène à Rome. Cependant il la traversait rapidement, ayant soin de ne pas s'arrêter devant le n° 27, mais heureux de plonger un regard avide dans la cour de l'hôtel, lorsque la porte en était ouverte ; affectant une indifférence absolue quand il croisait Henri, ne se retournant même pas pour le voir plus longtemps, s'efforçant enfin de passer tout à fait inaperçu.

Mais il en résulta que le quartier devint un peu le sien, et qu'un beau jour, n'y résistant pas davantage, il entra, comme nous l'avons raconté, dans la loge du père Dumont et monta avec lui jusqu'au cinquième étage, pour y visiter l'appartement à louer, où nous le rejoignons au moment où le concierge de la maison l'ayant laissé seul, il s'accoudait sur l'appui de la fenêtre, d'où la vue s'étendait jusqu'au jardin de l'hôtel de Laurentz, en murmurant :

— D'ici, je les... je l'apercevrai quelquefois peut-être.

Au même instant à peu près, Henri de Laurentz, rentré de sa promenade au Bois, racontait à sa mère sa prouesse hippique à Madrid !

— Tu es fou, cher enfant ! fit Berthe toute pâle, lorsque son fils eut terminé son récit. Tu pouvais te tuer ! Je t'en conjure, sois plus prudent ! Tu me feras regretter que ton père t'ait donné trop de liberté !

— Mon père ! s'écria le vicomte ; mais il m'aurait applaudi plus fort que personne, lui qui a été l'un des plus brillants cavaliers de son époque. Ah ! j'ai eu un rude succès ! Il y avait là des promeneurs, des hommes du monde et des femmes ravissantes ; une surtout qui a voulu que je lui fusse présenté. Je ne me rappelle plus trop son nom, par exemple : Mme Narthel ou Berthel. C'était à qui me féliciterait et me donnerait des poignées de main. Ça m'a fait faire la connaissance d'un tas de gens que je n'avais vus que de loin : des habitués du Bois, des sportsmen, entre autres le baron de Trémont, un vrai gentleman de ton et d'allure, qui était précisément assis à la même table que la jolie dame en question.

— Le baron de Trémont ? bégaya Mme de Laurentz, avec un accent involontaire de mépris et une sorte d'angoisse, M. Raoul de Trémont !

— Ah ! j'ignore s'il s'appelle Raoul. Tu le connais ?

— Moi ! De nom, il me semble, et encore... Il t'a parlé ?

— Non, nous n'avons échangé qu'un salut, mais il a parlé de moi à cette belle Mme Narthels, je l'ai bien vu ! Ça paraît te contrarier ?

— Eh ! pourquoi cela me contrarierait-il ? Seulement, prends garde aux mauvaises relations. Tu es encore trop jeune pour fréquenter ce milieu-là. Tu sais que nous avons quelques amis à dîner ; tu n'as que le temps de t'habiller. Ah ! si tu veux me faire plaisir, tu ne diras rien à ton père de ta promenade à Madrid, ou du moins rien de ton exploit ni des rencontres que tu y as faites. Le colonel est souffrant et ta petite aventure l'inquiéterait peut-être.

— Je me tairai ; mais pour toi, mère, est-ce que j'ai jamais le moindre secret !

Et comme s'il fût encore enfant, Henri embrassa tendrement la comtesse, puis remonta bien vite dans son appartement, pendant que la pauvre femme, vivement affectée du retour, qu'elle ignorait, de cet homme dont la conduite avait été si odieuse et si lâche envers elle, se demandait ce qu'elle pouvait avoir encore à craindre de lui.

Berthe Benoist ne se doutait guère que, par une étrange coïncidence, au moment même où elle apprenait la présence à Paris du misérable qui l'avait voulu perdre jadis, un autre, qui s'était au contraire sacrifié pour sauver son honneur de femme et de mère, s'installait à quelques pas de son hôtel, pour veiller sur elle et sur son fils.

III

Si loin que fût le passé, Mme de Laurentz n'en regrettait pas moins vivement la rencontre de son fils et de M. de Trémont, non qu'elle supposât que ce dernier oserait jamais rien tenter contre elle, mais parce qu'il était possible que, de cette simple présentation, de ces salutations banales échangées, naquissent un jour des relations plus complètes entre les deux cousins. Il lui semblait que, ce jour-là, son mari, son enfant, son amour maternel, elle-même, tout ce qui lui tenait enfin le plus au cœur, recevrait, de ce contact, une sorte de souillure.

Evidemment Raoul de Trémont ne deviendrait pas l'intime de son jeune parent ; il y avait entre eux une trop grande différence d'âge, mais on pouvait prévoir qu'ils se trouveraient ensemble dans ces milieux faciles où Henri, par les entraînements mêmes de la vie parisienne, s'introduirait à une heure fatale.

Or personne n'était mieux fixé que Berthe sur ce que valait son neveu. Il ne manquerait certainement pas, pensait-elle, de saisir les occasions de donner de mauvais conseils à son fils, d'abord par absence de sens moral, et ensuite dans le but de lui enlever peu à peu sa confiance et son affection.

On eût dit, on le voit, que l'excellente mère lisait dans l'âme de son vieil ennemi, et qu'elle avait surpris sur ses lèvres les odieuses paroles par lesquelles il avait salué, au restaurant de Madrid, le départ triomphal de son cousin.

La comtesse était donc décidée à faire l'impossible pour qu'il n'arrivât à Henri rien de ce que craignait sa tendresse inquiète ; seulement, elle ne savait comment s'y prendre.

Mettre en garde le vicomte contre M. de Trémont ? Oui, mais par quel moyen ? Elle ne pouvait guère lui en dire plus qu'elle l'avait déjà fait par cette simple observation qu'il était encore trop jeune pour fréquenter les gens de son monde qu'il rencontrait au Bois ; car en désignant directement Raoul que, dans son premier moment de surprise, elle avait prétendu connaître de nom à peine, elle éveillerait probablement la curiosité de son fils, qui questionnerait les uns et les autres, apprendrait sa très proche parenté avec le baron, et chercherait logiquement à connaître les motifs de la conduite de sa mère.

Il est vrai que ces motifs-là, personne ne pourrait les lui révéler, puisque le triste héros de l'aventure de la rue des Ecuries-d'Artois était mort, que Paquita Sanchez, mariée, habitait l'Amérique du Sud, et que si, par hasard, le vicomte interrogeait à ce sujet son cousin, celui-ci se garderait de parler, tout à la fois parce qu'il est des choses que le plus cynique ne dit pas à un fils, et parce qu'il ne voudrait pas encourir un blâme unanime et risquer même d'être flétri par une accusation de calomnie contre une femme dont la vie d'épouse était irréprochable, de notoriété publique.

Néanmoins, si simple, si sommaire que pourrait être une explication entre les deux parents, ce serait déjà fâcheux, et Mme de Laurentz ne comprenait pas que le colonel lui eût caché la rentrée de son neveu à Paris. L'ignorait-il lui-même ou bien, par respect pour elle, parce qu'il la jugeait à l'abri de toute atteinte, n'avait-il pas voulu lui en faire part ?

L'interroger était donc fort délicat, car peut-être ne savait-il rien de ce retour, et il lui répugnait de le lui apprendre, c'est-à-dire de lui rappeler forcément des événements qu'il paraissait avoir tout à fait oubliés, et une faute qu'elle avait si tendrement rachetée par son dévouement conjugal.

De plus, elle ne voulait pas, en lui faisant partager ses propres craintes à l'égard de l'héritier de son nom, troubler la vie de ce vieillard, qu'elle entourait d'une reconnaissante tendresse.

Quant à son attitude, elle était tout indiquée. Si jamais elle se trouvait en face du baron, elle ne le reconnaîtrait pas, et pour ce qui regardait Henri, elle finit par admettre qu'elle s'était exagéré le péril, puisque, quelques mois plus tard, il devait entrer à Saint-Cyr, où il serait pendant deux ans à l'abri de bien des embûches mondaines, les seules qu'en réalité elle eût à redouter pour lui.

Berthe résolut donc de se taire, tout en garant son fils de son mieux, sachant ou croyant savoir comme elle devait l'interroger pour connaître ses faits et gestes en dehors de l'hôtel ; mais, par l'intermédiaire d'un ami discret, elle s'adressa au ministère des affaires étrangères, pour être aussi complètement renseignée qu'elle le désirait sur la situation de M. de Trémont.

Elle ignorait, en effet, tout ce qui le concernait, puisque son nom n'avait jamais été prononcé entre elle et son mari, depuis le jour où ce dernier, pour la rassurer à l'égard de rencontres possibles à Paris entre elle et son neveu, lui avait annoncé que celui-ci, dans le but évident de donner une preuve de sa soumission, était entré dans les consulats, carrière à laquelle, d'ailleurs, il s'était toujours destiné.

Mme de Laurentz apprit facilement ce qui l'intéressait.

Ainsi qu'il l'avait écrit à son oncle, deux ans après sa rupture avec lui, Raoul de Trémont avait débuté par un poste modeste d'agent consulaire dans un petit port d'Italie, où il n'était resté que peu de temps, car en 1849, il avait brusquement donné sa démission. Il est vrai que, tout aussi brusquement, il avait demandé à être réintégré dans ses fonctions.

C'était au moment où le comte de Laurentz avait épousé Berthe et où le baron, furieux, avait songé un moment à rentrer à Paris, puis s'était décidé à n'en rien faire, pour ne pas jeter, selon son expression, le manche après la cognée, puisqu'un seul enfant qui pouvait, somme toute, ne pas vivre et ne point avoir de successeur, le séparait des millions dont il avait tenté de s'assurer l'héritage à l'aide d'une infamie.

Le nouveau diplomate avait alors suivi sa carrière. Fort intelligent, énergique, il s'était distingué dans des postes difficiles, et dix ans avant l'époque où nous sommes arrivés, il avait été envoyé dans l'une des petites républiques de l'Amérique du Sud, où il était devenu consul de première classe, sans changer de résidence, ainsi que le permettent les règlements. Ensuite, fait chevalier de la Légion d'honneur, il était revenu en Europe pour être titulaire à Naples, et enfin il avait été mis en non-activité sur sa demande, trois mois à peine avant ce jour où il avait fait la connaissance de son cousin.

Pendant ces vingt ans, le baron était venu à Paris cinq ou six fois, mais pour n'y faire que des jours de quelques semaines, et cela précisément dans la belle saison, c'est-à-dire au moment où M. et Mme Laurentz étaient toujours absents. Il ne les avait même jamais aperçus une seule fois, ni eux, ni leur fils.

Lorsqu'il était rentré à Paris définitivement, il n'avait pas songé, cela se conçoit, à se présenter chez son oncle, mais il lui avait adressé ces mots :

Monsieur le comte,

Après une carrière honorablement suivie loin de la France, et arrivé à un âge où l'exil est trop pénible, je viens me réinstaller à Paris.

Je veux, par déférence, vous en informer, et je n'ai pas besoin de vous affirmer que je saurai organiser ma vie de façon à vous prouver, autant que je l'ai fait depuis mon départ pour l'étranger, les sentiments profonds de respect et d'affection que je vous dois.

M. de Trémont avait envoyé cette lettre rue St-Georges par un domestique bien stylé, qui ne l'avait fait passer à son destinataire qu'après s'être assuré que la comtesse n'était pas à l'hôtel, en sorte que ce fut M. de Laurentz qui la reçut et en prit connaissance.

Il eut ainsi le temps de réfléchir sur la conduite qu'il devait tenir à l'égard de sa femme en cette circonstance, et comme il ne voulait pas réveiller en elle, qu'il aimait et respectait, l'ombre d'un souvenir pénible, il résolut de garder le silence.

Il était d'ailleurs bien peu probable, se dit-il, que Berthe et Raoul auraient de nombreuses occasions de se rencontrer, et si cela arrivait dans quelque lieu public, peut-être même ne se reconnaîtraient-ils ni l'un ni l'autre. Quant à se trouver ensemble dans le monde, ce n'était pas à craindre, car depuis déjà plusieurs années qu'il sortait peu et seulement en voiture, la comtesse ne rendait de visites qu'à de rares intimes.

Le colonel n'avait pas songé un instant à la possibilité d'un incident du genre de celui qui devait se produire au restaurant de Madrid. De plus, il ne pouvait réellement en vouloir beaucoup à son neveu d'être rentré en France.

Il prévoyait ce retour depuis longtemps et, du reste, le complice de Ferralli avait longuement expié sa faute. M. de Laurentz lui avait donc répondu, séance tenante, qu'il lui savait bon gré de sa lettre et ne doutait pas de ses sentiments, dont il était néanmoins heureux de recevoir la nouvelle assurance.

En réalité, au moment où il adressait à son oncle les lignes que l'on vient de lire, le baron de Trémont était sincère ; car à l'époque de son arrivée à Paris, ses dispositions d'esprit à l'égard de Berthe et de son fils n'étaient en rien celles d'autrefois. A la colère assez naturelle que lui avaient causée le mariage du comte et la reconnaissance de l'enfant de Mlle Benoist — on sait qu'il n'admettait pas la paternité du colonel — avait succédé une sorte de détente. Puis le temps l'avait calmé, il s'était accoutumé à n'être plus qu'un neveu déshérité, et le jour où un vieux parent du côté de son père, lui avait laissé une jolie fortune, qui lui avait rendu en partie la situation financière de sa jeunesse, il s'était même empressé de renoncer à cette pension quelque peu humiliante que lui faisait M. de Laurentz pour qu'il restât à l'étranger.

Sa liberté ainsi reconquise, Raoul ne s'en était pas servi cependant pour revenir en France, mais il avait cessé de se préoccuper de ce qui pouvait se passer rue Saint-Georges. Il se renseignait seulement de loin en loin, instinctivement, par exemple lorsque quelque épidémie régnait à Paris, car, enfin, tout était possible, et près d'une année s'était écoulée sans qu'il eût écrit à son oncle, quand il lui annonça la fin de son exil.

Il est vrai que, depuis un an, M. de Trémont était tout à ses affaires de cœur. Un soir, à Naples, dans un des salons de la colonie russe, il s'était trouvé avec Mme Nartheld, lui avait été présenté et en était devenu follement épris, comme on le devient en approchant de la cinquantaine, lorsqu'on a peu vieilli et que l'on est encore fort acceptable, de l'avis même des rivaux.

C'était le cas du baron ; il était resté jeune, beau cavalier, et bien qu'il n'eût pas chômé d'aventures galantes dans les divers pays où il avait séjourné officiellement, il se sentit entraîné vers la belle Lise par un sentiment que, jusque-là, il n'avait éprouvé pour aucune femme.

Ah ! c'est que Lise Nartheld avait bien tout ce qu'il fallait pour séduire les naïfs et les blasés, ces deux genres d'amoureux qui se ressemblent si peu et néanmoins se laissent prendre également aux mêmes pièges ; les premiers parce que l'expérience ne les défend pas et que leur imagination les conduit ; les autres parce que l'amour est chez eux passion et que, pour les passionnés, la lutte, l'inconnu, le vice même sont autant d'irrésistibles attractions.

Or, il circulait sur la séduisante étrangère les plus romanesques histoires.

Née en Circassie, dans les environs d'Anapa, elle avait été vendue, disait-on, par sa mère à l'un des recruteurs accoutumés des harems turcs. Mais à peine livrée au pacha qui l'avait achetée, elle s'était enfuie sur un caïk avec un officier russe de la garde du Czar, dont elle avait fait la connaissance dans l'un des bazars de Constantinople ; et deux ans plus tard, son ravisseur l'ayant laissée libre, elle avait épousé un certain Michel Nartheld, négociant slave véreux, qui s'était enrichi dans les fournitures des armées de Crimée. Puis, lorsque son mari brutal, commun et jaloux avait rendu sa vilaine âme à Dieu, la jeune femme s'était hâtée de réaliser sa succession, une soixantaine de mille livres de rente, et, pour se rattraper des mauvais jours que le mariage lui avait donnés, elle s'était mise à courir le monde, sans grand souci de l'opinion publique, ne sacrifiant qu'à ses goûts et à sa fantaisie.

Tout cela n'était exact qu'à demi. La vérité, c'est que la petite Circassienne avait été tout simplement enlevée par un officier russe, au cours de l'expédition qui soumit définitivement son pays, et que cet officier, criblé de dettes, avait un jour cédé sa maîtresse, moyennant quittance, à son plus gros créancier, l'usurier Michel Nartheld, dont le bonheur, heureusement pour sa femme, avait été fort court.

Veuve à vingt-trois ans et, de son véritable nom, Sangar, mais son premier amant l'avait débarrassée de ce vocable sauvage, Lise resta longtemps à Saint-Pétersbourg, le cœur momentanément cuirassé, car elle tenait les hommes en médiocre estime, en souvenir des deux maîtres qu'elle avait eus ; et elle se conduisit avec une telle habileté, elle se fit tant d'amis, tout en n'accordant pas grand'chose, ou du moins en accordant si discrètement qu'on n'en savait rien, mais aussi en ne désespérant personne, que lorsqu'elle quitta la Russie, on avait oublié tous les méfaits de son mari défunt et qu'elle emporta la réputation d'une femme charmante, un peu fantasque, d'allures assez libres, de vertu peu farouche, mais spirituelle et que tout le monde, à peu près, pouvait recevoir.

Elle avait emmené avec elle deux serviteurs qui la suivaient depuis trois ans : Ivan, son cocher, et sa femme de chambre, Daria, deux dévoués qui se seraient fait tuer pour leur maîtresse ; deux incorruptibles.

C'est en possession de cette situation sociale que Raoul de Trémont fit la connaissance de Mme Nartheld à Naples, où son éblouissante beauté, ses grands yeux verts, sa luxuriante chevelure dorée groupaient autour d'elle une foule de soupirants, au nombre desquels il s'inscrivit, pour prendre rapidement une place si privilégiée que l'on supposa bientôt qu'il n'avait plus rien à désirer.

C'était une erreur ! Lise acceptait le bras du baron ; son esprit parisien lui plaisait ; aussi souvent qu'il le voulait, elle le recevait dans sa loge à l'Apollo et se montrait en voiture avec lui au Pincio ; sa porte lui était toujours ouverte ; c'était avec un sourire indulgent et sans trop l'interrompre qu'elle écoutait ses protestations d'amour et le laissait lui baiser passionnément les mains, ne disant ni oui ni non ; mais c'était tout !

Le jour où elle annonça à M. de Trémont qu'elle s'en allait à Paris pour s'y installer définitivement, ainsi que c'était son rêve depuis son veuvage, il n'avait pas obtenu de la coquette créature beaucoup plus que ses rivaux, bien que certainement, quoiqu'il fût le plus âgé de ses soupirants, elle le préférât visiblement à tout autre.

Le baron, on le conçoit, ne pouvait accepter de vivre loin de la charmeresse ; il l'aimait trop vivement. Alors, il demanda sa mise en non-activité et vint la rejoindre, pour reprendre auprès d'elle le rôle qu'il avait si fidèlement joué en Italie.

En homme plein d'expérience en semblable matière, il espérait qu'à Paris, sur un terrain qui lui était familier, tandis qu'au contraire elle y serait plus isolée que partout ailleurs, puisqu'elle n'y connaissait personne, son amie lui deviendrait moins cruelle. Aussi se fit-il, dès son arrivée, son serviteur, son inséparable, son intendant ; la mettant en garde contre les fournisseurs trop avides, la garant de tous les pièges ; et lorsqu'elle prit possession, rue Marbeuf, du bel appartement dont il avait surveillé avec goût l'ameublement, il put croire que le jour de la récompense était enfin venu pour lui.

En effet, dès le lendemain de son entrée chez elle, alors qu'après un dîner en tête à tête, Raoul l'avait suivie dans un ravissant fumoir oriental, où elle s'était jetée sur un bas et moelleux divan, et que, là, il la pressait avec plus de hardiesse et d'insistance que jamais, Lise se dégagea doucement et, prenant les deux mains de son amoureux entre les siennes, elle lui dit, avec une sorte de mélancolie :

— Encore un peu de patience ! Le plus difficile n'est pas d'arracher à une femme un oui, dans un abandon parfois surpris et, le lendemain, regretté ; le difficile et le meilleur aussi peut-être, c'est d'être reçu dans l'intimité par celle que l'on désire, d'être reçu à tout instant, sans attendre le départ, sans craindre l'arrivée de quelque rival, comme je vous reçois enfin. Alors on peut tout espérer. Il ne s'agit plus que d'être là à l'heure psychologique ou physiologique. Est-ce que nous savons jamais nous-mêmes le pourquoi de ce qui se passe dans nos cervelles de linottes, dans nos cœurs vides et ce que veulent nos sens névrosés ? Cette heure-là n'est peut-être pas loin de sonner ! Guettez-la, voilà tout !

Et comme la troublante créature avait débité tout cela sans empêcher M. de Trémont de l'embrasser à son aise, il lui répondit, avec ce faux accent de résignation dont les hommes ont la coutume en question d'amour, alors qu'ils se résignent le moins et sont au contraire tout prêts à brusquer les événements :

— Eh bien ! soit ! j'attendrai ; pas trop longtemps, n'est-ce pas ?

— Non, pas trop longtemps ! Mais ça n'est pas tout, et puisque ma... Comment dirais-je bien ? Aidez-moi, il y a certainement des mots charmants dans votre langue pour exprimer ces choses-là... Ma chute ? Non, c'est prétentieux, et ça ne serait pas aimable pour vous. Enfin, bref ! vous me comprenez, puisque ça pourrait arriver un jour ou l'autre, faisons d'avance nos conventions.

— Oh ! je souscris à tout, sans restriction !

— On dit cela avant, et après, il en est autrement, tout autrement !

— Je vous jure !

— Alors, il est bien entendu que ce n'est pas un maître que je me donnerais jamais ; ce... seulement un ami ; que je resterais absolum... bre de mes actes, que j'irais, viendrais, recev... qui bon me semblerait, et même serais coque... ma guise. Ne craignez rien, je ne trompe pas... quitte ! Je trouve que, de la part d'une femme, ... dre ridicule l'homme à qui elle a appartenu est ... sotte et mauvaise action. Ma fidélité est au-des... d'un caprice. Après avoir été ce que vous dési... être, car nous ne parlons qu'au futur, et mê... qu'au conditionnel, je ne promets rien d'une fa... absolue, vous redeviendriez mon meilleur ami. ... vous va-t-il ? Si oui, signons notre contrat ... attendant sa ratification !

Elle lui offrait ses lèvres souriantes, sur lesqu... les il s'empressa de mettre un long baiser.

Dès le lendemain de cette étrange convention, as... suré de sa prochaine victoire, autant du moins q... l'on peut l'être jamais de ces sortes de choses, M. de Trémont s'éleva de sa propre autorité aux fonc... tions d'intendant des Menus-Plaisirs, pour procur... à Lise une existence des plus agréables, frivole, ... cessamment remplie, une de ces existences pa... siennes, qui ne font pas, hélas ! des mères modè... mais qui, malgré les occasions de pécher qu'elles ... semblent fournir, sont une excellente sauvega... pour les maris et les amants.

Mme Nartheld eut bientôt ses jours de réceptio... sa soirée à l'Opéra et à la Comédie-Française, ... train de maison élégant, un salon à la mode, ... le baron avait choisi les éléments avec soin ; des ... signifiants tels qu'Albert Beaurain, qu'il avait con... nu attaché au ministère des affaires étrangères, ... quelques artistes de bon ton, hommes et femme... Puis à ces habitués, s'étaient joints rapidemen... sans que M. de Trémont eût osé s'y opposer, ... que sa jalousie s'en inquiétât un peu, des comp... triotes de son amie et des connaissances faites p... elle à l'étranger, au cours de ses excursions, ... là, à l'aventure, depuis son départ de Saint-Péters... bourg.

De plus, la séduisante Circassienne, qui montai... à cheval comme une fille de sa race, devint une de... amazones les plus fidèles du Bois. Elle y alla... presque tous les jours, ainsi qu'elle l'avait dit ... vicomte de Laurentz, le matin ou dans l'après-mi... vers cinq heures, selon le temps, suivie d'un pi... queur, lorsque par hasard son garde du corps habi... tuel ne l'accompagnait pas. Et il y avait déjà d... mois que les choses se passaient de la sorte, ... toujours aimable, gracieuse, promise pour Raoul... lui, patient comme un gourmet qui étudie avec s... sualité le menu du repas futur ; satisfait, en att... dant mieux, de ce qui se disait de ses relations a... la jeune femme et guettant enfin cette fameus... heure psychologique qu'il était autorisé à enten... sonner, lorsque se produisit, d'une façon si com... plètement inattendue, cet épisode du restaurant ... Madrid, pour le menacer dans ses amours et ... rappeler des événements dont son honneur mê... lui commandait de chasser le souvenir.

Néanmoins, après avoir exprimé par les parole... menaçantes que l'on sait l'effet que lui avait pro... duit cette petite scène, dont il n'eût ressenti aucu... émotion si le héros n'en avait pas été précisémen... le fils de celle qui, jadis, s'était jouée de lui, le ba... ron reprit un peu de calme et se garda bien de p... raître se rappeler le rendez-vous que Mme Narthe... avait donné au vicomte.

Il ne fit pas même la moindre allusion à ce ... s'était passé, en la reconduisant rue Marbeuf, ... elle recevait ce jour-là quelques amis à dîner ... au contraire, il fut plus gai, plus attentionné qu... jamais pendant toute la soirée. Seulement, le lende... main, la promenade au Bois ayant été fixée po... cinq heures, il arriva chez Lise avant même qu'... fût complètement prête, ce qui fit qu'elle s'écri... riant :

— Déjà, cher ami ! Aviez-vous donc peur ...

[illegible] pouvait [illegible] à M. de [illegible] que cette [illegible] que fût [illegible] sur lequel [illegible] démentirait que [illegible] jeune femme [illegible] qu'il ne l'aurait [illegible] mémoire de [illegible] la veille.

Néanmoins il prit [illegible] galamment, répondit [illegible] pas un mot [illegible] dix minutes plus tard [illegible] tous les deux dans l'avenue de l'Im[illegible] mais [illegible] rejoindre bientôt Henri de [illegible] à la [illegible] Dauphine, où il n'était pas [illegible] qu'il [illegible].

[illegible] ne parut faire plaisir ni à l'un ni [illegible] autre [illegible].

[illegible] concluait que son jeune cousin avait [illegible] le désir de Mme Nartheld de [illegible] et Henri, en se souvenant de la prière [illegible] de ne pas parler de M. de Trémont au [illegible] que l'on n'aimait rue Saint-Geor[illegible] était promené avec celui qu'on n'y rece[illegible] depuis longtemps, pour de graves motifs.

[illegible] encore, s'étant peut-être préparé, dans le [illegible] ses vingt ans, à dire mille choses tendres à [illegible] étrangère, le vicomte avait été désagréa[illegible] surpris de retrouver [illegible] côtés ce surveil[illegible] pouvait lui tenir de fort près et, par consé[illegible] ne le laisserait pas un instant seul avec elle.

[illegible] ils se sentaient tous deux dans une situation [illegible] et ne savaient comment se conduire. Ils [illegible] échangèrent pas même un salut courtois, et [illegible] que Lise eut offert sa petite main à son nouvel [illegible] qui l'avait saisie avec un bonheur visible, ils [illegible] dirigèrent vers les bords du lac, aussi fréquen[illegible] à cette époque qu'ils sont déserts aujourd'hui.

Mme Nartheld, qui s'expliquait parfaitement, par ce que lui avait dit le baron de sa rupture avec le comte de Laurentz, la réserve de ses deux compa[illegible] faisait tous ses efforts pour que la corde se [illegible] un peu, et elle y parvint à demi, en ne par[illegible] à l'un et à l'autre que de choses insignifiantes, [illegible] une heure de cette promenade mono[illegible] impatientée de la mine renfrognée de M. de Trémont, ou peut-être croyant tout simplement à [illegible] elle profita d'un embarras [illegible] pour se séparer de son amoureux pa[illegible] se rapprocher d'Henri et lui dire vivement :

— [illegible] vous libre le matin ?

— Je suis toujours libre, madame, fit le jeune [illegible] avec fierté [illegible].

— Eh bien ! à demain matin, à dix heures, dans [illegible] des Acacias.

— [illegible] ! je ne manquerai pas de m'y [illegible].

[illegible] ne put s'empêcher de sourire de l'accent ému [illegible] le vicomte avait répondu, mais bien vite [illegible].

— [illegible] sais vraiment pas pourquoi on a la ma[illegible] mêler à cette cohue, plutôt que de choisir [illegible] moins encombrées. N'est-ce pas votre avis [illegible] ?

[illegible] les avait rejoints.

— [illegible] demanda-t-il, sans se douter que c'é[illegible] [illegible] que son infidèle venait de faire.

Une [illegible] plus tard, les trois cavaliers [illegible] entraient à [illegible] séparément au rond-point de l'Étoile.

Les deux cousins s'étaient salués ; dans une poi[illegible] de main, Lise et Henri s'étaient redit éloquem[illegible] sans prononcer un seul mot, qu'ils devaient se retrouver le jour suivant, et pendant que le ba[illegible] descendait les Champs-Élysées avec Mme Nar[illegible] M. de Laurentz prenait le boulevard Hauss[illegible] pour regagner la rue Saint-Georges, où il se [illegible] bien, par prudence, pour n'être pas obligé de [illegible] de donner les [illegible] sur sa pro[illegible] au Bois.

La [illegible] eut bien l'idée de questionner son [illegible] elle eut cependant le courage de se taire [illegible] pareille [illegible] une trop grande importance [illegible] fait qui, pour Henri, devait rester insignifiant.

Quant au colonel, ce que son fils faisait [illegible] de l'hôtel ne l'inquiétait guère ; il ne l'interrogeait qu'à propos de ses examens d'admissibilité pour Saint-Cyr, qu'il allait passer dans quelques semaines, puisqu'on était à la fin de juin et que l'entrée à l'École a toujours lieu en octobre. L'ancien chef [illegible] de ligne revivait tout entier dans ce grand et beau garçon, qui porterait bientôt l'épaulette et faisait son orgueil de vieux soldat.

C'est en raison de ces examens que les Laurentz avaient renoncé, pour cette année, à leur séjour accoutumé au bord de [illegible].

Mais pendant que le nom de M. de Trémont n'était pas prononcé rue Saint-Georges, on parlait beaucoup, au contraire, de son cousin au [illegible] rue Marbeuf. En effet, à peine seule avec [illegible] retour du Bois, le baron lui dit brusquement [illegible] ton chagrin :

— Vous savez, chère amie, que si nous devions rencontrer tous les jours M. de Laurentz, je serais forcé de renoncer à vous accompagner, ce qui [illegible] causerait, vous n'en doutez pas, beaucoup de peine.

— Comment cela ? fit la coquette [illegible] surprise assez bien jouée, car elle s'attendait un peu à cette observation. En seriez-vous jaloux ?

— Eh ! eh ! peut-être n'aurais-je pas tort ! Vous êtes pour lui d'une amabilité que vous avez rarement pour de nouvelles connaissances. J'espère cependant qu'il n'a pas déjà fait une si grande brèche à votre cœur. S'il est préférable que nous ne nous trouvions pas trop souvent ensemble, c'est pour un tout autre motif.

— Ah ! oui, la haine que vous a vouée votre tante. Pourquoi ? Racontez-moi donc cela, un drame de famille, c'est toujours fort piquant !

Elle l'avait attiré gracieusement sur le divan, où elle était à demi étendue.

L'étrange créature en était déjà arrivée à être [illegible] curieuse de ce qui touchait celui qu'elle n'aimait pas encore, mais qui l'intéressait plus que aucun des jeunes hommes qu'elle avait rencontrés jusque-là.

— Oh ! il ne s'agit d'aucun drame et la haine de Mme de Laurentz pour moi, aussi bien que mon peu de sympathie pour elle, sont choses fort simples. J'étais le plus proche parent du comte, le fils de sa sœur et son unique héritier, lorsqu'il [illegible] y a vingt ans, dans un monde [illegible] celle qui est aujourd'hui sa femme [illegible] [illegible] des [illegible] l'amour de une tendeur [illegible] [illegible] que ma nouvelle tante [illegible] rapidement en rupture complète, grâce à l'influence de sa beauté sur un homme du double de son âge. Souffrant, usé par ses longues campagnes en Afrique, le comte ne pouvait espérer [illegible] et quand elle lui eut donné celui que vous connaissez, vous pensez si elle devint complètement maîtresse au logis.

— C'est tout ? Il ne s'est rien passé de plus grave entre vous ?

— Rien, mais c'est plus qu'il n'en faut ! Vous ne vous doutez pas de la sotte vanité des petites bourgeoises anoblies par un mariage inespéré. Elles cachent avec plus de soin leur origine qu'elles n'en mettraient à cacher une faute. Or, moi, l'origine de la comtesse de Laurentz, je la connaissais, du moins à peu près, et cela ne pouvait que lui être fort désagréable.

— Qu'était-elle donc, avant ?

— Institutrice, dame de compagnie, quelque [illegible] de ce genre-là, chez une Américaine [illegible] vue. Mais laissons là Mme la comtesse de Laurentz [illegible] et parlons de vous, de moi surtout, qui vous aime à la folie. Tenez ! voulez-vous devenir baronne de Trémont ?

— Encore une mésalliance ! Vous êtes fou et ne me pardonneriez jamais, vous qui en voulez tant à votre oncle !

Lise avait jeté cela dans un éclat de rire et en abandonnant de nouveau ses mains au baron, qui reprit bien vite :

— Oui, mais, moi, je n'ai pas de neveu ; personne n'a le droit de compter sur moi, sauf vous ! Prenez mon offre au sérieux ! En attendant, évitez-moi, je vous en prie, cette situation, difficile à tous égards, de rencontrer chez vous ou avec vous ce grand garçon, qui serait d'ailleurs encore plus embarrassé que moi le jour où sa mère apprendrait que nous nous connaissons. Or, il est fatal que, pensant n'avoir rien à cacher, mon cousin prononcera un soir mon nom rue Saint-Georges. Eh bien ! ce soir-là, ma belle tante ferait à son fils un joli portrait de moi. Il serait le premier à me fuir... à moins que...

— A moins ?

— A moins que Mme de Laurentz n'ait compris depuis longtemps que ma mauvaise humeur de jadis avait été fort légitime, et ne dise au contraire aujourd'hui que j'ai toujours été le plus charmant des neveux. Toutefois, j'en doute un peu !

— Eh bien ! quoique tout cela soit de l'enfantillage, c'est entendu, mauvais parent, amoureux jaloux, nous nous arrangerons de façon à ne plus vous mettre en face de ce pauvre petit cousin. Si nous le rencontrons au Bois, nous le saluerons gentiment, voilà tout ! S'il veut me rendre visite, par hasard, je lui donnerai une heure où vous n'êtes pas chez moi, et ne l'engagerai pas trop à revenir. Etes-vous content ?

— Vous êtes adorable ! Rappelez-vous ma proposition de tout à l'heure : quand vous le voudrez, vous serez baronne de Trémont.

— Encore !

— Puisque vous m'avez bien autorisé à guetter à votre pendule l'heure où...

— Oui, mais je ne vous ai jamais dit que j'accepterais un maître pour horloger ! De plus, cher ami, moi, voyez-vous, je ne me fais pas d'illusions : il y a des veuves qu'on n'épouse pas, et la veuve Nartheld est de celles-là ! Tandis qu'il n'est pas de mari à qui on ne puisse succéder comme amant ! Donc, guettez toujours !

Et glissant entre les bras de l'ex-consul de Naples qui, fou de désir, s'efforçait passionnément de la retenir auprès de lui, Lise disparut dans son cabinet de toilette, dont elle ferma prudemment la porte, et où, fort peu soucieuse de l'espoir nouveau qu'elle venait de donner à son soupirant, elle se demanda, en se jetant sur une chaise longue :

— Ah çà ! est-ce que vraiment je deviendrais amoureuse de ce gamin ? Oh ! non, ce serait ridicule, quoique son cousin fasse bien tout ce qu'il faut pour que la chose arrive !

En effet, en sa qualité d'ancien diplomate, M. de Trémont était doublement maladroit.

Eveiller la curiosité d'un femme à propos d'un rival possible, c'est le plus souvent le transformer en rival certain.

Si M. de Laurentz n'avait pas été le cousin du baron, s'il n'avait pas existé entre ces deux hommes du même monde une cause un peu mystérieuse d'éloignement, et si, enfin, le plus âgé n'avait pas trahi ses sentiments de jalousie à l'égard du plus jeune, il est probable que ce dernier n'aurait pas retenu plus d'un instant l'attention de Mme Nartheld. Mais tout, au contraire, lui rendait le vicomte intéressant, aussi bien sa jeunesse et sa beauté que sa rencontre bizarre, en quelque sorte fatale, avec ce parent dont elle était aimée, et que, lui, ne connaissait pas, qu'il aurait pu ne jamais connaître.

Malgré toutes ces raisons, qui plaidaient d'autant mieux en faveur de M. de Laurentz qu'elle était remplie d'indulgence pour elle-même en semblable matière, l'ardente Tcherkesse refusait donc de prendre au sérieux sa petite aventure parisienne. Cependant elle s'efforça si peu de chasser le souvenir d'Henri que ce jour-là, à l'Opéra, elle n'écouta *Faust* que d'une oreille distraite ; qu'elle prétexta d'une migraine pour ne point offrir à M. de Trémont la tasse de thé qu'il avait coutume de venir prendre presque tous les soirs rue Marbeuf, en sortant du théâtre ; qu'avant de se mettre au lit, comme pour s'assurer qu'elle était bien digne d'être adorée, elle se regarda plus longuement que jamais dans la grande glace qui garnissait l'un des panneaux de son cabinet de toilette ; que sa nuit fut troublée par un tas de rêves charmants, et que, le lendemain matin, bien avant l'heure du rendez-vous, elle lançait sa monture au galop dans l'allée des Acacias, superbe, indomptée, vraie descendante de ces Scythes, dont les femmes étaient peut-être les amazones de la légende. Son piqueur avait peine à la suivre.

Lise se croyait en avance ; au contraire, elle n'arrivait que la seconde, car, à la hauteur du Jardin d'Acclimatation, elle aperçut le vicomte qui, lui aussi, à fond de train, venait au-devant d'elle. Il l'avait reconnue du plus loin qu'elle s'était montrée sous la voûte de verdure.

Ah ! c'est que dans l'imagination et dans le cœur du fils de Berthe, il n'y avait eu ni l'ombre d'un combat, ni hésitation. Sans savoir encore où cela le conduirait ; sinon tout à fait inexpérimenté, du moins naïf encore comme on l'est à vingt ans, il s'était avoué franchement qu'il était amoureux fou de l'enivrante inconnue et depuis l'heure où, la veille, elle lui avait dit d'une voix chaude ces mots pleins de promesses : « Alors, à demain », il n'avait plus pensé qu'à la revoir.

Mais lorsqu'il l'eut rejointe, lorsqu'il saisit la petite main qu'elle lui avait bien vite tendue, dans un mouvement presque sauvage, comme pour s'emparer brusquement de lui ; lorsque son regard croisa le sien, M. de Laurentz eut un frisson, comme frissonnait sa jument couverte d'écume. C'est à peine s'il put balbutier :

— Oh ! merci, madame, merci !

Et ils restèrent ainsi, muets, immobiles, l'un devant l'autre ; lui, tout pâle, tremblant, hypnotisé par l'admiration ; elle, souriante et fière de son triomphe.

Il est vrai que l'amie du baron de Trémont, qu'ils oubliaient si complètement tous deux, était singulièrement troublante.

Le buste tout à la fois élégant et riche, moulé dans un merveilleux costume de cheval de Redfern; coiffée d'un coquet feutre gris sous lequel, en arrière, se croisait, en nattes épaisses et lourdes, son admirable chevelure dorée; le front dégagé, le visage au teint animé et sans voile, les yeux profonds et striés de rayons d'émeraudes, tout en elle trahissait la chaleur du sang, la vivacité du désir, la volonté d'aimer et d'être aimée.

Ah ! la belle veuve était loin des pensées de sagesse qu'elle avait eues le jour précédent, quand elle s'était interrogée sur les sentiments tout nouveaux qui se glissaient en elle ! Néanmoins, redevenant bientôt maîtresse de ses sensations, elle dit à Henri, d'un ton simple, presque maternel :

— C'est bien, cela, d'être exact ! Je dois vous paraître fantasque, mais j'adore le cheval ; les rares amis que j'ai, car il n'y a pas longtemps que je suis à Paris, montent assez mal, et vous m'avez paru si parfait cavalier que j'ai eu tout de suite le désir de courir le Bois avec vous. Cela vous va-t-il ?

— Vous pensez, madame, si je suis heureux ! répondit le vicomte, qui s'efforçait de reprendre un peu de calme. Après notre rencontre à Madrid, je n'aspirais qu'à vous revoir ; depuis votre accueil si gracieux d'hier, je...

Et comme il hésitait :

— Depuis mon accueil d'hier ? fit-elle, en se penchant coquettement vers lui.

— Je voudrais vous retrouver tous les jours !

— Oh ! oh ! déjà ! Secouons bien vite ces idées folles dans un temps de galop.

Et rendant la main à sa bête, elle partit, gracieuse et solide en selle, comme une écuyère accomplie.

M. de Laurentz la rattrapa en une seconde, et ils filèrent ainsi, sans prononcer un mot, jusqu'à l'extrémité de l'avenue, où, s'arrêtant brusquement et faisant face à son compagnon par une volte savante, la jeune femme lui demanda :

— Eh bien ! suis-je digne de vous ?

— Vous êtes adorable et je ne sais comment exprimer tout ce que j'éprouve !

— Alors, un bout de promenade à pied ! Vous avez peut-être à me dire des choses que l'on entend mieux bras dessus, bras dessous. Aidez-moi à descendre ; Ivan gardera nos chevaux.

Ivan était ce cocher que Mme Nartheld avait amené de Russie, avec sa femme de chambre Daria. A Paris, elle l'avait transformé en piqueur et fait dresser à l'anglaise. Il avait jusque-là conservé la distance réglementaire, mais, à un signe de sa maîtresse, il la rejoignait.

Henri sauta à terre, la belle veuve se laissa glisser dans ses bras, où, frémissant et sans qu'elle pensât du reste à le trouver mauvais, il la garda plus qu'il n'était utile; puis il lui fit prendre doucement, tout doucement possession du sol, et ils disparurent dans l'un de ces petits sentiers ombragés dont le Bois est galamment semé.

Une heure plus tard, lorsqu'ils reparurent sous les grands arbres de l'avenue, où Ivan les attendait patiemment, en serf qui n'a pas le droit de savoir ce que fait le maître, Lise et M. de Laurentz étaient souriants tous deux ; et sans doute ils avaient échangé une foule de tendres promesses, car ils ne se séparèrent à l'Arc de Triomphe qu'après d'interminables poignées de main, un échange de longs regards éloquents, en gens enfin qui ne songent qu'à se retrouver de nouveau, le plus tôt possible.

Pendant que le vicomte descendait au trot l'avenue Friedland, le cœur et les yeux pleins de Mme Nartheld, celle-ci rentrait rue Marbeuf, en se disant:

— Eh bien ! quoi ! je m'étais trompée, voilà tout ! Décidément je suis folle de ce bel enfant-là !

Etat d'âme et aveu qui eurent pour conséquence que, quand M. de Trémont vint dans l'après-midi, à l'heure accoutumée, chercher son amie pour l'accompagner au Bois, il la trouva fort souffrante, dans l'impossibilité de sortir et que, discrètement, il se retira sur la pointe des pieds, en gémissant : « Pauvre chère », tandis que, se roulant sur un divan, dans un frisson de volupté, sorte d'aspiration à des bonheurs entrevus et prochains, l'amoureuse Circassienne répétait avec un accent comique de pitié :

— Pauvre baron, tout de même, pauvre baron !

IV

Mme Nartheld avait eu grande hâte sans doute de justifier complètement les paroles de commisération ironique qu'elle avait murmurées à l'adresse de M. de Trémont, pendant qu'il s'éloignait désolé de la savoir si malade, car moins de quarante-huit heures plus tard, la place qu'il sollicitait auprès d'elle depuis si longtemps était prise par un autre.

La jeunesse aussi bien que les déclarations naïves et enthousiastes de M. de Laurentz avaient eu facilement raison, dans le cerveau ou dans le cœur de la belle Lise, des protestations, des impatiences, de la diplomatie galante, de tout le dévouement du malheureux baron.

Et les choses s'étaient passées le plus simplement du monde, comme elles se passent entre une femme qui n'obéit qu'à sa fantaisie et un homme de vingt ans qui s'élance, tête baissée et cœur grand ouvert, dans son premier amour.

Le lendemain de leur promenade au Bois, ils s'étaient revus de nouveau, seulement, il est vrai, quelques instants, autour du lac, en public et même en présence de M. de Trémont, mais cela ne les avait pas empêchés, dans une seconde d'isolement, de s'entendre si bien, d'un mot et d'un sourire, que le jour suivant, à dix heures du soir au moment même où l'ancien consul de France à Naples s'asseyait à une table de whist, à son cercle, le petit cousin se couchait, lui, aux pieds de Mme Nartheld, qui lui répondait, les yeux dans les yeux, les lèvres tout près des lèvres et de la chair frémissante :

— Mais, moi aussi, grand enfant, je t'adore !

A l'hôtel de la rue Saint-Georges, on croyait Henri au Théâtre-Français, où l'on donnait *les Horaces*, avec Mme Agar, et Berthe était heureuse de voir son fils choisir de si saines distractions.

Tout était donc pour le mieux, momentanément ; mais si jalouse que Mme Nartheld fût de sa liberté et bien qu'elle n'eût pas pris fort au sérieux — il n'y avait pour elle de sérieux que ce qui lui plaisait, — les promesses que, par lassitude, reconnaissance, crainte de l'isolement, fatigue de dire non, elle avait faites à M. de Trémont, elle était cependant assez embarrassée à l'égard de la conduite qu'elle allait tenir avec lui.

Moins disposée que jamais, cela se comprend, à se soumettre à la clause essentielle du contrat imprudent qu'elle avait scellé d'un baiser, elle ne voulait pas cependant froisser trop cruellement son vieil ami. Lui avouer que, pour l'instant, il devait cesser de guetter la pendule et lui en donner les raisons, c'était assez difficile à dire, et ce serait plus pénible encore à entendre.

Et puis, le cher baron voudrait savoir le nom de celui pour qui la fameuse heure psychologique avait sonné, au lieu de sonner pour lui. Ce nom-là, il le trouverait sans peine, et alors que se passerait-il ? Lise en avait le frisson. Un conflit entre ces deux hommes, si proches parents et d'âges si différents, l'épouvantait d'autant plus qu'elle n'ignorait pas qu'il y avait déjà entre eux une cause intime de haine, du moins du côté de l'ancien diplomate.

Le mieux n'était-il donc pas de faire patienter ce dernier, comme il patientait depuis des mois entiers ? Oui, c'était peut-être le plus simple.

Les refus plus complets qu'elle projetait n'éveilleraient-ils pas ses soupçons ? Car les hommes, elle le savait bien, étudient soigneusement les résistances féminines, pour se rendre compte, en raison directe de ce qu'ils obtiennent successivement, du chemin qu'ils font vers le but désiré.

Celle qui accorde moins le lendemain que la veille n'est pas loin de tout défendre. Or, elle était résolue, par amour pour Henri, à ne plus permettre grand'chose à son cousin, qui chercherait, elle en était convaincue, à s'expliquer ses sévérités subites, la surveillerait et serait promptement édifié, Paris étant un grand village où tout se sait en quelque sorte instantanément.

Eh bien ! c'est cette surveillance qu'il faudrait mettre en défaut, pensait Mme Nartheld ; et elle y réfléchissait depuis quelques minutes déjà, le sourcil froncé, quand tout à coup elle s'écria, en appuyant du doigt sur un timbre :

— Suis-je assez bête ! Aux environs de Paris aussi, il doit y avoir des îles !

Elle faisait allusion à ce groupe d'îles qui émergent de la Néva, à cinq ou six kilomètres en aval de Saint-Pétersbourg, et sont semées de villas charmantes, où s'installent l'été les hauts fonctionnaires et les riches particuliers que leurs affaires retiennent à la ville, et où aussi, même pendant l'hiver, se déroulent maintes galantes aventures.

L'ancienne maîtresse de l'un des officiers de la garde du czar avait probablement d'excellentes raisons pour se rappeler ce refuge des amoureux, puisque, soudain, elle avait trouvé dans ce souvenir le moyen de se tirer d'embarras.

— Mon coupé, bien vite ! commanda-t-elle à Daria, venue à son appel.

Moins d'une demi-heure après, Lise sautait de voiture rue de Rivoli pour entrer chez MM. Multon and Co, les fameux agents chez qui, moyennant finance, on pouvait se procurer tout, absolument tout ce qu'on désirait : depuis des hôtels à acheter, des maisons de campagne à louer, des vins de tous les pays, des places pour tous les théâtres et des femmes à marier, jusqu'à des filles à vendre ; des mobiliers d'occasion, des fournisseurs à crédit et même de l'argent. Mais c'est là ce qui coûtait le plus cher, bien que le reste fût déjà hors de prix.

L'amie de M. de Trémont connaissait MM. Multon ; c'est eux qui lui avaient indiqué son appartement de la rue Marbeuf, ainsi que le tapissier auquel ils l'avaient livrée. Elle était donc pour leur office une excellente cliente. Aussi M. Multon junior se mit-il aussitôt à ses ordres.

Mme Nartheld lui expliqua vivement ce qu'elle voulait : une villa, un chalet, quelque chose de confortable avec un jardin, le plus près possible de Paris, mais dans un endroit peu fréquenté par le monde élégant. Il lui fallait cela tout de suite. Fatiguée par les fêtes de l'hiver, elle aspirait à passer son été dans la solitude et le repos.

M. Multon junior, petit homme correct et discret par profession, ne sourcilla point, quoiqu'il comprît peut-être ce dont en réalité il s'agissait, le passé de la belle étrangère ne lui étant pas tout à fait inconnu, et après quelques minutes de pseudo-recherches dans un tas de registres, car chercher c'était se donner le droit d'élever d'autant la note, il répondit à sa visiteuse, avec ce diable d'accent anglais qu'affectent de garder, par amour-propre national sans doute, ceux-là mêmes de nos voisins d'outre-Manche qui parlent le mieux notre langue :

— Nous avons précisément, madame, ce qu'il vous faut : une villa italienne, luxueusement et tout nouvellement installée, au milieu d'un petit parc planté de grands arbres, et deux entrées : l'une sur la route, l'autre sur la berge d'une rivière.

— Parfait ! Où se trouve cette villa ?

— A trente minutes du boulevard des Italiens, à Nogent-sur-Marne, dans l'île de Beauté.

Lise faillit éclater de rire à la façon dont M. Multon junior avait miaulé ce dernier mot, et le directeur de l'agence s'aperçut parfaitement de ses efforts pour garder son sérieux, mais il ne parut pas froissé. Peu lui importait, pourvu qu'on payât bien, et il ajouta :

— De plus, pas ou presque jamais de Parisiens là-bas ; sauf quelques canotiers, qui passent sans débarquer. Ni restaurants, ni guinguettes. On est chez soi, au bout du monde, à l'abri des importuns.

Cette fois, le digne gentleman avait souligné ses paroles, en les prononçant fort distinctement.

— C'est bien là ce que je désire, fit Mme Nartheld. Et quel prix ? Surtout est-ce libre en ce moment ?

— Vous pourriez y entrer ce soir même. On en demande trois mille francs pour la saison, c'est-à-dire jusqu'au 1er octobre, mais avec le droit, si les beaux jours se prolongent, d'y rester un mois de plus.

— Malgré mon entière confiance en vous, je voudrais visiter cette villa avant de l'arrêter.

— Quand vous le désirerez, j'aurai moi-même l'honneur de vous la montrer.

— Alors, allons-y aujourd'hui, tout de suite ! J'ai là ma voiture et une excellente bête ; il fait un temps superbe, il est quatre heures à peine ; nous serons de retour pour le dîner, après une charmante promenade.

— Puisque vous me permettez de vous accompagner.

— Oui, certes ! j'en serai ravie.

Quarante-cinq minutes plus tard, Mme Nartheld et M. Multon sortaient du bois de Vincennes, qu'ils avaient traversé, et passaient devant la gare de Nogent, pour prendre bientôt, sur leur droite, une petite route en pente rapide qui les conduisit, après un pont rustique franchi, sur le bord du bras dormant de la Marne, dans l'île de Beauté.

Là, ils tournèrent à gauche et, deux cents mètres plus loin, l'Anglais faisait arrêter le coupé, mettait pied à terre et offrait galamment la main à sa jolie cliente, pour l'aider à descendre de voiture.

Ils étaient devant une grille à deux battants, en haut de laquelle, au milieu d'un cartouche émaillé bleu, brillaient ces mots en lettres d'or : Villa des Ormes.

M. Multon n'eut pas même la peine de sonner. Le jardinier, qui les avait entendus venir, était accouru et, se doutant bien du motif qui les amenait, leur ouvrit aussitôt.

Ils entrèrent et, après avoir contourné un massif de verdure, gagnèrent la porte de la maison, du côté opposé, c'est-à-dire en façade sur la rivière.

Dès le rez-de-chaussée, l'habitation plut à Mme Nartheld. En bas, une belle salle à manger et un vaste salon, avec de grandes baies sur le parc. Au-dessus, deux chambres à coucher, deux cabinets de toilette et une salle de bains. Tout cela neuf, confortable et même élégant.

Quant au parc, il était rempli de grands arbres, semé de taillis touffus et se terminait sur le bord de la Marne par une terrasse plantée d'ormes superbes, d'où le nom de la villa.

De ce côté, ainsi que sur le petit bras de la rivière, il existait également une sortie, ménagée au milieu de la terrasse, en face d'un escalier de bois appuyé contre la berge, de façon à faciliter l'embarquement, s'il convenait au locataire de la propriété de faire du sport nautique.

En face, au delà de la Marne : les taillis du Tremblay et les bois du Plan ; plus loin, Champigny et les plateaux de Villiers.

Pour voisins : de bons bourgeois, soigneusement et jalousement clos chez eux par des murs élevés et d'impénétrables rideaux de feuillage.

Décidément c'était bien là le nid d'amour que rêvait la belle veuve ; aussi dit-elle sans hésiter à M. Multon junior :

— C'est absolument ce qu'il me faut. Nous allons passer chez le propriétaire et en finir tout de suite.

Puis, s'adressant au jardinier, Jean Fournaise, un brave homme, d'une cinquantaine d'années, qui habitait avec sa femme, au-dessus des écuries, près de la grille, elle ajouta, en lui glissant deux louis dans la main :

— Voilà pour vous, mon ami, et à bientôt ; je puis revenir ce soir même.

— Nous ne bougeons jamais de la maison, répondit vivement Fournaise, ravi de cette bonne aubaine, qui lui permettait une foule d'espérances du même genre. Et, saluant jusqu'à terre, il reconduisit ses visiteurs.

Vingt minutes après, Lise était locataire de la villa des Ormes pour toute la saison, et le soir même, à l'Opéra, où Henri était venu lui répéter qu'il l'adorait, elle lui disait rapidement, car M. de Trémont pouvait arriver tout à coup :

— A demain matin, à dix heures, en voiture, au bois de Vincennes, à la hauteur de la Porte Jaune. Dis chez toi que tu ne rentreras pas pour déjeuner. Et va-t'en ; je t'aime !

Sans en exiger davantage, car il avait compris qu'elle ne tenait pas plus à voir son cousin que celui-ci ne désirait le rencontrer, M. de Laurentz partit enchanté, mais un peu surpris de ce rendez-vous.

[illegible] de se [illegible].

[illegible] il n'en fut pas [illegible] le lendemain. Il y avait même [illegible] quelque [illegible] devant le restaurant de la Porte Jaune, lorsque le [illegible] de sa maîtresse [illegible] contre le trottoir de l'avenue.

[illegible] il en ouvrit la portière; sur un signe de la jeune femme, il prit place auprès d'elle, et [illegible] que sa voiture [illegible] allait l'attendre [illegible] du bois, ils filèrent [illegible], entrelacés, ou [illegible] tout, sans même que le vicomte songeât à s'expliquer cette espèce d'enlèvement dont il était l'objet.

Quand la cessation du mouvement les rappela à la réalité, ils étaient devant la grille de la villa des [illegible]. Il leur semblait à tous deux qu'ils étaient en [illegible] depuis vingt minutes à peine.

— Heureusement que nous pourrons reprendre [illegible] la conversation tout à notre aise, fit Mme Narthekd, [illegible] des bras qui l'étrei[illegible]. Un peu de tenue, monsieur ! J

— [illegible] sommes-nous ? interrogea M. de Lau[illegible] jamais venu de ce côté des envi[illegible] de Paris.

— [illegible] visite à faire et je voulais que tu fus[illegible].

[illegible] eut pas le temps de faire une seconde ques[illegible] le jardinier venait d'ouvrir et le coupé avait [illegible] sa course pour ne s'arrêter que devant un [illegible] garni de fleurs.

Les époux Fournaise avaient adroitement prévu l'arrivée de leur généreuse locataire.

De plus en plus stupéfait, Henri sauta à terre et offrit la main à sa mystérieuse amie, qui dit au jardinier et à sa femme :

— Je n'ai pas besoin de vous, merci !

Les braves gens s'éloignèrent et Lise, prenant aussitôt le bras de son compagnon, l'entraîna dans le parc qu'elle lui fit parcourir jusqu'à la terrasse au bord de l'eau. Ensuite elle le ramena vers la [illegible], la lui montra du bas en haut et, cela fait, comme, de plus en plus surpris, il lui demandait [illegible] regard ce que voulait dire cette étrange visite [illegible], elle lui répondit de sa voix chaude et [illegible], en le poussant dans un cabinet de toilette [illegible] de satin bleu et en lui montrant, sur un [illegible] certain peignoir de dentelles qu'elle avait [illegible] tomber devant lui :

— [illegible] vois donc pas, cher aimé, que nous som[illegible] chez nous !

[illegible] venue le même jour, dès le matin, en [illegible] que la maison était vraiment prête à rece[illegible]voir ces deux amoureux.

Henri, fou de joie, tendit les bras à sa maîtresse [illegible] se jeta éperdument à son cou, et une heure plus tard, vers midi, ils se mirent à table, pour dévorer le déjeuner froid que la femme de chambre avait, avec prévoyance, apporté de Paris.

Ensuite, au dessert, ils réglèrent leur existence future.

Jusqu'alors, ils avaient eu si peu de temps à eux [illegible] ils l'avaient employé tout entier à s'aimer ; et, en réalité, ils se connaissaient à peine.

Lise était avide de questionner son amant sur ses [illegible], ses projets, ses relations, sa vie de famille, et le jeune homme désirait ardemment savoir ce qu'était et d'où venait l'adorée.

Toutes ces confidences-là ne pouvaient s'échanger en une fois, mais, séance tenante, Mme Nar[illegible] apprit que le vicomte se destinait à Saint-Cyr, école d'où l'on sort avec l'épaulette, et qu'en ce moment même, c'est-à-dire au milieu de juin, il préparait les examens d'admissibilité qu'il devait [illegible] quelques jours plus tard, vers la fin du mois. Ce n'était pas seulement pour satisfaire au désir de son père qu'il embrassait cette carrière ; c'était par goût, par ambition. Il voulait donner un nouvel éclat au nom des Laurentz.

[illegible] sentiment de délicatesse qui s'expli[illegible] également bien de la part de l'un et de l'autre, [illegible] nom de la comtesse de Laurentz ne fut pas [illegible] dans ce premier entretien. Mais Lise en [illegible] tout heureuse, toute fière de ne pas être tombée [illegible] un être vulgaire, sur un de ces viveurs blasés [illegible] cyniques, qui soupiraient autour d'elle et dont [illegible] de Trémont la gardait avec soin. Celui qu'elle aim[illegible] était au contraire un adolescent aux aspiratio[illegible] élevées, au cœur honnête et naïf, à l'âme enthou[illegible]siaste.

Quand, à quatre ou cinq heures, elle se sépa[illegible] d'Henri, à la porte du bois de Vincennes, [illegible] mais déjà [illegible] moins passionnément, [illegible] plus [illegible], et le soir, lorsque, seule, ses [illegible] leurs accoutumés s'étant retirés, elle se rappela [illegible] moindres incidents de sa journée, elle se [illegible] n'être jamais un obstacle pour M. de Laurentz [illegible] contraire, elle le pousserait vers une [illegible] ble, utile, digne de sa race.

Évidemment ses études et son entrée à Saint-[illegible] ne lui permettraient plus de le voir aussi souvent [illegible] peut-être à peine deux ou trois fois chaque mo[illegible]. Elle s'y [illegible] par avance. C'était là un sacri[illegible]fice qu'elle aurait le courage de faire ; mais quelle[illegible] heures adorables, enivrantes [illegible] cette séparation forcée lui réserveraient [illegible] où ils se retrouveraient ! Et après, plus tard, quelle joie, quand il serait officier ! Comme il porterait bien l'uniforme ! Avec quel orgueil elle se suspen[illegible]drait à son bras !

Et toutes ces pensées, caressées sincèrement, Mme Narthekd se dit, en souriant avec mélancolie :

— Eh bien ! pour la sauvage que vous avez [illegible] petite Sangar, voilà une fin étrange ! Mon Dieu qu'il y a loin d'Anapa à la rue Marbeuf !

Le lendemain, les résolutions de Lise n'étaient pas moins fermes, et si ses excursions à Nogent [illegible] compagnie du vicomte se répétaient le plus fré[illegible]quemment possible, elle tenait ses promesses [illegible] s'intéressait au côté sérieux de la vie de son [illegible] l'encourageant sans cesse ; si bien qu'à la fin [illegible] mois, il était reçu admissible à Saint-Cyr, après un examen victorieusement passé.

On pense si, ce soir-là, ce fut grande [illegible] l'hôtel de la rue Saint-Georges. Maintenant, pour le comte de Laurentz, l'entrée de son fils à [illegible] était assurée, mais ce succès, avant-coureur d'un plus complet, ne remplissait pas Berthe d'un [illegible] vif enthousiasme.

Les mères voient de plus loin. Elles songent à la séparation, aux dangers que courra celui qu'elles ont enfanté dans la douleur, bercé avec tant de soin, élevé au milieu de toutes les épouvantes de [illegible] tendresse, et elles ont peur. La gloire les séduit peu. Cornélie n'est pas le modèle qu'elles aspirent à imiter ; le « reviens dessus ou dessous », c'est-à-dire vainqueur ou mort, de la Spartiate n'est pas l'adieu qu'elles adressent à leur fils dans un der[illegible]nier baiser.

L'amour maternel est tout d'instinct ; celui du père est trop souvent mêlé d'orgueil.

Quoi qu'il en fût, Mme de Laurentz était résignée. D'ailleurs, il ne lui déplairait pas de voir Henri sou[illegible]mis à des règlements qui lui mesureraient la li[illegible]berté.

Car, pour Berthe, il y avait une femme en jeu ; elle le pressentait. C'est là, encore, par instinct, [illegible] que devinent les mères, avant que leurs enfants se trahissent eux-mêmes par leurs changements d'at[illegible]titude avec elles.

En effet, l'adolescent qu'une maîtresse absorbe [illegible] que quelque passion frivole ou malsaine a envahi [illegible] cesse bientôt d'être le même pour celle qui l'a [illegible] au monde. Il devient plus réservé, moins expansif. On dirait qu'il craint de froisser ce cœur où il [illegible] sans rival, et aussi qu'il y aurait de sa part [illegible] manque de respect à donner à sa vénérée les [illegible]tes caresses dont il avait coutume. Il ne pense plus son front ni ses joues dignes des lèvres maternelles, qui pourraient en quelque sorte y rencontrer les traces profanes d'autres lèvres. Du jour où le fils aime d'amour charnel, la mère cesse d'être pour lui l'immatérielle de sa jeunesse ; elle est une femme pour qui tous ses sentiments sacrés ne peuvent que grandir, mais qu'il doit respecter plus encore qu'autrefois et adorer d'une adoration nouvelle. Les malheureuses comprennent bien tout cela et elles pleurent, car c'est à ce moment-là surtout que leurs enfants cessent de leur appartenir, jusqu'au jour où la douleur les ramène dans leurs bras, toujours ouverts.

Mme de Laurentz était donc résignée. Aussi ne fit-elle aucune opposition, lorsque le colonel lui proposa d'aller s'installer au Parc des Princes, jusqu'à la fin de la saison, puisque, cette année-là, ils ne pouvaient songer à une station au bord de la mer, retenus qu'ils étaient à Paris par les études de leur fils, qui devait passer son second et dernier examen à la fin du mois d'août.

Le comte avait décidé qu'un valet de chambre et un piqueur resteraient rue Saint-Georges, de façon à ce qu'Henri eût les gens nécessaires, les jours où il lui conviendrait de coucher à Paris, ce qui serait rare, mais enfin pourrait arriver.

Nul arrangement ne pouvait mieux convenir au vicomte. Il courut en faire part à Mme Nartheld, qui en fut ravie, et le lendemain, après avoir conduit son père et sa mère au Parc des Princes, il commença vraiment sa vie de garçon, vie des plus régulières dans son irrégularité même.

Dans la matinée, plus de promenades au Bois, sauf accidentellement, mais trois heures de travail avec son répétiteur ; à midi, alternativement déjeuner à Auteuil ou à Nogent ; dans l'après-midi, nouvelle et longue station laborieuse. Puis, une ou deux fois par semaine, surtout le dimanche, il dînait en famille, à la campagne, où il passait la nuit. Mais le plus souvent, après que Lise s'était montrée au Bois ou au théâtre, avec M. de Trémont lui-même, pour détourner tous les soupçons, c'était la grille de la villa des Ormes qui se refermait sur les deux amoureux, jusqu'au lendemain matin.

La belle veuve de l'usurier Nartheld n'avait dit à son amant que ce qu'elle pouvait sagement avouer de ses aventures. Elle lui avait raconté sa jeunesse insouciante dans les champs sauvages de sa patrie, son enlèvement à quinze ans, au milieu d'un sanglant combat, son achat par celui dont elle était devenue veuve après quelques années d'humiliation et d'esclavage ; mais rien, on le conçoit, des amours passagères qu'elle avait pu avoir, et tout ce récit, en frappant l'imagination d'Henri, lui avait rendu sa maîtresse plus chère encore.

Quant au rôle que jouait auprès d'elle M. de Trémont, la jeune femme avait eu quelque peine à convaincre M. de Laurentz que ce rôle était celui d'un amoureux platonique, à qui nul espoir n'était permis, car instinctivement, par atavisme, le fils de Berthe détestait son cousin. De plus, il en était atrocement jaloux. Néanmoins, il finit par se rendre aux serments de Lise, et rien ne paraissait devoir troubler cette existence adorable qu'ils s'étaient si habilement organisée.

V

Cependant deux hommes complètement étrangers l'un à l'autre, et dont l'un était, aussi bien pour Mme Nartheld que pour le vicomte Henri, un inconnu, même de nom, s'inquiétaient de leurs moindres faits et gestes. Ils étaient mus, il est vrai, par des sentiments bien différents, de même qu'ils poursuivaient des buts diamétralement opposés.

Le premier de ces personnages était M. de Trémont. N'étant point un sot et, de plus, ne manquant pas d'expérience en matière de galanterie, il n'avait pas tardé à remarquer les allures nouvelles de Lise, ses absences fréquentes de la rue de Marbeuf, l'irrégularité de ses promenades au Bois ; son désir, souvent exprimé, de rester seule de bonne heure, le soir ; son indifférence subite pour les petits scandales parisiens, dont elle s'était toujours montrée si friande ; ses distractions inaccoutumées, comme si quelque pensée secrète l'enlevait tout à coup au monde extérieur, et il s'était pris d'inquiétude.

Pendant les premiers jours, en constatant que son amie n'était plus la gaie, l'excentrique, la sceptique qu'il avait constamment vue, il la crut souffrante et la questionna affectueusement ; mais après n'avoir reçu d'elle que des réponses embrouillées, évasives, car, absorbée par son amour, Mme Nartheld ne s'était pas préparée à de semblables interrogatoires, il comprit qu'il y avait là quelque chose de plus grave que ces petites modifications morales et physiques auxquelles il faut toujours s'attendre avec les femmes, et son inquiétude se transforma en terreur jalouse.

Ce qu'on ne voulait pas lui dire, il résolut de le chercher par tous les moyens, et, sans hésiter, il entra dans son rôle d'Othello.

Mais surprendre les secrets de l'étrangère n'était point chose aisée. D'abord, il ne fallait pas compter sur l'indiscrétion de ses gens. Ivan et Daria savaient seuls ce qu'elle faisait, et, nous l'avons dit, ils étaient des serviteurs incorruptibles. Le baron ne l'ignorait pas. Les questionner serait se trahir du premier coup : ils informeraient leur maîtresse des tentatives de séduction pratiquées sur eux.

D'un autre côté, la civilisation et la vie européenne n'avaient pas amoindri en la belle Tcherkesse l'esprit de ruse de sa race ; bien au contraire, elle s'était plutôt perfectionnée en diplomatie féminine au cours des diverses aventures qu'elle avait traversées. Le métier d'espion n'était donc pas facile à exercer contre elle.

Enfin, M. de Trémont ne se dissimulait pas que, si par quelque maladroite ou trop brutale manœuvre, par quelque scène trop violente, par des reproches frappant trop juste, il la blessait, ce serait entre eux, son caractère entier lui étant bien connu, une rupture définitive.

Il suffirait peut-être même, pour en arriver là, qu'elle s'aperçût qu'il la surveillait. Or, après l'avoir aimée avec toutes les espérances qu'elle lui avait permises, son désir de la posséder augmentait encore en raison directe des obstacles qui se dressaient devant lui. Sans se l'avouer, inconsciemment, il était déjà prêt à toutes les lâchetés plutôt que de se voir fermer sa porte, ou, si cela arrivait, il était résolu à se venger sans pitié de celui qui avait pris sa place.

Seulement celui-là existait-il, et, s'il existait, qui était-ce ? Cette interrogation conduisit tout d'abord le baron à penser à Henri de Laurentz.

Il est vrai qu'à sa connaissance, le beau cousin n'avait été reçu que deux fois rue Marbeuf. Pendant ces deux visites-là, il n'avait pu se passer rien de bien grave, et il ne venait plus au Bois que rarement. C'est à peine si on l'y apercevait de loin en loin, dans l'après-midi, jamais le matin, — nous savons qu'il employait beaucoup mieux ses loisirs — et quand, par hasard, il le rencontrait, alors qu'il accompagnait, lui, Trémont, Mme Nartheld, le vicomte se contentait de saluer sans s'arrêter, ou il ne s'arrêtait que quelques secondes, pour échanger avec Lise une poignée de main qui ne paraissait pas particulièrement intime, et avec lui un simple coup de chapeau. Il y avait entre les deux parents comme un accord tacite de ne pas se lier.

Mais cette façon d'agir était peut-être convenue entre les coupables, et puisque l'un, qui devait être sur ses gardes, était difficile à prendre en faute, c'était son complice, plus naïf, qu'il fallait suivre et démasquer.

En conséquence, tout en ne quittant pas trop des yeux la rue Marbeuf, ce fut sur l'hôtel de Laurentz que M. de Trémont dirigea principalement son enquête ; et comme il tenait à rester dans l'ombre, il réclama les services, qu'il saurait payer généreusement, d'une certaine Marie Bonnard, petite étoile du monde galant parisien, qui habitait précisément rue Saint-Lazare et se mit entièrement à sa disposition, lorsqu'il lui eut raconté qu'une femme du monde, folle du vicomte Henri, désirait savoir tout ce qu'il faisait. Ravie de donner son concours à une intrigue de ce genre-là, l'obligeante personne mit aussitôt en campagne sa domestique Justine, fine mouche qui connaissait tous les gens de maison du quartier et ne négligea rien, s'imaginant qu'elle travaillait pour une amie de sa maîtresse.

Grâce à cette intelligente fille, qui avait des bontés pour un cocher de la rue Saint-Georges, le baron sut dans les quarante-huit heures que M. de Laurentz se destinait à Saint-Cyr, qu'à la suite d'un premier concours, il avait été classé parmi les admissibles et préparait son examen d'admission pour la fin du mois d'août.

En apprenant de quelle façon son cousin employait son temps, il s'expliqua pourquoi il ne le rencontrait plus au Bois dans la matinée ; mais puisque, tous les jours, à cinq heures, il sortait de chez lui, comment se faisait-il qu'on ne le voyait que si rarement, presque jamais, dans les endroits qu'il fréquentait si régulièrement quelques semaines auparavant ?

Courait-il tout droit à Auteuil, pour ne rentrer à l'hôtel que le lendemain matin ? Passait-il ses nuits au Parc des Princes ? Personne ne pouvait l'affirmer. Toutefois, ce qui était certain, c'est qu'il couchait rarement rue Saint-Georges.

On avait seulement remarqué qu'il ne tournait à droite pour remonter la rue du Cardinal-Fesch et gagner le boulevard Haussmann ou les Champs-Élysées, sa route toute tracée pour se rendre à la villa paternelle, que lorsqu'il était à cheval, tandis que, quand il sortait à pied, il prenait à gauche, comme pour s'en aller, par la rue Laffitte, jusqu'aux boulevards.

A ces premiers renseignements, Justine avait ajouté ce qui se répétait dans tout le quartier, c'est-à-dire qu'Henri était adoré de sa mère, que le colonel lui laissait une entière liberté, que tous les gens de l'hôtel l'aimaient beaucoup, et enfin qu'il était le meilleur garçon du monde, gai, généreux et paraissant prendre déjà fort agréablement la vie.

C'était justement cela que craignait M. de Trémont ?

Le premier point nébuleux à éclaircir était celui de savoir si, de la rue Saint-Georges et par quelque chemin que ce fût, le vicomte se rendait chaque soir à Auteuil. Toujours grâce à Justine, dont l'amant était lié avec le cocher de M. de Laurentz, le jaloux ami de Mme Nartheld fut bientôt fixé. Le futur Saint-Cyrien venait bien embrasser père et mère presque tous les jours, le matin ou dans l'après-midi, vers cinq heures, mais il déjeunait rarement avec eux et ne passait guère à la villa qu'une nuit par semaine, celle du dimanche au lundi, car tous les dimanches il dînait en famille. Les autres jours, il ne faisait en quelque sorte que paraître et disparaître.

Alors, s'il ne couchait que tous les huit jours à Auteuil et jamais ou presque jamais rue Saint-Georges, c'est qu'il avait une maîtresse, et cette femme ne devait pas demeurer bien loin, puisqu'il semblait se rendre chez elle à pied. Il ne s'agissait plus que de le suivre. Justine en chargea son amant, et trois ou quatre jours plus tard, Marie Bonnard, renseignée par sa femme de chambre, renseignait à son tour M. de Trémont.

En effet, Henri descendait à pied la rue Laffitte, mais, arrivé au restaurant de la maison Dorée, il sautait dans une voiture de cercle qui, sans même qu'il dît un mot au cocher, dont il était évidemment le client habituel, filait par les boulevards du côté de la Bastille. Parvenu à la place du Château-d'Eau le coupé suivait le boulevard Voltaire jusqu'à la place du Trône, qu'il traversait pour ne s'arrêter qu'à l'entrée de l'avenue de Saint-Mandé, devant un restaurant : le Salon des Familles.

Là, M. de Laurentz trouvait son second cheval de selle, qu'il prétendait avoir envoyé en traitement chez un vétérinaire des environs de Paris ; il enfourchait d'un bond la bête, qui l'attendait toute harnachée, et il disparaissait dans la direction du bois de Vincennes, mais d'un tel train qu'il ne fallait pas songer à le suivre avec un simple fiacre.

Ces détails rassurèrent un peu le baron, car si le cher cousin allait rejoindre quelque femme, ce n'était certainement pas Mme Nartheld, qui n'était jamais venue, il l'eût juré, de ce côté de Paris. Cependant, comme il était décidé à ne faire surveiller Lise que s'il ne découvrait rien de suspect du côté de M. de Laurentz, il voulut, en ce qui concernait ce dernier, pousser les choses jusqu'au bout. Puisque tous les jours le vicomte, qu'il détestait déjà moins, arrivait à la même heure au Salon des Familles, rien n'était plus simple que de poster là un piqueur, un garçon d'écurie, un cavalier quelconque qui, à une distance prudente, pour ne pas éveiller ses soupçons, le suivrait jusqu'au terme de sa mystérieuse promenade.

Et après avoir réfléchi quelques instants, il arrêta son choix sur un palefrenier du restaurant de Madrid, qui était bon écuyer et précisément connaissait de vue M. de Laurentz, tandis que ce dernier, bien certainement, n'avait jamais fait attention à lui.

Cet homme se procura un bon trotteur, se rendit à l'heure indiquée à l'entrée de l'avenue de Saint-Mandé, et exécuta si intelligemment les ordres de son patron d'occasion que, le surlendemain même, en échange de dix louis, il vint lui faire son rapport en ces termes :

— En sortant du Salon des Familles, le jeune homme en question a remonté au petit trot l'avenue de Saint-Mandé pour entrer dans le bois de Vincennes par la porte du Bel-Air : mais aussitôt sur la route de l'Esplanade, il a poussé un peu sa monture, passé rapidement devant le château, enfilé l'avenue des Minimes et gagné la route de Nogent, où il a pris le galop. Ah ! c'est un rude cavalier, j'ai eu quelque peine à le suivre. Il est arrivé ainsi à la gare de Nogent. Là, après avoir remis sa bête à une allure plus calme, il est descendu vers la Marne, a franchi le pont du petit bras et, après avoir tourné à gauche, il est entré, à deux cents pas plus loin, dans une propriété dont la grille était grande ouverte, sans doute parce qu'on l'attendait.

— Il ne s'est pas aperçu qu'il était suivi ?

— Pas le moins du monde ! D'abord je me tenais à distance ; de plus, de temps en temps, je disparaissais dans une petite allée sans le perdre des yeux. Je ne suis pas une bête, vous savez !

Ce qui était plus certain encore, c'est que M. de Laurentz, tout entier à celle qu'il allait rejoindre, se souciait aussi peu des rencontres qu'il faisait sur sa route que de ce qui se passait derrière lui.

— Et le nom de cette villa, vous en êtes-vous informé ? demanda le baron, ravi de tous ces détails, qui lui prouvaient le soin avec lequel le palefrenier avait obéi à ses instructions.

— J'ai tout simplement lu ce nom sur la grille même. C'est la villa des Ormes ; puis j'ai suivi le chemin jusqu'au village afin de ne pas être remarqué par les gens de la maison qui avaient pu me voir passer.

— Alors vous ne savez pas qui habite la villa ?

— Si fait ! En revenant vers la gare, j'ai interrogé adroitement un pâtissier de la Grande-Rue. C'est une belle Parisienne : Mme Nartel, Martel, quelque chose comme ça !

M. de Trémont ne put retenir un juron. C'était complet ! Il en savait assez, il en savait trop, et il n'était plus ravi ; bien au contraire !

— J'espère que monsieur est content de moi, fit avec un sourire d'orgueil naïf, l'homme du restaurant de Madrid, qui n'avait vu, dans le mouvement de son interlocuteur, qu'une preuve de satisfaction. Si je puis être encore utile à monsieur, il sait...

— Oui, oui, peut-être bien ; nous verrons cela !

Et il le congédia du geste. Pour un rien, il aurait maudit son adresse. Maintenant il ne pouvait avoir le moindre doute, conserver l'ombre d'une illusion : Lise était la maîtresse de M. de Laurentz ; celui-ci l'avait supplanté ; lui, le vieux Lovelace, il avait été joué ainsi qu'un enfant par une étrangère et un gamin. Ah ! comme ils devaient se moquer de lui dans la solitude amoureuse où ils s'étaient réfugiés !

Le baron se disait toutes ces vilaines choses en arpentant le salon de son appartement de la rue du Colisée, car il demeurait tout près de Mme Narlheld, et bientôt, ne pouvant plus se contenir, il s'écria :

— Ah ! s'ils croient que je ne me vengerai pas, ils se trompent ! Lui d'abord il peut s'attendre à payer pour deux, pour Mlle Benoist, sa mère, et pour lui ! Comment m'y prendrai-je ? J'en saurai bien saisir et même faire naître l'occasion ! Quant à elle, je veux qu'elle sache, sans attendre davantage, que je ne suis plus sa dupe ! Si elle se fâche, eh ! bien tant pis, c'est l'autre qui paiera pour tout le monde !

Néanmoins, lorsque, cinq minutes plus tard, il sonnait à la porte de Lise, il était beaucoup plus maître de lui. Sa vanité de viveur lui avait rendu un peu de calme. Il ne savait trop comme il allait engager les hostilités, mais il avait l'intention de n'être que sceptique, mordant, ironique. Son orgueil lui commandait de dissimuler son profond chagrin, ainsi que son humiliation de maître ès séduction. Il ne voulait pas non plus trahir ses projets de vengeance, afin que les deux amants ne se missent point, par avance, sur la défensive.

Pendant ce temps-là, tout entière à son amour, qui grandissait sans cesse, la belle veuve vivait dans la plus douce quiétude, que troublait seulement, par moments, la pensée qu'un jour ou l'autre M. de Trémont découvrirait le pot aux roses, bien qu'elle fît tout au monde, sauf l'essentiel, pour ne pas éveiller sa jalousie.

Il est vrai que cet essentiel-là, si elle le lui avait accordé, l'aurait rendu plus jaloux encore, puisqu'il se serait cru des droits, l'homme s'imaginant volontiers que la femme, même lorsqu'elle s'est donnée, — et c'est encore inexact quand elle s'est vendue, — est chose achetée, dont il est le propriétaire exclusif.

Mais, excepté cela, quoique devenue un peu moins facile aux épanchements du baron, Lise le recevait tous les jours comme par le passé ; elle se promenait avec lui presque tous les matins ; car elle se donnait la peine de rentrer à Paris avec le vicomte.

De la villa des Ormes, Henri venait à cheval jusqu'au Salon des Familles. Là, il montait dans le coupé de sa maîtresse, qui l'avait suivi et le jetait en passant au bas de la rue Laffitte, où ils se séparaient : elle, pour se trouver rue Marbeuf, vers dix heures, ce qui lui donnait tout le temps de s'habiller et de se montrer au Bois avant le déjeuner ; lui, pour aller piocher ses examens avec ses répétiteurs.

Parfois même Mme Narlheld restait à Paris jusqu'à dix ou onze heures du soir et ne courait retrouver le bien-aimé à Nogent qu'après avoir offert le thé à M. de Trémont et à quelques amis.

Tout cela durait depuis cinq semaines sans accroc, fort régulièrement ; la jeune femme devait donc se croire à l'abri de tout soupçon. Aussi quand Daria eut introduit le baron, lui tendit-elle bien vite sa petite main, qu'il effleura de la sienne, cérémonieusement et sans la porter à ses lèvres, ainsi qu'il en avait depuis longtemps l'habitude.

Ensuite, au lieu de prendre place auprès d'elle, sur le divan où elle était à demi étendue, comme cela lui arrivait d'ordinaire, il s'assit dans un fauteuil.

— Pas plus ni mieux ? demanda Mme Narlheld avec surprise. Nous sommes donc fâchés ?

— Oh ! fâchés ! pour si peu de chose !

— Comment, si peu de chose ! Quoi donc ?

Elle s'était penchée gracieusement vers lui.

— Dame ! oui, probablement fort peu de chose... pour vous ; tandis que pour moi !

— Tandis que pour vous ? Je ne saisis pas, mais là, pas du tout ! Voyons ! mon ami, que vous est-il arrivé ? Dites-le-moi... que je vous console.

Le ton de Lise était si gai, si naturel, si affectueux ; ses beaux yeux brillaient d'un éclat si vif, ses lèvres avaient de si francs sourires, que le malheureux jaloux eut une seconde la pensée que rien de ce qu'on lui avait rapporté n'était exact, que ses émissaires s'étaient grossièrement trompés ; et il faillit se dérober à toute explication. Mais cette idée consolatrice fut instantanément remplacée par un retour à la conviction que tout, au contraire, était vrai, et ne voyant plus alors, dans l'attitude de la traîtresse, qu'une comédie pour mieux le tromper, il oublia toutes ses belles résolutions de calme et répondit d'une voix ironique :

— Pour me consoler, ma chère, il faudrait d'abord que vous pussiez me raconter, sans craindre de me faire une peine profonde, à quoi et avec qui vous passez toutes vos nuits, ou à peu près toutes, à Nogent, dans la villa des Ormes.

Mme Narlheld se redressa brusquement, un peu rouge, car le choc était d'autant plus rude qu'il était inattendu. Néanmoins son hésitation n'eut que la durée d'un éclair et elle riposta aussitôt, avec douceur et fermeté :

— Vous êtes si bien renseigné que je ne nierai rien, ayant du reste horreur du mensonge. Seulement, je ne sais si je vous pardonnerai jamais de m'avoir fait espionner. Vous n'en aviez pas le droit ; personne n'a ce droit-là !

— Ne me l'avez-vous pas un peu donné en me permettant d'espérer ?

— Oui, peut-être, mais j'ai eu tort, je le vois, de vous autoriser à cette espérance. Je vous aimais, je vous aime toujours beaucoup, et j'ai été absolument sincère avec vous. Toutefois j'avais conservé, j'entendais conserver mon entière liberté !

— Et vous trouvez tout simple de m'avoir sacrifié à un gamin pour qui j'avais déjà tant de motifs de haine et que...

Furieux, il avait quitté son siège et se tenait debout, le poing crispé, l'œil menaçant.

— Pardon ! interrompit-elle vivement, les sourcils froncés. D'abord calmez-vous, reprenez votre fauteuil et causons en gens raisonnables ; à moins que vous ne préfériez en rester là de cet entretien, ce qui me causerait le plus vif chagrin.

Raoul de Trémont obéit, en s'efforçant de se dominer, malgré son irritation croissante, et Mme Narlheld poursuivit :

— Les motifs de haine que vous avez contre votre cousin ne me regardent pas. C'est peut-être parce que vous avez laissé percer ces mêmes sentiments devant moi, dès votre première entrevue avec lui au restaurant de Madrid, que vous me l'avez rendu intéressant. Ce jour-là, vous avez déjà fait une maladresse ; en allant plus loin dans vos révélations, vous commettriez une mauvaise action, indigne de votre race et de votre monde. Vous avez des griefs contre Mme de Laurentz ? Je ne dois pas les connaître. D'ailleurs, à quoi cela vous servirait-il de m'en instruire ? Une femme donne rarement tort à une autre femme qui n'est pas sa rivale. Je ne sais de celle dont il s'agit ici que son adoration pour son fils.

— Parbleu ! c'est la source de sa fortune !

— Encore ! De plus, ce que vous me raconteriez contre la mère ne me ferait probablement aimer l'enfant que davantage, en raison de ce besoin de plaindre et de protéger que nous avons toutes au fond du cœur, nous autres femmes, et vous me donneriez de vous une opinion que je ne veux pas avoir.

Le ton avec lequel s'exprimait Lise était si net, que son interlocuteur comprit aussitôt que sur ce point spécial, relatif à la comtesse, il devait être fort prudent. Il fit donc, d'assez mauvaise humeur, un geste d'assentiment.

— Quant à ce qui est arrivé, reprit l'étrange créature, d'une voix tout autre, avec un sourire d'affectueuse compassion et comme si elle voulait, en réalité, plaider les circonstances atténuantes, il est probable que c'était fatal. Vous savez que je suis née aux portes de l'Orient. C'était écrit ! Est-ce bien sérieux ? Je n'en sais rien ! Ça durera-t-il longtemps ? Je l'ignore. Peut-être seulement quelques semaines, quelques mois ; d'autant plus que M. de Laurentz va entrer à Saint-Cyr, et dame ! Saint-Cyr, c'est bien loin de la rue Marbeuf.

— Oui, mais ce sera peut-être toujours fort près de la villa des Ormes.

— Qui sait ? Et puis, à Saint-Cyr, il paraît qu'on ne sort pas souvent. Enfin, ne parlons plus de cela et restons tout de même de bons amis. Eh ! mon cher ! il ne faut pas trop m'en vouloir ! Pourquoi ne vous êtes-vous pas trouvé là... quand la pendule a sonné ?

— Vous avez le courage de plaisanter !

— J'ai tort et je vous demande pardon ; car vraiment, je suis désolée de votre peine !

— Je vous aimais tant !

— Que vous ne m'aimez plus ?

— Je le voudrais ! Ah ! s'il n'était pas mon parent, s'il n'avait pas vingt ans, si je ne craignais le ridicule, et aussi que l'on n'attribuât à ma vengeance une cause vénale...

— Baron, je vous en prie...

— Eh bien ! oui, là, excusez-moi. Ah ! c'est que, voyez-vous, je souffre mille morts, tout à la fois dans mon orgueil et dans mon amour pour vous.

— Je vous crois et je le regrette du fond du cœur ! Ce n'est pas cependant une raison pour perdre la tête et faire des sottises ! Je suppose que vous n'avez pas l'idée absurde d'envoyer des témoins au vicomte, un garçon dont vous pourriez être le père !

— C'est déjà bien assez qu'il soit mon cousin !

— D'abord si vous tentiez quoi que ce fût contre lui, je ne vous reverrais jamais, je vous le jure ! Le rendre responsable serait aussi injuste qu'odieux !

— Comment, injuste ?

— Mais certes ! Il ignorait les relations amicales qui existaient entre nous et les espérances que, je le reconnais, vous aviez le droit d'avoir. D'ailleurs, c'est bien plutôt moi qui lui ai fait la cour que lui qui...

— Joseph et non Henri de Laurentz, alors ! Et son manteau, qu'en avez-vous fait ?

— Je le lui ai rendu !

— Le lendemain matin ?

— Si vous voulez ! Tenez, mon ami, restons-en là pour ne pas nous fâcher de nouveau, et à cela je tiens beaucoup ! Vous êtes un homme d'esprit et d'expérience ; savez-vous ce que je ferais, moi, si j'étais à votre place ? J'embrasserais ma vieille amie Lise, mais là, franchement, sans rancune, en me disant que je la rattraperai un jour et me vengerai un peu sur elle-même, et j'irais faire un tour à Trouville, à l'île de Wight, n'importe où, pour ne revenir à Paris qu'à la fin de la saison, tout à la fin !

— Après la rentrée à Saint-Cyr !

— Vous voyez bien que vous avez toujours beaucoup d'esprit !

A cette riposte qui prouvait que la jeune femme ne perdait rien de son sang-froid, M. de Trémont retint avec peine un nouveau mouvement de colère. Il ne savait plus que répondre, que faire. Jamais Mme Nartheld ne lui avait paru plus désirable ; et cependant, il l'aurait volontiers battue.

Honteux, dompté, il restait là, sans trouver une parole pour exprimer la soumission qu'il devait feindre, dans le but d'avoir le droit d'en venir un jour demander le prix. Il ne voulait plus demeurer devant celle dont les regards le troublaient, et il ne pouvait s'éloigner.

Alors Lise se leva, mit ses deux mains sur ses épaules et, doucement, en grande sœur qui gronde :

— Eh bien ! est-ce nouveau ? Allons, embrassez-moi, en me disant au revoir.

— Ah ! maudite charmeresse ! fit le baron avec rage, en saisissant ses poignets à les briser et en la mordant d'un baiser sur le cou ; oui, je pars, mais je ne reviendrai pas !

— Que si ! Et vous allez ? demanda-t-elle, après s'être dégagée d'un brusque mouvement de jeune fauve.

— Au diable ! puisque c'est là, en réalité, que vous m'envoyez !

Et, sans autre adieu, sans même saluer, il gagna d'un bond la porte du boudoir, l'ouvrit et disparut, en la fermant avec violence derrière lui.

— Ouf ! fit Mme Nartheld, en se laissant retomber sur le divan ; j'ai cru qu'il allait me battre ! Eh ! eh ! petite Sangar, des caresses de ce genre-là, ça vous aurait rappelé votre enfance et vos premières amours, ce à quoi vous ne tenez guère ! Enfin, m'en voilà débarrassée ; mais c'est égal, j'ai manqué de courage. Cher Henri ! j'ai eu la faiblesse de dire que j'ignore si je l'aimerai longtemps. Mais c'est au contraire pour lui que j'ai commis cette lâcheté-là !

La vérité, en effet, c'est que la rusée fille d'Eve avait eu peur tout à la fois de faire de M. de Trémont un impitoyable ennemi pour son cousin et qu'il n'apprît à Mme de Laurentz leurs relations.

Elle avait craint surtout — elle se souvenait des allusions malveillantes du baron à l'égard de sa tante — que, perdant la tête, il ne se vengeât de ses déceptions d'amoureux en soulevant autour de la comtesse quelque scandale de nature à causer à son fils un profond chagrin ; scandale dont, sans nul doute, il demanderait raison, sans se laisser arrêter ni par sa différence d'âge ni par sa parenté avec l'insulteur de sa mère !

Or, indépendamment de la terreur que lui inspirait le danger que pourrait courir son amant dans une semblable rencontre, elle comprenait que tout l'odieux en retomberait sur elle, qui l'aurait en quelque sorte provoquée.

Sa conduite avait donc été logique, et, réflexion faite, elle s'applaudissait de l'avoir tenue.

Tout en regagnant la rue du Colisée, M. de Trémont s'adressait aussi quelques éloges, mais dans un ordre d'idées complètement opposées. S'il avait, lui, dissimulé sa colère et ses projets de représailles, en partie du moins, ce n'était pas dans le but louable d'empêcher le mal, mais bien au contraire dans celui de se laisser le champ libre pour le faire tout à son aise, lorsque le moment serait venu. Pour l'instant, il ne savait à quel parti s'arrêter. L'impasse, en effet, était sans issue.

Provoquer son cousin, ce serait se couvrir de ridicule aux yeux des viveurs parisiens, qui expliqueraient cette provocation par son désir de se venger d'un rival heureux. Ce serait aussi jouer un rôle honteux, d'abord auprès du colonel, et ensuite auprès de ses vieux amis qui, sans connaître les causes réelles de leur rupture, savaient que son oncle et lui avaient cessé de se voir depuis plus de vingt ans.

Le mieux était donc d'attendre. Le soin que prenait Mme Nartheld de faire mystère de sa liaison épargnait du moins une blessure à son amour-propre ; c'était déjà quelque chose. Et puis, il se pouvait qu'elle dît vrai : peut-être ne s'agissait-il là que d'un caprice qui ne tiendrait pas contre la claustration de son amant à Saint-Cyr. De plus, que pourrait-il contre Henri pendant ces deux années qu'il allait passer à l'Ecole ? Il aurait, pendant ces deux années-là, peu de prise sur lui.

La véritable sagesse était donc d'être patient, jusqu'à ce que l'isolement lui livrât de nouveau Lise, auprès de qui il saurait bien rentrer en faveur.

Quant à M. de Laurentz, il y songerait plus tard, mais il se vengerait de lui un jour ou l'autre, il en faisait le serment !

C'est dans ces idées que lui suggéraient tout à la fois ces lâches accommodements que l'homme fait trop souvent avec sa conscience, lorsqu'il s'agit d'un but qu'il veut atteindre à tout prix, et sa haine pour le vicomte, que M. de Trémont quitta Paris le lendemain.

Il y laissait un brave cœur qui ne s'intéressait pas moins que lui au fils de la comtesse de Laurentz, non plus pour le haïr, mais, bien au contraire, pour l'aimer et le défendre.

C'était notre ami Jacques Morin, que nous rejoignons au moment où, après avoir signé avec le concierge de la rue Saint-Lazare le bail de son appartement, il retournait à l'hôtel Valois, pour écrire à la mère Tourel et lui donner ses instructions relativement aux objets qu'il désirait faire venir de Reims.

Bien qu'il pensât un peu qu'il ne retournerait jamais dans sa ville natale, il ne voulait pas cependant démeubler complètement la maison où son vieux père était mort ; il ne se faisait expédier que ce qui était à son usage personnel.

L'ex-adjudant aux zouaves se résigna donc à rester encore une longue semaine à l'hôtel ; seulement il y rentrait juste pour dormir.

Dès le matin, ainsi que nous l'avons dit dans un chapitre précédent, il se dirigeait vers le quartier Saint-Georges, qu'il parcourait dans tous les sens, après s'être informé auprès du père Dumont si son installation avançait. Il prenait chaque jour un chemin différent, afin de ne pas être trop remarqué. Quand il passait par la rue Saint-Georges, soit en la remontant, soit en la descendant, il affectait les allures d'un homme pressé ; et si par hasard la porte de l'hôtel de Laurentz était ouverte, c'est à peine s'il jetait dans l'intérieur de la maison un coup d'œil indifférent, quoique son cœur, à ce moment-là, battît à se rompre.

Grâce à ces allées et venues, Morin sut bientôt, à peu près exactement, les heures de sortie du vicomte Henri, et il ne se passa guère un seul jour sans qu'il l'aperçût ; mais, pas une seule fois, le jeune homme ne fit attention à lui.

Il est vrai que, pour éveiller encore moins la curiosité, lui le vaillant, qui avait si bien gagné ses décorations, il ne portait qu'un double ruban imperceptible, et même, parfois, il laissait sa boutonnière complètement vide.

Enfin lorsque, dans les délais que son tapissier lui avait fixés, il fut devenu effectivement le locataire du père Dumont, il choisit, pour y prendre ses repas, un petit café-restaurant de la rue du Cardinal-Fesch, et c'est là qu'un soir, il apprit des gens de maison, qui causaient à une table voisine de la sienne, — c'étaient tout simplement les agents de M. de Trémont : Justine et ses amis — que le vicomte se préparait à Saint-Cyr.

On comprend aisément l'effet que produisit cette nouvelle sur Jacques. Le fils de Berthe à Saint-Cyr ! Il aurait là, grâce à son ami Tercier, l'occasion de le voir autant qu'il le voudrait, peut-être même de lui parler, et cela, sans éveiller les soupçons de personne. Aussi, le lendemain, courut-il à l'Ecole, pour resserrer encore les liens qui l'unissaient depuis si longtemps à son ancien frère d'armes au Mexique.

Il ne fallait pas que quelques mois plus tard lorsqu'il viendrait fréquemment à Saint-Cyr, Tercier pût se douter de rien, et pour la première fois de sa vie, bien certainement, l'honnête Morin agit avec moins de franchise qu'il n'avait coutume de le faire.

Le sergent tomba complètement dans le piège. Heureux de voir souvent son héroïque compagnon des Terres-Chaudes, son brave Paul, qu'il n'appelait jamais que par ce prénom, il profita de ce que l'Ecole était en vacances pour la lui faire visiter, sans oublier la salle d'armes, dont il était le prévôt ; et il l'introduisit à la cantine, où ses collègues accueillirent avec orgueil l'ex-adjudant aux zouaves, chevalier de la Légion d'honneur et décoré de la médaille militaire.

On fut bien un peu surpris de lui voir porter toute sa barbe, mais il expliqua, par une ordonnance du médecin, cette bizarrerie de la part d'un soldat, et la chose fut alors trouvée toute naturelle.

Puis ils adoptèrent un petit café du village, pour y dîner une ou deux fois par semaine, et Jacques fut bientôt connu de tout le monde. C'était à qui saluerait le premier l'adjudant Paul.

On ne supposait même pas qu'il eût un autre nom, ce dont il était ravi d'ailleurs, puisqu'il jouissait ainsi, à propos de son état civil, d'une sorte d'incognito, de nature à lui être utile plus tard, dans le cas, par exemple, où quelque circonstance le rapprocherait du vicomte Henri de Laurentz, qui devait toujours ignorer l'existence de Jacques Morin.

La première fois qu'il avait aperçu Henri de Laurentz, il avait été vivement ému, cela est certain, puis ensuite, il s'était un peu calmé : il s'était raisonné comme on dit. Alors, parfois, quand son fils passait devant lui, il n'éprouvait qu'un petit mouvement d'orgueil, en pensant qu'il était le père de ce beau garçon-là, destiné par son nom et sa fortune à jouer un grand rôle dans le monde, et il n'avait qu'une sorte de sourire de pitié pour lui, Jacques, qui ne savait pas accepter philosophiquement une situation qu'il n'avait pas créée, que nulle indiscrétion n'avait révélée, dans laquelle, en réalité, il jouait le beau rôle et où il ne devait trouver que des joies, puisqu'elle ne lui imposait ni remords ni devoirs.

Mais toutes ces belles résolutions ne prenaient pas corps, et elles s'évanouirent si complètement, au fur et à mesure que l'ex-adjudant rencontra plus souvent le futur Saint-Cyrien, que bientôt ce ne fut pas seulement ce dernier qu'il enveloppa dans ce besoin de tendresse et dans cet amour paternel qui sommeillaient depuis vingt ans en lui, ce fut aussi le comte et la comtesse de Laurentz eux-mêmes.

En son cœur loyal et généreux, Morin en était arrivé à se juger coupable envers le chef qui, jadis, après lui avoir sauvé la vie, l'avait honoré de sa protection et de son amitié. Si, de sa maîtresse à lui, simple ouvrier, M. de Laurentz avait fait sa femme, n'avait-il pas commencé, lui, Jacques, par provoquer et partager la faute commise par Mlle Benoist envers celui à qui elle devait fidélité ?

Il était excusable, il est vrai, puisqu'il ignorait à qui Berthe appartenait quand elle s'était donnée à lui, mais il n'en avait pas moins pris le bien d'autrui, le bien le plus cher peut-être d'un homme auquel l'enchaînaient la reconnaissance et le respect hiérarchique.

De plus, cet honnête homme, trompé, avait donné son nom à son enfant ; il l'avait aimé, élevé et le dirigeait vers une carrière qu'ils avaient suivie tous deux ! Est-ce que cela ne lui faisait pas contracter une dette nouvelle envers M. de Laurentz ; est-ce que l'honneur du père et du fils ne devait pas lui être aussi précieux que son propre honneur ?

Quant à celle qui était devenue comtesse de Laurentz, il lui avait pardonné depuis si longtemps, il la savait si bonne mère, il se doutait si bien de tout ce qu'elle avait dû souffrir pendant ces vingt années, où elle avait pu craindre, à chaque heure, que quelque révélation ne vînt lui enlever l'estime de son mari, le respect de son fils et sa grande situation conquise à l'aide d'une faute, qu'il ne se souvenait plus de son abandon, ni des tortures que cet abandon lui avait causées. Il se rappelait seulement le bonheur qu'elle lui avait donné.

Si bien qu'un matin qu'il l'avait croisée, frôlée du coude, sur le trottoir de la rue Saint-Georges, qu'elle suivait lentement, sans regarder autour d'elle, pour se rendre à Notre-Dame de Lorette, il l'avait si complètement reconnue, trouvée si belle encore que son cœur s'était mis à bondir dans sa poitrine, comme autrefois, chez la tante Rose, quand sa petite amie d'enfance se jetait dans ses bras !

Puis, un peu honteux, il s'était éloigné, sans se retourner et en s'imposant le devoir d'être toujours prudent, pour ne pas troubler l'existence de ces trois êtres que leurs liens indissolubles lui rendaient presque également chers.

En effet, à partir de ce jour-là, Jacques ne passa plus que rarement devant l'hôtel de Laurentz ; il se contentait de guetter le vicomte.

Et quand il avait ainsi vu son fils pendant quelques secondes à peine, son bonheur était complet pour le restant de sa journée. Le plus souvent, il rentrait rue Saint-Lazare et s'accoudait à sa fenêtre, pour fouiller du regard le jardin de la maison où l'on ne se doutait guère de sa présence dans un si proche voisinage.

Il lui arrivait aussi de temps en temps d'aller attendre Henri à la porte Dauphine, pour admirer en lui l'élégant et hardi cavalier, et même de le suivre un peu dans la rue Laffitte ; ce qui fit qu'un soir qu'il avait été moins discret que d'ordinaire, car il avait poussé jusqu'au boulevard, il le vit prendre place dans un coupé, auprès d'une ravissante femme qui l'avait accueilli avec un de ces regards brûlants qui sont les doux avant-coureurs des baisers.

Ce jour-là, Mme Nartheld était venue attendre Henri pour l'emmener à Nogent ; mais on pense si Jacques trouva cela tout naturel. Comment la plus difficile n'adorerait-elle pas ce beau garçon pour qui il était prêt à donner sa vie ? En les voyant disparaître entrelacés, il sourit en se rappelant les heures heureuses où, lui aussi, il avait aimé et impatiemment attendu.

Pendant ce temps-là, furieux, humilié, toujours épris, ne rêvant que revanche et vengeance, M. de Trémont courait d'une station balnéaire à l'autre, adressant à Lise des lettres tantôt sèches et ironiques, tantôt humbles et passionnées, lettres que la belle veuve brûlait bien vite, car, quoi qu'elle eût fait et fît pour le rassurer, le vicomte demeurait horriblement jaloux de son parent.

Plus de trois mois s'étaient ainsi écoulés, durant lesquels Henri de Laurentz avait si intelligemment employé le temps, qu'après avoir passé son second examen à fin d'août, il reçut, le 5 octobre, avis de son admission à Saint-Cyr dans les cinquante premiers, et que Lise était absolument folle de lui. Si bien que quinze jours plus tard, quand l'heure de la séparation fut venue, elle fondit en larmes, jurant de lui être fidèle, d'aller le voir aussi souvent que les règlements de l'Ecole le permettaient, et elle lui offrit même, s'il l'exigeait, de fermer tout à fait sa porte au baron, si ridicule que cela paraîtrait à tout le monde et si naturellement qu'il jouât son rôle de chien du jardinier.

Le jeune homme ne put s'empêcher de sourire à cette assimilation de son vieux cousin et il n'insista pas.

Inutile de dire qu'il était convenu par avance que l'amant consacrerait, autant qu'il le pourrait, toutes ses sorties à sa maîtresse ; mais comme Mme Nartheld savait que, depuis le jour d'entrée à l'Ecole jusqu'à Noël, les élèves n'ont pas le moindre congé, elle était épouvantée de cette permière séparation de deux mois, pendant lesquels Henri ne serait pas un instant à elle seule.

A l'hôtel de Laurentz, ce fut tout à la fois joie expansive et douleur muette, lorsque le vicomte revint de la mairie de son arrondissement, où il était allé signer son engagement, ainsi que la loi y oblige tout Saint-Cyrien. Le colonel était fier de l'héritier de son nom, mais Berthe avait bien plus envie de pleurer.

Cependant, pour ne pas déplaire à son mari, la comtesse fit bon visage, le soir, à table ; et le lendemain, héroïquement, elle refoula ses larmes, quand son fils lui fit ses adieux avant de se rendre à la gare Montparnasse, où il devait prendre le train pour Saint-Cyr avec deux de ses camarades, reçus en même temps que lui.

Il avait prié sa mère de ne pas l'accompagner, afin qu'elle n'eût pas le chagrin de revenir seule, puisque son père, très souffrant, ne pouvait sortir. Le comte avait été de cet avis, et la pauvre femme avait cédé, si douloureux qu'il fût pour elle de ne pas avoir son enfant jusqu'à la dernière minute de son séjour à Paris.

La vérité, c'est que ce n'était pas avec des amis qu'Henri allait faire le chemin. Au bas des Champs-Elysées, il sauta de sa voiture dans le coupé de Mme Nartheld, et, après avoir remonté l'avenue et traversé le Bois, ils prirent la route de Sèvres.

Au bout d'une heure et demie, Ivan, qui conduisait, arrêta sur la route de Chartres, à l'entrée de la rue-allée qui mène à l'Ecole, et là les deux amoureux qui ne voulaient pas se croire déjà arrivés, tant le chemin leur avait semblé court, durent enfin se séparer.

Ce ne fut qu'après un échange de longs baisers, de serments, de promesses réciproques de ne pas s'oublier, et quand son amant eut mis pied à terre, Lise le suivit des yeux, sous les grands arbres, jusqu'à ce qu'il eût franchi la porte massive de l'établissement, puis elle se rejeta au fond de son coupé, en disant à son cocher, dans un sanglot :

— A Paris !

Tout à son chagrin, Henri de Laurentz ne remarqua pas, en suivant la rue, deux hommes, l'un en civil, mais la boutonnière ornée du double ruban de la Légion d'honneur et de la médaille militaire, l'autre en uniforme de sergent-major, qui s'y promenaient bras dessus, bras dessous, et il n'entendit pas non plus l'un de ces inconnus dire à l'autre, au moment où il passait devant eux :

— Quel beau garçon ! regarde donc, Tercier ! Quel superbe officier ça fera un jour ! Si tous les élèves de cette année lui ressemblent, vous aurez dans deux ans une promotion hors ligne.

C'était Jacques ! Il s'était informé du jour de l'entrée de son fils à Saint-Cyr et avait voulu se trouver sur son passage, pour lui souhaiter en quelque sorte sa bienvenue à l'Ecole.

Le soir même, sachant, lui aussi, que son rival vainqueur était derrière les hautes et tristes murailles de l'ancienne communauté de Mme de Maintenon, M. de Trémont se présenta rue Marbeuf, mais Mme Nartheld, qui avait les yeux encore un peu rouges, refusa de le recevoir ; et comme, du seuil de la pièce dont Daria défendait la porte entr'ouverte, il insistait, elle lui répondit avec impatience :

— Déjà ! Ah ! non, cher ami, c'est trop tôt ! Si le petit cousin n'est plus ici, il est encore là et là.

D'un geste charmant, elle portait alternativement sa main mignonne de son front à son cœur.

Le pauvre baron comprit qu'il venait d'inaugurer sa nouvelle campagne amoureuse par une nouvelle maladresse. Alors, sans en demander davantage, tout honteux, il salua et sortit.

VI

Il s'est toujours fait à Saint-Cyr un intelligent et rude apprentissage du métier militaire, et cette année 1869, où y entrait Henri de Laurentz, le commandant de l'École, général de Gondrecourt, si doux et si paternel d'ordinaire, semblait disposé à tenir sévèrement ses élèves, comme s'il prévoyait déjà les épreuves que leur réservait un prochain et terrible avenir.

A cinq heures, lever. Aussitôt, étude ; celle que les Saint-Cyriens appellent pittoresquement l'étude du sommeil militaire. En effet, on y dort un peu. A sept heures, dortoir, toilette, astiquage, déjeuner : café noir et pain. A huit heures, appel. Ensuite, cours divers. De dix heures à midi, études et classe de dessin. A midi, dîner : un plat de viande, un autre de légumes, un peu de dessert et une bouteille de vin... pour quatre.

Après le dîner, une heure de récréation, pendant laquelle, peloton de punition. De une heure à trois, exercice, école du soldat, manœuvres dans la cour Wagram, par tous les temps, qu'il pleuve, qu'il gèle, qu'il neige. A trois heures, goûter : un gros morceau de pain sec, pour ceux qui ne peuvent avoir recours au marchand de *cornard*, ainsi qu'on nomme le débiteur de friandises, moyennant finances.

A quatre heures, de nouveau étude et récitation de théorie. A cinq, dix minutes de récréation. Enfin à sept heures et demie, souper ; et, à huit heures et demie, coucher.

Puis, deux fois par semaine, pendant la récréation de midi ou à quatre heures, leçons de danse, d'escrime, de gymnastique et d'équitation.

Le dimanche, après le dîner, parloir jusqu'à deux heures pour ceux qui ne sont pas sortis et, de deux heures à six, promenade militaire dans les environs, toujours quel que soit le temps.

Le Saint-Cyrien en a comme cela pour deux ans, régulièrement, immuablement, sauf le samedi, dont l'après-midi est consacrée au nettoyage général et aux inspections des officiers et du général commandant.

Quant aux permissions, elles étaient, comme cela se passe encore aujourd'hui, en raison directe des notes obtenues, une par semaine ou une par quinzaine, et même seulement une par mois. Il est vrai que l'élève qui conquérait aux examens hebdomadaires un certain nombre élevé de points avait droit à la permission de minuit, deux heures de plus que les gardes-françaises de MM. Melesville et Carmouche.

Ces règlements, qui doivent être toujours presque les mêmes, pouvaient bien effrayer un peu des jeunes hommes accoutumés au bien-être et à la liberté. Cependant Henri de Laurentz trouva tout naturel de s'y soumettre, prouvant ainsi, une fois de plus, que ce sont souvent ceux dont la vie a été entourée du plus grand luxe qui savent le mieux accepter les privations que leur imposent, à un moment donné, les circonstances et le devoir.

La bonne chance avait, il est vrai, favorisé tout d'abord le vicomte ; son ancien, c'est-à-dire l'élève de l'année précédente que tout nouveau reçoit pour instructeur, était un homme de son monde, qui lui épargna les brimades trop ridicules ou trop désagréables, devint immédiatement son ami et le pilota si bien que, quinze jours après son entrée à Saint-Cyr, sans oublier cependant ni son père, ni son excellente mère, Henri avait fait son deuil de son joli appartement de la rue Saint-Georges, de la table familiale, si délicatement servie, de sa mise élégante de Parisien habitué du Bois, des respectueuses prévenances de ses gens, de tout enfin, sauf des baisers de Lise, avec laquelle il échangeait presque chaque jour les plus doux messages, et qu'il fut néanmoins une seconde à reconnaître, lorsque, le deuxième dimanche qui suivit son arrivée à l'École, il se trouva en face d'elle, au parloir, où on l'avait fait demander.

C'est que Mme Nartheld était vraiment méconnaissable au premier coup d'œil.

Comme la plupart des étrangères, ainsi surtout que les femmes de sa race, elle adorait les toilettes éclatantes, les bijoux étincelants, les étoffes luxueuses, les broderies d'or, — elle avait avec Doucet, l'arbitre du bon goût, les plus intéressantes discussions sur l'élégance — et voilà qu'elle portait une robe de soie noire, toute simple, sans ornements, qu'elle était coiffée d'un petit chapeau modeste dans sa grâce exquise, et que, pour compléter tout cela, une voilette, de point d'Angleterre, il est vrai, adoucissait la sensibilité de son sourire et l'éclat passionné de ses grands yeux.

Mais Lise n'en était que plus jolie encore, et revenu bien vite de son hésitation, Henri, fou de joie, s'élança vers elle ; mais au moment où, s'inquiétant fort peu des parents, mères et sœurs, qui se trouvaient dans le parloir, il allait la prendre dans ses bras, elle lui dit vivement, tout bas, avec un adorable mouvement de pudeur :

— Y penses-tu, cher aimé ! Que dirait-on de la petite cousine en demi-deuil, qui vient voir son grand cousin !

C'était, en effet, en lui donnant cette qualité que M. Laurentz avait obtenu l'autorisation, pour Mme Nartheld, de se présenter à l'École.

Alors ils s'en furent dans la cour où les visiteurs ont accès, et là, sur le banc le plus reculé, les mains étroitement dans les mains, ils ne songèrent d'abord qu'à se répéter : Je t'aime !

Il est certain qu'en réalité, c'était bien là ce qu'ils avaient de mieux à se dire.

Puis la maîtresse dut subir toutes les questions de l'amant jaloux.

Comment avait-elle vécu depuis leur séparation ? Avec qui allait-elle au Bois ? A quoi employait-elle ses soirées ? Qui recevait-elle à sa table ? Lui avait-elle été complètement fidèle ? Enfin, tout naturellement, que faisait-elle du baron de Trémont ?

Lise, souriante, heureuse de cet interrogatoire, le laissa, comme à plaisir, accumuler question sur question et seulement lorsqu'il eut bien terminé, elle lui répondit, avec un tel accent de vérité et d'amour, que le vicomte avait l'envie de l'écouter à genoux.

— Comment j'ai vécu ? En ne pensant qu'à toi. Depuis que tu es ici, je n'ai pas donné un seul dîner, on ne m'a pas vue à l'Opéra ni au Français, nulle part ! Je ne suis allée au Bois qu'en voiture, pour me faire conduire tout droit au bas de l'allée des Acacias, à l'entrée de ce sentier, tu sais ? où, pour la première fois, tu m'as dit... non... où nous nous sommes dit de si douces choses ; et si triste qu'il soit aujourd'hui, sans soleil et sans verdure, je l'ai suivi, ce chemin du paradis, mon bras sur le tien, dévorant chacune de tes paroles, bien que je n'entendisse pas le son de ta chère voix, et te répondant, sans prononcer un seul mot. Ah ! ce jour-là, tu penses la réception que j'ai faite à ce…

pauvre baron, quand il est venu me demander une tasse de thé et prendre de mes nouvelles, car, pour mes amis, je suis souffrante. Ce qu'il m'a dit ce jour-là, je n'en sais rien, puisque je ne causais qu'avec toi !

— *Oh !* merci ! Mais tu veux donc me rendre fou !

— Eh bien ! on nous enfermera tous les deux, ensemble, dans le même cabanon, voilà tout !

Cela dura jusqu'au moment où retentit, comme une trompette de Jéricho, le maudit coup de clairon qui, en sonnant le ralliement pour la promenade militaire, envoyait également promener les visiteurs.

Les choses se passèrent ainsi jusqu'au jour de l'an, tous les dimanches, quand Henri avait fait prévenir Lise que sa mère ne viendrait pas à Saint-Cyr, et le premier janvier, ce fut dans le coupé de sa maîtresse, qui l'attendait à la gare Montparnasse pour lui souhaiter la première la bonne année, que M. de Laurentz descendit dans Paris, où il allait rester en vacances pendant trois jours.

En fils respectueux et tendre, ce premier jour-là, il le consacra tout entier à sa famille, et le soir seulement, assez tard, il se sauva rue Marbeuf ; mais le lendemain et le surlendemain, il quitta si peu Mme Nartheld que M. de Trémont fut de nouveau consigné à sa porte, ce dont il éprouva autant d'humiliation que de colère.

En effet, bien qu'il sût les visites de la jeune femme à Saint-Cyr, il avait repris quelque espoir, car il s'imaginait qu'elle finirait par se lasser, tout à la fois de ces excursions en plein hiver et de cette passion que les circonstances condamnaient à un platonisme trop absolu ; comme si, en amour, les difficultés de la satisfaction n'aiguisaient pas au contraire les désirs ! Alors, il était redevenu prévenant, aimable, indulgent ; il n'avait plus parlé du jeune parent, ni fait des scènes de jalousie. Enfin, il avait recommencé discrètement une nouvelle campagne, et voilà qu'au moment où il lui semblait qu'il avait regagné un peu de terrain, il reperdait même les positions si difficilement conquises.

Il en éprouva une telle exaspération qu'il écrivit aussitôt à son impitoyable amie :

« Décidément, j'y renonce, non parce que je ne vous aime plus, ce qui ne tardera pas à arriver, je l'espère, mais parce que vous me faites jouer un rôle par trop ridicule.

« Je pensais mériter mieux de votre part. Je me trompais et vous laisse à vos romanesques amours. Quelque autre, plus heureux et plus patient que moi, vous consolera pendant les longues heures que votre bien-aimé est obligé de passer à apprendre ses leçons et à corriger ses devoirs.

« Je vais à Monte-Carlo, où, si le proverbe dit vrai, je ferai sauter la banque, en attendant que vous soyez guérie ou tout au moins entrée en convalescence. »

Dans sa forme ironique, cette lettre dissimulait la haine, qui n'allait que grandir, du baron pour son cousin. S'il s'éloignait, c'était dans la crainte de ne pas résister plus longtemps à son désir de se venger, et parce qu'il comprenait que tout ce qu'il ferait contre M. de Laurentz serait sans conséquence, en raison de son jeune âge et de sa situation ; tandis que plus tard, lorsqu'il serait sorti de Saint-Cyr, il pourrait l'attaquer de façon à le frapper, lui et les siens, du même coup.

Néanmoins M. de Trémont ne voulut pas se mettre en route sans lancer à Henri sa flèche du Parthe sous forme de deux billets anonymes adressés, l'un au général de Gondrecourt, l'autre à la comtesse de Laurentz.

Le premier de ces billets informait le commandant de l'École que le jeune vicomte de Laurentz, au mépris des règlements, recevait les visites de sa maîtresse, Mme Nartheld, qu'il faisait passer pour sa cousine ; le second instruisait Berthe de l'emploi que son fils faisait de sa liberté, quand, les jours de sortie, il s'esquivait si vite de l'hôtel, sous le prétexte de courir dans Paris avec ses amis.

Le résultat de la dénonciation au général se produisit immédiatement : il adressa une petite admonestation à son élève, en lui disant paternellement qu'il commençait trop jeune le métier d'amant, et il donna l'ordre de fermer les portes de la maison à la belle veuve, qui d'ailleurs n'y perdit rien, au contraire, car afin de ne pas rester plus d'une semaine sans voir l'adorée, Henri se mit à travailler tant et tant que, presque à chaque examen hebdomadaire, il obtenait des notes qui lui permettaient de sortir tous les dimanches. L'amour et le lâche procédé de son aimable parent en avaient fait tout simplement un piocheur infatigable.

Nous devons ajouter que Lise n'accusa pas une seconde le baron de cette vilenie ; elle l'en croyait incapable.

Quant à Mme de Laurentz, elle avait été vivement émue, bien qu'avant l'entrée de son fils à Saint-Cyr, on s'en souvient, elle se fût doutée de quelque chose. Seulement, à ce moment-là, elle avait pensé qu'il ne s'agissait de rien de sérieux et que le départ du jeune homme mettrait fin à une fantaisie qu'elle préférait ignorer. Mais voilà que la même femme, car ce ne pouvait être que la même, poursuivait Henri à l'École et l'accaparait pendant les congés qu'elle, la mère, trouvait déjà si courts et si cruellement espacés.

N'y avait-il pas dans cette liaison un danger pour cet inexpérimenté ?

C'est ce qu'elle craignait avant tout, avant même de se plaindre d'être trop délaissée par son enfant. Elle voulut alors savoir qui était cette Lise Nartheld. Ce ne fut pas difficile. Elle fit part de ses préoccupations, confidentiellement, à un vieil ami de son mari, et quand elle sut que la femme en question, jeune, fort belle, très élégante, riche, reçue dans la colonie étrangère, passait pour avoir été la maîtresse de M. de Trémont, elle fut saisie d'une folle terreur, car, voyant déjà les deux cousins aux prises, elle pensa que le moindre conflit entre eux pourrait avoir de terribles conséquences.

La pauvre comtesse ne fut un peu rassurée qu'en apprenant l'absence du baron. Avait-il cédé la place à Henri ou Mme Nartheld lui avait-elle donné congé ? Cela était moins facile à savoir. Il lui eût fallu interroger son fils. Or elle ne songeait pas plus à le faire qu'à instruire le colonel de ce qui se passait.

Cependant, deux ou trois semaines plus tard, un dimanche que le Saint-Cyrien se préparait à sortir aussitôt après le déjeuner, elle l'entraîna dans le jardin et lui dit, avec un accent de tendre reproche :

— Pourquoi nous quittes-tu si vite ? Pour aller rue Marbeuf ? On y est plus heureux qu'ici, là-bas ! Tu y restes plus qu'avec nous, les jours de congé.

— Oh ! mère ! comment, tu sais ? fit le jeune homme tout honteux. Qui donc a pu te renseigner ?

— Une lettre, un billet anonyme

— Un billet anonyme ! c'est du propre ! Ah ! ça doit être de M. de Trémont. Il en a écrit en même temps un autre au général commandant. Il est vrai que si c'est lui, il est un peu excusable !

— Excusable ?

— Dame ! parce que... Voyons... tu me comprends... Mais non, je ne peux pas te dire ça ! Tiens, mère chérie, calme-toi et embrasse-moi. D'abord, sois certaine que je t'aime et je t'aimerai toujours par-dessus tout !

Berthe prit Henri dans ses bras et, tout en couvrant ses joues de baisers :

— Bien vrai ? Alors, je ne veux rien savoir de

plus ! Mais prends garde : M. de Trémont ne nous aime ni l'un ni l'autre.

— Eh ! pourquoi donc cette grande haine ? Qu'il ne m'aime pas beaucoup, moi, je le comprends, mais toi, si bonne, si douce, si parfaite !

— Toi et moi, nous ne faisons qu'un pour lui. Avant ta naissance, avant mon mariage avec ton père, M. de Trémont était l'unique héritier de son oncle.

— Ah ! c'est vrai ! Eh bien ! cependant ça m'étonne que, pour une question d'argent, il nous déteste aussi fort. Je n'aurais pas cru ça de sa part ; d'autant plus qu'il est riche.

— Il y a vingt ans, il était à peu près ruiné. De plus, on n'est jamais assez riche pour renoncer volontiers à une demi-douzaine de millions.

— Alors, tant pis pour lui ! Ça ne m'aide pas à me le rendre plus sympathique ! Quant à prendre garde, que veux-tu qu'il me fasse ? N'aie pas peur, bonne et chère mère, ton grand fils saura se défendre à l'occasion ! Mais là, entre nous, je crois que le vieux cousin, qu'on dit très spirituel, a pris moins dramatiquement les choses et qu'il est déjà tout consolé. Embrasse-moi encore, et à dimanche prochain, car je dîne ce soir avec des amis avant de rentrer à l'Ecole. Je l'ai demandé à mon père, qui me l'a permis. Tu le veux bien ?

— Avec des amis ? Allons, va-t'en ! Si je te retenais davantage, tu m'aimerais peut-être moins !

— Oh ! mère ! c'est très vilain, cela !

Et après avoir embrassé tendrement la comtesse, il se sauva pendant qu'elle se disait :

— Dieu veuille que tous ces horribles pressentiments qui m'obsèdent ne deviennent jamais des réalités ! Mais non, non ! je suis folle ! Si odieusement que se soit conduit jadis M. de Trémont, il n'oserait, il ne pourrait rien aujourd'hui contre nous.

Berthe, à qui le bonheur n'avait jamais fait oublier complètement le passé, s'efforçait ainsi de se rassurer. Elle eût été terriblement stupéfaite d'apprendre que l'un des témoins de ce passé la suivait des yeux, après avoir assisté de loin à son entretien avec son fils.

Ce témoin, ou plutôt ce complice, c'était Jacques.

Précisément lorsque Henri et sa mère avaient paru dans le jardin, il était à sa fenêtre, ainsi que cela lui arrivait dix fois par jour. Discrètement masqué par ses rideaux, il avait donc pu ne pas les perdre du regard, à travers les arbres privés de feuillage par l'hiver. Mais aussitôt que la comtesse fut rentrée, il quitta son poste d'observation et courut à son secrétaire, où il prit cette grande enveloppe dans laquelle, on se le rappelle, le père Morin avait réuni tous les documents relatifs à son voyage à Paris, à la recherche de Mlle Benoist.

Rapidement, il feuilleta ces notes, et quand il eut trouvé ce qu'il désirait, une simple adresse, il sortit pour gagner, par la rue Saint-Lazare, le faubourg Montmartre, qu'il remonta jusqu'au boulevard.

Là, il prit la rue Montmartre, mais arrivé devant le n° 142, il hésita quelques secondes, et seulement après avoir fait ce mouvement de la tête qui exprime si bien que l'on agit un peu malgré soi, parce qu'on n'a pas d'autre moyen d'atteindre son but, il pénétra dans la maison, pour demander au concierge :

— L'agenge Roulans, je vous prie ?

C'était au second étage. Jacques eut bientôt gravi l'escalier, large, assez clair et cependant mal tenu, il y passait trop de monde sans doute ; mais au moment de sonner à la porte, sur laquelle figuraient toutes les indications nécessaires pour que les clients ne fissent pas fausse route chez les voisins, l'ex-adjudant réfléchit et, tout à coup, il enleva le ruban qui ornait sa boutonnière.

Etait-ce pour ne pas trahir son identité qu'il avait l'intention de dissimuler ? Etait-ce d'instinct, comme le font les gens délicats qui, par pudeur ou respect, ôtent volontiers leur décoration avant d'entrer dans quelque lieu interlope, se blâmant eux-mêmes ainsi d'aller là où ils ne devraient jamais mettre le pied ?

C'est que c'était en réalité à son corps défendant que le locataire du père Dumont s'était décidé à s'adresser à cette agence, qui lui rappelait de si cruels souvenirs. Hélas ! il y était forcé.

Ce que le hasard lui avait appris des amours d'Henri et de ses relations lui faisait désirer vivement d'en savoir davantage encore. Il craignait qu'il n'y eût dans tout cela quelque danger pour celui dont les rencontres fréquentes avaient exalté en lui cet amour paternel qui faisait maintenant déborder son cœur, comme un lac incessamment alimenté par une source de tendresse.

Il est vrai que Jacques n'avait rien négligé depuis cinq mois pour qu'il en fût ainsi.

Il s'était souvent trouvé, soit seul, soit avec Tercier, sur la route que suivaient les Saint-Cyriens dans leurs promenades militaires. La salle d'armes, dont son vieux camarade était le prévôt, se trouvant dans le quartier de cavalerie, c'est-à-dire dans la partie de l'Ecole moins rigoureusement fermée aux étrangers, il avait pu assister de temps en temps aux leçons d'escrime de son fils ou mieux à ses assauts victorieux, ainsi qu'à ses prodiges d'équitation, et même, plusieurs fois, il avait échangé, on pense de quelle voix émue, quelques mots avec lui. Si bien qu'ils n'étaient plus des inconnus l'un pour l'autre. Comme tout le monde, le vicomte était plein de sympathie pour le vaillant adjudant Paul, à qui Pierre, nous l'avons dit, ne donnait jamais un autre nom.

Enfin, lorsque Mme Nartheld avait cessé de venir voir son pseudo petit cousin, la véritable cause de l'interruption de ses visites s'était répandue bien vite dans l'école ; on en avait beaucoup ri ; le sergent n'avait pas manqué de raconter cette piquante histoire à son vieil ami ; et celui-ci avait immédiatement reconnu, dans la jeune femme en question, celle auprès de qui, un jour, sous ses yeux, M. de Laurentz avait pris place dans un coupé, au bas de la rue Laffitte.

Tout cela inquiétait fort peu Jacques ; c'était trop naturel à l'âge du vicomte. Ce qui le préoccupait, c'est ce qu'il avait entendu dans son petit restaurant de la rue du Cardinal-Fesch. Là, un soir qu'il dînait plus tard que d'ordinaire, Justine, cette femme de chambre qui avait si bien renseigné M. de Trémont sur les faits et gestes de son parent, était venue s'asseoir à une table voisine de la sienne avec deux ou trois domestiques de sa connaissance, et ces gens de maison, en valets fidèles à la tradition séculaire, s'étaient communiqué tout ce qu'ils savaient d'intéressant et surtout de malveillant sur leurs maîtres.

Or, parmi tous ces racontars, Morin avait été frappé de celui-ci : Marie Bonnard, la patronne de Justine, était furieuse après M. de Trémont parce qu'il avait manqué de franchise avec elle. Il lui avait fait espionner Henri de Laurentz sous le prétexte qu'une dame du monde l'aimait et en était jalouse, tandis qu'en réalité c'était pour son propre compte que le baron voulait être renseigné, car il était l'amant d'une riche et belle étrangère très-connue à Paris, Mme Lise Nartheld, et il craignait que le beau vicomte ne la lui enlevât. Si M. de Trémont n'était pas venu lui-même à l'hôtel pour s'informer de la façon de vivre de son rival, c'est que, sans doute, il était brouillé avec le comte et la comtesse, puisqu'on ne le voyait jamais à la maison.

Quant à la cause de cette brouille, ni Justine, ni le domestique de M. de Laurentz que connaissait son amant, ni aucun de ses amis, personne n'en savait rien. M. de Trémont s'était peut-être tout simplement fâché avec son oncle parce que celui-ci s'était marié, et que la naissance de son fils lui avait enlevé la grande fortune dont il avait été l'unique héritier tant que le comte était resté vieux garçon.

La maligne cameriste n'avait pas manqué d'ajouter dans un éclat de rire :

— D'abord ses millions, ensuite sa maîtresse ! Eh bien ! là, vrai, voilà un joli cousin que le baron ne doit pas porter dans son cœur !

Après avoir surpris ces conversations qui pouvaient n'être que des bavardages, mais qui, néanmoins, avaient certainement comme point de départ des situations vraies, Jacques eut d'abord l'idée de prier Justine, pour lui demander des renseignements plus complets sur cette Mme Nartheld et sur M. de Trémont ; mais il n'avait osé le faire. Faire le métier de mouchard, même dans un but honorable, lui répugnait.

Alors il avait attendu, puis, l'obsession le pressant, il s'était souvenu de l'agence à laquelle M. Morin avait eu recours jadis, et voilà pourquoi, vingt ans après le père, c'était le fils qui se présentait chez M. Roulans.

Adolphe Roulans était toujours le même : froid, cérémonieux, compassé, officiel. C'est à peine si la patte d'oie de la soixantaine s'esquissait à l'angle externe de ses yeux interrogateurs, qu'il abritait, par prudence ou nécessité, derrière des lunettes d'or légèrement teintées.

Son agence de renseignements était devenue fort importante ; elle passait pour la mieux informée de ces officines d'indiscrétion, de calomnie et de chantage qui pullulaient et prospéraient déjà à Paris, en vertu de cet axiome peu consolant, mais aussi immuable qu'un axiome géométrique : il est plus avantageux de spéculer sur le vice que sur la vertu.

Donc notre ami Jacques n'aurait pu mieux s'adresser. En quelques mots, il expliqua au directeur le but de sa visite. Il désirait tout simplement savoir qui était une Mme Lise Nartheld, jeune, belle et riche étrangère, fort connue à Paris, où elle demeurait, quelles étaient ses relations, et aussi quelle était la situation de M. le baron de Trémont, un homme du monde de quarante-cinq à cinquante ans, qui habitait rue du Colisée.

Par un sentiment de délicatesse qui s'explique assez de sa part, Morin n'avait pas parlé du jeune Saint-Cyrien. Son respect pour le nom de son ancien colonel était si profond qu'il ne voulait pas le mêler à cette sorte d'enquête policière, à laquelle il ne s'était décidé que par amour paternel.

Pendant qu'il écoutait son visiteur, Roulans, tout en prenant des notes, jetait sur lui, à la dérobée, des regards curieux. Qui était cet inconnu ? Quel intérêt avait-il à se renseigner sur les personnes qu'il venait de désigner ? Agissait-il pour son compte ou pour celui d'autrui ?

Le chef de l'agence ne pouvait le deviner, car rien dans la tournure, le costume et la façon de s'exprimer de Jacques ne trahissaient son identité. Il avait bien la taille droite, la poitrine en avant, les épaules effacées d'un homme qui avait porté l'uniforme ; mais lequel ?

Sa barbe, qui était assez longue et entière, éloignait l'idée de voir en lui un ancien militaire. N'était-ce pas plutôt quelque intendant ou quelque serviteur de confiance de grande famille ? Oui, ce devait être ça ! Il y avait sous jeu quelque femme du monde ou quelque amant jaloux. L'affaire rentrait dans la catégorie des aventures parisiennes ordinaires. Toutefois, comme elle se passait dans un milieu élégant, on pouvait exiger une rémunération élevée.

C'est pourquoi l'ex-avoué répondit :

— Monsieur, je ferai tous mes efforts pour vous satisfaire, mais comme j'ignore si ce que vous désirez est facile, difficile ou impossible à trouver, je ne puis vous fixer d'avance ce que vous me devrez. Je suis donc obligé de vous prier de me verser une provision de cinq cents francs, qui viendront en défalcation des frais que nécessiteront mes démarches. Peut-être d'ailleurs n'aurai-je rien de plus à vous réclamer.

Ainsi que l'avait fait jadis son pauvre père, qui s'était probablement assis à cette même place qu'il occupait, ce à quoi il ne songeait pas sans une émotion violente, l'ex-adjudant sortit un billet de cinq cents francs de son portefeuille ; M. Roulans en donna reçu, lui lut les notes qu'il avait prises, afin de s'assurer s'il n'avait rien oublié ni commis aucune erreur, et il ajouta :

— Il ne manque plus que votre nom et votre adresse, pour que je puisse vous tenir au courant des choses.

Jacques n'avait pas prévu cette question ; aussi hésita-t-il deux ou trois secondes avant de répondre, en cherchant ses mots :

— Vous voudrez bien m'écrire au nom de... de M. Paul, au bureau restant... à Paris.

Il fallait que, dans ses moindres actions, quelque chose vînt, comme fatalement, lui rappeler le passé.

— C'est entendu, fit le maître de l'établissement en appuyant du doigt sur un timbre ; je pense que vous aurez assez rapidement de mes nouvelles.

Au moment même, un employé de l'agence, sans doute celui que le timbre venait d'appeler, entra dans le bureau et, sans en avoir l'air, dévisagea longuement Morin, comme pour fixer ses traits dans sa mémoire ; puis, lorsqu'il sortit, il interrogea du regard son patron, en esquissant un mouvement vers la porte.

— Non, fit l'honorable directeur, non l'affaire est sans grand intérêt. Il reviendra et, alors, nous verrons.

Cela voulait dire qu'il était inutile de suivre ce client, qui, évidemment, tenait à dissimuler son identité.

Car c'était là un des perfectionnements qu'Adolphe Roulans avait apportés dans le mécanisme de sa maison. Quand un de ses visiteurs, homme ou femme, avait gardé l'incognito, ce qui arrivait souvent, et qu'il jugeait bon de savoir à qui il avait affaire, un de ses secrétaires, averti par un coup de timbre convenu, filait ledit visiteur, découvrait sa demeure, se renseignait sur sa situation sociale ; en sorte que le maître mouchard savait quelle conduite il devait tenir avec celui qui se croyait naïvement un inconnu pour lui.

Si le digne ex-avoué avait pu supposer ce qu'était l'imprudent qui faisait appel à son habileté, il n'aurait pas manqué d'user à son égard de ses moyens ordinaires d'investigation, et le malheureux lui devenu une proie sans défense ; mais il était vraiment excusable de n'avoir pas deviné le fils du brave provincial qu'il avait si bien exploité vingt années auparavant.

Toutefois, notre ami Jacques ne se sentit le cœur plus léger que lorsqu'il se vit loin de cet homme qui avait été mis jadis au courant de son désespoir, et que la plus petite indiscrétion pourrait lancer en campagne de chantage, contre ceux dont l'honneur, grâce à l'exaltation de son amour paternel, lui était devenu aussi cher que son propre honneur.

L'honnête soldat regrettait presque de s'être adressé à cette agence, et il se jurait de ne plus y retourner jamais, quelque réponse qu'il en reçût. Il n'en éprouva qu'une plus vive émotion, quand, une dizaine de jours plus tard, il trouva au bureau de la poste restante, au nom de M. Paul, ce petit rapport :

« Mme Lise Nartheld est une jeune veuve russe « qui demeure, 45, rue Marbeuf. Elle est arrivée à « Paris, il y a un an à peu près. Elle venait de Na« ples avec son amant, M. de Trémont, mais elle « a quitté celui-ci depuis plusieurs mois, pour deve« nir la maîtresse du vicomte Henri de Laurentz, « cousin de ce même M. de Trémont. M. de Lau« rentz est en ce moment élève à Saint-Cyr. L'an-

« dernier, pendant la belle saison, les deux amants « se retrouvaient à Nogent, dans la villa des Or- « mes, que l'étrangère avait louée par l'interné- « diaire de l'agence Multon et Co, rue de Rivoli. « Depuis l'hiver, c'est chez elle que Mme Nartheld « reçoit M. de Laurentz, que, par ordre du général « commandant l'Ecole, elle ne peut plus aller voir « à Saint-Cyr, où elle se faisait passer pour une de « ses parentes.

« Avant de rentrer à Paris, M. de Trémont était « consul de France à Naples. Il habite, 21, rue du « Colisée, et paraît d'humeur taciturne. On croit « que c'est sa rupture avec Lise Nartheld qui l'a « rendu ainsi, car jadis on l'a connu fort gai et « grand viveur. Il ne fréquente guère qu'une fem- « me galante, Marie Bonnard, qui demeure, 46, rue « Saint-Lazare, et dont la domestique Justine vient « de temps en temps chez lui. Son seul ami un peu « intime est un certain Beaurain, dont il a fait la « connaissance, il y a longtemps, au ministère des « affaires étrangères, où ils étaient collègues.

« Ce Beaurain dit tout haut, partout, à son cercle « et au restaurant de Madrid, que M. de Trémont « se vengera un jour ou l'autre du mauvais tour « que lui a joué son jeune parent en lui enlevant « sa maîtresse. Bien que cousin germain du vi- « comte Henri, le baron de Trémont ne voit ja- « mais le père de celui-ci. On croit que l'oncle « et le neveu se sont brouillés, il y a au moins une « vingtaine d'années, pour des questions d'argent. « Enfin, après être resté absent tout l'hiver, M. de « Trémont vient de rentrer à Paris.

« Si M. Paul désire que cette affaire soit suivie, « il n'a qu'à s'adresser à l'agence, où l'on est à « sa disposition. »

Adolphe Roulans n'avait pas eu grande peine à grouper ces renseignements, où le faux et le vrai se coudoyaient un peu, puisqu'ils accordaient à ce pauvre baron un bonheur qui, au contraire, lui avait échappé au moment même où il croyait arriver au but.

A son sujet, il avait tout simplement fait interroger des fournisseurs et des gens de maison de la rue du Colisée, ainsi que le personnel du restaurant de Madrid ; et en ce qui concernait Mme Nartheld, il s'était adressé tout droit à l'agence Multon, avec laquelle il était en relations fréquentes.

Ces honorables maisons se rendaient en effet des services réciproques ; l'agence Multon en informant M. Roulans de l'arrivée des étrangers dont l'identité était un peu douteuse, et M. Roulans en édifiant l'agence de la rue de Rivoli sur la valeur morale et financière des ducs, princes, marquis ou autres personnages exotiques, que leur ignorance des choses parisiennes rendaient forcément ses clients, dès leur débarquement en France.

Mais Jacques ignorait toutes ces turpitudes et, quoi qu'il en fût de l'exactitude plus ou moins complète des renseignements qui lui avaient été adressés, il les trouvait suffisants et ne regrettait pas ses cinq cents francs.

En effet, il savait presque tout ce qui l'intéressait, et si les amours du fils de Berthe avec la belle étrangère le préoccupaient fort peu — c'était là un simple accident de la vie d'un jeune homme — il craignait la haine de M. de Trémont, bien qu'il ne vît pas trop comment celui-ci pourrait jamais mettre à exécution les menaces qu'il avait proférées publiquement, selon son ami Beaurain, contre son rival victorieux.

Puisque le baron n'avait pas provoqué immédiatement son cousin, il ne le ferait pas plus tard ; ces sortes d'affaires ne se remettant pas à une époque indéterminée, où elles n'auraient plus de raison d'être ; et si, d'un autre côté, il n'avait pas tenté de l'atteindre en le frappant dans sa mère, c'est qu'il ne possédait aucune arme sérieuse contre elle.

Il ignorait certainement qu'elle avait dans son passé une autre tache que celle de sa liaison avec M. de Laurentz, liaison sur laquelle les plus sévères avaient passé condamnation après son mariage et la reconnaissance de son fils, et, dont, par conséquent, il aurait été aussi odieux que maladroit de parler, puisque c'eût été mettre tout le monde contre soi.

Ce serait donc directement au vicomte que M. de Trémont s'en prendrait, mais plus tard. Il attendrait qu'il fût sorti de Saint-Cyr et aux prises avec sa lutte pour la vie.

Jusqu'à cette époque-là, il n'y avait rien de grave à redouter, car, malgré sa tendresse inquiète, Morin ne pouvait pas supposer que le baron se livrerait jamais contre Henri à quelqu'un de ces attentats vulgaires qui conduisent leur auteur en Cour d'assises.

Notre ami reprit donc un peu de calme et ne songea plus qu'à voir de près Mme Nartheld et M. de Trémont, de façon à les reconnaître tous deux à l'occasion, le jour, par exemple, où il aurait à se mettre entre M. de Laurentz et son parent, dans une circonstance qui pourrait soudain se produire. De plus, il y avait là aussi beaucoup de curiosité. Jacques voulait savoir à qui son fils avait affaire.

Rien ne lui fut plus facile que de rencontrer Raoul de Trémont. Il lui suffit pour cela de passer deux ou trois fois dans la rue du Colisée pour avoir la possibilité de bien s'assurer de son identité, en le suivant jusqu'à la porte de Mme Nartheld, car, en revenant à Paris, à la fin de mars, l'amoureux baron n'avait pas tenu rigueur à la belle veuve ; sa première visite avait été pour elle. Morin eut également l'occasion de se trouver avec M. de Trémont au restaurant de Madrid, où la présence de ce nouveau client, décoré et médaillé militaire, ne surprenait personne.

Quant à Lise, qui était une excellente femme et ne s'imaginait pas que son vieil adorateur lui en voulût encore, elle l'avait reçu les deux mains ouvertes ; et comme il avait eu l'adresse calculée, de ne pas prononcer le nom de son cousin, que, de plus, il ne se présentait jamais le dimanche, jour de sortie à Saint-Cyr, elle lui savait bon gré de cette double discrétion. Elle lui permettait de supposer qu'il avait tout à la fois renoncé à se venger et à reprendre, momentanément du moins, sa campagne galante là où elle avait été si brusquement interrompue par sa défaite.

La vérité, c'est que le vindicatif cousin n'avait rien oublié, qu'il ne songeait pas à pardonner à M. de Laurentz plus qu'à la jeune femme elle-même, et qu'il était revenu à Paris plus haineux encore qu'au moment de son départ. Il guettait l'occasion, voilà tout !

Jacques n'eut pas plus de mal de se trouver en face de Mme Nartheld, mais cela se produisit dans des circonstances qui lui furent particulièrement agréables.

Sachant que la belle Russe avait loué de nouveau la villa des Ormes, il lui prit l'idée folle d'aller faire un tour à Nogent. Il voulait jeter un coup d'œil sur cette maison de campagne autour de laquelle devait peut-être rôder de temps en temps M. de Trémont. Seulement, comme il désirait ne pas faire seul cette petite excursion, il y convia Pierre Tercier et, le lundi de Pâques, ils s'en furent déjeuner à Joinville-le-Pont. Ensuite, le repas terminé, ils remontèrent le long de la Marne et bientôt ils atteignirent l'île de Beauté.

Là, depuis un quart d'heure, les deux amis suivaient la berge, dont les grands peupliers commençaient à se couvrir de feuillage, le sergent tout au spectacle que donnaient les canotiers, Morin ne s'intéressant au contraire qu'aux villas, quand, tout à coup, il tressaillit

— Qu'as-tu donc ? lui demanda Tercier, en se tournant de son côté.

Mais il ne lui laissa pas le temps de répondre, car aussitôt, saluant le premier, contre l'usage, puisque c'est l'élève de Saint-Cyr qui doit le salut aux sous-officiers, il ajouta :

— Oh ! pardon, monsieur de Laurentz, je ne vous voyais pas !

Les deux frères d'armes se trouvaient devant la villa des Ormes, et Henri était là, contre la grille du jardin, bras dessus, bras dessous avec Lise Nartheld.

Bien qu'il ne fût pas en uniforme, Jacques avait immédiatement reconnu le vicomte et il n'avait pas hésité davantage à retrouver, dans la jolie personne qui s'appuyait amoureusement sur lui, cette femme qu'il avait vue, d'abord dans un coupé au coin de la rue Laffitte et du boulevard, et plus tard, deux ou trois fois, à Saint-Cyr même, au moment où elle se dirigeait vers cette porte de l'Ecole que la lettre anonyme de M. de Trémont devait lui fermer.

— Mais vous n'avez pas à vous excuser, mon sergent, répondit bien vite M. de Laurentz, en tendant la main à Tercier ; c'est moi, au contraire, qui suis en faute !

Et, reconnaissant à son tour celui qu'on nommait l'adjudant Paul, il le salua presque avec respect et militairement, en portant la main à son front, pendant que Lise souriait gracieusement aux deux amis ; puis, après leur avoir souhaité bonne promenade, il les laissa poursuivre leur route.

— Quelle drôle de rencontre ! fit Pierre, dès qu'il fut à quelques pas de la villa. En voilà un Saint-Cyrien qui ne s'ennuie pas ! Il est vrai que son père est millionnaire. C'est égal, ça fera un bel officier ! C'est un travailleur et le plus habile tireur de l'École. Mais qu'as-tu donc ? Tu es tout rouge. Tu as l'air de t'intéresser bigrement à M. de Laurentz !

— Moi ! riposta Morin, en s'efforçant de reprendre un peu de calme, tu es fou ! C'est la troisième ou quatrième fois que je le rencontre. Cependant j'avoue que c'est un garçon qui me plaît beaucoup. J'aime à voir les fils des vieux soldats embrasser la carrière de leurs pères.

— Tiens ! c'est vrai, son père a été colonel du 30e de ligne. C'était un vaillant, à ce qu'il paraît. Ah ! je comprends, tu l'as connu en Afrique ?

— Jamais ! Tu sais bien que j'étais aux zouaves.

— C'est juste !

Et, de nouveau, le sergent se remit à suivre des yeux les embarcations qui sillonnaient la rivière, laissant Jacques tout entier au bonheur que lui avaient causé ces quelques secondes d'entrevue avec son fils.

Pendant ce temps, Lise Nartheld demandait à son amant :

— Qui sont ces deux militaires ?

— L'un est le prévôt de ma salle d'armes à Saint-Cyr, le sergent Tercier, un excellent homme ; l'autre est un ex-adjudant sous-officier, un héros des guerres de Crimée et du Mexique, chevalier de la Légion d'honneur et médaillé militaire ; un type d'honneur et de bravoure. Il vient souvent voir son ami à Saint-Cyr, où tout le monde connaît et respecte l'adjudant Paul.

— Il a bien l'air en effet d'un rude soldat ! Et quels francs regards, quelle physionomie sympathique ! Tiens ! tu as les mêmes beaux et grands yeux que lui. Donne, que je les embrasse !

Sans se soucier d'être vue par les promeneurs, la folle créature sauta au cou d'Henri.

Quelques instants plus tard, Jacques se rendait complètement compte de la topographie de la villa des Ormes, car, sous le prétexte de montrer toute l'île à Pierre, il l'avait ramené du côté de la propriété, en redescendant le long du petit bras de la Marne.

A partir de ces jours, qui l'avaient fixé sur tant de points intéressants, l'ancien amant de Berthe Benoist vécut moins troublé et même à peu près heureux.

Il voyait son fils à Saint-Cyr toutes les semaines, au moins une fois, soit à la salle d'armes, au quartier de cavalerie, ou à la promenade militaire, soit même à Paris, car le vicomte avait toujours de si bonnes notes qu'il sortait presque tous les dimanches, ce dont M. et Mme de Laurentz étaient ravis. Ils ne se doutaient guère qu'ils devaient à l'amour de leur fils pour une maîtresse ce zèle et cette application qui en faisaient un des meilleurs élèves de l'Ecole.

D'un autre côté, M. de Trémont restait pour Lise l'ami discret qu'il était redevenu. Henri le savait et sa jalousie en était un peu calmée. Donc, tout était pour le mieux et les vacances approchaient avec leurs promesses de liberté et de plaisir, quand un véritable coup de foudre, qui fit tressaillir la France entière, modifia tout à coup la face des choses.

C'était le 14 juillet, dans la matinée ; on venait, à Saint-Cyr, de cesser la manœuvre et on allait reprendre les cours, lorsque soudain, à la stupéfaction générale, éclata la marche de l'Ecole, sonnerie qui commande aux élèves de descendre en armes.

Quelques instants après, le général de Cissey, qui était précisément en tournée d'inspection générale à Saint-Cyr, faisait former le carré et annonçait que l'Empire avait déclaré la guerre à l'Allemagne, que les anciens étaient nommés sous-lieutenants, à la date du 15 juillet, et que les nouveaux avaient un congé de huit jours, à l'expiration duquel ils réintégreraient l'Ecole pour y commencer leur deuxième année.

Le bruit d'un désaccord avec nos voisins de l'Est était bien venu jusqu'à Saint-Cyr ; mais on n'y avait jamais supposé que le conflit fût à ce point imminent.

On comprend donc l'émotion qui s'empara de ces jeunes hommes dont l'ambition et le patriotisme faisaient battre le cœur. Sous les armes, ils gardèrent le silence, mais une fois les rangs rompus, l'effervescence éclata, et bientôt elle devint si grande que, pour la calmer un peu, le départ ne devant avoir lieu que le lendemain, le général de Gendrecourt ordonna une promenade militaire, et la nuit se passa ensuite assez tranquillement.

Mais le jour suivant, dès l'aube, tous les élèves étaient prêts à se mettre en route. Un train spécial les emporta et, une heure après, au nombre de plus de sept cents, ils sortaient de la gare Montparnasse.

Là, sur la place, ils se formèrent en colonne à distance entière, pour descendre la rue de Rennes, en chantant la *Galette*, vieille chanson de l'Ecole, et le *Rhin allemand*, et ils allèrent ainsi, objets des ovations de tous, jusqu'à la rue Saint-Placide, où ils se divisèrent pour prendre, par petits groupes, la direction du quartier où ils devaient se rendre.

Ceux qui applaudissaient au passage ces soldats dont la plupart avaient moins de vingt ans, ces enfants en quelque sorte, ne se doutaient guère que quelques-uns d'entre eux, sans même prendre le temps de s'équiper, allaient se faire tuer dans leur uniforme de Saint-Cyr par les balles allemandes.

VII

Henri de Laurentz n'ayant pas manqué, immédiatement après l'ordre du jour du général de Cissey, d'envoyer une dépêche à son père, tout le monde l'attendait le lendemain, à l'hôtel de la rue Saint-Georges, mais l'accueil que lui fit le comte ne ressembla en rien à celui qu'il reçut de sa mère.

Le colonel lui tendit la main, simplement, comme

à un ami ; mais dans l'énergie et la prolongation de cette étreinte, aussi bien que dans le regard profond qu'il arrêta sur lui, le père et le soldat s'exprimèrent éloquemment, sans dire un mot ! L'heure de l'épreuve était venue ; le devoir et la patrie avant tout !

Mme de Laurentz fut moins courageuse ; elle attira son fils sur son cœur, l'embrassa longuement, ne retint ses larmes que par un effort surhumain et ne retrouva un peu de calme que quand le Saint-Cyrien lui eut affirmé, juré, qu'il n'était pas question pour lui de partir, puisque, bien au contraire, il avait quitté l'Ecole avec l'ordre d'y rentrer dans huit jours, pour commencer la seconde année.

De plus, cette guerre, tout en n'étant pas de ceux qui s'en réjouissaient, fallait-il donc s'en effrayer ? Est-ce qu'elle durerait longtemps ? Peut-être quelques semaines à peine! Ses causes apparentes semblaient en réalité si futiles ! Enfin, est-ce le passé, la légende impériale, le chauvinisme et surtout l'ignorance du travail militaire qui se faisait de l'autre côté du Rhin depuis vingt ans et de l'état de notre armée, est-ce que rien permettait de craindre la défaite !

Hélas ! aucun des avertissements donnés par des voix sages et amies n'avait été entendu. Mais pourquoi rappeler ces choses terribles ? Ce serait admettre que certains d'entre nous ont déjà pu les oublier ! Comme si c'était dans l'encre diplomatique et non dans le sang seul que se lavent les taches de sang !

Quant à Lise Nartheld, lorsque Henri vint la voir dans l'après-midi, aussitôt libre, elle commença par lui sauter au cou, toute surprise, car il ne l'avait pas prévenue de sa visite, et à la nouvelle qu'il avait huit jours de congé, ce fut joie complète.

La guerre ? Que lui faisait la guerre, dans son égoïsme de passionnée à qui on n'enlevait pas son amant ? Et puis, pour elle, la Circassienne, plus encore peut-être que pour personne, est-ce que nous n'étions pas invincibles ! Les échos de la campagne de Crimée étaient venus jusqu'à elle dans son enfance, elle se souvenait toujours de ce qu'elle avait entendu dire dans ses montagnes du siège de Sébastopol.

M. de Trémont qui, comme la majorité de nos compatriotes occupant ou ayant occupé des postes diplomatiques à l'étranger, connaissait mieux que nos gouvernants la situation de l'Allemagne et aussi les dispositions de la plupart des autres nations à l'égard de la France, tenta bien d'amoindrir la confiance de la jeune femme en l'avenir ; mais comme elle ne cessait jamais de voir un envieux dans le baron, elle lui répondit, avec un haussement d'épaules et en riant :

— Non ! pas cette fois encore, rien ne me séparera de lui ! Il faut attendre, et je crois vraiment qu'il faudra attendre... toujours. Si je m'étais imaginé que que j'en arriverais là, moi la petite sauvage enlevée et vendue ; moi la veuve de Michel Nartheld !

On pense avec quel mauvais sourire l'amoureux éconduit accueillit cette affirmation de principes et si, ce jour-là, il abrégea sa visite !

Ce que disait Lise était exact. Son amour pour le vicomte l'avait transformée. Nous n'irons pas jusqu'à l'expression du poète : cet amour-là ne lui avait pas refait une virginité, mais il l'avait rendue circonspecte, sage, prudente, non seulement parce qu'elle aimait sincèrement, mais aussi parce qu'elle tenait à n'exciter en rien la jalousie de celui qu'elle était souvent privée de voir pendant des semaines entières.

Ces huit jours de congé ne furent donc qu'un rêve de bonheur pour les deux amants, et ils ne se séparèrent, plus épris que jamais, qu'après s'être donné rendez-vous pour un dimanche prochain.

Ce qui se passait dans l'Est n'était pas, en effet, de nature à les troubler. Les escarmouches autour de Niederbronn et de Sarreguemines s'étaient terminées à notre avantage ; quand le 2 août, la nouvelle de la victoire du général Frossard à Sarrebruck arriva à Paris, ce fut un enthousiasme indescriptible ; et, à Saint-Cyr, les nouveaux, devenus anciens, bien qu'ils fussent seuls, ne songèrent qu'à se rendre dignes de cette armée dont ils allaient bientôt faire partie.

Les espérances de tous étaient donc absolues, lorsque le 11 au matin, le colonel Henrion, sous-directeur de l'Ecole, vint annoncer aux élèves, réunis à l'amphithéâtre, qu'ils étaient nommés sous-lieutenants et devaient partir le jour même, pour retourner dans leurs foyers et y attendre leurs lettres de service.

C'est qu'il s'était produit en moins de huit jours de tels événements que le ministre de la guerre avait dû changer le sort des Saint-Cyriens.

Après l'héroïque combat de Wissembourg, où nous avions lutté un contre huit, où nous avions été décimés sans être battus, étaient venues les défaites de Reichshoffen et de Forbach. Ce n'était plus la guerre ; c'était l'invasion ! La France avait besoin de tous ses enfants.

Bien qu'il fût au courant des choses, M. de Laurentz n'attendait cependant pas son fils. Aussi sa surprise fut-elle complète en le voyant arriver dans l'après-midi, et lorsqu'il connut l'ordre du jour du colonel Henrion, il eut peine à maîtriser son émotion : il comprenait que l'heure d'une séparation cruelle ne tarderait pas à sonner. Quant à la comtesse, elle prit Henri entre ses bras et ce ne fut que par des torrents de larmes qu'elle répondit à ses prières de se calmer, d'avoir du courage, de ne pas désespérer ainsi.

D'abord, il n'était pas encore parti. A son profond regret, on allait sans doute l'envoyer dans quelque dépôt, où il resterait longtemps, peut-être jusqu'à la fin des hostilités, inutile, inactif, cela à son grand désespoir, si heureux qu'il serait cependant que sa mère ne tremblât pas pour lui !

Et d'ailleurs, est-ce que tout le monde est tué à la guerre ! On en revient souvent sain et sauf, vainqueur et couvert de gloire ! Il serait brave, mais prudent, parce qu'il ne cesserait de penser à elle.

Enfin il lui dit tout ce qu'un cœur aimant peut trouver pour rassurer un cœur aimant, mais elle ne se remettait pas, parce qu'elle avait tout à coup pensé à Jacques, qui, lui, était mort sur le champ de bataille, en allant, il est vrai, au-devant des balles ennemies ! Le sort que la fatalité avait fait au père n'attendait-il pas l'enfant ?

Quelques heures plus tard, rue Marbeuf, ce fut une autre scène, après le dîner, dès que le vicomte eut informé Lise du changement qui se produisait si brusquement dans sa situation. Mais la belle Tcherkesse, elle, ne pleura point. Pressée contre le bien-aimé, elle lui répéta, entre mille baisers :

— Si tu pars, je partirai ! Oh ! je te suivrai de près. Où tu iras, j'irai ! Si tu es blessé, je te soignerai ; si tu meurs, je mourrai ! Je ne crains pas le danger, moi ! Toute petite, j'ai entendu les balles siffler à mes oreilles ! Ah ! ces maudits Allemands ! Je te demande un peu si on ne pouvait pas les laisser faire un roi de leur Hohenzollern de malheur ! Les Espagnols ne l'auraient pas gardé six mois ! Est-ce que jamais ils remplaceront leur cape par un manteau de cuirassier et leur boléro par un casque à pointe ? Est-ce qu'ils ne préféreront pas toujours le fandango à la valse ? Est-ce qu'ils pourraient jamais allumer leurs cigarettes parfumées aux grandes vilaines pipes puantes des buveurs de bière !

Et la folle créature riait, ce qui ne l'empêcha pas de fondre en larmes, elle aussi, le lendemain, quand M. de Laurentz vint lui annoncer qu'il était envoyé au dépôt du 66e de ligne à Privas. Cependant, comme bien certainement il ne resterait là que fort peu de jours, ils décidèrent qu'elle attendrait qu'il eût écrit pour agir en conséquence.

Le soir même, après avoir embrassé son père et sa mère, qui s'étaient armés de courage pour rendre la séparation moins pénible à leur enfant, le vicomte montait dans le train de Lyon.

Il n'avait pas remarqué, en prenant son billet, un homme qui, dissimulé derrière un pilier du hall, ne le quittait pas du regard.

C'était Jacques. Instruit par son ami Tercier de ce qui s'était passé à l'Ecole et du dépôt où le jeune officier devait se rendre, il s'était informé de l'heure des départs pour Privas et était venu à la gare, afin de pouvoir lui aussi, mais de loin, faire ses adieux à son fils !

Lorsque Henri eut disparu dans la salle d'attente, l'ex-adjudant aux zouaves se dirigea vers la sortie, lentement, le front baissé ; mais soudain, au moment où il allait franchir le seuil de la gare, il se redressa militairement, jeta un coup d'œil tout fier, lui si modeste, sur sa boutonnière doublement ornée, et, d'un pas ferme, la poitrine en avant, la tête haute, il s'éloigna en murmurant :

— Oui, oui, c'est cela ! Je ne suis pas déjà si vieux que je ne sois plus bon à rien ! Je voudrais que ce fût à mes côtés qu'il reçut le baptême du feu. Qui sait si, en compensation de tout ce que j'ai souffert depuis vingt ans, Dieu ne me permettrait pas de lui sauver la vie, comme jadis je l'ai sauvée... à l'autre, à celui dont il porte si bien le nom !

A peu près au même instant, au Cercle impérial, Beaurain, qui sortait de chez Mme Nartheld, apprenait à M. de Trémont le départ du vicomte, et le charmant cousin s'écriait :

— Enfin ! m'en voilà donc débarrassé ! Je pense que c'est pour longtemps ! Si ça pouvait être pour toujours !

C'était là, de la part du baron, un espoir prématuré, car le surlendemain, Henri de Laurentz rentrait à Paris. Il est vrai que ce n'était en quelque sorte que pour le traverser.

En arrivant à Privas, il avait aussitôt, en costume de l'Ecole, pris sa place de sous-lieutenant au 66e de ligne, et, le soir même, sa compagnie avait été expédiée à Paris, pour former l'un des régiments provisoires des forces du général Vinoy, le 13e corps, qui était destiné à renforcer l'armée que réorganisait au camp de Châlons le maréchal Mac-Mahon, après n'avoir pu sauver que 18.000 hommes de l'héroïque combat de Wissembourg.

Ce retour si prompt et si complètement inattendu du jeune officier causa la plus vive émotion rue Saint-Georges, où l'on suivait la marche des événements avec une angoisse patriotique, en même temps qu'avec une terreur maternelle, et il ne fallait rien moins que les prières de son mari pour que Berthe ne trahît pas tout son désespoir, quand elle apprit que son fils était envoyé à l'ennemi, à cet ennemi farouche que grisaient la victoire et le sang.

Le colonel, lui, fut stoïque, et bien que son cœur débordât plus que jamais de tendresse pour cet enfant unique, qu'il avait attendu si longtemps et qui allait peut-être à la mort, il sut rester maître de soi pour ne lui parler que d'honneur et de patrie.

Quant à Lise, Henri la retrouva telle qu'il l'avait quittée soixante-douze heure auparavant, prête à le suivre partout et déjà nantie des passeports nécessaires pour avoir le droit de circuler librement en sa qualité de Russe.

Cependant, quelques jours plus tard, lorsque le 13e corps, complètement organisé, se mit en marche dans le but de rejoindre à Mézières l'armée de Mac-Mahon, qui, après avoir tenté de secourir Bazaine, avait dû se diriger vers les Ardennes, M. de Laurentz obtint de Mme Nartheld qu'elle resterait encore à Paris.

Il lui avait juré de ne jamais la laisser sans nouvelles et de l'appeler dès qu'il y aurait possibilité pour elle de se rapprocher de lui.

Ils avaient eu raison tous deux de prendre ce parti, car après la sanglante bataille de Beaumont, le général Vinoy, qui ne pouvait plus songer à aller au secours de Mac-Mahon, que les Allemands poussaient dans le gouffre de Sédan, commença cette retraite habile qui lui permit de rentrer le 7 septembre à Paris, où son corps d'armée, à peu près intact, allait devenir le noyau des forces organisées pour la défense de la capitale.

Aussitôt arrivé, Henri se rendit rue Saint-Georges. On y savait déjà depuis plusieurs jours les mouvements du corps de Vinoy ; par conséquent, on y attendait son retour. Cependant son père et sa mère ne furent pas moins heureux de le revoir. De nouveaux dangers le menaçaient bien certainement, mais enfin il revenait sain et sauf, et c'était en quelque sorte sous leurs yeux qu'il allait combattre. S'il était blessé, ils seraient là pour le soigner ; s'il mourait, sa chère dépouille ne disparaîtrait pas dans quelque fosse commune ; il aurait une tombe sur laquelle ils pourraient prier et pleurer.

Car ni M. de Laurentz ni sa femme ne songeaient à quitter Paris. Leur fils les conjura vainement de le faire.

— Tu voudrais que, moi, un vieux soldat, je donnasse l'exemple de la désertion, répondit le comte à ses supplications ; tu voudrais que j'allasse me réfugier dans quelque lâche villégiature tranquille, ou même à l'étranger, pendant qu'on luttera ici contre les Allemands ! Je compte bien, au contraire, offrir à la patrie le reste de mon sang, mon dernier souffle de vie ! Si peu valide que soit un homme, il est toujours bon à quelque chose, s'il a le sentiment du devoir ! Pour monter une faction sur les remparts, il n'est pas indispensable d'être jeune et fort ; il suffit d'y voir ! Or l'ennemi, à tout âge, ça se voit de loin !

Et l'ex-colonel du 20e de ligne, qui venait d'atteindre sa soixante-dix-huitième année, redressait fièrement sa haute taille un peu courbée, en serrant avec énergie la main de l'héritier de son nom.

M. de Trémont se proposait, lui, de se faire attacher à quelque état-major, car, pour rien au monde, il n'aurait consenti à sortir de Paris, où il savait son cousin revenu et d'où Mme Nartheld lui avait dit ne pas vouloir s'éloigner un seul jour.

Quant à Jacques, qui avait pu, sans grandes recherches, connaître le régiment du vicomte de Laurentz, il y était entré, mais dans une autre compagnie que la sienne, comme simple soldat, tout naturellement, sous le nom de Paul Morin, puisque c'était ainsi, on s'en souvient, qu'il avait été inscrit sur les rôles au moment où il avait repris du service, en 1849.

Du reste, il faut le reconnaître à la gloire des Parisiens, ceux qui se sauvèrent, les francs-fileurs, furent rares. Bon nombre de jeunes gens riches et libres, ainsi que des artistes, des industriels et des viveurs jusqu'alors inutiles n'hésitèrent pas à se faire soldats, pour se conduire au feu comme de vieux et solides troupiers. Si, au début du siège et même aussi longtemps qu'il dura, quelques gardes nationaux ne prirent pas suffisamment au sérieux leurs devoirs militaires, si certains s'en furent parfois aux remparts dans des tenues par trop fantaisistes, pas un ne déserta son poste ni ne perdit courage jusqu'à la fin des hostilités.

Et pendant ces cinq mois terribles d'investissement, les actes d'héroïsme furent fréquents, aussi bien de la part de ceux qui se battaient — il suffit, pour le rappeler, d'évoquer les souvenirs de Buzenval, de Champigny et du Bourget — que de la part de cette population de deux millions d'âmes, qui, sans prononcer le mot reddition, subit toutes les privations et toutes les angoisses.

C'est avec ce même refus de partir, si énergiquement formulé par son père, que le sous-lieutenant fut accueilli rue Marbeuf.

— M'en aller ! moi qui voulais te suivre partout, s'écria Lise, en se suspendant à ses épaules, tu n'y penses pas ! Ah ! je t'en prie, ne me parle plus de rien de semblable où je m'engage comme cantinière dans ton régiment. De plus, ils ne sont pas encore là les Allemands !

L'ennemi était si près, cependant, que, le 15 au matin, il se présenta à Joinville au nombre de 10.000 hommes, et que le soir du même jour, le gouvernement de Paris reçut de Vincennes une dépêche lui annonçant que des uhlans venaient de faire leur apparition à Créteil et à Neuilly-sur-Seine.

Or, les uhlans, on le savait déjà par une triste expérience, étaient des messagers sinistres.

Cette fois, ils précédaient de seulement quarante-huit heures les forces considérables qui se dirigeaient sur Villeneuve-Saint-Georges et Choisy-le-Roi, dans le but de dominer le cours de la Seine et d'assurer leurs communications avec Versailles, où M. Bismarck avait décidé d'établir le quartier général prussien.

Le 18, Paris était déjà presque complètement investi, et les ponts de Sèvres, de Saint-Cloud et de Billancourt sautaient, isolant ainsi du reste de la France la grande cité. Elle n'avait plus à compter que sur ses propres ressources.

Vingt-quatre heures plus tard eut lieu le combat de Châtillon, la première affaire de Ducrot. Elle inaugura d'une façon désastreuse la lutte des assiégés contre les assiégeants. Nous ne pûmes nous établir sur ce plateau, d'où nous aurions arrêté la marche de l'ennemi sur Versailles.

L'effet de cet échec fut terrible dans Paris, et quand Jacques, dont le régiment n'avait pas été de cette sortie, apprit la panique qui s'était emparée des zouaves il versa des larmes de honte. Il ignorait que ce bataillon de zouaves n'était formé de débris de régiments de ligne, que de jeunes soldats encore mal aguerris. L'honneur des légendaires héros d'Afrique n'était pas atteint !

C'est le lendemain de ce triste début contre les forces d'investissement que, tout à coup, le matin, dans la cour de la caserne de Vincennes, en prenant place à l'arrière de sa compagnie, qui formait les rangs pour se rendre sur le champ de manœuvre, le vicomte Henri vit à sa droite, en serre-file, un sergent-major dont les traits lui causèrent d'abord une certaine surprise, mais qu'il reconnut immédiatement, bien qu'il ne portât plus toute sa barbe. C'était l'adjudant Paul, ce vaillant du Mexique, qu'il avait si souvent rencontré à Saint-Cyr avec Tercier, le maître d'armes de l'École.

En effet, c'était notre ami Jacques. Dans la compagnie où il était entré d'abord, on avait bien vite donné ou plutôt rendu à ce chevalier de la Légion d'honneur ses doubles galons, en attendant mieux, et comme aucune place de sous-officier n'y était vacante, il avait passé dans la compagnie de M. de Laurentz.

On pense si le cœur de Morin avait bondi de joie à cette rencontre. Ce fut bien autre chose lorsque, les exercices terminés, le jeune officier lui tendit la main en disant :

— C'est une bonne fortune pour le régiment que d'avoir un homme comme vous dans les rangs. Comment ça se fait-il ? Et Tercier ?

— Je ne pouvais pas songer, mon lieutenant, répondit Jacques avec simplicité, à rester les bras croisés, pendant que tout le monde se battait ; mais c'est le hasard qui m'a conduit dans votre compagnie. J'aurais dû plutôt rentrer aux zouaves. Seulement, il est probable qu'après l'affaire d'hier, je ne serais pas vivant aujourd'hui.

Le vicomte comprit les regrets du vieux soldat et, de nouveau, lui serra la main.

— Quant à Tercier, il est dans un régiment de la première armée, de l'autre côté de Paris. Je ne l'ai pas vu depuis une dizaine de jours.

— Si vous le rencontrez, rappelez-moi à son souvenir. C'est un rude troupier, lui aussi, et j'espère que vous pourrez bientôt lui dire que je ne me tiens pas plus mal devant l'ennemi qu'à la salle d'armes.

— Oh ! ça, j'en suis certain à l'avance !

Et le signal de la reprise de la manœuvre ayant été donné, Jacques et Henri en restèrent là pour ce premier entretien, mais à partir de ce jour, ils vécurent forcément presque côte à côte, et nous ne tenterons pas d'exprimer l'immense joie de Morin.

Le but qu'il n'aurait jamais osé envisager était atteint ; il était auprès de son fils, il lui parlait, il l'admirait. Il pouvait se laisser aller à cet amour paternel qui, si longtemps, n'avait été qu'une aspiration inconsciente, qu'un rêve sans espoir de réalisation. Il en arrivait à bénir la guerre, qui avait opéré ce rapprochement impossible, et quelques jours plus tard, quand, à la pointe sur Saint-Denis, si vigoureusement poussée par le général Bellemare, il vit Henri s'élancer l'épée haute, à la tête de ses hommes, il trembla bien un instant pour lui, il le suivit bien de tout près, pour lui porter secours, mais il tressaillit d'enthousiasme devant sa jeune valeur et, tout fier, il applaudit à l'éclat nouveau que cet enfant, dont il était père, donnerait au nom des Laurentz.

Mais nous ne voulons pas faire ici, l'historique, même rapide, du siège de Paris. Il a eu ses écrivains spéciaux, exacts, pour la plupart, à propos des faits militaires, et si peu d'accord, tout naturellement, dans les autres questions.

Nous ne nous arrêterons donc ni au 2 octobre où, en apprenant la reddition de Strasbourg et de Toul, la population se laissa entraîner à l'exaltation par les feuilles démagogiques, qui, déjà, songeaient à la Commune ; ni aux héroïques affaires de Buzenval et du Bourget ; ni aux souffrances et aux erreurs de ceux que les insuccès de nos armes poussaient dans les bras des révolutionnaires ; ni à cette fatale journée du 31 octobre, qui ne fit qu'entraver la défense en faisant à la politique une place que le patriotisme seul devait occuper ; et, franchissant tout un mois, pendant lequel les compagnies de marche s'étaient préparées pour la lutte, nous arriverons à la veille de la grande sortie du 28 novembre, combinée entre le gouverneur de Paris et le général Ducrot.

Depuis les deux longs mois que durait déjà l'investissement, l'armée proprement dite ne pensait qu'à combattre, elle ne s'était jamais occupée de politique, et Henri de Laurentz, plus ignorant et plus indifférent que tout autre en semblable manière, consacrait à ceux qu'il aimait les moindres loisirs que lui laissaient ses devoirs.

Parfois, il est vrai, il multipliait et prolongeait un peu les permissions, ce qui troublait Jacques, esclave, lui, de la discipline ; mais comme le jeune sous-lieutenant, une fois à son poste, était plein de zèle et, sur le terrain, rempli d'ardeur, le vieux sergent-major restait convaincu que jamais ces petites irrégularités, n'entraîneraient à rien de grave contre le service celui dont l'honneur lui semblait être sous sa sauvegarde.

On devine où courait le vicomte dès qu'il pouvait s'échapper de la caserne ou du campement. D'abord rue Saint-Georges, pour embrasser son père et sa mère, les rassurer et passer quelques instants avec eux ; puis il se sauvait rue Marbeuf, où il était toujours impatiemment attendu, bien que Lise ne se privât point, lorsqu'elle ne l'avait pas vu la veille, d'aller le relancer à son régiment, n'importe en quel endroit, tant que la consigne ne lui barrait pas le chemin.

Elle eût certes tenté de le rejoindre sur le champ de bataille, pour y faire le coup de feu à ses côtés. Son amour l'avait naturalisée Française et rendue patriote ; et pour que les mouvements militaires ne la séparassent de son amant que le moins possible, elle s'était hâtée de prolonger son bail de la villa des Ormes, dès qu'elle avait appris que le corps d'armée dont il faisait partie devait opérer surtout du côté de la Marne.

Il arrivait donc souvent que la belle veuve et Henri s'en allaient à Nogent, non seulement pour échapper à M. de Trémont, qui n'avait pas cessé ses visites rue Marbeuf, où, parfois, on le voyait rôder le soir, mais aussi parce qu'ils trouvaient, en amoureux romanesques, que s'aimer en face des Prussiens, au grondement de leur impitoyable canonnade, sous la trajectoire de leurs obus, était comme une façon de se prouver à eux-mêmes combien ils étaient dignes l'un de l'autre.

Cependant ni Nogent ni l'île de Beauté n'étaient d'attrayants séjours. La petite ville était presque déserte et l'île l'était tout à fait. Il ne s'y trouvait plus que les mobiles chargés de la défendre. Ils y habitaient autour des chalets, de la conservation desquels ils prenaient peu de souci. Le chemin qui suivait la berge, cette charmante promenade ombragée de peupliers, n'existait plus. Il était remplacé par un fossé profond, véritable tranchée, protégée du côté de la rivière par une palissade épaisse d'arbres couchés, qu'on avait coupés dans les parcs, au hasard, en plus grand nombre qu'il n'était nécessaire.

De ce fossé si bien défendu, des fenêtres mêmes des villas on pouvait voir, en face, sur l'autre rive de la Marne, à moins de quatre-vingts mètres de distance, les ennemis venir puiser de l'eau en bas des taillis du Tremblaye, dont ils occupaient la ferme et le château.

Par une convention tacite, on n'échangeait que fort rarement avec eux quelques coups de fusil, en sorte que l'île souffrait moins de ce vilain voisinage que les hauteurs de Nogent, où tombaient de temps en temps, venant des batteries allemandes établies à Champigny et à Villiers, les projectiles destinés aux forts de Nogent et de la Faisanderie.

Tout cela n'empêchait pas Lise et son amant de se réfugier le soir à la villa des Ormes, qui, de même que les autres propriétés de l'île, n'avait plus en réalité qu'une seule entrée, sur le petit bras de la rivière ; et comme Mme Nartheld, en femme intelligente et pratique, s'était mise au mieux, par l'intermédiaire d'Ivan et de Daria, avec les officiers des mobiles et avec les mobiles eux-mêmes, ils étaient là, à quelques centaines de mètres des canons prussiens, tout aussi tranquilles que dans Paris.

Ils se contentaient, comme seule mesure de prudence, de n'allumer ni feu ni lumière dans les pièces dont les fenêtres faisaient face à la Marne ; ils n'habitaient que celles qui prenaient jour et air du côté opposé.

M. de Trémont n'ignorait pas cette étrange villégiature que s'offrait parfois son cousin, son infidèle amie s'étant amusée elle-même à lui en faire part ; et le sous-lieutenant avait un beau jour raconté à Jacques comment, la veille, se trouvant chez un camarade, dans l'île de Beauté, il avait failli envoyer une balle à un officier prussien qui suivait insolemment le chemin de halage, sur la rive gauche de la Marne.

Or Morin savait bien qui était ce camarade dont parlait M. de Laurentz et où il demeurait. Il comprenait qu'il s'agissait tout simplement de Mme de Nartheld et de la villa des Ormes. On se souvient qu'aidé des renseignements de l'agence Roulans, il avait, en effet, un après-midi de l'été, emmené Tercier dans l'île de Beauté, et qu'ils s'y étaient trouvés face à face avec les deux amants, devant la grille de leur jardin.

Ne couraient-ils pas un véritable danger à passer seuls, avec deux domestiques, de longs instants dans un endroit où les mobiles régnaient en maîtres et qui était aussi exposé au feu des Allemands ? Il voulut s'en assurer et, un matin, profitant de deux heures de liberté que lui laissait son service, il s'en fut à Nogent.

Muni d'une permission en règle, protégé de plus par ses galons et ses croix, il put traverser le bois de Vincennes sans difficulté. Une fois à la gare de Nogent, il descendit tout droit vers l'île et, là, il suivait le petit bras de la rivière pour remonter du côté de la villa des Ormes, lorsqu'il aperçut, un peu avant d'avoir atteint la grille de la propriété, deux individus qui, à demi dissimulés derrière les arbres, semblaient examiner la maison.

L'un de ces personnages était un mobile en uniforme, tout jeune, avec ce masque vicieux et intelligent des gavroches parisiens, prêts à tous les héroïsmes aussi bien qu'à tous les crimes, tant est complet leur mépris de la vie. L'autre, un homme d'un certain âge, était enveloppé dans un grand paletot de fourrures et coiffé d'un chapeau mou.

Il causait avec tant d'animation au soldat qui l'écoutait attentivement qu'ils remarquèrent à peine Jacques, lorsqu'il passa devant eux ; mais Jacques, lui, reconnut immédiatement l'individu en civil, bien que le collet relevé de son vêtement lui cachât en partie le visage.

C'était M. de Trémont, dont il savait la haine pour M. de Laurentz.

Cependant il ne trahit aucune émotion à sa vue et poursuivit sa route. Seulement il se demanda avec inquiétude ce que le baron venait faire autour de cette villa où son jeune cousin abritait si imprudemment ses amours. Que complotait-il donc avec ce gamin de qui, seul, un but défini pouvait l'avoir rapproché ?

Cela le tourmentait à ce point que, dix minutes après, il revint sur ses pas, mais M. de Trémont et le mobile avaient disparu. Quant à la maison de Mme Nartheld, dont la grille était fermée, elle était certainement moins inhabitée que les autres, car, de ce côté, les volets des fenêtres du premier étage étaient ouverts.

Morin eut alors l'idée d'aller jeter un coup d'œil sur le grand bras de la Marne, pour se rendre tout à fait compte de la situation, et lorsque, grâce au passage que s'étaient réservé les défenseurs de l'île, dans un terrain voisin, il fut sur le bord de l'eau, le long de cette tranchée d'où l'on pouvait surveiller la rive opposée, il aperçut de nouveau le baron et son guide.

Après avoir pris sans doute le même chemin que lui, ils s'étaient avancés jusqu'à la sortie qu'avait de ce côté la villa des Ormes. Bien certainement ils en étudiaient la topographie et les êtres.

Le doute n'était plus possible pour Jacques : il se tramait là quelque chose contre le vicomte.

Que faire ? Courir à ces hommes, les démasquer, les menacer, leur dire ce qu'il supposait de leurs intentions ? Oui, mais comment expliquerait-il cette démarche au parent de M. de Laurentz ? Ne devait-il pas paraître tout ignorer ? Si son cœur le poussait à défendre son fils, il n'avait pas le droit de se jeter ouvertement à travers ce drame de famille, au risque de compromettre, de perdre l'honneur de tous !

D'ailleurs, ne se trompait-il pas ? Sa tendresse inquiète ne lui faisait-elle pas envisager trop dramatiquement ce qui, peut-être, était fort simple ?

Est-ce que M. de Trémont ne pouvait pas n'être venu à Nogent que par curiosité ? Et alors, comme il connaissait bien probablement la maison où se réunissaient Lise et Henri n'avait-il pas tout bonnement profité de l'occasion pour donner à sa jalousie la satisfaction de voir clos et abandonné le nid des amoureux ? Le garde mobile lui avait simplement servi de cicerone.

Et tout en se faisant ce raisonnement, Morin s'éloigna ; mais, de retour à Vincennes, il était néanmoins si peu rassuré qu'il avait résolu, sans savoir encore comment il s'y prendrait, de conseiller la prudence à son sous-lieutenant.

Malheureusement M. de Laurentz n'était pas à la caserne, et le jour suivant, 29 novembre, il n'y avait plus à penser ni à soi, ni aux autres, mais seulement à la France ! La proclamation du gouvernement annonçant la lutte suprême que notre armée allait engager avec les assiégeants était affichée sur les murs de Paris, ainsi que la proclamation du général Ducrot, qui se terminait par ces mots restés célèbres : « Je ne rentrerai que mort ou victorieux ; vous pourrez me voir tomber, mais vous ne me verrez pas reculer. Alors ! ne vous arrêtez pas, mais vengez-moi ! En avant donc, en avant, et que Dieu nous protège ! »

Disons bien vite ici, à l'honneur du commandant de la 2e armée, que s'il n'a pas été tué à Champigny, c'est que, selon même ses plus irréconciliables adversaires, la mort ne voulut pas de lui, car, cent fois, il la brava en face.

Donc, le lendemain de son excursion à Nogent, Jacques n'en dit pas un mot à M. de Laurentz, qui, après s'être échappé un instant pour aller embrasser son père et sa mère, revint à son poste, accompagné par Mme Nartheld jusqu'à l'entrée du bois de Vincennes, d'où, malgré toutes ses supplications, elle se dirigea vers Nogent.

— Je t'ai juré que je te suivrai partout, lui avait-elle dit entre mille baisers ; je veux tenir ce serment-là autant qu'il est en mon pouvoir. De la villa des Ormes, je te verrai en quelque sorte combattre ; je serai en quelque sorte avec toi ; je serai la première sur ton passage quand tu reviendras vainqueur.

Le soir même, l'opération commença par une forte canonnade du Mont-Valérien, qui soutenait une diversion dans la presqu'île de Gennevilliers.

Le lendemain, à la pointe du jour, pendant que le général Vinoy attaquait L'Hay et Thiais, pour faire croire aux Prussiens que nous voulions occuper Choisy-le-Roi, l'armée de Paris se disposait à passer la Marne à Nogent ; mais, par fatalité, les eaux étaient si hautes que les ponts se trouvèrent trop courts et que ce mouvement dut être remis au jour suivant, ce qui permit aux Allemands de comprendre où nous allions réellement les attaquer, car, des hauteurs de Villiers, ils voyaient nos troupes se masser sur le champ de manœuvre de Vincennes.

Appuyé par des batteries de position établies sur la Marne et au Perreux, Ducrot n'en traversa pas moins la rivière le 30, dès l'aube, au moyen de ponts jetés à Bry et à Joinville, et à neuf heures la bataille commençait par l'attaque de Champigny.

C'était vraiment côte à côte que Jacques et le vicomte Henri de Laurentz, que le père et le fils allaient à l'ennemi.

VIII

Ce fut, pour l'armée de Paris, une vaillante et terrible journée que celle du 30 novembre ; ce fut même une victoire. Si, dans cette sortie, nous ne pûmes rompre le cercle de fer et de feu qui étranglait la grande cité, c'est que vraiment Dieu ne le voulut pas ; c'est qu'il était écrit que la guerre devait se prolonger encore durant de longs mois, car, sur le champ de bataille de Champigny, tout le monde fit son devoir. Chefs, troupiers aguerris et soldats qui se battaient pour la première fois, tous méritèrent également bien de la patrie.

Cependant, quoiqu'ils fissent partie de l'un des régiments qui avaient le plus souffert et que leur compagnie eût perdu son capitaine, son lieutenant et le tiers de ses hommes, Henri de Laurentz et Jacques étaient restés sains et saufs, sans la moindre blessure ; et quand, le combat ayant cessé, ils se retrouvèrent ainsi, ils se tendirent spontanément les mains, comme attirés l'un vers l'autre par un aimant irrésistible.

Si Morin l'eût osé, il aurait embrassé son fils, tant il était fier de lui. Le jeune officier, en effet, avait été superbe de courage et d'audace. Il s'était montré digne de la race des Laurentz, et l'obscur sergent dont il aurait dû porter le nom en éprouvait une espèce d'orgueil légitime. Si le combat recommençait le lendemain, comme tout le faisait prévoir, Jacques espérait que le ciel ne cesserait pas de protéger son enfant.

Le soir de ce premier acte du drame de Champigny, nous occupions la rive gauche de la Marne, Champigny, le bois de la Lande, les hauteurs de Villiers et le village de Bry, mais il n'était pas douteux qu'une nouvelle attaque contre les positions prussiennes n'aurait aucune chance de succès, car l'ennemi, fixé sur les intentions véritables des assiégés, n'allait pas manquer de dégarnir certains points de sa ligne de blocus, pour se renforcer là où il se voyait menacé par toutes les forces disponibles de l'armée de Paris.

La journée du 1er décembre se passa de part et d'autre dans l'expectative, sans combat.

Trochu craignait bien l'inutilité d'un nouvel effort, mais il redoutait peut-être davantage encore les mouvements populaires qui pourraient résulter de la rentrée immédiate des troupes dans Paris, où la bataille de Champigny avait soulevé un patriotique enthousiasme et ranimé toutes les espérances. L'état-major allemand, lui, profitait de ce temps-là pour augmenter les moyens de défense de ses positions, et il se préparait à rejeter derrière la Marne ceux de nos régiments qui se maintenaient dans une attitude menaçante à Bry et à Champigny.

Un armistice ayant été convenu au milieu de la journée, entre les belligérants, pour relever les morts et les blessés, M. de Laurentz put expédier un exprès rue Saint-Georges et un autre à l'île de Beauté.

Le comte lui répondit en soldat : « Fais ton devoir » ; sa mère, en lui envoyant des bénédictions et des baisers, et Lise, par ces mots : « J'ai passé la journée et la nuit à ma fenêtre, folle de terreur, car j'entendais les grondements du canon, je voyais les incendies, j'assistais en quelque sorte à la mêlée où tu risquais ta chère existence. J'ai failli perdre la raison. Dieu et mon amour te gardent ! Je t'adore et t'attends ! »

A la fin du jour, les avant-postes étaient ainsi en présence : les nôtres s'étendaient en avant de Bry et de Champigny, sur les premières pentes du plateau de Villiers, le 1er et le 2e corps à cheval sur le chemin de fer de Belfort. Le 3e corps était en face de Villiers et de Noisy-le-Grand.

La division Bellemare était à Bry-sur-Marne ; ses grand'gardes couvraient la direction de Noisy.

Le régiment de Jacques occupait, en avant du parc de Bry, la section du Nord et, vers six heures du soir, la compagnie que commandait Henri de Laurentz, puisque son capitaine et son lieutenant avaient été tués, vint relever la compagnie de grand'garde chargée de la surveillance de la route même de Noisy.

La reconnaissance du terrain, la relève des sentinelles, l'échange des consignes, en un mot toutes les dispositions préliminaires terminées, Henri se rendit au poste principal de sa compagnie, où Jacques l'attendait pour recevoir ses instructions ; et là, après avoir réfléchi à toute la responsabilité qui lui incombait, en sa qualité de véritable chef d'une fraction constituée, il se félicitait d'avoir sous ses ordres un auxiliaire tel que celui qu'il appelait toujours l'adjudant Paul, lorsque sa pensée se tourna brusquement vers Lise, de qui le séparaient la Marne seule et trois portées de fusil à peine.

Et c'est en songeant que, peut-être de nouveau, la chère aimée interrogeait anxieusement l'horizon, qu'il procéda à son installation personnelle dans un vieux fournil dont il ne restait que trois murs sur quatre et une partie du toit.

Cependant la nuit, était venue, glaciale, embrumée, et les soldats de M. de Laurentz s'ingéniaient pour la passer le moins mal possible, à l'aide de quelques aménagements abandonnés par les Allemands mêmes, leurs prédécesseurs.

Après avoir ramassé çà et là un peu de bois, ils avaient, malgré la défense des règlements, allumé de petits feux qu'on tolérait aux avant-postes en raison de la rigueur de la température — ce soir-là, le thermomètre était descendu à huit degrés au-dessous de zéro — et là, devant ces pauvres foyers, harassés par le combat de la veille, à demi engourdis par le froid, ils sommeillaient ou devisaient à voix basse, le fusil entre les jambes ou à la portée de la main.

La plupart désiraient, sans oser le dire, la cessation des hostilités ; ils prévoyaient vaguement que la lutte serait sans issue favorable pour l'armée de Paris, mais, bien que brisés au moral autant qu'au physique, ils étaient prêts à combattre de nouveau, patriotiquement, surtout si leur énergie et leur courage étaient surexcités par l'exemple de leurs chefs.

Les choses en étaient là et le calme régnait autour des campements, lorsque, vers dix heures et demie, Henri vit enfin revenir son brosseur, qu'il avait envoyé à Bry-sur-Marne pour y chercher quelques provisions.

Le troupier ne rentrait pas seul au poste ; il était accompagné d'un garde-mobile qui dit aussitôt au jeune officier, en lui remettant mystérieusement une petite enveloppe :

— Voici, mon lieutenant, un billet que je ne devais donner qu'à vous seul. Je ne savais trop comment j'allais pouvoir vous trouver, quand j'ai précisément rencontré le camarade, et le numéro de son képi m'a tiré d'embarras. En voyant qu'il était de votre régiment, je me suis adressé à lui et il m'a amené jusqu'ici.

Fort intrigué, car, accroupi auprès du feu pour y mieux voir, le vicomte ne reconnaissait pas l'écriture de la suscription, il ouvrit vivement la lettre et, lorsqu'il l'eut parcourue, il se releva tout ému, pour demander au mobile, après l'avoir tiré un peu à l'écart :

— Qui vous a remis cela ?

— Un domestique de la dame qui habite la villa des Ormes, Ivan, un vieil ami à moi. Nous nous connaissons depuis l'investissement. Je fais partie de la garde de l'Ile.

— Il ne vous a rien dit ?

— Non, rien ! Ah ! si ; il m'a recommandé de me mettre à vos ordres.

— A mes ordres ! Vous n'avez rien vu, rien entendu d'extraordinaire dans la villa ?

— Ma foi, pas grand'chose ! Cependant il me semble qu'on s'y disputait. Peut-être bien un homme et une femme qui se chamaillaient. Seulement, comme Ivan était pressé de me voir partir et que ça ne me regardait pas, j'ai filé ; d'autant plus que ça n'était pas commode de venir jusqu'à vous. Heureusement que j'avais mon bateau, car on aurait pu m'arrêter au pont de Bry, et adieu ma commission !

— Alors vous avez traversé la Marne...

— A la hauteur des taillis du Tremblaye, où j'ai amarré solidement mon canot, afin de m'en retourner par le même chemin.

— En sorte que vous pourriez me conduire à l'Ile de Beauté ?

— Aussi facilement que j'en suis venu.

— Combien faut-il de temps pour aller d'ici au bois du Tremblaye ?

— Une petite demi-heure, pas plus, en suivant la rive gauche.

— C'est bien ; merci ! Tenez, réchauffez-vous. J'ai besoin de réfléchir avant de répondre.

La nouvelle qui lui arrivait si inopinément, dans un tel lieu, en un pareil moment, était sans doute pour M. de Laurentz d'une gravité exceptionnelle, et elle le mettait bien évidemment en face d'une situation des plus difficiles, car après s'être assis devant le feu, sur un sac de troupier, et avoir longuement songé, le front dans une main, pendant qu'il froissait de l'autre le billet d'Ivan, il se releva tout à coup, le sourcil froncé, l'indécision et l'angoisse peintes sur le visage, et murmurant :

— Je ne peux pas cependant la laisser ainsi ! Mais quitter mon poste, m'éloigner, même pour quelques instants ! Il est vrai qu'il n'y a rien à craindre ! Il ne se passera pas la moindre des choses avant le jour, et encore ! Ah ! le misérable, le lâche ! Profiter d'une semblable circonstance ! Et elle, elle, le recevoir ! Comment n'a-t-elle pas prévu sa visite ? Oh ! non, non, ils ne resteront pas seuls ! Je veux la défendre contre lui... contre elle-même peut-être !... Oh ! c'est mal, ce que je dis là ! Pauvre chère ! Ah ! maudit billet !

Et la tête perdue, l'esprit égaré par la jalousie tout autant que par sa passion pour Lise, il lança la lettre vers le foyer, qui s'éteignait peu à peu ; puis fiévreux, ne sachant que faire, sans remarquer que le mobile ne le quittait pas du regard, il se mit à aller et venir à grands pas, de l'intérieur du fournil au dehors, fouillant des yeux l'obscurité, prêtant l'oreille pour s'assurer que tout était tranquille dans le poste aussi bien qu'aux environs, et cela durait déjà depuis un grand quart d'heure, lorsque, soudain, il s'écria :

— Mais c'est vrai ! Je n'y pensais pas : le sergent Paul me remplacera ! Oh ! je ne lui dirai pas où je vais ; je prétexterai une ronde, une reconnaissance, n'importe quoi ! Oui, oui, c'est cela !

Et sans hésiter davantage, il ordonna à son brosseur, qui demeurait tout ébahi de son agitation, d'aller chercher Morin. Il dit ensuite à l'envoyé d'Ivan :

— Allez m'attendre le long de la Marne, sur la route du Plan. C'est bien là, n'est-ce pas ? le chemin pour gagner les taillis du Tremblaye ?

— Oui, mon lieutenant.

— Je vous y rejoindrai dans une heure, pas plus tôt ; j'ai une ronde à faire. Vous avez le mot d'ordre ?

— Parfaitement ! C'est le même pour toute la zone jusqu'à demain matin.

— En effet ! Eh bien ! filez ! Tenez, voici pour vous !

Le soldat prit les trois louis que M. de Laurentz lui tendait et, le visage rayonnant, il disparut.

Il était temps car, moins d'une minute après, Jacques entrait dans le fournil avec le brosseur qui, stupéfait de ne plus retrouver celui qu'il avait ramené de Bry, reprit sa place auprès du foyer, pendant que le vicomte disait au vieux sergent :

— Dans une demi-heure, après que les sentinelles auront été relevées, j'ai l'intention, si les circonstances me paraissent favorables, de diriger une patrouille de reconnaissance sur les avant-postes ennemis. Le petit poste situé sur la route de Noisy me fournira les soldats nécessaires. Exercez la plus grande vigilance, mais ne revenez ici que lorsque je vous ferai appeler de nouveau. Si nos hommes nous voyaient nous rapprocher ainsi, ils supposeraient qu'il va se passer quelque chose et ne trouveraient plus un instant de sommeil. Or, ils en ont besoin, les malheureux !

— C'est entendu, mon lieutenant, vous pouvez compter sur moi, répondit Morin, un peu surpris de ce projet du jeune officier, mais en même temps tout fier de son zèle et de son souci de faire ainsi preuve d'initiative. Cependant, permettez-moi de vous recommander la prudence ; la nuit est obscure, les factionnaires prussiens doivent être sur le qui-vive, et...

— Soyez tranquille ; je ne m'avancerai pas au hasard.

Il lui avait tendu la main ; le sergent la lui serra avec effusion et, tout heureux d'avoir un tel chef, qui était son fils, il s'éloigna pour retourner au milieu de sa compagnie.

Demeuré seul, M. de Laurentz retomba sur son siège improvisé et, pendant que son brosseur s'endormait, il se reprit à songer.

De nouveau, l'hésitation s'était emparée de lui. Il sentait quelle faute il allait commettre et la lutte était violente en son esprit entre la passion et la conscience.

De longs instants s'étaient écoulés ainsi, lorsqu'en relevant la tête, il vit que son ordonnance dormait profondément. En même temps il se souvint que l'émissaire d'Ivan l'attendait sur la route du Plan et qu'il pourrait peut-être revenir s'il ne le voyait pas le rejoindre. Il se dit aussi que Lise, si elle apprenait un jour qu'on l'avait appelé à son secours, ne lui pardonnerait pas de ne pas être accouru. Il se fit enfin tous ces raisonnements spécieux qu'on ne se ménage pas pour combattre la raison, et alors il s'éloigna sans bruit, du côté opposé à celui où il aurait pu faire la ronde dont il avait parlé à Jacques.

La nuit était si sombre et le terrain gelé si glissant qu'il dut d'abord marcher lentement, un peu incertain d'ailleurs de la direction à suivre. Mais bientôt il perçut le bruit de la rivière, et certain de ne pas s'être trompé de chemin, il hâta le pas. Dix minutes après, il reconnut le mobile qui battait la semelle au carrefour des routes de Villiers et de Joinville-le-Pont.

— Dépêchons-nous, mon lieutenant, lui dit ce triste soldat, sans même attendre d'être interpellé ; il se fait tard et on doit croire là-bas que je n'ai pas pu vous trouver. Tenez, de ce côté !

Il indiquait un petit sentier sur la droite. Ils le prirent et gagnèrent le chemin de halage. M. de Laurentz fit sonner sa montre : il était deux heures.

La campagne était sinistre, les arbres dépouillés et chargés de givres émergeaient de la neige comme de grands squelettes enveloppés de blancs linceuls. Au milieu du silence lugubre que troublait seulement le clapotis des eaux qui rongeaient les rives, il semblait qu'on allait entendre encore les plaintes de quelques mourants oubliés sur le champ de bataille. Pas une lumière ne brillait à l'horizon ; les ténèbres avaient remplacé les éclairs des canons et les lueurs de l'incendie.

Les deux noctambules marchaient ainsi depuis une demi-heure sans échanger une parole, lorsque le guide du lieutenant l'arrêta et dit :

— Nous sommes arrivés et voici mon bateau. Embarquez, mais prenez garde de glisser sur la berge.

Ils étaient aux taillis du Tremblaye, qui se trouvaient à peu près en face de la villa des Ormes et que les Allemands avaient évacués l'avant-veille seulement, quand l'armée de Paris avait passé la Marne.

La main sur l'épaule du mobile, Henri descendit la berge et prit place dans la légère embarcation. Elle déborda aussitôt et, malgré la rapidité du courant, gagna en moins de dix minutes la rive opposée. Celui qui la dirigeait avait si bien manœuvré qu'il accoste juste devant la propriété de Mme Nartheld.

— Maintenant, vous connaissez le chemin mieux que moi, fit en riant l'étrange pilote, après avoir aidé M. de Laurentz à gravir le talus et à franchir le fossé, à l'aide d'une longue planche placée là tout exprès pour servir de passerelle. Le bateau est solidement amarré ; vous n'aurez qu'à vous faire reconduire de l'autre côté par Ivan. Moi je file ! Bonne chance.

— Merci ! Tenez, prenez encore cela !

Et après lui avoir glissé dans la main une demi-douzaine de louis, le vicomte s'élança dans le parc, dont la clôture présentait çà et là des solutions de continuité.

Pendant ce temps-là, le garde-mobile courait rejoindre, cent pas plus bas, un individu qui l'attendait sous un petit hangar, dans un jardin désert. Il lui rendit compte de son excursion.

— C'est parfait, répondit ce personnage, en lui remettant un billet de banque ; voici la somme convenue ; je n'ai plus besoin de vous. Ne manquez pas toutefois d'aller donner la consigne à la tête des ponts de Bry et de Joinville !

— C'est déjà fait à Bry et je descends à Joinville. A une autre fois, et toujours à vos ordres, mon prince !

Puis, sur ce mot de gavroche parisien, il disparut en suivant le cours de l'eau.

Au même instant Henri de Laurentz tombait dans les bras de Lise, stupéfaite et folle de joie !

— Toi, toi ! ne cessait de répéter la jeune femme en le dévorant de baisers, toi ! Comment se fait-il ? Comment as-tu réussi à venir jusqu'ici ? Non, non, ne me réponds pas, ne me réponds pas ! Embrasse-moi ! Que me fait le reste !

Elle le tenait étroitement pressé sur son cœur, fermant sa bouche de ses lèvres, le réchauffant de son haleine, l'étouffant dans ses étreintes.

Ce ne fut qu'après avoir rendu caresses pour caresses à l'affolée, que M. de Laurentz put se dégager un peu et répondre :

— Comment et pourquoi je suis venu ? Mais c'est Ivan qui m'a envoyé chercher !

— Ivan ?

— Lui-même, par un soldat qui m'a apporté aux avant-postes un billet où il me disait que tu courais un danger, que M. de Trémont était ici, qu'il fallait que je vinsse à ton secours !

— Ivan ! M. de Trémont ! Tu es fou, chéri ! Tu as rêvé tout cela, ou plutôt non, c'est une invention de ta part pour m'expliquer ton apparition subite ! Comme si tu avais besoin de t'expliquer, de t'excuser ! Est-ce que partout et toujours je ne t'attends pas, du cœur, de l'âme, de tout mon être, toi que j'adore !

— Je t'assure que je n'ai rien inventé, que tout est vrai. Tiens ! lis toi-même. Ah ! non, j'ai jeté le billet d'Ivan dans le feu.

— Oh ! alors prenons garde ! C'est un piège ou une plaisanterie. Oui, une plaisanterie ! Il doit y avoir du baron de Trémont là-dessous. Quant à Ivan !

Elle avait sonné ; Ivan accourut aussitôt et elle lui demanda :

— Est-ce que tu as écrit à M. le vicomte ? Est-ce que tu lui as envoyé quelqu'un ?

— Moi ! Non certes, madame, je ne me le serais pas permis. D'ailleurs, j'ignorais où était M. le vicomte. Daria et moi, nous ne savons qu'une seule chose, c'est que vous ne cessez d'implorer pour lui notre bonne dame de Kazan.

— Ah ! tu le vois, je ne le lui fais pas dire ! C'est bien, laisse-nous ! que Daria nous fasse du thé !

Aussitôt que le brave serviteur se fut retiré, Lise sauta sur les genoux de son amant et reprit ses beaux bras autour de son cou :

— Quant à M. de Trémont, oui, c'est exact, il est venu ici hier. Il voulait m'emmener à Paris, pour me protéger, disait-il, car il est devenu un gros personnage ; il fait partie de l'état-major de je ne sais quel général. Je courais, selon lui, le plus grand danger. Les Allemands allaient rejeter l'armée de Paris de ce côté de la Marne ; ils la poursuivraient, saccageant, brûlant, tuant, pillant tout sur leur passage, et la villa des Ormes ne serait pas épargnée ! Et comme, après mon premier refus d'écouter son conseil et de partir avec lui, il a eu la bêtise d'insister trop tendrement, je lui ai tout simplement répondu que je ne bougerais pas d'ici, que je t'aimais, que je voulais mourir avec toi... et qu'il m'ennuyait ! Alors, il s'en est allé furieux ! C'est ce qui lui a donné l'idée de t'envoyer ce billet pour t'effrayer, vilain jaloux ! S'il nous voyait en ce moment ! Oh ! que ce serait bien fait !

Elle se pressait encore plus tendrement contre lui.

Il n'y avait plus, pour le lieutenant de Laurentz ni poste à garder, ni ennemi à surveiller, ni devoir militaire à remplir ; il n'existait plus rien au monde pour lui qu'une maîtresse qui l'enivrait de ses tendresses passionnées.

Et il était là sous le charme mortel, déshonorant, depuis un temps dont il ne se rendait pas compte, les heures de joie n'ayant que la durée d'un rêve, lorsqu'un bruit de voix se fit entendre au rez-de-chaussée. Ivan répondait à quelqu'un qui lui parlait haut, le suppliait ; et tout à coup, avant même qu'il eût été possible à Lise et à Henri de s'expliquer ce que cela voulait dire, la porte de la pièce où ils oubliaient tout s'ouvrit et, hâve, les traits bouleversés, le sergent Paul apparut !

C'est qu'il s'était passé au poste confié à M. de Laurentz une chose à laquelle il ne pouvait s'attendre.

On se souvient qu'après avoir été informé par son chef de son intention de faire une ronde et une reconnaissance du côté des grand'gardes allemandes, Jacques était retourné au milieu de ses hommes.

Là, auprès du feu de bivouac, à demi étendu sur une planche que deux grosses pierres isolaient du sol glacé, avec son sac pour oreiller et enveloppé dans sa couverture, il s'était laissé aller au sommeil, mais à ce sommeil intelligent des marins et des vieux troupiers, que les éclats de la foudre ni les grondements du canon dans le lointain ne troublent pas, tandis que le plus léger bruit annonçant un danger immédiat l'interrompt aussitôt ; et il se reposait ainsi depuis assez longtemps, lorsqu'il se réveilla.

Il se souvint alors de ce que lui avait dit M. de Laurentz, regarda quelle heure il était et tout surpris que le vicomte ne l'eût pas encore fait appeler, il se leva et discrètement, de façon à ne donner l'éveil à personne, se dirigea vers le fournil où à sa stupéfaction, il n'aperçut pas celui qu'il y pensait trouver.

Le brosseur dormait profondément et le feu ne se composait plus que de quelques charbons qui achevaient de s'éteindre.

Fort inquiet, Morin hésita un instant, car il se rappelait la consigne qu'Henri lui avait donnée de ne pas revenir avant qu'il le fît prévenir, mais, n'y tenant plus, il réveilla l'ordonnance et lui demanda :

— Savez-vous où est le lieutenant ?

— Non, sergent, répondit le soldat en se frottant les yeux, tout surpris de cette question et en cherchant lui aussi, M. de Laurentz du regard.

— Il y a longtemps que vous dormez ?

— Deux grandes heures au moins !

— Vous n'avez pas revu le lieutenant depuis qu'il est allé faire sa ronde ?

— Non ! il est peut-être parti avec le mobile. Que je suis bête ! Le mobile avait décampé avant votre arrivée ici avec moi.

— Le mobile ! Quel mobile ?

— Celui que... Ah ! c'est vrai, vous ne savez pas !

Et se réveillant tout à fait, le troupier raconta comment à Bry, où il était allé aux provisions, il avait rencontré un soldat de Nogent qui s'était chargé de remettre à M. de Laurentz un billet et qu'il avait amené avec lui.

— Vous ignorez de qui était cette lettre ? fit Jacques, tout troublé.

— Je n'en sais rien ! J'ai seulement remarqué que le lieutenant était fort ému en la lisant. Il allait, venait, paraissait très agité, et il froissait dans sa main le billet, qu'il a fini par jeter au feu. C'est à ce moment qu'il m'a envoyé vous chercher, et quand nous sommes revenus ensemble, le garde mobile n'était plus là.

— Qu'est-ce que c'est que ce soldat ?

— Peuh ! Il marque assez mal. Un petit, maigre, blême, l'air malin, avec une voix traînante. Un vrai voyou parisien !

— Alors, la lettre...

Mais, sans continuer, le vieux sergent se baissa vivement pour ramasser auprès du feu un chiffon de papier roulé en boule et que le voisinage de la flamme avait à peine roussi.

— Tiens ! on dirait le billet ! fit le brosseur.

Morin ne répondit rien et, à la lumière d'une grosse allumette bougie, il lut sur cette feuille de papier, qu'il avait redressée soigneusement :

« Monsieur le vicomte, Mme Nartheld court un « grand danger. M. de Trémont veut l'emmener de « force à Paris, et comme il est escorté de plu« sieurs gardes de l'île, nous ne savons comment « résister. Venez à notre secours.

« Je vous envoie un garçon dévoué qui va traver« ser la Marne sur son bateau et pourra vous ra« mener avec lui. Vous éviterez ainsi les ponts de « Bry et de Joinville. Lorsque vous nous aurez « délivrés de M. de Trémont, vous vous en irez « rapidement par le même chemin. Mais hâtez« vous. Votre serviteur, Ivan. »

— Le malheureux ! gémit Jacques, cette lecture terminée. Cet appel-là est un piège, j'en suis sûr ! Oh ! non de cette femme, mais de ce rival, de ce cousin maudit qu'il a ruiné jadis. Ce mobile, je le reconnais ! C'est lui qui causait avec M. de Trémont, l'autre jour, en examinant la villa des Ormes ! Il veut se venger ! Mon Dieu ! que faire ? Mais c'est la honte, c'est le déshonneur ! C'est le déshonneur pour mon vieux compagnon d'Afrique ; c'est le désespoir pour sa mère, pour elle que... Oh non ! non, cela ne sera pas !

Et redevenu subitement maître de lui, une résolution inébranlable peinte sur le visage, Morin dit, d'une voix calme à l'ordonnance qui ne le quittait pas des yeux, et en lui montrant la lettre :

— Ça n'est rien ! Quant au lieutenant, il est en reconnaissance du côté des avant-postes prussiens ; il m'avait prévenu : je l'avais oublié ! Si on vous interroge, vous n'aurez pas autre chose à répondre. Ce qu'il y a de mieux, c'est de vous rendormir. Moi, je vais en faire autant !

Puis il quitta le fournil, retourna au milieu de ses hommes, recommanda à son collègue, le second sous-officier de la compagnie, de bien veiller, de relever exactement les sentinelles, de le remplacer enfin pendant qu'il allait inspecter le front des grand'gardes avec son lieutenant ; et ces ordres donnés, il revint sur ses pas pour gagner rapidement le pont de Bry, qu'il traversa sans encombre, mais pour être arrêté à son extrémité par un factionnaire qui, bien qu'il lui eût lancé le mot d'ordre, avec cette explication en plus : « exprès au gouverneur de Vincennes », lui répondit :

— Ne manquez pas, sergent, de vous faire donner au Château ou par le chef de poste à Nogent un permis de retour, car nous avons ici la même consigne qu'à Joinville : ne laisser passer personne se dirigeant vers nos lignes.

— Très bien ! riposta Morin, sans même réfléchir à ce que cette consigne avait de grave pour lui.

Et, reprenant sa course, il gagna la rive droite de la Marne, qu'il voulait suivre jusqu'à Nogent, pour éviter de passer trop près du Perreux.

Une demi-heure plus tard, il avait si bien couru à en perdre haleine, qu'il était dans l'île de Beauté, sur le petit bras de la rivière, devant la villa des Ormes, dont il ébranla la grille jusqu'à ce qu'Ivan lui eût ouvert.

Alors, aussitôt dans la maison, il avait parlementé quelques secondes avec le fidèle Russe, puis, malgré ses efforts pour lui barrer le passage, il s'était élancé d'un bond au premier étage, pour apparaître au malheureux officier en faute comme la statue du Devoir.

— Vous, Paul ! Qu'y a-t-il ? demanda avec stupeur M. de Laurentz, en écartant doucement Mme Nartheld, qui s'était mise devant lui, prête à le défendre.

— Il y a, mon lieutenant, que nous n'avons pas un instant à perdre pour rejoindre notre poste, si nous ne voulons pas être déshonorés tous les deux ! Dieu veuille que nous n'arrivions pas trop tard !

— Oh ! c'est vrai ! Mais vous, pourquoi êtes-vous venu ?

— Parce que votre brosseur m'a dit quelle visite vous aviez reçue et que j'ai trouvé dans le fournil, près du feu, le billet qu'un mobile vous avait apporté. J'en ai conclu que vous étiez tombé dans un piège, car cet homme, le hasard me l'a fait rencontrer ici même, dans l'île, avec un de vos parents qui vous hait, M. de Trémont. Oh ! je vous expliquerai tout cela plus tard ! Madame, je vous en conjure, ne le retenez pas une seconde de plus ! Il y va pour lui de la vie et de l'honneur ! Vous ne vous doutez pas des conséquences terribles qui peuvent résulter de son absence là-bas !

Mme Nartheld et M. de Laurentz étaient terrifiés. Ils ne se demandaient pas comment ce soldat, cet inconnu, savait toutes ces choses de leur existence intime. Ils sortaient de leur rêve d'amour dans un même accès de remords, remplis d'admiration pour ce sous-officier qui risquait tout ce qu'il avait de plus cher pour sauver son chef.

— Oh ! oui, oui ! vous avez raison ! s'écria Lise en revenant à elle la première. Merci ! Ah ! nous étions fous tous deux ! Viens, Henri, viens ! Le bateau qui t'a amené est là, devant le jardin, Ivan vous conduira aisément sur l'autre rive !

Le vicomte était déjà prêt, si profondément ému, si honteux, qu'il n'avait pu que tendre la main à son sergent.

Ils descendirent tous les trois ; Ivan les suivait. Ils traversèrent le parc, gagnèrent la tranchée, qu'ils franchirent sur la planche qui avait servi de passerelle à M. de Laurentz deux heures auparavant, et, sur la berge, ils cherchèrent l'embarcation. Elle avait disparu !

Morin eut un geste de désespoir ; la route de la Marne leur était fermée. Son lieutenant, c'est-à-dire son fils et lui, ils étaient perdus tous deux.

Au même instant, ils entendirent, venant du milieu de la rivière et partant d'un canot que le courant entraînait, une voix qui leur envoyait ces paroles terribles :

— Deux fois, tu m'as volé mon bien, vicomte Henri de Laurentz, fils de Berthe Benoist ! Aujourd'hui, je prends ma revanche !

— Ah ! le misérable, c'est lui, c'est M. de Trémont ! s'écria Lise avec horreur.

C'était en effet le baron. Resté aux aguets près de la villa, pour mieux et plus promptement jouir de son triomphe, lorsqu'il aurait la certitude que son cousin n'avait pu retourner à son poste avant le jour ni peut-être même avant la reprise des hostilités, il l'avait entendu traverser le jardin avec ceux qui l'accompagnaient, et se doutant aussitôt que quelque cause imprévue allait faire échouer son plan infâme, il n'avait pas hésité à s'emparer du canot, pour enlever ce moyen de salut à celui qu'il voulait perdre.

Mais tout à coup, une détonation retentit, un éclair traversa l'espace et l'on vit le baron, foudroyé, tourner sur lui-même et tomber à l'eau, où il disparut, pendant que l'embarcation continuait à s'en aller à la dérive.

— J'ai fait justice ! dit Jacques d'une voix sourde, pour répondre aux regards qui s'étaient fixés sur lui et en replaçant à sa ceinture le revolver dont il venait de se servir. Cet homme a tendu un piège à un officier français dans le but de l'arracher à son devoir. Il méritait la mort ! Oui, j'ai fait justice ! Mais nous, qu'allons-nous devenir ?

Il s'était hissé sur la palissade et interrogeait l'horizon, au delà de la berge de la rive opposée, du côté de Bry, où il lui semblait déjà entendre les crépitations de la fusillade allemande.

— Tâche de trouver un autre canot, commanda vivement Mme Nartheld à Ivan.

Le brave serviteur partit, mais vingt éternelles minutes après, il revenait désolé. Il n'y avait pas une seule embarcation le long de la Marne, que les mobiles ne surveillaient même plus. Depuis qu'ils savaient les Prussiens chassés de Bry et de Champigny, ils s'abritaient dans les chalets de l'île contre la température rigoureuse qui sévissait depuis quelques jours.

A cette nouvelle désespérante, Morin réfléchit un instant, puis, s'adressant à M. de Laurentz :

— Il faut cependant que nous retournions là-bas ; il le faut à tout prix ! Et nous ne pouvons prendre par les ponts de Bry et de Joinville ! D'ailleurs, personne ne doit vous voir ! Vous savez nager ?

— Hélas non ! répondit le vicomte ; c'est peut-être le seul exercice du corps qui me soit étranger.

— Ah ! fatalité ! Eh bien ! non, tout n'est pas perdu ! Vous avez confiance en moi ?

— Une confiance sans bornes, sans limites, aveugle !

— S'il en est ainsi ; sur mes épaules, mon lieutenant ! Il y a dix ans, j'étais le meilleur nageur de tous les zouaves. J'ai bien franchi, au Mexique, le torrent de la Jemmapa. C'était autre chose que ce ruisseau ! Je traverserai donc facilement la Marne avec vous sur mon dos !

Mme Nartheld et Henri n'en pouvaient croire leurs oreilles. Ivan lui-même, ce modèle de dévouement demeurait stupéfait.

Le sergent était déjà dans la rivière jusqu'à la ceinture et répétait :

— Allons, vite, mon lieutenant ! C'est notre honneur qu'il faut sauver ! C'est l'honneur de votre nom, c'est le bonheur de votre mère !

Le sublime Jacques n'oubliait rien !

Alors, fou d'admiration, ne sachant que répondre, M. de Laurentz échangea un baiser rapide avec Lise que la terreur rendait immobile, et il obéit au sous-officier, qui lui disait :

— Là, posez-vous bien en équilibre ; prenez-moi par le cou. Dieu est pour ceux qui savent l'implorer !

Et s'étant assuré qu'Henri avait solidement passé ses jambes autour de ses reins, il s'étendit sur les flots, qu'il commença à fendre avec une vigueur surhumaine. Il se tenait le buste si complètement hors de l'eau que M. de Laurentz n'y baignait pas jusqu'à mi-corps.

Angoissée, hypnotisée par l'épouvante, Mme Nartheld les suivait des yeux dans le brouillard qui rendait la nuit plus lugubre et plus obscure encore.

Bientôt elle ne distingua plus rien et tomba à genoux.

Le courant était si rapide que le hardi nageur ne pouvait songer à se diriger en ligne droite ; il coupait la rivière en biais, sans que le froid le saisît, tant son œuvre de salut le rendait insensible. Vingt minutes de lutte inénarrable, épuisé, râlant et cependant n'ayant pas cessé une seconde de surveiller et d'encourager son précieux fardeau, l'héroïque sergent-major atteignit enfin la rive gauche, un peu au-dessous des taillis du Tremblaye.

Là, accroché aux pierres de la berge, il laissa l'officier mettre pied à terre, et quand celui-ci l'eut aidé à son tour à gravir le talus glacé, il lui dit, haletant :

— Maintenant, courez droit devant vous ! Tenez, buvez ceci d'abord pour vous réchauffer !

Il lui tendait sa gourde d'eau-de-vie.

— Et vous, mon cher Paul, ne venez-vous pas ? Oh ! je ne vous laisserai pas ici !

— Ne vous occupez pas de moi ! J'ai besoin de quelques secondes pour me remettre un peu. Je vous aurai rattrapé avant que vous soyez à moitié chemin de Bry. Mais partez, partez donc ! Je vous en conjure, au nom de votre mère ! Puisque je vais vous rejoindre ! Tenez, embrassez-moi, si vous trouvez bien ce que je viens de faire !

— Oh ! mon ami, mon père !

Et Henri se pencha sur Jacques pour satisfaire avec effusion et reconnaissance à son désir, puis, sur un geste suppliant du sous-officier, dont le visage rayonnait d'une joie immense, il s'élança dans la direction du poste qu'il avait abandonné quatre heures auparavant.

Pendant quelques minutes, Morin suivit d'une oreille inquiète le bruit des pas de plus en plus rapides de M. de Laurentz sur la terre durcie, et seulement lorsqu'il n'entendit plus rien, lorsqu'il put se dire que son fils était sauvé, il s'étendit sur le sol, en gémissant, dans un inutile et dernier effort pour résister au froid et à l'épuisement :

— Son père ! Ah ! maintenant, quoi qu'il arrive, je suis payé !

Une demi-heure plus tard, le jour se levait à peine et Mme Nartheld tressaillait aux détonations de la mousqueterie qui venait de s'engager de l'autre côté de la Marne.

C'était le 107e allemand qui attaquait à l'improviste nos grand'gardes en avant de Bry.

A la tête de sa compagnie, le lieutenant de Laurentz opposait une vigoureuse résistance à l'ennemi, mais on constatait avec stupeur l'absence du sergent-major Paul.

IX

C'était la veille au soir, le 1er décembre, que l'état-major allemand, décidé à nous rejeter de l'autre côté de la Marne, avait envoyé l'ordre de reprendre les hostilités le lendemain, dès la pointe du jour. Or, masquée par un brouillard épais, l'attaque de nos grand'gardes en avant de Bry fut si subite que nos hommes, surpris par l'inattendu et la vigueur du choc, durent se replier jusqu'au village, où les Saxons s'emparèrent de la barricade élevée en tête de la Grande-Rue et firent déposer les armes à ses défenseurs.

Ce premier échec ne pouvait manquer d'avoir les conséquences les plus désastreuses ; mais le général Daudel, heureusement, s'élança avec plusieurs bataillons de sa brigade contre les assaillants qui, après une lutte acharnée, se retirèrent à leur tour reculant devant notre impétuosité, aussi bien à Bry que sur toute la ligne de Champigny, où Ducrot commandait en personne, bravant héroïquement la mort.

Le soir de ce second acte de la bataille de Champigny, malgré les innombrables renforts qu'il avait reçus et ses retours offensifs, l'ennemi avait perdu tous les avantages de son mouvement du matin, et les deux armées occupaient à peu près les mêmes positions que la veille.

Le lendemain, néanmoins, sans que nous eussions tiré un seul coup de fusil, le général Trochu ordonna la retraite et nos troupes rentrèrent dans Paris, à la douloureuse stupeur de tous. On ne pouvait s'expliquer cette brusque cessation de la lutte, après deux journées victorieuses, qui avaient soulevé un indescriptible enthousiasme et permis tous les espoirs de délivrance.

Mais c'est là un point d'histoire que nous ne devons pas aborder ; il est en dehors de notre récit.

Le combat de Bry avait donc été aussi glorieux que meurtrier, et le général commandant la 2e armée en reçut aussitôt le rapport, dans lequel étaient consignés les moindres incidents de l'affaire, d'après le récit des chefs de corps qui y avaient pris part.

Ce rapport se terminait par ces lignes :

« Incontestablement nos avant-postes et nos « grand'gardes de Bry ont été surpris à l'impro- « viste. Doit-on l'attribuer à un défaut de surveil- « lance, à quelque manquement au devoir, à quel- « que erreur dans l'interprétation des consignes ! « Tout le fait craindre, et il y a lieu de supposer « que le sergent-major Paul Morin, de la 1re com- « pagnie du 107e, est en partie responsable de ce « triste événement, car les gendarmes de la pré- « vôté l'ont trouvé évanoui sur le chemin de ha- « lage, rive gauche de la Marne, au moment même « où l'ennemi attaquait son poste.

« Ce sous-officier, chevalier de la Légion d'hon- « neur et décoré de la médaille militaire, n'est re- « venu à lui qu'au bout de quelques heures, après « avoir été l'objet des soins les plus énergiques qui « l'ont réellement rappelé à la vie, car il aurait dû « succomber à une congestion causée par le froid.

« Interrogé, le dit sergent Paul Morin a refusé de « répondre. Il ne paraissait pas d'ailleurs se rendre « compte de ce qui lui était arrivé ; il a seulement « demandé ce qu'était devenue sa compagnie, et, « en apprenant que, grâce au lieutenant de Lau- « rentz, elle avait pu se replier en bon ordre sur « Bry, il a manifesté une véritable joie.

« Il y a dans la conduite de ce sous-officier un « mystère qu'une enquête seule pourra expliquer. « En attendant qu'elle soit ordonnée, le sergent- « major Morin, dont les états de service, que nous « n'avons pas sous les yeux donneront plus com- « plètement le nom, prénoms et antécédents, est « écroué à la prison du château de Vincennes.

« Quant aux soldats de cette compagnie inopi- « nément attaquée, ils ont fait énergiquement leur « devoir, mais il est juste de signaler entre tous « le lieutenant Henri de Laurentz, qui a été griè- « vement blessé. Cet officier est sorti de Saint-Cyr « au mois d'août dernier ; il a vingt ans à peine. »

Ce rapport disait exactement la vérité. Persuadé que son sauveur allait le suivre, M. de Laurentz, nous l'avons raconté, s'était élancé à travers champs pour rejoindre son poste.

Il y était arrivé juste à temps pour prendre part à la lutte, pour donner l'exemple du courage à ses hommes, mais au début même du combat, un coup de baïonnette dans le flanc droit l'avait jeté à terre, et quelque ennemi l'aurait certainement achevé, si l'un de ses soldats n'avait réussi à le traîner jusqu'à l'intérieur du fournil, où, quand les Allemands eurent été repoussés à leur tour, les frères de la Doctrine chrétienne le relevèrent à demi mort et l'envoyèrent à l'ambulance de Bry, de l'autre côté de la Marne.

De là, après un premier pansement, mais sans qu'il eût repris connaissance, Henri avait été dirigé sur l'hôpital de Vincennes, d'où la comtesse, immédiatement avertie, était venue l'enlever.

La pauvre mère n'avait précédé que de quelques instants Miss Northeld qui, informée par lui du dénouement de l'affaire de Bry, s'était mise aussitôt à la recherche du bien-aimé, mais pour arriver trop tard. Alors, désespérée, folle de douleur, elle était rentrée aussitôt à Paris, décidée à aller se jeter aux genoux de Mme de Laurentz, pour qu'elle lui permît de voir le blessé si son état s'aggravait.

Quant à l'ancien colonel, lorsqu'il avait vu apporter dans son hôtel cet enfant unique, cet espoir de sa race, ce seul héritier de son nom, qui ne le reconnaissait pas et pouvait succomber d'un moment à l'autre, il s'était pieusement penché sur lui pour l'embrasser, et, refoulant ses larmes, il avait dit stoïquement à sa femme :

— Il a fait son devoir ; soyons-en fiers tous deux ! A nous de faire le nôtre en priant Dieu de le garder à notre tendresse !

Pendant ce temps-là, à l'infirmerie de la prison de Vincennes, on soignait Jacques. Lorsqu'il fut revenu à lui, seulement dans le milieu de la journée, il comprit la situation terrible qu'il s'était faite, tout à la fois par amour paternel et par souci de l'honneur du nom de son ancien chef en Afrique. C'était lui, le héros du Mexique, l'impeccable soldat, qui allait payer son dévouement de son honneur et de sa vie ! Et c'est parce qu'il était prêt à ce sacrifice suprême, qu'au premier et sommaire interrogatoire que lui avait fait subir le capitaine de la prévôté, il avait refusé de répondre.

L'heure de l'épouvantable épreuve était imminente.

Fort émue de l'incident des avant-postes de Bry et décidée à faire un exemple, en même temps par devoir et pour satisfaire l'opinion publique exaspérée de la rentrée des troupes, l'autorité militaire donna l'ordre d'informer au capitaine Renaud, rapporteur près le 1er Conseil de guerre à Paris.

Cet officier se transporta sans retard à Vincennes pour interroger le sergent-major Paul Morin, car l'enquête n'avait rien révélé à Bry, les hommes de la grand'garde surprise ayant été presque tous tués ou faits prisonniers. L'ancien adjudant aux zouaves reconnut seulement, sans vouloir expliquer les motifs de son absence, qu'il était en effet loin de son poste au moment où les grand'gardes avaient été attaquées.

Aussitôt, après avoir reçu la déposition de la sentinelle qui, sur le pont de Bry, avait interpellé Jacques, dans la nuit du 1er au 2 décembre, quand il avait passé devant elle, pour se rendre à Vincennes, ainsi qu'il l'avouait lui-même, le rapporteur ordonna que le sous-officier, qui était tout à fait remis, grâce à sa robuste constitution, fût conduit à la maison de justice militaire, où siégeaient et où siègent encore aujourd'hui les Conseils de guerre de Paris, si misérablement logés dans le vieil hôtel Montespan, rue du Cherche-Midi.

L'infortuné était là depuis deux heures à peine, dans l'une des cellules du sous-sol, véritables cachots sans air et sans lumière, où l'on enfermait à cette époque les prévenus, lorsque deux gardiens de Paris vinrent le chercher pour le conduire à l'instruction.

Le cabinet de M. Renaud se trouvait dans l'aile droite de l'hôtel, en retour sur la cour d'entrée, et Jacques, la tête baissée, avait marché entre ses gardiens sans souci de la route qu'il faisait, montant de larges escaliers et suivant de longs couloirs, quand ayant franchi une porte, il se vit soudain en face de Tercier, qui lui sauta au cou, en s'écriant :

— Paul, mon cher Paul, toi ici !

Voici pourquoi se produisait cette rencontre.

Le lendemain de l'affaire de Bry, l'ex-maître d'armes à Saint-Cyr s'était hâté d'aller à Vincennes ; il voulait savoir si son brave Paul était tué ou blessé ; et on comprend quelle avait été sa stupeur en apprenant que, tout au contraire, au moment où l'on se battait, il avait été arrêté par la prévôté à plusieurs kilomètres du théâtre de la lutte.

C'était là un fait tellement incroyable qu'il tenta d'en avoir aussitôt l'explication, mais on ne lui permit pas de pénétrer jusqu'au prisonnier.

Alors il se tint aux aguets pour suivre la marche des choses, et dès qu'il sut que Morin avait été transféré rue du Cherche-Midi, il accourut et y retrouva, heureusement, dans le capitaine rapporteur, un officier qu'il avait beaucoup connu à l'École, pendant qu'il y était professeur, et qui avait précisément une grande estime pour lui. Il lui raconta ce qui l'amenait, et quand M. Renaud lui eut fait part du silence obstiné du sergent-major, il le supplia de le laisser interroger lui-même. Il saurait bien le faire parler !

Désireux d'arriver à la découverte de la vérité par conscience, pour l'honneur de l'armée et par sympathie autant que par pitié pour ce soldat dont les états de service étaient si admirables, M. Renaud accorda à Tercier ce qu'il demandait. Il envoya aussitôt chercher Morin qui avait fait de nouveau provision de calme et de courage pour répondre à son juge et se trouvait, sans s'y attendre, en présence de son vieil ami.

L'impression que lui produisait cette rencontre était telle qu'il pouvait à peine se soutenir.

Le rapporteur, qui dissimulait mal son émotion, dit aux deux sous-officiers :

— Je vous laisse seuls quelques instants. Je suis là, à côté, mais je ne vous écoute pas, sur ma parole ! Tercier, arrachez-lui la vérité tout entière. Vous, Morin, qui avez été pendant de longues années un modèle d'honneur, de discipline et de courage, si vous avez eu un moment de défaillance, ou plutôt, car cela n'est même pas possible, si vous avez commis une erreur, si vous avez mal interprété un ordre, avouez-le ! Un soldat tel que vous ne saurait être traité comme un autre ! Vous pensez si je serais heureux de trouver une excuse à votre faute !

Les mains dans celles de Pierre, Jacques ne trouvait pas une parole. Cette sommation si loyale, si paternelle de son chef lui faisait venir aux yeux des larmes de reconnaissance.

— Tu as entendu ? lui dit Tercier, lorsque M. Renaud se fut retiré avec son greffier.

— Oui, oui, fit Morin tristement, oui ! Mais toi, pourquoi es-tu ici ?

— Pourquoi ? C'est qu'après t'avoir cherché vainement dans tous les hôpitaux et dans toutes les ambulances de la deuxième armée, je n'avais plus qu'un espoir : celui d'apprendre que tu étais prisonnier des Allemands, quand on m'a dit que c'étaient des gendarmes français qui t'avaient arrêté et que tu étais accusé de manquement au devoir, d'abandon de ton poste, toi ! Ils sont fous, ces gens-là ! Et il paraît que tu ne veux pas parler ! Je le tiens du capitaine Renaud lui-même. Il était déjà à l'École lorsque j'y suis entré comme prévôt. C'est un excellent homme. Je lui ai dit qu'il n'était pas possible que tu fusses coupable et je lui ai demandé la permission de te voir. Ah ! tu me parleras à moi ; tu m'expliqueras cette erreur abominable ! Paul, mon cher Paul ! Voyons, réponds-moi. Réponds-moi donc !

— Tu aurais mieux fait de ne pas venir ici, mon bon Pierre, fit enfin Jacques, d'une voix sourde, car, même à toi, je ne peux rien dire. Oui, c'est vrai, je me suis éloigné de mon poste. J'espérais pouvoir y revenir assez vite pour que mon absence ne fût pas connue et ne causât tout aucun malheur ! Dieu ne l'a pas permis ! Pendant que je n'étais pas là, les grand'gardes ont été surprises et sans mon intrépide lieutenant, qui était à son poste, lui, esclave du devoir, le désastre eût été plus grand encore ! Et il a été blessé, le courageux enfant ! Tiens ! puisque tu m'aimes toujours, malgré tout, malgré ma faute, malgré mon crime, va chercher de ses nouvelles. Ta démarche sera toute naturelle, puisque tu étais son prévôt à Saint-Cyr. Mais ne lui parle pas de moi ! S'il te demande ce que je suis devenu, réponds-lui que tu l'ignores, que j'ai été tué ou fait prisonnier. Ah ! c'est qu'il ne faut pas qu'il prononce mon nom, même pour me défendre !

— Qu'est-ce que tout cela veut dire ? Je ne te comprends pas ! C'est à en perdre la raison !... Je veux...

— Je t'en prie, ne m'interroge pas davantage ! Ah ! encore autre chose ; mais avant donne-moi ta parole d'honneur, ta parole de soldat, de ne jamais raconter à personne, à personne, tu m'entends bien, et quoi qu'il puisse advenir de ton silence, la visite que tu vas faire ?

— Je te le jure sur l'honneur !

— Eh bien ! en sortant d'ici, cours à la villa des Ormes, dans l'île de Beauté, à Nogent ; tu y trouveras une dame Nartheld et la prieras de ma part de ne jamais rien révéler à qui que ce soit, ni pour n'importe quel motif, de ce qui s'est passé sous ses yeux dans la nuit du premier au deux décembre. Elle comprendra qu'il s'agit de la vie et de l'honneur de quelqu'un qu'elle aime, et elle se taira ! Si Mme Nartheld n'est plus à la villa des Ormes, c'est qu'elle est rentrée dans son appartement à Paris, 45, rue Marbeuf. Passe même chez elle avant d'aller à Nogent, c'est plus simple ! Ah ! tu me jure aussi de ne pas interroger cette personne, ni même d'écouter ce qu'elle pourrait vouloir te dire ?

— Non, cent fois non, je ne te jurerai pas ça !

— Comment ! tu me refuses cela, à moi ?

— Ah ! ça ! me prends-tu donc pour plus bête encore que je le suis ? Est-ce que tu crois que je ne devine pas qu'il y a au fond de toute cette aventure quelque sacrifice héroïque de ta part ! Est-ce que tu peux avoir été lâche et déserteur ! Dis-moi tout, ou je n'irai pas chez cette dame Nartheld, mais, au contraire, je chercherai tant et tant que je finirai bien par savoir la vérité. Et après, vois-tu, comme je ne me suis fait aucun serment à moi-même, je n'agirai qu'à ma guise ! Nulle puissance au monde, pas même toi, ne m'empêchera de crier bien haut ce que j'aurai découvert !

Jacques ne s'attendait pas à cette résistance : il en était atterré, car il n'espérait pas la vaincre. Cependant il insista de nouveau, mais inutilement.

— Non, cent fois non ! répondit Pierre. Te laisser déshonorer, toi ! J'aimerais mieux arracher moi-même ma médaille de ma poitrine !

— S'il en est ainsi, je vais tout te dire !

— Ah ! ça vaut mieux ! Mais tout, tu entends, tout ?

— Oui, tout !

Et Morin raconta alors rapidement à son ami comme il s'était pris de tendresse pour le sous-lieutenant de Laurentz, le fils de son ancien colonel en Afrique, qui lui avait sauvé la vie et donné ses premiers galons. C'est pour cela qu'il allait si souvent à Saint-Cyr, qu'il l'avait emmené un jour, lui Tercier, à Nogent, pour avoir l'occasion de rencontrer une fois de plus le vicomte et sa maîtresse, car il craignait pour lui quelque liaison dangereuse, d'autant plus qu'il savait que l'un de ses parents le haïssait et pouvait avoir l'idée de lui tendre quelque piège. Ce premier récit terminé, il poursuivit :

— Tu comprends si je continuai à m'intéresser à M. de Laurentz quand il fut sorti de l'École peu de jours après la déclaration de guerre. Lorsque je le sus de retour à Paris avec le corps du général Vinoy et entré au 107e, je m'engageai dans le même régiment. Bientôt une place de sergent-major fut vacante dans sa compagnie, je l'obtins sans peine. Là, une fois près de lui, je me mis à l'aimer chaque jour davantage, en mémoire de son brave père, dont il avait l'audace et le courage au feu, et il arriva un jour ce qui m'a conduit ici.

« Dans la nuit du 1er au 2, le surlendemain de la première journée de Champigny, notre compagnie était aux avant-postes, mon lieutenant m'informa qu'il allait faire une reconnaissance du côté des grand'gardes ennemies. Je l'approuvai et retournai au milieu de mes hommes. Seulement, après avoir sommeillé une heure ou deux, je fus pris d'inquiétude et, voulant savoir comment s'était terminée la petite excursion de M. de Laurentz, je me glissai jusqu'à l'abri où il campait. Je n'y trouvai plus personne que son brosseur. Je l'interrogeai et j'appris de lui que le lieutenant avait reçu d'un mobile, venu de Nogent, un billet qui lui avait causé une vive émotion. Il n'en savait pas davantage, car il s'était endormi, et il n'était pas moins étonné que moi de son absence.

« Je crus comprendre ce qui s'était passé. On M. de Laurentz avait été appelé à Nogent par Mme Nartheld ; — je savais qu'elle s'était installée dans l'île de Beauté pour être plus près de lui ; — ou il avait donné dans quelque embuche tendue par ce parent, ce M. de Trémont dont il avait enlevé sa maîtresse et qui s'était juré de se venger ! Pour quelque raison que ce fût, le fils de mon ancien colonel avait disparu de son poste. Il fallait à tout prix qu'il y revînt ! Je voulais tenter l'impossible pour le retrouver. Mais où était-il ? Je n'avais aucune certitude et je restais là, ne sachant que faire, désespéré, quand tout à coup j'aperçus auprès du feu, à demi éteint, un chiffon de papier. Je le ramassai. C'était la lettre apportée par le mobile. Elle me disait tout ce que je voulais savoir : Mme Nartheld appelait son amant à son secours ; M. de Laurentz était bien dans l'île de Beauté. Il s'y était rendu à l'aide d'un bateau amarré auprès des taillis du Tremblaye et qui devait le ramener sur la rive gauche. Le plus simple pour moi était d'attendre, mais j'avais peur qu'il n'oubliât l'heure et surtout qu'il ne fût retenu de force là-bas !

« Je n'hésitai plus du tout, je courus à Bry et traversai le pont, en jetant le mot d'ordre à la sentinelle, qui me répondit par la recommandation de me munir à Vincennes ou à Nogent d'un permis de retour, car la consigne était de ne laisser circuler personne dans la direction de nos lignes ; puis, en suivant la Marne, j'arrivai vingt minutes plus tard à la villa des Ormes. Mon mon lieutenant y était en effet. La lettre qui l'y avait appelé n'était ni de Mme Nartheld ni d'aucun de ses gens. Elle trahissait donc bien un piège ; il fallait l'en arracher ! Du reste, ma présence avait suffi pour rappeler M. de Laurentz au devoir. Il était déjà prêt à me suivre. Seulement nous ne pouvions songer à retourner à notre poste par le pont de Bry, d'abord à cause de la consigne et aussi parce qu'il était important que personne ne pût dire que l'on avait vu le lieutenant de ce côté, à pareille heure. Du reste, nous avions la rivière et le bateau qui l'avait amené. Nous courûmes à la berge ; l'embarcation n'était plus là ! M. de Trémont venait de s'en emparer et descendait la rivière. Je le tuai d'un coup de revolver ! C'était mon droit, puisque, dans le but de faire manquer à son devoir un officier français, il lui avait tendu un piège. Mais plus aucun moyen de gagner le bord opposé, et M. de Laurents ne savait pas nager. Alors, ma foi...

— Alors ? fit Tercier que ce récit débité d'une voix saccadée tenait dans une horrible angoisse.

— Alors j'ai pris le jeune homme sur mon dos et j'ai traversé la Marne comme jadis au Mexique, tu t'en souviens, nous avons traversé la terrible Jemmapa !

— Ah ! Paul, Paul !

Et ne trouvant rien de plus à dire, il saisit Jacques entre ses bras, pour le presser sur son cœur. Puis, cette satisfaction donnée à son enthousiasme, bien vite il lui demanda :

— Après, après ?

— Après, répondit le sergent-major, ce fut fini, tout à fait fini pour moi ! A ma prière et convaincu d'ailleurs que je le suivais, mon lieutenant courut d'une seule traite jusqu'aux avant-postes, où il arriva à temps pour enlever ses hommes. Il était sauvé du déshonneur !

— Mais, toi, toi ?

— Moi, j'essayai vainement de me relever. Epuisé de fatigue, engourdi par le froid, je perdis connaissance, et quand je revins à moi, à l'hôpital où les gendarmes m'avaient conduit, je n'étais plus l'ex-adjudant Paul ; je n'étais, pour tout le monde qu'un soldat qui avait manqué à son devoir.

— Tu es fou ! Pourquoi ne parles-tu pas ? Est-ce que tu crois que le capitaine Renaud, lorsque tu lui auras tout dit, ne trouvera pas le moyen de t'excuser ? Que tu aimes le lieutenant de Laurentz, je le veux bien ! mais on n'aime pas un étranger jusqu'à se déshonorer pour lui !

— Henri de Laurentz n'est pas un étranger pour moi !

— Oui, oui, c'est le fils de ton ancien colonel ! Qu'est-ce que cela me fait à moi ! Que veux-tu qu'il lui arrive ? Il avait abandonné son poste, mais il y est revenu à temps pour se conduire en brave, pour se faire blesser. On prendra tout cela et son âge en considération ; tandis que toi, si on ne sait rien de la vérité...

— On ne la saura pas. Il ne faut pas qu'on la connaisse jamais !

— Si, car, moi, je la dirai ? Ah ! malgré toi-même, malgré mon serment !

— Tu te tairas, Pierre !

— Non, cent fois non !

— Tu te tairas : Henri de Laurentz est mon fils !

— Ton fils !

— Oui, mon fils ! Non pas mon fils d'adoption, mais l'enfant de ma chair, mon fils ! Avant de devenir comtesse de Laurentz, sa mère, qui était ma petite amie d'enfance, avait été à moi ! A moi, Paul-Jacques Morin, le beau Jacques, comme on m'appelait alors !

— Son fils ! Ah ! nom de Dieu ! nom de Dieu !

Le vieux troupier ne trouvait rien de mieux à dire. Cette exclamation n'était de sa part ni un blasphème, ni un juron, ni même une grossièreté ; elle résumait tout simplement ce qui se passait en lui : sa stupeur, son désespoir, l'impossibilité de lutter contre les choses, sa soumission au silence qui lui était fatalement imposé.

Ce cri, jeté à pleine voix, ayant fait rentrer M. Renaud, Tercier lui dit bien vite avec un accent d'inexprimable douleur :

— Je m'étais trompé, mon capitaine, je n'ai pu rien obtenir de lui ! De plus, j'en suis sûr, il ne parlera jamais, jamais !

Et prenant une dernière fois Morin entre ses bras, il lui promit d'aller sans retard chez Mme Nartheld et rue Saint-Georges ; puis il se sauva, désespéré.

— Ainsi, demanda immédiatement M. Renaud à son prisonnier, vous ne voulez pas m'expliquer pourquoi vous avez abandonné votre poste et comment, après avoir traversé le pont de Bry dans la nuit du 1er au 2 de ce mois, vers quatre heures, vous avez été trouvé à demi mort deux heures plus tard, sur la rive gauche de la Marne ?

— Pardonnez-moi, mon capitaine, mais je dois me taire, répondit Jacques respectueusement.

— Réfléchissez aux conséquences terribles que votre silence peut avoir. Il s'agit pour vous de l'honneur et de la vie !

— La vie n'est rien ! Quant à mon honneur, si cher qu'il me soit, je n'ai pas le droit de le défendre. Je sais ce qui m'attend, puisque j'ai manqué au devoir, moi qui devais donner l'exemple !

M. Renaud comprit qu'il n'avait pas à insister, que ce serait inutile, et, profondément ému, car il sentait que cet étrange prévenu était victime d'une erreur ou de la fatalité, il le fit reconduire dans son cachot. Ensuite, après avoir classé avec son greffier les diverses dépositions qu'il avait reçues de la sentinelle du pont de Bry, les deux hommes de la compagnie de Morin qui avaient remarqué son absence au moment de l'attaque des avant-postes et des gendarmes de la prévôté qui l'avaient ramassé sur la berge, il rédigea son rapport, où il déclara que l'état du lieutenant de Laurentz ne permettait pas de l'interroger et qu'il termina en concluant par l'envoi devant le 1er conseil de guerre du sergent-major Paul Morin, chevalier de la Légion d'honneur et décoré de la médaille militaire, sous l'accusation du crime prévu par l'article 213 du Code de justice militaire : abandon de son poste en présence de l'ennemi ou de rebelles armés.

Au même instant à peu près, Pierre Tercier était reçu par Mme Nartheld, rue Marbeuf, où elle était rentrée aussitôt après avoir appris que Mme de Laurentz avait enlevé son fils de l'hôpital de Vincennes. Il lui avait fait passer ces mots : « De la part du sergent-major Paul », et la pauvre Lise, dont la porte était fermée à tout le monde, s'était empressée de l'ouvrir à celui qui pouvait lui donner des nouvelles.

Celles qu'elle faisait prendre deux fois par jour rue Saint-Georges lui causaient d'horribles terreurs. Elle savait que le bien-aimé n'allait pas mieux, au contraire, et elle n'avait pas osé se présenter à l'hôtel de Laurentz, ainsi qu'elle en avait formé tout d'abord le projet.

Il lui semblait qu'elle n'était pas étrangère au malheur arrivé au lieutenant Henri. Peut-être n'aurait-il pas été blessé s'il était resté à son poste. Le désir de racheter sa faute l'avait rendu imprudent. Il avait dû se jeter tête baissée dans la mêlée, pour donner l'exemple de l'intrépidité après avoir failli donner celui du manquement au devoir. Elle se jugeait donc coupable, responsable de tout le mal, et le remords augmentait d'autant sa douleur.

Une fois en présence de Mme Nartheld, qui le reconnut aussitôt pour l'avoir vu un jour à Nogent avec l'adjudant Paul, Tercier lui expliqua rapidement le but de sa visite.

La jeune femme ignorait ce qu'était devenu le héros de la nuit du 1er au 2 décembre, après avoir traversé la Marne avec le vicomte sur ses épaules ; elle pensait que comme lui, il était arrivé à temps sur le théâtre de la lutte. En amante égoïste, elle ne s'était occupée que de son amant ; et elle apprenait que cet homme allait payer de son honneur et de sa vie son acte de dévouement sublime. Elle en demeurait épouvantée. Son crime, à elle, était encore plus grand, puisque c'était sa présence dans l'île de Beauté qui avait fourni à M. de Trémont l'occasion de dresser à son cousin le piège infâme dans lequel deux soldats français étaient tombés.

Elle ne savait que répondre.

— Ce n'est pas tout, madame, reprit alors le sergent, voici ce que je suis chargé de vous recommander : à aucun prix, vous ne raconterez à personne au monde ce que vous avez vu, ce que vous savez. Si vous parliez, vous ne changeriez rien à la situation de mon malheureux ami — il n'a pas voulu que le fils du colonel de Laurentz, qui lui a jadis sauvé la vie en Afrique, fût déshonoré — et vous perdriez le lieutenant. Bien qu'il se soit trouvé à Bry au moment du combat, bien qu'il y ait été blessé, il n'en avait pas moins abandonné son poste en présence de l'ennemi. Or, si cela était connu, pour lui aussi, comme pour son sauveur, ce serait le Conseil de guerre, la dégradation et la mort !

— Oui, oui, je me tairai ! gémit Lise en frissonnant. Mon Dieu, pardonnez-moi ! Et M. de Laurentz !

— Je cours rue Saint-Georges ; j'ai promis à son... au sergent Paul de lui faire parvenir de ses nouvelles.

— Permettez-moi de vous accompagner ! Oh ! je resterai dans ma voiture, mais, de cette façon, je saurai plus vite ce que nous devons craindre ou espérer.

— Je ne demande pas mieux, madame !

— Merci, merci !

Cinq minutes après, Mme Nartheld faisait prendre place près d'elle, dans son coupé, à Pierre Tercier, et moins d'un quart d'heure plus tard, Ivan, qui conduisait, arrêtait rue Saint-Georges, à deux portes avant l'hôtel de Laurentz.

L'ancien prévôt d'armes de Saint-Cyr arrivait juste à point pour assister chez le colonel à une scène profondément émouvante et pleine de grandeur.

L'état du vicomte Henri ne s'améliorait pas. Il y avait même tout lieu de craindre que la pleurésie causée par la blessure qu'il avait reçue au flanc droit ne déterminât une fluxion de poitrine à laquelle il ne pourrait résister, et nous ne tenterons pas de peindre la douleur de Berthe et celle de son mari. Ils étaient là, depuis le matin, au chevet de leur enfant unique qui les reconnaissait à peine, et plus inquiets encore que la veille, lorsque le valet de chambre vint annoncer qu'un aide de camp du gouverneur de Paris désirait être reçu et conduit auprès du sous-lieutenant de Laurentz.

En donnant l'ordre d'introduire ce visiteur inattendu, le colonel se leva pour aller au devant de lui, et quand l'aide de camp eût franchi le seuil de la pièce, il lui montra d'une main tremblante son fils, à qui le silence le plus absolu était ordonné.

— Monsieur le comte, dit aussitôt l'officier, après avoir salué respectueusement et en s'approchant du blessé, qui le fixait d'un regard où se lisaient en même temps la surprise et une sorte d'effroi, je suis envoyé par le général gouverneur de Paris pour informer M. Henri de Laurentz qu'il est nommé chevalier de la Légion d'honneur. Je suis heureux et fier d'avoir été choisi pour remplir cette mission.

Et il plaça doucement dans la main du malade la croix qu'il était chargée de lui remettre.

L'ancien chef du 20e de ligne ne put réprimer un mouvement d'orgueil. C'était là, pour l'héritier de son nom, un début glorieux dans la carrière qu'il avait été forcé, lui, d'interrompre trop tôt. On eût dit que son fils lui devenait plus cher encore, puisque, si jeune, il ajoutait déjà à l'illustration de sa maison.

La comtesse, elle, laissait couler plus abondamment ses larmes. Cette distinction dont son enfant était l'objet lui disait de nouveau le danger qu'il avait couru et redoublait aussi toutes ses terreurs.

Henri n'avait pas fait un mouvement ; mais ses yeux s'étaient à demi voilés et il avait laissé glisser la croix de sa main !

Cependant il ne savait rien du sort de celui qui l'avait arraché à la honte ; mais peut-être que son âme voyait à travers l'espace et pressentait l'avenir.

Quant à Tercier, qui avait assisté à cette scène du seuil de la chambre du blessé, il s'enfuit en étouffant un cri de colère.

C'était l'officier coupable que l'on décorait et c'était son sauveur qui allait comparaître devant des juges ! Et il avait, lui, juré de se taire !

Lorsqu'il eût rejoint Mme Nartheld, il était si pâle qu'elle crut son amant à toute extrémité.

— Non, non, rassurez-vous ! lui répondit-il. M. de Laurentz n'est pas plus mal, quoique son état soit toujours grave ; mais on a mis un baume sur sa blessure...

— Que voulez-vous dire ?

— Le gouverneur de Paris vient de lui envoyer la croix d'honneur !

— Ah ! le cher aimé !

— Et l'autre, madame, le sergent Paul ; il est en prison, lui ! Vous l'oubliez !

— Oh ! c'est vrai, pardon !

Elle avait caché son visage entre ses mains qui tremblaient.

— Vous voyez, reprit Pierre, que vous avez bien fait de garder le silence !

— Ne craignez rien, je ne dirai pas un mot. Mais vous, qui les aimez tant tous les deux, rendez-moi un grand service. La porte de cette maison où je ne puis pénétrer vous est toujours ouverte. Venez-y prendre tous les matins et tous les soirs des nouvelles de M. Henri de Laurentz et apportez-les moi. Je vous bénirai !

— Je le ferai pour vous et pour mon pauvre ami !

— De plus, tenez-moi au courant de ce qui se passera là-bas, à la prison. Je vous en conjure ! Ah ! s'il ne fallait que donner ma misérable vie pour les sauver l'un et l'autre ! A demain, n'est-ce pas ?

— Je vous le promets.

— Merci ! Moi, je vais prier. Ivan, à Notre-Dame-de-Lorette !

Le cocher descendit aussitôt la rue Saint-Georges, pour gagner la rue du Cardinal-Fesch, et Tercier reprit lentement, le cœur oppressé, le chemin de la rue du Cherche-Midi, pour faire passer au prisonnier des nouvelles de son fils.

Le jour suivant, à dix heures du matin, après avoir reçu la visite de son défenseur, Me Danet, qui n'avait pu obtenir de lui que quelques renseignements sur ses états de service, Jacques sortait de son cachot pour comparaître devant le Conseil de guerre.

L'autorité supérieure voulait être aussi prompte à punir qu'elle avait été prompte à récompenser.

Morin était en tenue de sergent-major, mais sans décorations, bien qu'il eût toujours le droit de porter celles qu'il avait si vaillamment gagnées !

Rien de moins confortable, de plus mesquin même que les salles d'audience où se rend la justice militaire à Paris. Il n'existe pas en France, dans la plus petite ville, de tribunal aussi mal installé que cette juridiction dont la mission est si haute et si dignement remplie. Pendant que nos édiles se font contruire des palais et que les plus obscurs fonctionnaires exigent des mobiliers luxueux, les Conseils de guerre sont logés à l'étroit et honteusement meublés.

Sur une estrade : une grande table en demi-cercle et recouverte d'un tapis vert, usé, déteint. Suspendu à la muraille : un grand Christ comme on en voit dans les plus pauvres églises de villages ; car on n'a pas encore laïcisé la justice, pas plus qu'on n'a osé interdire la prière du soir à bord. Il est des choses qu'on ne sépare pas de Dieu : le Devoir et la Loi.

A droite du Conseil, toujours sur l'estrade : une autre table pour le commissaire du gouvernement et son greffier ; et, à gauche, les défenseurs.

En face des juges, dans le prétoire, une banquette de cuir pour l'accusé et ses gardes. En arrière, des bancs de bois pour les témoins ; plus loin, des barrières, puis encore des bancs grossiers pour le public, assez clairsemé d'ordinaire. Les Conseils de guerre n'ont pas ces scandaleuses *premières* des Cours d'assises, avec leurs spectateurs privilégiés, hommes et femmes, viveurs et filles, parmi lesquels on reconnaît tant de gens dont la place serait aussi bien en deçà qu'au delà de la barre.

Lorsque Morin fut introduit, l'audience était ouverte, le Conseil avait pris place : un colonel, président, et six assesseurs : un chef de bataillon, deux capitaines, un lieutenant, un adjudant, un sous-officier.

La salle était comble. L'affaire de Bry avait été bientôt connue de toute l'armée de Paris, et personne ne pouvait croire à la culpabilité de ce sergent-major, chevalier de la Légion d'honneur, médaillé militaire, qui, pendant ses vingt-cinq années de service, avait été un modèle de courage, d'honneur et de discipline. On savait de plus qu'il n'avait prié Mᵉ A. Danet, l'éloquent avocat devant les Conseils de guerre, de le défendre, que sur les supplications de son compagnon d'armes du Mexique, le sous-officier Pierre Tercier, et qu'il avait refusé de faire entendre aucun témoin à décharge, sauf ce même Tercier, qui s'était absolument imposé.

Il y avait donc dans cette cause, tenant de si près à la défense de Paris, un côté mystérieux qui surexcitait la curiosité, et quand on vit Paul Morin gagner d'un pas militaire la banquette contre laquelle il se plaça debout, dans une attitude digne et le visage calme, un murmure de sympathie se fit entendre.

Ce ne fut pas non plus sans une émotion visible que les membres du Conseil arrêtèrent leurs regards sur cet accusé qui ressemblait si peu à ceux qu'ils avaient coutume de juger.

Cependant le silence se fit aussitôt et, pour satisfaire à la question du président relativement à ses nom, prénoms et qualités, Jacques répondit avec déférence, mais d'une voix ferme :

— Paul Morin, sergent-major au 107ᵉ, ancien adjudant sous-officier au 2ᵉ zouaves.

— Vous oubliez : chevalier de la Légion d'honneur, décoré de la médaille militaire, porteur des médailles de Crimée, d'Italie et du Mexique.

— C'est vrai, mon colonel !

— Vous pouvez vous asseoir.

L'ancien amant de Berthe Benoist obéit, le greffier fit l'appel des témoins, peu nombreux d'ailleurs : la sentinelle du pont de Bry, le capitaine et deux gendarmes de la prévôté, deux soldats de la compagnie de M. de Laurentz, enfin Tercier qui, depuis l'arrivée de son ami, ne le quittait pas des yeux.

Les témoins se retirèrent et le même greffier donna lecture du rapport du capitaine Renaud.

C'était le récit net, simple, de ce que cet officier avait pu recueillir sur l'épisode des avant-postes surpris ; récit fort bref, puisque l'accusé ne niait aucun des faits relevés contre lui.

Cette lecture ne dura donc que quelques minutes ; après quoi le président passa à l'interrogatoire de Morin.

Cet interrogatoire n'allait pas non plus être bien long, car tout d'abord, à la première sommation qui lui fut faite d'expliquer sa conduite dans cette nuit où il avait disparu, Jacques répondit :

— Mon colonel, je ne puis rien dire ; je ne comprends pas encore moi-même quelle influence j'ai subie, à quel vertige j'ai succombé ! Sans me rendre compte de la faute que je commettais, moi que mon lieutenant avait jugé digne de sa confiance, moi qui devais veiller sur la vie de ses hommes, j'ai abandonné mon poste ! Pour quel motif ? Je n'en sais rien !

— Il est impossible que vous ayez accompli inconsidérément un pareil acte, vous, un vieux soldat ; vous qui, pendant dix campagnes, avez donné l'exemple du devoir ; vous qui avez gagné l'estime et l'affection de vos chefs et mérité des distinctions successives.

— Je ne puis rien dire de plus !

— En passant sur le pont de Bry, vous avez crié à la sentinelle que vous étiez envoyé au commandant de Vincennes. Pourquoi ce mensonge ?

— Je ne me souviens pas.

— C'est inadmissible et ce qui est particulièrement étrange, c'est que ni à Bry, ni à Joinville, on n'a signalé votre retour vers nos lignes. Comment êtes-vous revenu sur la rive gauche de la Marne ? A six heures et demie du matin, c'est-à-dire au moment même où votre régiment se battait à Bry, on vous a ramassé sur la berge, au-dessous du taillis du Tremblaye. Vous étiez sans connaissance, glacé. Pendant de longues heures, on a cru que vous ne reviendriez pas à la vie. Aviez-vous donc traversé la rivière à la nage, dans l'intention de rejoindre votre poste avant que votre absence eût été remarquée ? On a trouvé, plus bas, contre le pont de bateaux de Joinville, une embarcation dont le plat-bord portait de larges taches de sang. On eût dit qu'un blessé s'y était accroché. Ce fait n'a-t-il pas quelque corrélation avec celui qui vous amène ici ?

— Comment cela pourrait-il être ? fit Morin, en dissimulant avec énergie l'effet que lui causait cette révélation, car il n'en pouvait pas douter, cette embarcation était celle que M. de Trémont avait enlevée à son cousin et où, grâce à lui, Jacques le justicier, le misérable avait trouvé la mort.

— Je n'insiste pas sur ce point, reprit le président ; je reviens seulement à ce qui vous concerne d'une façon directe : comment étiez-vous sur la rive gauche de la Marne ?

— Je ne sais pas et je vous en conjure, mon colonel, ne m'interrogez pas davantage ; je n'ai plus rien à dire, rien !

— Prenez garde, Morin, vous avez adopté là un système dangereux. Vous avez affaire à des juges qui, en raison de vos brillants états de service, voudraient trouver le moyen d'excuser votre conduite. Or votre silence obstiné ne peut au contraire, que les contraindre à se renfermer dans l'impitoyable rigueur de la loi !

— Moins qu'aucun autre j'ai droit à l'indulgence ; je ne l'implore pas !

A cette réponse résignée, la foule ne put réprimer un frisson, et après avoir consulté ses assesseurs, le président déclara que l'interrogatoire de l'accusé était terminé. On passa aussitôt à l'audition des témoins.

Ces hommes ne purent que confirmer leurs dépositions faites au cours de l'instruction ; il suffit donc au Conseil de quelques minutes pour les entendre, mais quand Tercier se leva à son tour, un frémissement courut dans la salle. Peut-être, lui, en savait-il plus que personne sur le mystère de la nuit du 1ᵉʳ au 2 décembre.

— Vous avez été cité par la défense, sergent Pierre Tercier, lui dit le colonel ; que savez-vous ?

A ce moment, il se passa une scène vraiment émouvante. Jacques, qui avait conservé le front baissé pendant l'audition des précédents témoins, le releva tout à coup pour fixer son vieux compagnon du Mexique.

Alors celui-ci tressaillit et parut perdre contenance.

Mᵉ Danet, qui, jusque-là, avait pris des notes,

[illegible] au moi de [illegible] [illegible] depuis si long- [illegible] qu'il l'eût nullement [illegible] [illegible] lorsqu'il s'y était présenté [illegible] de supplier de prendre en [illegible] de Paul Morin, il espérait que de- [illegible] guerre, c'est-à-dire en face du [illegible] [illegible] son ami, Tercier romprait le [illegible] apporterait quelque puissant ar- [illegible] défense.

[illegible] l'auditoire, il était haletant, en proie [illegible] vive émotion.

[illegible] le sergent hésitait, comme s'il ne [illegible] commencer et, visiblement, il fuyait [illegible] de son vieil ami.

— [illegible] bien ! lui dit le président, nous vous écou- [illegible]

— Ah ! c'est vrai ! Pardon, mon colonel, bal- [illegible] Pierre. C'est que je connais depuis plus de [illegible] ans l'adjudant, non, le sergent-major Paul Morin ; mais moi, ainsi que les camarades, [illegible] jamais appelé que l'adjudant Paul. Il [illegible] toujours été le plus brave, le plus discipliné des [illegible]. En Afrique, en Crimée, en Italie, au Mexi- [illegible] il nous a donné l'exemple. Il était [illegible] un peu triste, mais si bon pour tout le [illegible] que tout le monde l'adorait. Si les divers [illegible] qu'il a eus étaient ici, ils vous parleraient [illegible] moi. Seulement ils s'exprimeraient mieux [illegible] vous prouveraient qu'il ne peut avoir commis [illegible] qu'on lui reproche. Lui, abandonner son [illegible] ? Lui, ne pas se faire tuer à la tête de sa [illegible] ? Être lâche, lui ! Ah ! pour croire cela, [illegible] faut pas le connaître !

— Tout ce que vous dites là, interrompit le chef [illegible] Conseil, nous le savons aussi bien que vous ! [illegible] que nous désirons, c'est l'explication de la conduite de Paul Morin. Pourquoi a-t-il abandonné [illegible] poste ? Il avait un but. C'est cela que nous [illegible]. Ce but pourrait être une excuse rela- [illegible] il n'en aurait pas moins manqué à son [illegible]. Voyons, si vous savez quelque chose d'u- [illegible] défense, n'hésitez pas !

— Eh bien ! mon colonel, l'adjudant Paul, voyez- [illegible] c'est l'homme de tous les dévouements... [illegible] Afrique...

— [illegible] en Afrique ?... Continuez ! Il s'agit ici, [illegible] comprenez, de la vie et de l'honneur de [illegible] que vous aimez en frère.

[illegible] ces derniers mots, Tercier tourna vivement [illegible] du côté de Morin, comme pour affirmer [illegible] plus vrai que son affection. Alors [illegible] yeux se rencontrèrent, et il y avait dans [illegible] le regard doux et ferme de Jacques, [illegible] à la fois une éloquente prière et un ordre [illegible], car Pierre, en étouffant un sanglot, s'é- [illegible]

— Mais vous ne voyez donc pas, mon colonel, [illegible] me défend de parler !

[illegible] titubant ainsi qu'un homme ivre, il rejoi- [illegible] son banc, où il s'affaissa lourdement, le vi- [illegible] entre ses deux mains, pendant que sur les [illegible] du père d'Henri de Maurents s'esquissait [illegible] énigmatique et reconnaissant sourire.

Après ce dramatique incident, la parole ap- [illegible] au ministère public. Le président la lui [illegible] aussitôt et le commissaire du gouverne- [illegible] soutint l'accusation avec énergie, en rappe- [illegible] rapidement les faits dont Paul Morin recon- [illegible] du reste l'exactitude absolue, et en ap- [illegible] sur cette circonstance particulière que [illegible] aggravait encore sa faute en refusant [illegible] explication, peut-être simplement parce qu'il [illegible] que l'obscurité qui enveloppait les cau- [illegible] sa conduite, ainsi que le silence dans le- [illegible] se renfermait, seraient interprétés par ses [illegible] un sens favorable pour lui. Il ne fal- [illegible] qu'il en fût ainsi, car ce serait ouvrir [illegible] chemin [illegible]

— Je suis bien sûr, dit encore [illegible], [illegible] teur, que mon adversaire ne manquera pas d'in- voquer comme circonstances atténuantes les bril- lants états de service de son client. Je crois, moi, que ce passé glorieux de Paul Morin est au con- traire une circonstance aggravante pour lui, car il a commis une double faute, puisqu'il devait l'exemple ! Nous en avons, nous, un autre à don- ner, au nom de l'honneur militaire, au nom de la patrie en danger, au nom de cette population hé- roïque que nous avons mission de soutenir dans ses épreuves morales aussi bien que dans ses souffrances physiques. C'est parce que [illegible] n'a jamais été plus douloureuse à remplir que je dois le faire sans faiblesse : je requiers contre le sergent-major Paul Morin l'application rigou- reuse de l'article 213 de notre code de justice mi- litaire.

C'était là une conclusion à laquelle le Conseil, l'accusé et l'auditoire s'attendaient. Le silence ne fut donc pas un instant troublé, et Mᵉ Albert Da- net put commencer immédiatement sa plaidoirie.

[illegible] que pouvaient tout le dévouement, toute [illegible] l'éloquence, toute l'habileté d'un défenseur aux [illegible] avec une accusation aussi nette, aussi pré- [illegible] que celle dont Morin était l'objet ? Ses aveux ne permettaient pas même de laisser le doute, la possibilité d'une erreur, et le jeune avocat n'était pas mieux armé pour donner au Conseil la moin- dre explication satisfaisante. Jacques n'avait pas été moins discret avec lui qu'au cours de l'instruc- tion. Il avait bien le sentiment que le sergent avait été mû par quelque mobile de nature à pallier sa faute ; il savait bien, ainsi que tout le monde, qu'il n'avait pas été ni un lâche, ni un traître. Seule- ment ce mobile échappait à toutes ses recherches et, de plus, Jacques l'avait prié de n'émettre de- vant ses juges aucune supposition, car, sans mê- me les combattre, il les repousserait toutes, sans exception.

Mᵉ Danet effleura donc à peine le côté mysté- rieux de la cause, mais il insista éloquemment sur la carrière de Paul Morin, pour retracer avec chaleur les vingt-cinq années qu'il avait passées sous les drapeaux, en gagnant chacun de ses grades, chacune de ses décorations par un acte de courage, et il adjura le Conseil de ne pas laisser frapper par des Français celui qui avait si sou- vent combattu les ennemis de la France.

— [illegible] que sur le champ de bataille, s'écria [illegible] pour conclure l'éminent orateur, le [illegible] que vous avez devant vous semble chercher de la mort. Vous la lui refuserez, car [illegible] digne de la recevoir d'une balle allemande, en lut- tant pour sa patrie, qu'il a toujours si [illegible] ment aimée et si courageusement servie.

La foule faillit applaudir à ces généreuses paro- les. Elle ne s'abstint que parce que le [illegible] demanda tout de suite à l'accusé s'il avait rien à ajouter à sa défense.

— Non, mon colonel, répondit le père d'Henri simplement, merci !

Le chef du Conseil fit alors signe aux gardes qui emmenèrent Morin, pendant que les juges se retiraient dans leur salle des délibérations.

Tercier, lui, ne bougeait pas. Après avoir suivi du regard l'infortuné Jacques, il avait repris sur son banc son immobilité et sa même attitude, le visage dans ses mains. Moins de vingt minutes s'écoulèrent ainsi, pendant lesquelles l'auditoire, à demi-voix, échangea ses impressions ; puis le Conseil rentra en séance et le président donna rapidement lecture du jugement suivant :

« Première question. — Le sergent-major Paul « Morin est-il coupable d'avoir quitté son poste ?

« Deuxième question. — Cet abandon de poste « a-t-il eu lieu en présence de l'ennemi ?

« Après avoir délibéré conformément à la loi, « les voix recueillies séparément en commençant « par le grade inférieur, le président ayant émis « son opinion le dernier, le Conseil déclare, sur la « première question : Oui, à l'unanimité ; sur la « deuxième question : Oui, à l'unanimité.

« En conséquence, le Conseil condamne Paul « Morin à la peine de mort, en vertu de l'article « 213 du Code de justice militaire, ainsi conçu : « Est puni de mort celui qui abandonne son poste « en présence de l'ennemi ou de rebelles armés.

« Le Conseil enjoint à M. le commissaire du « gouvernement de faire donner lecture au con- « damné du présent jugement, devant la garde « assemblée sous les armes, et de l'avertir que la « loi lui accorde vingt-quatre heures pour se « pourvoir en révision. »

Et le colonel ayant ajouté aussitôt : l'audience est levée, le Conseil se retira et la foule s'écoula en laissant entendre un murmure de pitié.

Il ne restait plus dans la salle que le commissaire du gouvernement, son greffier, Me Danet et Tercier ; ce dernier, malgré le règlement, mais personne ne songeait à le faire sortir.

Deux minutes se passèrent, puis le poste de la prison fut introduit ; le condamné le suivit de près ; à son entrée, les soldats portèrent les armes et le greffier lui donna lecture du jugement qui venait d'être rendu en son absence.

Pendant cette lecture, le visage de Jacques n'avait exprimé qu'une horrible angoisse ; mais lorsqu'elle fût terminée, lorsqu'il en eut entendu le dernier mot, lorsque les gardes eurent reçu l'ordre de l'emmener, soudain ses traits se détendirent, une sorte de joie rayonna dans ses yeux et quand Pierre se jeta à son cou en pleurant, il lui dit bien vite :

— Ah ! les braves gens ! ils m'ont épargné la seule chose que je redoutais : la dégradation. Qu'ils soient bénis !

En effet, d'après les termes mêmes de la sentence qui le condamnait à mort, Paul Morin était frappé d'une peine afflictive, mais non infamante. Il mourrait sergent-major et chevalier de la Légion d'honneur. Et il mourrait pour son fils !

Quelques instants après, un sourire de résignation sur les lèvres, Jacques remerciait chaleureusement son défenseur, mais refusait de signer son pourvoi en révision.

Quant à Tercier, fou de douleur, il avait pris en courant la direction de la rue Marbeuf.

X

En arrivant chez Mme Nartheld, Pierre n'eut pas besoin de demander à la voir. Elle avait donné des ordres ; Daria l'introduisit immédiatement auprès de sa maîtresse. Le sergent lui raconta la scène dont il venait d'être témoin rue du Cherche-Midi et Lise gémit dans un frisson :

— Alors, il va mourir ?

— Oui, il va mourir ! Et vous n'ignorez pas, vous, pour qui mon pauvre ami donne ainsi sa vie ?

— Mais c'est horrible ! Bien certainement si M. de Laurentz savait cela, il s'opposerait à ce sacrifice, il voudrait être entendu, il revendiquerait sa part de la faute commise par son sauveur !

— Je n'en doute pas plus que vous ; seulement, le lieutenant ne peut être interrogé. C'est heureux, puisque c'est cela que Paul craignait ! Et, moi, je lui ai fait le serment de me taire, de ne rien dire à personne, pas plus au vicomte Henri qu'à sa mère, à personne ! Devant ses juges, il n'eût suffi de prononcer un seul mot, et il s'est imposé silence !

— Que faire, mon Dieu ! que faire ?

— Rien ! il est trop tard ! C'est fini, bien fini !

— Et c'est pour... bientôt ?

— Il ne se pourvoira pas en révision, j'en suis sûr, et dans quarante-huit heures, il sera conduit au polygone de Vincennes pour tomber sous des balles françaises ! Lui, lui !

— A Vincennes ?

— Oui, c'est là !

— Oh ! si près de... Ah ! misérable que je suis ! Mais pourquoi ce dévouement, cette conduite inexplicable ?

— Comment, pourquoi ? Vous ne... Eh ! je ne suis guère plus savant que vous ! L'adjudant Paul n'est pas un homme comme un autre !... Il n'a pas voulu que le fils d'un vieux colonel d'Afrique, qu'un officier français sous les ordres duquel il servait, fût déshonoré. Il espérait qu'il pourrait retourner à son poste en même temps que M. de Laurentz. Voilà tout ! Que voulez-vous qu'il y ait de plus ? Moi, je ne sais pas, je ne sais pas !

Et le courageux esclave de sa parole, à bout de forces, éclata en sanglots sur les mains que Mme Nartheld, qui comprenait si bien sa douleur, lui avait tendues ; mais lorsque les larmes l'eurent un peu calmé, il reprit bien vite, comme pour s'arracher à la lutte horrible qu'il soutenait :

— Avez-vous des nouvelles du lieutenant, au moins ?

— Elles étaient ce matin moins bonnes qu'hier soir.

— Alors je cours rue Saint-Georges.

— Vous reviendrez tout de suite, n'est-ce pas ?

— Je vous le promets !

— Que vous êtes bon !

Elle lui prit de nouveau les mains ; il répondit fiévreusement à cette étreinte et s'enfuit !

En effet, l'état d'Henri de Laurentz s'aggravait ; il avait toujours conscience de ce qui se passait autour de lui ; il reconnaissait sa mère, qui ne quittait pas son chevet, aidée par une sœur de charité ; il avait reçu avec déférence le curé de Notre-Dame-de-Lorette, venu à la prière de la comtesse, et souvent il levait sur son père un doux regard, comme pour le supplier de moins souffrir et de tout espérer ! Mais parfois aussi, le délire s'emparait de lui et alors, presque de force, on éloignait le comte, de qui la douleur muette était effrayante. L'ancien colonel ne s'intéressait plus à rien du dehors, il ne lisait plus un seul journal. On eût dit qu'il avait oublié que Paris était assiégé. Il n'y avait d'angoisse, de ceinture de fer et de feu que pour son cœur de père. Il paraissait ne plus vivre que du souffle de vie qui soutenait l'héritier de son nom.

Ces navrants détails recueillis, Tercier vint les apporter à Mme Nartheld, dont l'accablement ne saurait se peindre, et lorsqu'elle le supplia de ne pas la quitter, afin qu'elle l'eût constamment sous la main, pour l'envoyer soit à l'hôtel de Laurentz, soit rue du Cherche-Midi, il céda à sa prière.

Pierre ne pouvait songer, pour ce jour-là, à revoir le condamné, mais il ne s'en rendit pas moins à la maison de justice militaire, dont, précisément, le gardien-chef Marion était un vieux sous-officier de ses amis, à qui la condamnation de Paul Morin avait causé autant de surprise que de peine. Grâce à lui, il apprit que le prisonnier était toujours calme, digne, résigné, et il put lui faire passer des nouvelles de son fils. Cela fait, il revint rue Marbeuf pour se mettre aux ordres de Lise, qui lui avait fait dresser un lit dans la chambre d'Ivan.

Quelques heures après, au milieu de la nuit, alors que M. de Laurentz, cédant à la fatigue et aux supplications de sa femme, s'était retiré chez lui, que la religieuse reposait dans une pièce voi-

[...]me et que la comtesse était seule en prière auprès du lit de son fils, celui-ci, qui s'était assoupi, se réveilla tout à coup, en proie au délire, et s'écria, en s'adressant à sa mère qu'il semblait reconnaître :

— Où est-il, donc ?... Je ne l'ai pas revu, le sergent Paul, là-bas, aux avant-postes ! Qu'est-il devenu ? Est-ce qu'il serait mort, lui qui m'a sauvé de la honte !... Mon Dieu ! que lui est-il arrivé ? Mère, informe-toi. Il faut que je sache, que je le remercie !

Les yeux hagards, il se soulevait et s'agitait au risque de rouvrir sa blessure encore saignante.

— Oui, oui, répondit Berthe, en s'efforçant de réprimer ses mouvements et sans attacher d'importance à ses incompréhensibles paroles ; oui, je ferai ce que tu voudras, mais, je t'en conjure, reviens à toi, calme-toi, mon enfant bien-aimé !

— Ah ! c'est que tu ne sais pas ! reprit Henri avec une sorte de terreur et en se blottissant sur la poitrine de sa mère, comme pour qu'elle le protégeât contre les fantômes qui le poursuivaient ; j'avais abandonné mon poste, je m'étais sauvé ainsi qu'un lâche, moi, le fils du colonel de Laurentz !... Où étais-je allé ? Chez qui ? Je ne me souviens plus... Ah ! si, chez Lise ! M. de Trémont voulait l'enlever ! Tu ne la connais pas, Lise ? La belle Mme Nartheld, que j'aime ! Alors il est venu, lui, l'adjudant Paul ; il a tué mon cousin... et il m'a emporté sur ses épaules de l'autre côté de la Marne. Oh ! qu'il faisait froid... que la nuit était noire ! Je suis glacé !

Il tremblait et la comtesse le réchauffait de son haleine et de ses baisers, en le pressant sur son cœur, en lui fermant la bouche de sa main tremblante. Mais il la repoussait, pour dire encore :

— En sauvant mon honneur, il a risqué le sien ! Ah ! oui... c'est vrai ! tu ne le connais pas non plus, l'adjudant Paul !... Et je l'ai abandonné !... Je veux savoir où il est ! Tercier, le maître d'armes de l'École, te le dira ; c'est son ami. Ou bien Lise, car elle était là, à genoux dans la neige, pendant que... Mère, je veux le voir ; je veux que tu l'aimes, toi aussi !... Un père n'aurait pas fait davantage pour son fils. Il a tué M. de Trémont, pourquoi ? Amène-le... Il est mort ?... Tu dis qu'il est mort ? Alors je veux mourir aussi... La croix d'honneur à moi, à moi ! Non, non ! Tu me promets ?

— Oui, je te le jure, demain matin, à la première heure, j'irai le chercher. Mais repose-toi. Tu aggraves encore ton mal et tu me désespères. Voyons, étends-toi bien. Là, il faut te recouvrir, ne plus bouger. Puisque je te promets, mon fils chéri !

Henri se laissait faire, se calmant peu à peu et balbutiant d'une voix qui s'éteignait dans l'assoupissement où il retombait :

— L'adjudant Paul ! Mon ami, mon sauveur ! Il a aussi un autre nom... Je ne puis me le rappeler... Pierre Tercier, Lise... Souviens-toi !... Maman !

Et ses yeux se fermèrent enfin tout à fait, ses lèvres devinrent immobiles, pendant que Berthe, épouvantée, se demandait ce qu'il y avait de vrai dans ces phrases entrecoupées, où le nom de M. de Trémont était revenu deux fois. De quels événements ce cauchemar engendré par la fièvre était-il le reflet ? Quel rôle infâme avait donc joué de nouveau le neveu de son mari dans ce drame mystérieux que le blessé retraçait dans son délire ?

Mme de Laurentz voulait avoir à tout prix la clef de cette horrible énigme. Que cette hallucination ne fût qu'un épouvantable rêve, sans aucun lien avec les choses réelles oui, soit ! il pouvait en être ainsi; néanmoins il lui semblait que si elle n'accomplissait pas le vœu de son fils, cela lui porterait malheur !

Elle avait souvent entendu Henri parler de ce sergent Tercier, et elle savait qu'il venait à l'hôtel presque tous les jours pour prendre des nouvelles de son ancien élève à Saint-Cyr. Elle commencerait par donner l'ordre de le faire monter auprès d'elle, la première fois qu'il se présenterait ; mais comme cette visite n'aurait peut-être lieu que dans la journée, elle irait d'abord chez Mme Nartheld.

Cette femme vivait un peu en déclassée ; elle était la maîtresse de son fils ! Eh bien ! en quoi cela devait-il l'empêcher de la voir ? D'abord, est-ce que son passé, à elle, avait été sans tache ! Est-ce qu'elle avait le droit d'être à ce point sévère pour les autres ? Cette étrangère aimait Henri, elle devait être bonne. Elle comprendrait sa démarche, partagerait ses angoisses et lui viendrait en aide pour le calmer ! D'ailleurs, est-ce qu'une mère se compromet jamais lorsqu'elle n'a pour but que le bien de son enfant !

C'est en cherchant un peu de sommeil que Berthe arrêtait ainsi la conduite qu'elle voulait tenir, et vers dix heures du matin, après avoir confié son cher malade à la sœur de charité et dit à son mari qu'elle allait à l'église, elle se fit mener au 45 de la rue Marbeuf.

Tercier avait couru dès l'aube à la prison et Mme Nartheld était seule. Il est aisé de comprendre quelle fut sa surprise, lorsque Daria lui annonça Mme de Laurentz.

La mère d'Henri chez elle ! Pourquoi ? Qu'était-il arrivé rue Saint-Georges ? Toute tremblante, elle s'élança à sa rencontre, et ses traits étaient à ce point bouleversés, ses yeux exprimaient une telle épouvante que la pauvre mère, comprenant ce qui se passait dans le cœur de cette femme aimante, dit aussitôt, en lui tendant la main :

— Non, rassurez-vous ! Est-ce que je serais ici !

— Oh ! madame la comtesse, fit Lise, en effleurant avec respect, du bout des doigts, la main qui lui était offerte.

Et elle conduisit sa visiteuse jusqu'à un fauteuil, devant lequel, humblement, elle prit place sur un coussin, ses grands yeux inquiets et interrogateurs.

— Ce qui m'amène chez vous, madame, dit Mme de Laurentz, sans plus attendre, ce sont d'étranges paroles que mon fils a laissé échapper cette nuit dans un accès de délire. Il a parlé de vous, d'un certain adjudant Paul, du sergent Tercier, de son cousin, M. de Trémont. Il a retracé une scène terrible qui se serait passée devant vous, sur les bords de la Marne. Ce Paul l'aurait sauvé ! Il voudrait le voir, le remercier ! Il m'a supplié de me mettre à sa recherche, de le lui amener, et tout en pensant que ce récit ne reposait sur rien, qu'il n'était enfanté que par son cerveau enfiévré, je lui ai promis de ne rien négliger pour satisfaire à son désir. Savez-vous ce qu'il y a de vrai dans cet affreux cauchemar ? Connaissez-vous cet adjudant Paul ? Où les trouver, lui et son ami Tercier ? Vous ne pouvez me rien dire ? Je l'avais bien supposé : tout cela n'était qu'un rêve, vous n'êtes pas mieux renseignée que moi !

En effet, devenue fort pâle aux premiers mots de cette confidence, Mme Nartheld gardait le silence, mais tout, dans son attitude, trahissait l'émotion violente qu'elle éprouvait. De plus, ses yeux ne demeuraient pas toujours fixés sur son interlocutrice. Ses regards la quittaient parfois pour se diriger, au delà du fauteuil qu'elle occupait, vers la lourde tenture qui séparait, d'une pièce voisine, le salon où elle se trouvait avec la comtesse.

Alors, supposant que la jeune femme se taisait tout à la fois parce qu'elle ne pouvait pas mieux qu'elle s'expliquer les paroles du cher blessé et parce que, par déférence, elle n'osait demander de ses nouvelles, Mme de Laurentz lui tendit de nouveau la main, en ajoutant :

— Dieu, je l'espère, me gardera mon fils ; mais comme ces deux hommes dont il parle dans son délire existent vraiment, car je l'ai souvent entendu les nommer, je vais les chercher moi-même. Nous avons, mon mari et moi, de bons amis parmi les

par ceux qui commandent l'armée de Paris, si cet adjudant Paul et son ami Tercier ne se sont pas fait tuer à l'ennemi, je les découvrirai bien. D'abord, il le faut, je l'ai promis à mon pauvre enfant ! Adieu, madame, et merci pour votre bon accueil ! Lorsque des jours moins douloureux seront venus, je m'en souviendrai !

Après ces mots, Berthe avait quitté son siège, mais en se retournant pour se diriger vers la porte du salon, elle se trouva en face de Pierre, qui lui dit, en hochant la tête :

— Ne cherchez pas l'adjudant Paul, madame; il est mort à Champigny ! Quant au sergent Tercier, c'est moi !

— Vous ! s'écria la comtesse ! vous ! Et ce Paul a été tué à Champigny ! Mais alors, il y a quelque chose de vrai dans le rêve de mon fils ?

— Paul était le sergent-major de sa compagnie.

— Et il lui a sauvé la vie ! Ah ! dites-moi tout ! Racontez-moi comment cela s'est fait. Puisque cet homme est mort, je veux aller prier sur sa tombe ! Il faut que je puisse dire à Henri et à son père ce qu'ils lui doivent tous deux de reconnaissance. Parlez, je vous en prie ! Ah ! vous me cachez quelque chose d'horrible ! Je le devine !... Je le sens ! Madame ?

Son regard suppliant allait de Pierre à Lise. Elle leur prenait les mains et répétait :

— Je veux savoir ! Puisqu'il faut que je sache, pour calmer mon enfant qui se meurt ! Vous voulez donc que j'aille demander à tout le monde ce que vous refusez de me faire connaître !

— Eh bien ! oui, madame, répondit alors le sergent, pris de terreur à la pensée que, par quelque démarche dangereuse, la malheureuse mère pourrait compromettre l'honneur de son fils et rendre inutile ainsi le sacrifice héroïque de Jacques ; oui, tout ce que le lieutenant vous a dit est vrai. Attiré dans le piège que lui avait tendu M. de Trémont, il avait abandonné son poste ; Paul s'en est aperçu, s'est mis à sa recherche, l'a trouvé et transporté de l'autre côté de la Marne, à temps pour qu'il pût regagner sa compagnie au moment même de l'attaque des Allemands ; mais lui, épuisé par l'effort surhumain qu'il venait de faire, il est tombé dans la neige où les gendarmes l'ont ramassé engourdi par le froid. On l'a conduit en prison, on l'a interrogé; il a refusé d'expliquer pourquoi il se trouvait si loin du combat et, forcément, on l'a envoyé devant le Conseil de guerre !

— Le Conseil de guerre ? répéta Berthe, qui ne saisissait de ce récit que le dévouement de ce sous-officier inconnu pour son fils.

— Oui, devant le Conseil de guerre, et comme là, malgré mes prières, malgré celles de son avocat, il a gardé le même silence que pendant l'instruction, parce qu'il ne voulait pas perdre l'honneur de M. de Laurentz pour excuser sa propre faute, on l'a condamné à mort !

— A mort !

La comtesse avait jeté ce cri avec horreur, en serrant à les briser les mains de Mme Narthold, qui pleurait, agenouillée devant elle.

— A mort ! redit Pierre, pour abandon de son poste devant l'ennemi ! C'est la loi !

— Alors, si on savait que mon fils... lui aussi... il serait ?...

— Oui, madame ! C'est pour cela que mon vieux compagnon d'armes n'a point prononcé son nom et ne le prononcera jamais. Le déshonneur de son lieutenant ne changerait rien à son propre sort. Ils seraient deux là-bas au lieu d'un, voilà tout !

— Je veux le voir, ce héros, ce sauveur de mon enfant ! Où est-il ? Je veux le remercier, l'embrasser pour mon fils et pour moi ! Venez, conduisez-moi !

Berthe, à demi folle, mais résolue, s'était levée.

— Il est à la prison du Cherche-Midi, mais on ne vous laissera pas pénétrer jusqu'à lui.

— Moi, la comtesse de Laurentz, on [illegible] Je ne le crois pas ! J'irai, s'il le faut, jusqu'au gouverneur de Paris. Je crierai plutôt sa [illegible] haut, devant la prison ! Mais non, non ! je ne [illegible] pas cela ! Je ne peux pas perdre mon fils [illegible] sieur, je vous en conjure ! Pensez donc, s'il [illegible] mourir avant que j'aie pu lui dire combien [illegible] l'aime, quelle est ma reconnaissance ! D'abord [illegible] ne faut pas qu'il meure, il ne le faut pas ! Je [illegible] manderai sa grâce. Il n'est pas trop tard, [illegible] moins ? Puisque je vous dis que je veux le voir [illegible]

— Vous le voulez, madame ?

Tercier venait de penser que Jacques mériterait bien cette suprême et dernière consolation. D'ailleurs, il n'en pouvait plus douter, Mme de Laurentz était prête à toutes les imprudences.

— Je vous bénirai ! supplia la pauvre mère.

— Je ne sais encore comment je m'y prendrai, mais je réussirai, je l'espère ! Retournez chez vous, madame ; moi, je vais courir à la prison et tenter l'impossible ! Je vous préviendrai, ou plutôt j'irai vous chercher moi-même, lorsque le moment sera venu. Recommandez à votre hôtel qu'on me reçoive à toute heure, même au milieu de la nuit, et tenez-vous prête.

— Vous ne me dites pas cela, au moins, pour vous débarrasser de moi ?

— Sur mon honneur de soldat, sur la vie du lieutenant, dans quelques heures, ce soir, avant demain matin enfin, je serai rue Saint-Georges.

— Oh ! merci ! Et merci également pour vous, madame. Vous êtes aussi bonne que belle ! Ah ! Je comprends bien tout l'amour d'Henri pour vous.

Un quart d'heure plus tard, après s'être [illegible] de calme, pour qu'on ne pût rien lire sur son visage de l'émouvante épreuve qu'elle venait de subir, Mme de Laurentz rentrait chez elle, [illegible] quand, ayant repris sa place auprès de son fils, elle arrêta ses regards sur ses traits altérés par la souffrance et songea qu'au lieu d'être entouré de soins et l'objet de l'admiration de tous, il aurait pu accompagner devant le Conseil de guerre le glorieux soldat qui donnait pour lui son honneur et sa vie, ses genoux fléchirent, et, sa tête sur le lit du blessé, dont les paupières étaient closes, elle étouffa ses sanglots pour ne laisser couler que silencieusement ses larmes.

Mais sans doute, entre l'enfant et celle qui l'a engendré, il existe un lien mystérieux que les douleurs et l'approche même de la mort ne font que resserrer, car, comme si les larmes de Berthe tombaient sur son cœur, Henri ouvrit aussitôt les yeux et, l'entourant de ses bras sans forces, il lui dit avec tendresse :

— Pourquoi pleures-tu, mère chérie ! Ah ! [illegible] je t'ai fait de la peine cette nuit ! J'ai eu le délire, je m'en souviens ! J'aurai dit des choses que tu ne devais pas savoir ! Est-ce que je ne t'ai pas parlé de l'adjudant Paul, de ce qu'il a fait pour moi ? Nous étions seuls, au moins ! Mon père n'était pas là ?

— Non, non, nous étions seuls ! De plus, rassure-toi, tu ne m'as rien dit que tout le monde ne pût entendre.

— Oh ! si ! car, vois-tu, je suis hanté par certains souvenirs... C'est lâche à moi de ne pas avoir encore demandé celui qui m'a sauvé ! Sans lui, [illegible] dans l'oubli... Je ne veux plus que tu pleures, maman !

Sa voix s'affaiblissait ; son esprit semblait ne plus pouvoir suivre ses pensées.

— Je t'en conjure, Henri, ne te fatigue pas, ne t'efforce pas de te le rappeler. Quand tu seras mieux, nous chercherons ensemble. Nous ferons tout ce que tu voudras. Mais plus tard.

Et l'infortuné, dont l'état s'aggravait visiblement, étant retombé dans le silence et l'immobilité, la comtesse s'agenouilla de nouveau, en répétant dans sa fièvre d'épouvante :

[illegible] Paul [illegible]
[illegible] les deux [illegible]
[illegible] à la [illegible] de son haut, Mme de [illegible] commanda à ses [illegible] à ses traits de ne plus [illegible] à ses mains de ne plus trembler [illegible] au-devant de son mari qui, [illegible] rentrait dans la chambre en [illegible].

[illegible] bras pour le conduire au lit du [illegible], lorsqu'il eut arrêté longuement sur [illegible], le comte s'informa de ce [illegible] depuis le moment où, la nuit précédente, [illegible] l'avait contraint à se retirer dans son [illegible].

[illegible] le rassura de son mieux et, pendant [illegible] heures, ils s'entretinrent tout bas [illegible] et de leurs espérances ; mais la [illegible] sans que Tercier parût.

[illegible] Laurentz pouvait à peine dissimuler son [illegible]. Elle se demandait ce qui était arrivé [illegible] rien moins que le souvenir de la parole d'honneur que lui avait donnée l'ami de l'adjudant [illegible] pour qu'elle ne supposât point qu'il [illegible] pas sa promesse.

[illegible] dans la soirée, elle faillit s'échapper pour [illegible] chez Mme Narihed, car elle n'osait y envoyer [illegible] de ses gens ; mais quand la nuit tomba, [illegible] médecin lui eut affirmé que le vicomte n'était [illegible] danger, elle se dit que, sans doute, le [illegible] avait obtenu un sursis, que peut-être [illegible] en raison de ses états de service si brillants, [illegible] on lui avait fait grâce, et que c'était cette [illegible] nouvelle que le sergent viendrait lui apporter aussitôt qu'elle serait officielle.

[illegible] moins, bien qu'un peu calmée par ces réflexions, elle ne voulut pas se mettre au lit ; elle [illegible] sur un divan, dans un petit salon, tout [illegible] fils que veillait la sœur de charité, et [illegible] de fatigue, elle sommeillait depuis long[illegible] lorsque sa femme de chambre la réveilla pour lui annoncer que Tercier désirait lui [illegible].

[illegible] ne fit qu'un bond jusqu'à la pièce où on avait [illegible] Pierre, qui lui dit vivement, d'une voix [illegible] dont elle ne remarqua pas l'accent ému :

— [illegible] vous voulez me suivre, madame, j'ai obtenu ce que vous désirez. Pardonnez-moi d'arriver [illegible] ; je vous expliquerai mon retard.

— [illegible] n'importe, partons bien vite ! répondit la [illegible].

[illegible] s'étant fait donner un chapeau ainsi qu'un [illegible] de fourrures, elle descendit rapidement [illegible] la rue, pour monter dans la voiture avec [illegible] le sergent était arrivé. C'était le coupé de [illegible]. Ivan le conduisait.

[illegible] heures du matin.

[illegible] voiture partit au galop et Tercier apprit à la [illegible] pourquoi il lui avait été impossible [illegible] plus tôt.

[illegible] ce qui s'était passé.

[illegible], en sortant de chez Lise, il s'était bien [illegible] immédiatement rue du Cherche-Midi, ainsi [illegible] avait promis à Mme de Laurentz, mais il [illegible] pas trouvé son ami Marion. Le gardien [illegible] homme était allé voir un de ses fils grièvement blessé à Champigny, et il ne devait rentrer [illegible] tard. On était certain toutefois qu'il ne [illegible] pas la nuit dehors, car il avait une pénible tâche à remplir le lendemain matin, avant le [illegible] jour.

[illegible] commissaire du gouvernement auprès du 1er [illegible] de guerre avait reçu de l'autorité supérieure [illegible] faire procéder, conformément à la loi et [illegible] sentence, à l'exécution du sergent-major [illegible]. La voiture cellulaire du train devait [illegible] le prendre à sept heures du matin, de façon à ce qu'il fût rendu à Vincennes au petit jour.

On s'explique quelle émotion avait éprouvée Pierre à cette affreuse nouvelle. Marion absent, et cependant il voulait à tout prix tenir la promesse qu'il avait faite à Mme de Laurentz.

Il eut un instant l'idée de s'adresser au capitaine Renaud ou au second gardien, mais il pensa que si, de ces deux côtés, il essuyait un refus, il n'y aurait plus rien à faire, car sa démarche provoquerait certainement une consigne que Marion lui-même n'oserait pas enfreindre.

Alors il attendit le retour de son ami, et lorsque celui-ci rentra enfin à la prison, vers minuit, il lui dit ce dont il était question.

Tout d'abord le gardien-chef demeura stupéfait d'une pareille demande. On ne permettait qu'aux très proches parents de voir les condamnés à mort, et seulement dans le parloir, séparés par deux grilles, entre lesquelles se tenait un surveillant. Pour introduire quelqu'un dans la cellule du prisonnier, il faudrait que l'autorisation en fût donnée par le gouverneur de Paris, ou tout au moins par le commissaire du gouvernement. Or, il était trop tard pour faire les démarches nécessaires.

— Mais toi, dit Pierre à Marion, tu es le maître ici ?

— Après l'agent principal, qui est le vrai directeur de la maison de justice.

— Puisqu'il est cloué sur son lit et qu'il s'en rapporte entièrement à toi !

— C'est vrai !

— Tu peux donc faire ce que je désire ?

— Tu n'y penses pas ! Et le règlement ?

— Écoute-moi. Tu sais si, comme toi, je suis un soldat respectueux de la discipline. Eh bien ! je te donne ma parole d'honneur que si j'étais à ta place, je dirais oui ! Tu es certain, n'est-ce pas ? que notre vieux frère d'armes Paul est victime d'une erreur ?

— Je trouve du moins que le Conseil a été beaucoup trop dur pour lui !

— Je veux que tu en saches encore davantage. Paul s'est tout simplement sacrifié pour son lieutenant. M. de Laurentz avait abandonné son poste — une histoire d'amour — il l'y a ramené, mais sans pouvoir, lui, y revenir à temps. Tout cela, parce que ce jeune officier, un Saint-Cyrien de cette année, est le fils du colonel de Laurentz, sous les ordres duquel Morin a servi en Afrique et qui lui a sauvé la vie à Mascara et donné ses premiers galons. Il a voulu payer sa dette de reconnaissance. Il la paie cher ! Mme de Laurentz est au courant de tout, grâce au lieutenant lui-même, et comme son mari, paralysé, ne peut remercier celui à qui il doit l'honneur de son fils, son propre honneur, elle viendrait en son nom et pour elle-même. Empêcheras-tu une mère de remplir un devoir aussi sacré ? Ne permettras-tu pas à Paul, à ce héros de dévouement, de recevoir la consolation suprême de s'entendre dire qu'on priera pour lui et qu'on ne l'oubliera jamais ?

— Sacrebleu ! non, répondit aussitôt Marion, les larmes aux yeux. Oh ! le brave garçon ! Je me doutais qu'il y avait quelque chose comme ça ! S'il le voulait, je lui ouvrirais les portes de son cachot.

— Il refuserait. Ouvre-les seulement à Mme de Laurentz.

— Certes, oui, je le ferai ! Mais, attends. [illegible] moi réfléchir un peu. Il ne faut pas qu'elle vienne tout de suite. Je ne suis pas assez sûr du surveillant qui veillera jusqu'à cinq heures ; de plus, je ne veux compromettre personne... qui moi ! Ah ! oui, c'est cela ! c'est moi qui remplacerai ce surveillant, sous le prétexte qu'ayant toute la responsabilité, je ne veux pas perdre de vue le condamné. Viens à six heures avec cette dame ; j'aurai donné des ordres au portier-consigne. Si je perds ma position, tant pis ! j'aurai du moins agi selon mon cœur !

Pauvre Paul ! Ah ! je comprends bien cette mère-là ! Va bien vite la prévenir et sois ici avec elle à six heures.

Pendant que Tercier racontait sommairement cette scène à Mme de Laurentz, dont l'émotion était si grande qu'elle ne pouvait que balbutier des remerciements, la voiture avait marché rapidement. Lorsqu'elle s'arrêta devant la prison, six heures et demie venaient de sonner. C'est à peine si le petit jour commençait à poindre.

Berthe mit pied à terre et, dirigée par Pierre, elle franchit le seuil du vieil hôtel Montespan, traversa une grande cour, entendit ouvrir et fermer de lourdes grilles, descendit quelques marches, suivit un étroit et humide couloir, où brûlait un seul bec de gaz, et elle arriva ainsi en face d'un cachot, dont, en la saluant, Marion lui ouvrit la porte.

La comtesse s'élança sans hésitation dans cette cellule, où régnait une demi-obscurité, car, à cette heure matinale, elle n'était éclairée que par le couloir, et tout d'abord elle ne vit rien. Mais quand le prisonnier, stupéfait de cette apparition, se fut levé du grabat où il était assis, elle l'aperçut. Alors elle courut à lui, prit ses mains dans les siennes et lui dit, avec un inexprimable accent d'humilité et de gratitude :

— Laissez-moi vous remercier et vous bénir ! Je suis Mme de Laurentz. Vous avez sauvé l'honneur de mon fils au prix de votre propre honneur. C'est à genoux que je veux vous exprimer ma reconnaissance et celle de son père !

Et elle s'agenouillait, en effet, devant le condamné, qui s'était arraché à son étreinte pour tomber lourdement sur un banc de bois, dans l'angle le plus obscur de son cachot, quand Morin, dont elle ne pouvait voir l'horrible pâleur, la releva en se levant lui-même et lui répondit d'une voix sourde, en précipitant ses paroles :

— Je n'ai agi que selon ma conscience, madame ! Vous n'aviez pas besoin de venir ! Si vous pensez que votre fils me doit quelque chose, embrassez-le pour moi !

— Oh ! oui, je l'embrasserai pour vous ! Si Henri vous doit quelque chose ! Mais pourquoi ce dévouement, cet héroïsme ? Vous l'aimez donc bien, ce cher enfant, que vous connaissez à peine ?

A ces mots, le prisonnier ne put réprimer un mouvement, il baissa la tête ; et la comtesse reprit, en pleurant :

— Vous souffrez ! Ah ! misérable que je suis d'accepter un pareil sacrifice ! Mon fils ne sait rien, lui ; il me reconnaît à peine. Sans cela, il serait ici avec moi, pour dire bien haut la vérité, quoi qu'il pourrait en advenir ! Il sauverait au moins votre vie, comme vous avez sauvé son honneur ! Et vous demandez si M. de Laurentz vous doit quelque chose ? Mais un père n'aurait pas fait davantage pour son fils ! Ah ! répondez-moi, je vous en conjure ! Qu'il puisse, ainsi que le colonel et moi, quand il sera revenu à la santé, savoir pourquoi vous l'avez arraché à la honte ! Il faut qu'il vous admire et vous aime autant que moi, sa mère, je vous aime et vous admire !

C'en était trop pour l'infortuné ! Son courage était à bout ! Cette femme qui le remerciait et l'implorait était celle qu'il avait tant adorée, pour laquelle il avait si longtemps souffert, pour qui, puisque c'était pour son enfant, il donnait sa vie !

Alors, n'y tenant plus, il saisit ses mains, l'entraîna jusqu'au seuil du cachot et là, en pleine lumière, les yeux dans ses yeux, non pas avec colère, mais avec tendresse, dans un sourire d'exaltation paternelle et pendant qu'elle tremblait, comme si elle eût le pressentiment de quelque chose d'épouvantable, il lui dit à demi-voix :

— Vous demandez comment il se fait que je vais mourir pour le vicomte de Laurentz ? Vingt années de souffrances m'ont-elles donc à ce point changé que je suis tout à fait méconnaissable ? Si je meurs pour Henri de Laurentz, c'est tout simplement parce qu'il est le fils de Jacques, et que Jacques, c'est moi !

Sans prononcer un mot, les regards fous, la bouche entr'ouverte par la stupeur, Berthe, d'un mouvement de fauve, prit entre ses mains la tête du condamné, le fixa quelques secondes et, dans un horrible cri :

— Lui ! Lui !

Elle se serait affaissée sur le sol, si Morin ne l'avait retenue entre ses bras, où elle répétait, les yeux hagards, perdant la raison :

— Lui ! Jacques ! Mon Dieu ! vous ne m'aviez donc pas pardonné ?...

Et, par pitié d'en haut, elle perdit complètement conscience de ce qui se passait autour d'elle.

Au même instant, la grande porte de la maison de justice tourna sur ses gonds, une lourde voiture et des pas de chevaux ébranlèrent les pavés de la cour, et des commandements militaires se firent entendre.

Tercier et Marion tressaillirent. Jacques comprit que l'heure fatale était venue.

Alors il porta Mme de Laurentz inanimée sur son misérable lit de condamné à mort, où il l'étendit doucement ; et se penchant sur elle, il murmura, sa bouche contre son front glacé :

— En souvenir du bonheur que tu m'as donné jadis, Berthe, je te pardonne !... En récompense de mon sacrifice, Dieu te laissera notre fils ! C'est avec son nom et le tien sur les lèvres que je saurai tomber en soldat.

Ensuite il se releva, revint vivement dans le couloir, pour dire tout bas à Tercier, en l'embrassant :

— Je te la confie. Reconduis-la chez elle. Efforce-toi de lui rendre courage. Rappelle-lui que je suis mort, heureux et fier de mourir pour elle et pour notre enfant. Adieu !

Puis en serrant les mains du gardien-chef :

— A vous aussi, Marion : Adieu et merci !

Et d'un pas ferme, il alla au-devant des gardes qui venaient le chercher.

Cinq minutes après, les formalités réglementaires ayant été remplies au greffe, Morin montait, devant le poste assemblé sous les armes, dans la voiture du train qui l'attendait avec une escorte d'un demi-escadron de gendarmes à cheval.

L'aumônier de la prison, le vénérable abbé X..., avec qui, la veille, il avait eu un long entretien, dont le digne prêtre était sorti plus ému que le condamné, s'assit sur le même banc que lui ; un commandement fut donné, la porte de l'hôtel Montespan se rouvrit et le lugubre véhicule s'ébranla pour rouler sans bruit sur la chaussée couverte de neige.

Sous les premières lueurs d'un jour blafard, et passant, ainsi qu'un fantôme de quelque sombre ballade du Nord, à travers un brouillard jaunâtre qui donnait à toutes choses de fantastiques contours, le sinistre cortège tourna à droite, pour gagner et remonter la rue d'Assas, à l'extrémité de laquelle il prendrait le boulevard du Port-Royal, irait ainsi traverser la Seine au pont d'Austerlitz et suivrait l'avenue Daumesnil, jusqu'à l'esplanade du château de Vincennes.

Quant à Tercier, il n'avait pas même attendu que la porte de l'hôtel fût refermée pour retourner dans le cachot où Mme de Laurentz, à peu près revenue à elle, pensait n'être que le jouet d'un affreux cauchemar ; et comme elle se laissa emmener sans résistance, il put grâce à Marion, la faire sortir de la prison aussi secrètement qu'elle y était entrée.

Ce ne fut qu'au mouvement du coupé que la comtesse se rendit enfin compte du drame sanglant où elle jouait un tel rôle, et alors, en reconnaissant celui qui se tenait près d'elle, sombre et silencieux, elle lui demanda d'une voix entrecoupée par l'horreur :

— C'est donc vrai ! C'est Jacques ! mon ami

…ce !... Et on le mène là-bas ! Mais je ne le veux pas !... Mon Dieu ! comment permettez-vous cela ? Non, non ! je ne le veux pas !... Mon fils lui-même me maudirait !

— Madame, je vous en supplie, fit Pierre, en l'empêchant de se jeter en dehors de la voiture ; ne rentrez pas chez vous en prononçant de semblables paroles. Pensez à votre mari, au lieutenant que vous perdriez sans sauver l'autre ! Pensez à Paul, non à Jacques, qui m'a chargé de vous répéter qu'il était heureux et fier de mourir pour vous et pour votre fils, dont vous saurez faire un homme digne de son nom.

— Digne de son nom ! Oh ! Jacques ! Jacques !

Et les larmes qui l'étouffaient s'échappant enfin de ses yeux, elle redevint un peu plus calme ; si bien qu'un quart d'heure après, devant son hôtel, elle put mettre pied à terre sans le secours de Tercier, héroïquement résolue à ne pas se trahir, puisque le silence était pour elle le devoir en même temps que le châtiment.

Mais, après lui avoir ouvert, son concierge accourut à sa rencontre, pour lui dire :

— Ah ! madame, montez vite, M. le vicomte est au plus mal !

Aussitôt, sans même songer à remercier celui qui, depuis quarante-huit heures, avait tant fait pour elle, Mme de Laurentz s'élança à travers l'escalier, pour arriver auprès du malade, que la sœur de charité et un valet de chambre avaient peine à maintenir sur son lit couvert de sang.

Dans un accès de fièvre chaude, le fils de Jacques avait arraché l'appareil qui recouvrait sa blessure ; ses traits se décomposaient à vue d'œil.

Pierre était déjà loin. Sur un mot de lui, Ivan avait enveloppé d'un vigoureux coup de fouet la superbe bête qu'il conduisait, et elle avait repris sa course vertigineuse. Bientôt ils laissèrent derrière eux Notre-Dame-de-Lorette, le square de Montholon, la place du Château-d'Eau, pour monter à fond de train le boulevard Voltaire, traverser la place du Trône et gagner le bois de Vincennes, par l'avenue de Saint-Mandé et la porte du Bel-Air.

Le cocher de Mme Nartheld connaissait bien cette route-là ! Que de fois il l'avait parcourue, heureux du bonheur de ceux qu'il emportait à leur nid d'amour ; et ce matin de l'hiver terrible, s'il se hâtait, c'est qu'il allait à un spectacle de mort.

Le coupé s'arrêta enfin sur l'esplanade du Château, et le sergent courut vers le champ de manœuvres, où la troupe commandée resserrait ses distances pour former silencieusement, sur un tapis de neige, un ovale ouvert du côté des buttes du polygone, en avant desquelles, du blanc linceul qui recouvrait le sol, émergeait, comme un gibet sinistre, le fatal poteau d'exécution.

Les régiments d'infanterie représentant le corps dont faisait partie le condamné occupaient la droite du terrain ; la cavalerie était à gauche et une demi-batterie d'artillerie terminait l'ovale, qui venait de se refermer sur la voiture du train d'où Morin n'était pas encore descendu.

Tercier bondit, se fraya un passage à travers la foule et arriva juste à temps pour voir son malheureux ami mettre pied à terre, la main dans celle du prêtre, et beaucoup plus calme que le ministre de Dieu, qui savait peut-être quel héros de dévouement il assistait.

Soudain alors, les tambours battirent aux champs, les trompettes et les clairons éclatèrent, les troupes présentèrent les armes, les cavaliers mirent le sabre au clair, et il courut dans tous les cœurs un frisson à cet imposant salut à la loi, qui manifestait son implacable et haute mission en frappant un soldat si longtemps modèle de discipline, de courage et d'honneur, mais qu'un moment d'erreur avait perdu.

Cependant le silence se fit, et en présence de celui des juges que le président du Conseil de guerre avait désigné, conformément à la loi, pour assister à l'exécution, le greffier lut à haute voix le jugement qui condamnait à la peine de mort le sergent-major Paul Morin.

Celui-ci salua, embrassa le prêtre qui tremblait, fit de la main un geste d'adieu à Tercier, qu'il avait aperçu, et d'un pas ferme, le visage calme, sans décorations, mais sanglé dans sa tunique de sous-officier et accompagné par un seul garde, il se dirigea vers le poteau, à dix pas duquel se tenait, au port d'armes, le peloton d'exécution, composé de quatre sergents, quatre caporaux et quatre fusiliers, que commandait un adjudant.

A la droite du peloton : un cinquième sergent, le fusil chargé, prêt à donner le coup de grâce, si le médecin-major présent le jugeait nécessaire.

Jacques avait demandé à ne pas avoir les yeux bandés, à n'être pas attaché et ne point se mettre à genoux. Cette triple faveur, qu'on refuse d'ailleurs rarement aux condamnés, lui avait été accordée.

Il arriva donc seul au terme de son douloureux calvaire où, les traits impassibles, les yeux rêveurs, paraissant ne plus vivre que dans un monde de doux souvenirs, qui l'arrachaient déjà à la cruauté des choses réelles, il s'adossa au poteau, cette croix qu'il avait élevée de ses mains paternelles, et là, les bras croisés, la poitrine en avant, la tête haute, il fit face à la mort.

Immédiatement le colonel de la place de Vincennes donna un signal ; l'adjudant commanda : apprêtez, armes ; en joue, et après avoir attendu trois secondes pour que le peloton pût assurer son tir, il abaissa son épée. Des détonations simultanées retentirent et Jacques tomba foudroyé, la face contre terre.

Puis, par une sorte de mouvement réflexe, il se retourna lentement sur le dos et s'étendit dans la neige, immobile et ses yeux grands ouverts levés au ciel, qu'il semblait implorer toujours pour le fils qu'il avait voulu sauver au prix de sa propre vie !

Le coup de grâce était inutile !

Les troupes rompirent aussitôt la ligne de bataille pour se mettre en colonne serrée, et le défilé commença devant le cadavre de Morin, au son du pas redoublé que jouait la musique du régiment qui avait été le sien et marchait le premier.

En passant devant ce mort, qui était allé à l'expiation aussi courageusement qu'à l'ennemi, la plupart des jeunes soldats détournaient la tête ; certains autres jetaient de son côté des regards furtifs ; on eût dit qu'ils voulaient puiser dans ce terrible exemple un nouveau sentiment du devoir ; et de vieux troupiers, pour lesquels l'ancien adjudant Paul, le héros du Mexique, n'était qu'une victime, laissaient couler de grosses larmes sur leurs moustaches grises.

Quelques minutes après, il n'y avait plus sur le théâtre du terrible drame, que l'abbé X... en prière et Tercier, qui, la tête de Jacques sur ses genoux, attendait en pleurant le fourgon des Pompes Funèbres, car il avait été autorisé à enlever le corps de son ami.

Au même instant, comme si, déviant de sa route, l'une des balles de ce peloton d'exécution avait traversé l'espace pour satisfaire à la fatalité des choses aussi bien qu'à l'impitoyable justice de Dieu, en frappant l'enfant en même temps que le père, Henri de Laurentz rendait le dernier soupir entre les bras de sa mère au désespoir ; et, ses yeux pleins de larmes fixés sur celui dans lequel il avait mis tout l'espoir de sa maison, le comte s'écriait, avec une sorte d'orgueil déchirant :

— Dieu nous l'avait donné, la France avait le droit de le prendre !

Le lendemain de ce jour doublement cruel, et bien qu'elle eût passé toute la nuit auprès de son fils mort, Mme de Laurentz sortit de bonne heure,

Ses gens purent croire qu'elle se rendait à Notre-Dame-de-Lorette, mais devant l'église, au lieu d'y entrer, elle prit une voiture à la station et se fit conduire au cimetière Montmartre.

Tercier l'y attendait, en faction près de la grille. Elle lui tendit la main et, le visage d'une cadavérique pâleur :

— Conduisez-moi, fit-elle !

Ils prirent tous deux, sans plus échanger un seul mot, à travers la nécropole, jusqu'à ce que Pierre, en s'arrêtant devant une fosse à peine comblée, dit à celle qu'il guidait :

— C'est là !

Alors Berthe tomba à genoux et, après avoir creusé de ses mains la terre qui recouvrait la dépouille mutilée de son ami d'enfance, elle y enfouit la croix d'honneur du lieutenant Henri, en gémissant dans un horrible sanglot :

— Pour ton fils et pour moi, Jacques, pardon !

Durant de longs mois, alors que la France était enfin délivrée des hordes allemandes, on vit arriver presque tous les jours devant la porte du cimetière Montmartre un grand coupé en livrée de deuil.

Après avoir mis pied à terre la première, une femme belle encore, malgré ses cheveux blancs, offrait son bras à un vieillard, affaissé plus encore par les chagrins que par l'âge, et ils s'en allaient tous deux prier dans la petite chapelle de la famille de Laurentz. Là, le compagnon de la mère inconsolable dans sa double douleur et dans son [illegible] lui répétait souvent :

— Il est tombé en noble enfant de ma race, digne de vous et de moi ! Je remercie Dieu [illegible] laisser vivre, pour vous aimer et vous [illegible] m'avoir donné un tel fils !

La comtesse baissait la tête et poursuivait [illegible]sement auprès de son mari la tâche qui était [illegible] expiation, en élevant autour de lui une telle [illegible]rière de respect et de tendresse, que rien ne [illegible]rait jamais la franchir pour troubler le sou[illegible] glorieux qu'il gardait de son enfant.

Mais un matin Berthe arriva seule, envelop[illegible] du long voile des veuves, et à partir de ce jour [illegible] son pèlerinage eut deux buts : deux tombes [illegible]ment chères, celle des Laurentz et celle de [illegible]que mort.

Sur la stèle de cette dernière, Tercier, [illegible] conformer aux instructions de son frère d'ar[illegible] avait fait graver ces seuls mots : Jacques, [illegible]lier de la Légion d'honneur.

Les deux monuments étaient toujours couver[illegible] de fleurs nouvelles qu'une main mystérieuse y [illegible]sait semer avec une telle profusion que Mme [illegible] Laurentz y trouvait à peine place pour celles qu'[illegible] apportait elle-même.

Après avoir assisté aux obsèques de [illegible] humblement mêlée à la foule, Mme Narthel [illegible] cependant quitté Paris pour n'y plus revenir, [illegible] la douleur de l'amante s'était à ce point purifiée [illegible] contact de la douleur de la mère que Lise, elle [illegible] plus, ne devait jamais oublier !

FIN

Paris — Imprimerie GAMBART & Cie, 52, avenue du Maine

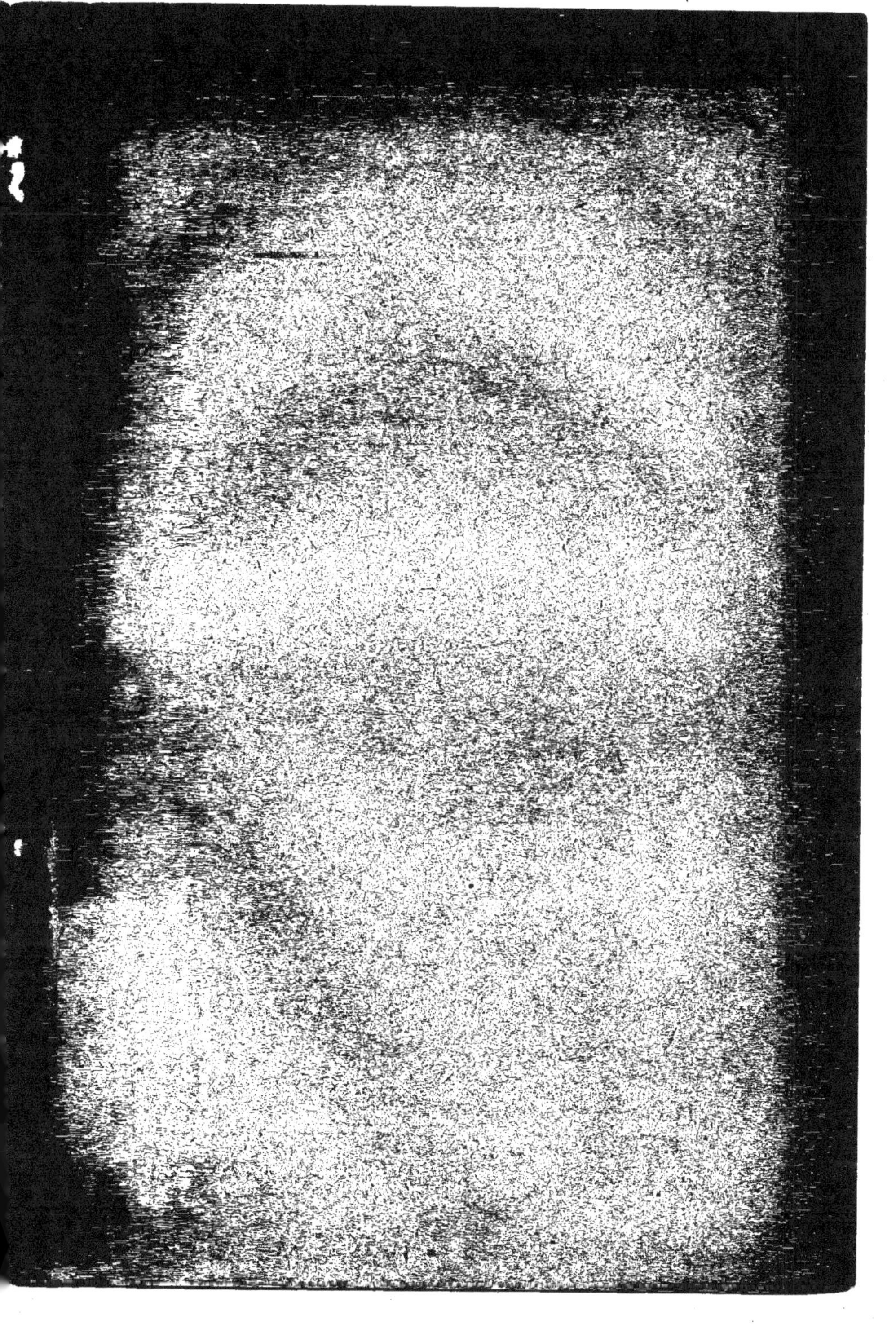